Joanne Harris

Wie wilder Wein

Joanne Harris

Wie wilder Wein

Aus dem Englischen von
Charlotte Breuer

List

Für meinen Großvater Edwin Short:
Gärtner, Winzer und Dichter des Herzens

1

Wein spricht. Das weiß doch jeder. Sehen Sie sich um. Fragen Sie, wen Sie wollen. Die Wahrsagerin an der Straßenecke, den ungebetenen Gast auf einem Hochzeitsfest, den heiligen Narren. Wein spricht. Er ist ein Bauchredner, und er hat viele Stimmen. Wein löst die Zunge, entlockt einem Geheimnisse, die man nie verraten wollte, Geheimnisse, die man nicht einmal selbst kennt. Er schreit, tobt, flüstert und spricht von großen Dingen, hochfliegenden Plänen, von tragischer Liebe und niederem Verrat. Dann wiederum lacht er lauthals, kichert in sich hinein und bricht vor seinem eigenen Spiegelbild in Tränen aus. Vergangene Sommer und längst vergessene Erinnerungen bringt er zurück. Von der einfachsten Liebfrauenmilch bis zum erlesenen Veuve Clicquot birgt jede Flasche ein bescheidenes Wunder. Alltagszauberei, wie Joe es nannte. Die Verwandlung von Rohmaterial zu dem Stoff, aus dem Träume gemacht sind. Laienalchimie.

Wie zum Beispiel Joes *Specials*, die sechs Sonderabfüllungen in Jays Keller. Keine Weine, die zum Lagern gedacht waren, aber Joe hatte sie aus Sentimentalität für besondere Gelegenheiten aufgehoben. Sechs Flaschen, jede mit einem kleinen, handbeschrifteten Etikett versehen und mit Kerzenwachs versiegelt. Um jeden Flaschenhals war eine Schnur geknotet, jede in einer anderen Farbe: himbeerrot, holunderblütengrün, brombeerblau, hagebuttengelb, schwarzdornbeerenschwarz. Die letzte Flasche hatte eine braune Schnur. *Specials, 1975*, stand auf dem Etikett. Die vertraute Handschrift verblasst zu einem hellen Braun wie schwacher Tee.

In ihrem Innern bargen die Flaschen ein geheimnisvolles Flüstern, Pfeifen und Lachen, dessen Anziehungskraft man sich nicht entziehen konnte. Jay hatte sie von seinem letzten Besuch in der Pog Hill Lane mitgebracht und hinter einer Kiste mit gewöhnlichen Weinen verstaut. Nun, fünf Wochen später, hatte er sie schon fast vergessen. Dennoch meinte er aus dem Keller mitunter seltsame Geräusche zu hören, deren Ursache er sich nicht so recht erklären konnte.

Jay Mackintosh war fünfunddreißig. Er war unscheinbar, bis auf die Augen, die tiefblau leuchteten wie ein *Pinot-noir*. Meist wirkte er leicht abwesend wie jemand, der sich verirrt hat. Fünf Jahre zuvor hatte Kerry genau das attraktiv gefunden. Inzwischen hatte sie jedoch das Interesse daran verloren. Seine Passivität und der sture Kern, der sich dahinter verbarg, waren zutiefst deprimierend. Sie wusste, dass Jay kein oberflächlicher Mensch war, aber aus irgendeinem Grund blieb er stets unzugänglich, ließ jeden ihrer Versuche, sein Vertrauen zu gewinnen, an sich abprallen. Nur über seine Bücher konnte sie Zugang zu ihm finden. Besser gesagt über sein *Buch*.

Vierzehn Jahre waren vergangen, seit Jay seinen ersten Roman mit dem Titel *Jackapple Joe* geschrieben hatte. Er war in zwanzig Sprachen übersetzt worden und hatte in Frankreich den Prix Goncourt gewonnen. Jay hatte sein Erscheinen mit drei Kisten erlesenem Veuve Clicquot gefeiert – dem 76er-Jahrgang – zu jung getrunken, um ihm gerecht zu werden. Aber so war er damals. Er stürzte sich auf das Leben, als könne er nie genug davon bekommen und besäße einen unerschöpflichen Vorrat an Energie für das nie endende Fest des Lebens.

Aber dann war irgendetwas geschehen. Vielleicht war es der unerwartete Erfolg von *Jackapple Joe*, der ihn lähmte, vielleicht aber auch die hohen Erwartungen, die Sympathie der Öffentlichkeit, die nach mehr dürstete. Hollywood verfilmte den Roman mit Corey Feldman in der Hauptrolle und verlegte die Geschichte in den amerikanischen Mittelwesten. Auf zahlreiche Fernsehinterviews, Zeitungsartikel, Buchbesprechungen folgte jedoch Stille. Neun Jahre vergingen. Jay begann einen neuen Roman mit dem Titel *Stout Cortez* und schrieb acht Kurzgeschichten für den *Playboy*, die später als Sammlung von Penguin Books herausgegeben wurden. Die literarische Welt wartete auf Jay Mackintoshs neuen Roman, anfangs begierig, dann gespannt, neugierig und schließlich mit tödlicher Gleichgültigkeit.

Natürlich hörte er nicht auf zu schreiben. Unter dem Pseudonym Jonathan Winesap hatte er bisher sieben Romane veröffentlicht, mit Titeln wie *Das Jesusgen* und *Psycho-Sirenen vom Mars* und *Rendez-vous mit Dr. T'od*, alles kommerzielle Erfolge, die ihm einen ansehnlichen Lebensstandard ermöglichten. Jeden Monat bekam er einen ganzen Berg Fanpost, größtenteils aus Amerika, adressiert an Jonathan Winesap. Manchmal enthielten die Briefe verschwommene Fotos von UFOs, Berichte über außerkörperliche Erfahrungen oder magische Amulette, aber auch Zeitungsausschnitte, in denen von ungeklärten Phänomenen berichtet wurde. Diese Artikel überprüfte er, entlarvte sie als Falschmeldungen und archivierte sie in den Schubladen eines Aktenschranks neben seinem Schreibtisch. Er legte großen Wert darauf, die Phantasie in ihre Schranken zu weisen. Hin und wieder nahm er an Science-Fiction-Tagungen teil und hielt leidenschaftliche Vorträge über das, was er *Die Verschwörung des Unerklärlichen* nannte, Vorträge, in denen er die These vertrat, dass die Gier der Öffentlichkeit nach unerklärlichen Phänomenen von den Medien bewusst ausgeschlachtet wurde, um die Aufmerksamkeit von einer weltweiten Krise abzulenken, einer Situation, die zunehmend außer Kontrolle geriet. Er kaufte sich einen Toshiba-Laptop, den er auf den Knien balancierte wie die Fertiggerichte, die er sich – neuerdings immer häufiger – abends aufwärmte, wenn Kerry Überstunden machte. Er gab an der Universität Seminare über kreatives Schreiben, und gelegentlich hielt er Vorträge vor anderen Schriftstellern. Meistens jedoch verbrachte er seine Zeit damit, im Internet zu surfen und zu viel zu trinken.

Kerry beobachtete dies mit wachsendem Unmut. Kerry O'Neill, geborene Marsden, achtundzwanzig, kurzes, rotes Haar und aufregende, grüne Augen, eine Journalistin, die mit *Forum!*, einer Mitternachts-Talkshow, in der, untermalt von Modern Jazz, beliebte Autoren und zweitklassige Fernsehstars über aktuelle gesellschaftliche Probleme diskutierten, den Sprung ins Fernsehen geschafft hatte. Fünf Jahre zuvor wäre sie Jays Macken gegenüber vielleicht toleranter gewesen. Aber damals gab es auch noch kein *Forum!*. Sie hatte eine Frauenkolumne für den *Independent* geschrieben und an einem heiteren Buch mit dem Titel *Schokolade – eine feministische Perspektive* gearbeitet. Zu dieser Zeit war ihr die Welt noch voller Möglichkeiten erschienen.

Zwei Jahre später kam ihr Buch heraus und erntete reges Medienecho. Kerry war fotogen, entsprach dem Zeitgeist und ließ sich gut vermarkten. Sie wurde zu Talkshows eingeladen und für *Marie Claire*, den *Tatler* und *Me!* fotografiert und war gut darin, sich vorzumachen, dass ihr das alles nicht zu Kopf gestiegen war. Sie besaß ein Haus in Chelsea, ein *pied-à-terre* in New York und zog in Erwägung, sich an den Schenkeln Fett absaugen zu lassen. Auch wenn sie sich manchmal im Stillen fragte, was aus der stürmischen jungen Frau geworden war, die *Jackapple Joe* gelesen und sich in dessen Autor verliebt hatte, sprach sie kaum darüber. Sie war im Leben vorangekommen. Sie war erwachsen geworden.

Jay dagegen hatte sich nicht von der Stelle bewegt. Als sie sich kennen lernten, war er ihr wie die Verkörperung des verschrobenen Künstlers erschienen, ein Mann, der eine halbe Flasche Smirnoff am Tag trank, eine düstere, zerrissene, romantische Persönlichkeit. Obwohl sie damals noch so jung gewesen war, hatte er ihre mütterlichen Instinkte geweckt. Jonathan Winesap, *mein böser Zwilling*, wie Jay ihn nannte, interessierte sie nicht. Es war der Autor von *Jackapple Joe*, der sie faszinierte. Als sie ihn dann in Oxford bei einer Autorenlesung schließlich kennen gelernt hatte, gestand sie es ihm. Das war so dreist und zugleich so originell, dass er sich unwillkürlich bezaubern ließ. *Jackapple Joe* sei erst der Anfang, erklärte sie ihm. Der erste Teil einer langen Reise. Ein Mann, der so schreiben könne wie er, dürfe einfach nicht aufgeben. Eines Tages, sagte sie, würde ihm wieder eine Erleuchtung kommen, und er würde ein wunderbares Buch schreiben, ein Buch, das die Herzen seiner Leser berührte …

»Wenn Sie das glauben«, erwiderte er und grinste sie über sein Weinglas hinweg an, »dann werden Sie enttäuscht sein. Ich möchte weder meine Leser berühren noch von ihnen berührt werden. Diese Gelegenheit habe ich einmal gehabt.«

Sie musterte ihn eindringlich. »Ich glaube nicht, dass einem Menschen die Gelegenheiten ausgehen. Man kann sich höchstens dagegen verschließen. Und das ist es doch, was Sie im Augenblick tun, stimmt's?«

Jay grinste immer noch, aber es sah irgendwie verkrampft aus, nicht freundlich. Sie bemerkte, dass er betrunken war, viel betrunkener, als sie anfangs geglaubt hatte. Doch er hatte sich gut im Griff. Ein weniger aufmerksamer Mensch als Kerry hätte es vielleicht gar nicht bemerkt. Jay wedelte gefährlich mit seinem Glas. »Wieso meint eigentlich jeder, der *Jackapple Joe* gelesen hat, es müsse automatisch ein neuer Roman folgen? Vielleicht sind mir einfach die Ideen ausgegangen, hat sich das schon mal jemand gefragt? Vielleicht hängt mir das Thema ja zum Hals raus? Vielleicht gefällt mir das, was ich jetzt tue. Ihr wollt alle, dass ich mich aufführe wie ein alter Fischer in einem Pub, der immer wieder von dem Riesenfisch erzählt, der ihm vor Jahren mal entwischt ist. Solche Geschichten werden ziemlich schnell langweilig. Das weiß ich am besten.« Er leerte sein Glas und füllte es erneut. Zwischen seinen Augen zeigte sich eine störrische Furche. Die Leichtigkeit der Stimmung war verflogen. *Treib es nicht zu weit*, schien sein Gesichtsausdruck zu sagen. *Du hast die Grenzen der Hoheitsgewässer von Jay Mackintosh erreicht. Sei auf der Hut, hier gibt es Schlangen.*

Kerry sah ihn schelmisch an. »Das glaube ich nicht, Jay«,

sagte sie sanft. »Ich glaube, Sie haben einfach nicht den richtigen Mumm.«

Er blickte gereizt auf. Einen Augenblick lang meinte sie, in seinen dunkelblauen Augen etwas aufblitzen zu sehen, und ihr Herz machte einen Satz. Offene Möglichkeiten, ein innerer Kampf zwischen Zorn und Verblüffung und – ja was?

Dann berührte er zärtlich ihr Haar – damals war es noch lang, inzwischen trug sie es kurz, um ihn zu ärgern. In seinen Augen flimmerte ein beunruhigendes Leuchten. Dann lächelte er, und es war ein ganz anderer Ausdruck als das harte Grinsen zuvor. »Wissen Sie, Kerry, Sie erinnern mich an jemanden.«

»An wen denn?«

»An eine Kämpferin.«

Das war nun schon fünf Jahre her. Ungeachtet ihrer Bemühungen verdiente Jay sein Geld immer noch mit trivialen Science-Fiction-Romanen, Taschenbüchern mit scheußlichen Titelbildern. Kerry hatte nur eins davon gelesen, das erste, und das nur unter großen Qualen. Sie fand es fürchterlich, denn zwischen den Zeilen konnte sie den Autor spüren, der er einmal gewesen war. Der Stil war eine einzige Parodie, wie Jay selbst, bedeutungslos und geschwätzig, nur oberflächliches Getue und nichts dahinter. Bei all dem falschen Zauber blieben seine Geschichten vordergründig und flach. Die Reife, den koboldhaften Witz von *Jackapple Joe* hatte er nie mehr erreicht und es auch nie wieder versucht. Wenn er wenigstens den Eindruck vermitteln würde, dass ihm bewusst war, was er verloren hatte. Wenn er Bitterkeit gezeigt hätte oder etwas von der Verwundbarkeit, die sie bei ihrer ersten Begegnung mit ihm gespürt hatte. Aber Jay war alles andere als temperamentvoll. Er schien mit seinem Leben zufrieden zu sein, schien es sogar zu genießen. Seit Kerry ihn kannte, hatte er sich noch nie von spontanen Impulsen leiten lassen. Nie zeigte er Ärger oder verlor die Selbstbeherrschung. Selbst sein Trinken – das einzige Laster, das ihm geblieben war – wirkte jetzt lächerlich, wie bei einem Mann, der immer noch die Kleider seiner wilden Jugendjahre trägt. Er verbrachte seine Zeit mit Computerspielen oder surfte im Internet, hörte alte Singles und sah sich Filme aus den 70er Jahren auf Video an. Es war, als sei er in seiner Vergangenheit hängen geblieben und hätte den Sprung in die Gegenwart nicht geschafft. So schien es ihr jedenfalls.

Jay hätte dem natürlich vehement widersprochen, wenn er Kerrys Gedanken gekannt hätte. Er trank, sagte er sich, aus demselben Grund, aus dem er sich die alten Filme ansah oder zweitklassige Science-Fiction-Romane schrieb. Trotz seiner zynischen Haltung gegenüber allen Aspekten des Übernatürlichen half es ihm, an etwas zu *glauben.* Zumindest verschaffte es ihm Zugang zu dem Teil von sich, der immer noch glaubte. Gleichzeitig erschloss es ihm die Vergangenheit, in der er sich selbst wieder fand wie den Stein in einer Frucht. Dass manche Dinge sowohl in der Phantasie als auch in der Realität existieren, Lügen wahr sein können und ein verlorener Glaube wiedergewonnen werden kann, das hatte der alte Joe versucht, ihm beizubringen. Und so öffnete er jede Flasche, begann jedes Buch in der heimlichen Überzeugung, *darin* die magische Essenz zu finden, die ihn wieder mit sich selbst versöhnen würde. Früher, als er noch nicht so zerrissen war, hatte er Talismane besessen, die ihn gegen alle Unbill schützten. Vielleicht gab es ja eine Möglichkeit, ihre Wirkung wieder herzustellen? Schon möglich, dass es irgendwo jemanden gab, der kein Scharlatan war. Aber Magie braucht, genau wie Wein, die richtigen Bedingungen, um ihre Wirkung zu entfalten, sonst findet keine chemische Reaktion statt, und das Bouquet verdirbt.

Es hätte alles funktionieren können, wenn Kerry mitgespielt hätte. Inzwischen hatte sie jedoch erkannt, an wen sie ihn so stark erinnern musste. Dieses Wissen hatte sie anfangs wütend gemacht und später dazu geführt, dass sie sich von ihm zurückzog. Jay behandelte sie mit herablassender Zuneigung wie eine kleine Schwester. Er machte sich über ihre Ernsthaftigkeit lustig. Die Gespräche mit ihr waren voller Spott und Frivolitäten – verbale Kunstgriffe, um Nähe zu verhindern. Er wollte sie lieben, das wusste sie. Was oder wen auch immer er brauchte, um seine innere Leere zu füllen, sie war bereit gewesen, ihm all das zu geben.

Vielleicht hatte sie sich geirrt, dachte Kerry schließlich, und er wollte überhaupt nicht erwachsen werden, nicht erlöst werden. Es war ihre erste richtige Beziehung, und sie blieb nur deswegen bei Jay, weil ihn zu verlassen bedeutet hätte, sich die eigene Niederlage einzugestehen. In diesem Punkt zumindest hatte er Recht gehabt. Sie war eine Kämpferin.

London, März 1999

2

Jay arbeitete schon seit Stunden – eine Flasche in Reichweite und den Fernseher auf voller Lautstärke. Kerry war auf einer Party – anlässlich der Verleihung eines neuen Preises für junge Autorinnen.

Für das, was er als seine *echte* Arbeit bezeichnete, benutzte Jay eine Schreibmaschine, für die Winesap-Taschenbücher einen Laptop. *Alles Selbstbetrug*, warf ihm Kerry vor. *Kreative Schizophrenie*, konterte Jay. *Im PC sitzen die falschen Kobolde … Die wichtigen Kobolde wohnen in der Schreibmaschine. Nur die schreiben die guten Sachen.* Er senkte verschwörerisch die Stimme und beugte sich vor, um ihr ins Ohr zu flüstern: *Aber das sind Vampire.*

Kerry hatte die Lippen zusammengepresst. Sie konnte es nicht ausstehen, wenn er so redete. Im Stillen erleichtert, ließ sie ihn allein.

Es war schon zehn, als Jay in die Küche ging, um sich etwas zu essen zu machen. Er schaltete das Radio ein, suchte einen Oldie-Sender und wanderte unentschlossen in der Küche umher. Neben dem Kühlschrank befand sich das Barfach. Er öffnete es, zögerte, schloss es wieder. Der Blick in den Kühlschrank genügte, um zu sehen, dass auch dieser nichts enthielt, wonach ihm der Sinn stand. Wie überall im Haus dominierte auch hier Kerrys Geschmack: Sauerkrautsaft, Couscoussalat, Spinat, Joghurt. Er bekam Lust auf ein riesiges Sandwich mit Speck und Ei, viel Ketchup und Zwiebeln und auf eine Tasse kräftigen Tee dazu. Seine Gelüste, das wusste er, hatten etwas zu tun mit Joe und der Pog Hill Lane. Eine Assoziation, die er häufig hatte, wenn er zu schreiben versuchte. Doch so plötzlich wie es gekommen war, verschwand dieses Gefühl auch wieder, wie ein Phantom. Eigentlich hatte er gar keinen Hunger mehr, und er zündete sich statt dessen gierig eine Zigarette an. Aus dem Radio krächzte Steve Harley *Make me smile* – einer von diesen Songs aus dem fernen, unentrinnbaren Sommer 75. Ein paar Zeilen lang sang Jay mit – *come up and see me, make me smi-iiile* –, und seine Stimme klang verloren.

Die sechs Specials hinten im dunklen Keller wurden unruhig. Vielleicht war es die Musik, oder die Luft dieses milden Frühlingsabends, die plötzlich voller Möglichkeiten schien; auf einmal sprudelten sie vor Energie, schäumten in ihren Flaschen, stießen einander an, haschten nach Schatten, konnten es nicht erwarten zu sprechen, geöffnet zu werden, ihr Wesen in die Luft zu entlassen ...

Vielleicht war das der Grund, warum Jay an diesem Abend in den Keller ging. Seine schweren Schritte hallten auf den rohen, unbehandelten Stufen wider. Er mochte den Keller; hier war es kühl, geheimnisvoll. Ohne bestimmten Grund stieg er oft hinunter, manchmal nur, um die Flaschen anzufassen, um mit den Fingern über die staubigen Wände zu fahren.

Der Keller war schlecht beleuchtet, beinahe dunkel. Das Licht einer schwachen Glühbirne, die nackt von der Decke baumelte, reichte nur wenige Meter weit. Unzählige Flaschen in allen Größen und Formen reihten sich in den Regalen aneinander; andere lagen in Holzkisten, die auf dem Boden standen. Im Vorbeigehen berührte er die Flaschen ganz leicht, ging mit dem Gesicht so nah heran, als wolle er den Duft dieser in Glas gefangenen Sommer erhaschen. Zwei- oder dreimal nahm er eine Flasche aus dem Regal und drehte sie in den Händen, bevor er sie wieder zurücklegte. Er bewegte sich ziellos, aufs Geratewohl, genoss die feuchte Luft und die Stille. Selbst der Lärm des Londoner Verkehrs war hier unten nicht mehr zu hören, und einen Augenblick lang war er in Versuchung, sich einfach auf den glatten, kühlen Boden zu legen und einzuschlafen, womöglich für immer. Niemand würde hier unten nach ihm suchen. Aber gleichzeitig fühlte er sich hellwach, sehr präsent, als hätte die Stille seine Sinne geschärft. Trotz der Lautlosigkeit schien ein Prickeln in der Luft zu liegen, als wartete alles darauf, dass etwas passierte. Die Specials befanden sich in einer Kiste ganz hinten im Keller. Eine zerbrochene Leiter lag obenauf. Er stellte sie beiseite und zog die Kiste über den Steinboden, nahm wahllos eine Flasche heraus und hielt sie ins Licht, um das Etikett zu entziffern. Der Inhalt der Flasche schimmerte tiefrot über einer dicken Schicht Bodensatz. Einen Moment lang glaubte er, noch etwas anderes in der Flasche zu entdecken, eine Gestalt, aber es war wahrscheinlich nur der Weinstein.

Als er wieder in der Küche war, spielte der Schnulzensender immer noch Musik von 1975 – inzwischen waren sie bei Weihnachten angekommen. Gerade lief der Song *Bohemian Rhapsody – I see a little silhouetto of a man* –, und ein Schauer lief ihm über den Rücken. Jay betrachtete die Flasche neugierig – er hatte kaum einen Blick darauf geworfen, seit er sie fünf Wochen zuvor mitgebracht hatte –, das wächserne Siegel am Hals, die braune Kordel, das handgeschriebene Etikett – *Specials, 1975* –, die Flasche immer noch bedeckt mit dem Staub aus Joes Kartoffelkeller. Er fragte sich, warum er sie überhaupt aus dem Müllhaufen gezogen hatte. Vielleicht aus Nostalgie, aber für diesen Luxus waren seine Gefühle für den alten Freund immer noch zu verworren. *Ich wünschte, du wärst jetzt hier, Alter.*

Wie der Wein wohl schmeckte? War er nach all den Jahren womöglich verdorben? Oder war er auf wundersame Weise erhalten geblieben? Würde er dem Geruchssinn schmeichelnde Düfte entweichen lassen wie eine Schar Flaschengeister? Er musste es ausprobieren. Und wenn es nur darum ging, sich selbst zu beweisen, dass nichts übrig geblieben war.

Manchmal geschieht etwas zufällig. Nach Jahren des Wartens – auf eine bestimmte Planetenkonstellation, ein unerwartetes Wiedersehen, eine Inspiration – ergeben sich die richtigen Bedingungen dann ganz von allein, unbemerkt, ohne großes Aufsehen, ohne Vorwarnung. Jay bezeichnete es als Schicksal, obwohl er sich nicht sicher war, ob er überhaupt noch an solche Dinge glaubte. Joe hätte es Magie genannt. Aber häufig ist es nicht mehr als simple Chemie, etwas, das in der Luft liegt, und eine einzelne Handlung reicht aus, um etwas, das lange Zeit im Verborgenen geschlummert hat, plötzlich in Bewegung zu versetzen. Joe hatte das immer als Laienalchimie bezeichnet und damit die Magie alltäglicher Dinge gemeint. Etwas hüpfte und kobolzte im Innern der Flasche. Die anderen Flaschen im Keller antworteten mit Klirren und Glucksen.

Jay Mackintosh griff nach dem Messer und durchtrennte das Siegel.

3 Das Wachs hatte die Jahre überdauert. Als Jay es mit dem Messer entfernte, war der Korken darunter noch intakt. Einen Augenblick lang war der Geruch so stechend, dass Jay nichts anderes übrig blieb, als seine Wirkung mit zusammengebissenen Zähnen über sich ergehen zu lassen. Es war ein erdiger Duft, leicht säuerlich, wie der Geruch des Kanals im Hochsommer, mit einer Schärfe, die Jay an den Gemüsehäcksler erinnerte und an den würzigen Duft frisch geernteter Kartoffeln. Die Erinnerung war so eindringlich, dass sie ihn für einen Augenblick an jenen verlorenen Ort zurückversetzte, wo Joe, auf einen Spaten gestützt, vor ihm stand, das Radio über sich in eine Astgabel geklemmt. Von plötzlicher Erregung überwältigt, goss Jay einen kleinen Schluck von dem Wein in ein Glas, vorsichtig, um nicht vor lauter Aufregung alles zu verschütten. Die dunkelrosa Flüssigkeit sah aus wie Papayasaft und schien erwartungsvoll an den Wänden des Glases emporzusteigen, als wäre sie lebendig und könne es kaum erwarten, ihre Magie zu entfalten. Jay betrachtete

den Wein mit einer Mischung aus Misstrauen und Sehnsucht. Etwas in ihm wollte ihn trinken – hatte jahrelang auf diesen Augenblick gewartet –, und dennoch zögerte er. Die Flüssigkeit in dem Glas war trüb und mit bräunlichen, rostähnlichen Flocken gesprenkelt. Jay stellte sich vor, wie er einen Schluck von dem Gebräu trank, dann zu würgen begann und sich schließlich vor Schmerzen gekrümmt am Boden wand. Er hob das Glas, hielt jedoch auf halbem Weg inne und betrachtete die Flüssigkeit noch einmal. Von der Bewegung, die er anfangs zu sehen geglaubt hatte, war nichts mehr zu entdecken. Der Geruch war inzwischen nicht mehr säuerlich, sondern leicht süßlich, wie Medizin, wie Hustensaft. Einmal mehr fragte er sich, warum er die Flasche überhaupt mitgenommen hatte. Aber da war etwas Besonderes in dem Glas, sagte er sich, etwas ganz Kostbares.

Er war so in Gedanken vertieft, dass er Kerry nicht kommen hörte.

»Jay?« Ihre Stimme klang hell, mit einem leichten irischen Akzent. »Ich dachte, du arbeitest.«

Jay wandte sich nach ihr um, das Weinglas immer noch in der Hand. »Ich hatte keine Lust mehr, und deshalb hab ich aufgehört.«

»Ach so.« Kerry durchquerte die Küche, ihre Absätze klapperten auf den Fliesen. Sie goss sich ein Glas Wodka ein. »Du hättest mit auf die Party kommen sollen«, sagte sie. »Es hätte dir vielleicht sogar gefallen. Salman Rushdie war auch da.«

»Eher würde ich mir brennende Streichhölzer in die Nase schieben.«

Kerry zuckte die Achseln. »Du bist nicht nur asozial, sondern auch noch kindisch. Du könntest dir wenigstens ab und zu mal etwas mehr Mühe geben.«

»Ich gebe mir Mühe. Aber in Gesellschaft dieser Literaten platzen meine Hämorrhoiden. Ich kann nichts dran machen. Es ist ein medizinisches Problem.« Er grinste und hob sein Glas, um ihr zuzuprosten. Die restlichen Flaschen im Keller klirrten wie in freudiger Erwartung.

»Weißt du, Jay, wenn du bloß versuchen würdest, erwachsen zu werden –« Kerry unterbrach sich und lauschte. »Hörst du was?«

Er schüttelte den Kopf. »Ich glaube nicht.«

Sie trat auf ihn zu, betrachtete das Glas in seiner Hand und die Flasche auf dem Tisch. »Was ist das überhaupt für ein Zeug? Ein Cocktail? Es stinkt wie die Pest.«

»Das ist Joes Wein. Eine von den sechs Specials.« Er drehte die Flasche, um ihr das Etikett zu zeigen. »Jackapple, 1975. Ein klassischer Jahrgang.«

Irgendetwas ging im Keller vor sich. Es klang wie die Geräusche einer Party. Die Flaschen dort unten befanden sich in hellem Aufruhr. Er hörte, wie sie ihm zuflüsterten, wie sie sangen, riefen, jauchzten. Ihr Lachen war ansteckend, ausgelassen und wild wie ein Schlachtruf. Plötzlich wurde Jay von Ungeduld gepackt, und er ahnte, dass irgendetwas im Gange war …

»Ihh! Gott, trink das bloß nicht. Das Zeug ist bestimmt schlecht«, schrie Kerry angewidert. »Es ist garantiert inzwischen voller Bakterien. Oder noch schlimmer … Außerdem riecht es widerlich.«

»Das ist Joes Wein. Das vestehst du nicht«, entgegnete Jay trocken, und zwischen seinen Augen erschien wieder die warnende Falte, die Kerry schon von früheren Auseinandersetzungen kannte.

»Ich würde es gern verstehen, Jay. Du weißt, dass ich es könnte.« Sie stand hinter ihm, sodass er ihren Gesichtsausdruck nicht sehen konnte. Einen Augenblick lang roch er den Duft von Maiglöckchen auf ihrer Haut. Ihre Hand lag auf seiner Schulter.

»Ich weiß.« Fasziniert starrte er auf das Glas in seiner Hand. Eigentlich sollte er das Zeug wegschütten. Aber die Flüssigkeit im Glas schien wieder zum Leben erwacht zu sein, kroch an den Wänden hoch und schäumte. Er konnte seinen Blick nicht davon abwenden. Hinter sich hörte er Kerrys Atem. Auch der Wein atmete, unregelmäßig, fröhlich, aber Kerry schien von all dem nichts mitzubekommen. Vielleicht war er ja gerade dabei, verrückt zu werden.

»Soll ich uns beiden einen anständigen Drink machen?«, schlug Kerry in einem sanfteren Ton vor. »Ich bin völlig erledigt. Diese gesellschaftlichen Verpflichtungen sind manchmal ganz schön anstrengend, selbst für so einen Partyfan wie mich.«

Es sollte eine Einladung sein, vielleicht ein Friedensangebot oder sogar mehr.

Jay zögerte. Langsam hob er das Glas. Wieder schlug ihm der Duft entgegen, der leicht mostige Geruch von Joes Haus, wo Räucherstäbchen brannten und Tomaten vor dem Küchenfenster reiften. Einen Moment lang raubte ihm ein ohrenbetäubender Lärm fast die Sinne, ein Klirren und Scheppern wie von einem Kronleuchter, der auf einen gedeckten Tisch stürzt.

Alles war so nah. Dieser Sommer mit Joe, so nah, dass er es beinahe schmecken konnte. Plötzlich wollte er Kerry teilhaben lassen, sie dorthin mitnehmen, ihr alles begreiflich machen. »Hey, Kerry, willst du mal probieren?«

»Ich glaube nicht, danke.« Ihre Stimme klang wieder kühl und distanziert.

Jay zuckte die Achseln. »Auch gut«, sagte er und trank den ersten Schluck.

Der Wein schmeckte so abscheulich wie damals, als Jay noch ein Junge war. Dieses Gebräu enthielt keine Trauben, es war nur ein süßliches Ferment aus Früchten, das nach Kompost schmeckte. Es hatte den beißenden Geschmack von Rauch und verbranntem Gummi, kitzelte im Rachen und beschwor die Vergangenheit herauf – Bilder, die Jay für immer vergessen zu haben glaubte. Er ballte die Fäuste, als die Erinnerungen über ihn hereinbrachen, und fühlte sich plötzlich wie benommen.

»Alles in Ordnung?«, hörte er Kerrys Stimme aus weiter Ferne, als käme sie aus einem Traum. Sie wirkte verärgert, aber es schwang auch Besorgnis in ihrer Stimme mit. »Jay, ich hab dir doch gesagt, du sollst das Zeug nicht trinken. Fühlst du dich nicht gut?«

Er schluckte das Gebräu mühsam hinunter. »Alles in Ordnung. Es schmeckt sogar ziemlich gut. Keck, herb. Guter Körper. Ein bisschen wie du, Kes.« Er brach hustend ab, musste aber zugleich lachen. Kerry musterte ihn mit eiserner Miene.

»Na ja, jedem das Seine. Ich gehe schon mal rauf und warte auf dich. Ich habe Kopfschmerzen.«

»Ich brauch nicht mehr lange. Ich will nur –« Er ließ den Satz unbeendet. Eigentlich wusste er gar nicht so genau, was er wollte. Ein Schluck von Joes Wein hatte genügt, um ihm die Gerüche und Klänge der Vergangenheit wieder lebhaft in Erinnerung zu rufen. Es war eine Mischung aus dem Geschmack nach Lakritz, dem säuerlichen Geruch vom Kanal und den stillgelegten Rangiergleisen, einem Glas von Ben Shaw's gelber Limonade, Kohlenstaub, Zeitungspapier, Galläpfeln, überreifen Himbeeren, die von den Büschen tropften, Blut, Tabak, Glasscherben, Maschinenöl und Blütenblättern.

»Weißt du, ich erinnere mich an alles. An Joe. Als wäre er hier im Zimmer. Und die Pog Hill Lane, wie ich sie in Erinnerung habe. Probier mal. Du wirst sehen, was ich –« Als Jay sich umdrehte, bemerkte er, dass Kerry schon weg war. Einen Moment lang hätte er sie am liebsten zurückgerufen. Er benahm sich egoistisch, das wusste er. Doch wenn er sie holte, konnte er womöglich etwas wieder gutmachen. Vielleicht könnten sie dann zum ersten Mal über das reden, was soeben geschehen war und warum es ihn so tief getroffen hatte. Aber der Wein hatte etwas in ihm wachgerufen, etwas Außergewöhnliches, und er wollte es für sich allein genauer erkunden.

Nach dem nächsten Schluck stellte er fest, dass sich sein Gaumen an den seltsamen Geschmack des Weins gewöhnt hatte. Jetzt schmeckte er die einzelnen Früchte heraus, zu hartem, schwarzen Zucker eingekocht, roch den Saft aus dem Gemüsehäcksler und hörte Joe hinten in seinem Garten die Lieder mitsingen, die aus dem alten Radio dudelten. Ungeduldig leerte Jay das Glas, schmeckte das würzige Bukett des Weins, spürte, wie sein Herz mit frischer Energie klopfte, wie es pochte, als wäre er ein Rennen gelaufen. Unten im Keller klirrten die fünf verbliebenen Specials in überschwänglicher Freude. Jays Kopf war jetzt ganz klar, sein Magen hatte sich wieder beruhigt. Und als er versuchte das Gefühl zu beschreiben, das er dabei empfand, kam er zu dem Schluss, dass es wohl Glück sein musste.

Pog Hill, Sommer 1975

4 Er stellte sich als Joe Cox vor – mit einem schiefen Lächeln, als wolle er Zweifel provozieren –, aber schon damals hätte der Name auch etwas sein können, das sich mit den Jahreszeiten änderte.

»Wir könnten Vettern sein, du und ich«, sagte er an jenem ersten Tag, als Jay ihn voll misstrauischer Neugier von der Mauer aus beobachtete, die den Garten umgab. Der Gemüsehäcksler surrte und ratterte, während er zerkleinertes Obst und Gemüse in einen Eimer zu Joes Füßen spuckte. »Cox und Mackintosh. Beides Äpfel, stimmt's? Ich schätze, damit gehören wir mehr oder weniger zur selben Familie.« Sein Akzent klang fremd, verwirrend, und Jay starrte ihn verständnislos an. Der Alte schüttelte grinsend den Kopf. »Du wusstest wahrscheinlich nicht, dass du nach einer Apfelsorte benannt bist, was? Ist ein guter, roter, amerikanischer Apfel. Satter Geschmack. Hab selbst einen jungen Baum, da hinten« – er machte eine Kopfbewegung in die Richtung –, »aber er ist noch nicht richtig gekommen. Schätze, er braucht noch ein bisschen Zeit, um sich einzugewöhnen.«

Fasziniert sah der Junge zu, wie die Klingen des Gemüsehäckslers sich drehten. Die trichterförmige Maschine bockte und ratterte zwischen Joes Händen und spuckte abwechselnd Stücke weißen, rosafarbenen, blauen und gelben Fruchtfleischs aus.

»Was machst du da?«

»Wonach sieht's denn aus?« Der alte Mann deutete mit dem Kinn auf einen Karton, der am Fuß der Mauer stand, die sie voneinander trennte. »Reich mir mal die Jacks da drüben, ja?«

»Jacks?«

Eine leicht ungeduldige Geste in Richtung Karton: »Jackapples.«

Jay schaute hinunter. Es war nicht tief, höchstens anderthalb Meter, hinter ihm nur das mit Gestrüpp bedeckte Bahngelände und die Gleise. Als Stadtkind hatte er gelernt, sich vor Fremden in Acht zu nehmen.

Joe grinste. »Ich beiße nicht, Junge«, sagte er freundlich.

Widerstrebend sprang Jay in den Garten.

Die Jackapples waren lang und rot und seltsam spitz an einem Ende. Einer oder zwei waren zerschnitten worden, als Joe sie ausgegraben hatte, und ihr Fleisch leuchtete tropisch rosa in der Sonne. Der Junge wankte leicht unter dem Gewicht des Kartons.

»Pass auf«, rief Joe. »Lass sie nicht fallen, sonst kriegen sie blaue Flecken.«

»Das sind doch bloß Kartoffeln.«

»Stimmt genau«, sagte Joe, ohne den Blick von dem Gemüsehäcksler zu wenden.

»Ich dachte, du hättest gesagt, das wären Äpfel oder so was.«

»Jacks. Kartoffeln. Erdäpfel. Jackapples. Pommes de Terre.«

»Mir kommen die nicht vor wie was Besonderes«, sagte Jay.

Joe schüttelte den Kopf und begann, die Knollen in den Gemüsehäcksler zu werfen. Sie dufteten süß, wie Papayas. »Die hab ich nach dem Krieg aus Südamerika mitgebracht«, erklärte er. »Hab sie hier im Garten aus Samen gezogen. Fünf Jahre hab ich gebraucht, um den richtigen Boden zu bereiten. Für Bratkartoffeln zieht man King Edwards. Für Salat nimmt man Charlottes oder Jerseys. Wenn man Fritten machen will, nimmt man Maris Piper. Aber die hier –« Er bückte sich, nahm eine aus dem Karton und rieb sie liebevoll mit seinem geschwärzten Daumen. »Die sind älter als New

York, so alt, dass sie noch nicht mal einen englischen Namen haben. Die Samen sind wertvoller als Goldstaub. Das sind nicht einfach bloß Kartoffeln, Junge.« Er schüttelte wieder den Kopf, seine Augen strahlten unter den dichten, grauen Brauen hervor. »Das sind meine besten. Meine Specials.«

Jay beobachtete ihn misstrauisch. »Und was machst du nun daraus?«, fragte er schließlich.

Joe warf den letzten Jackapple in den Häcksler und grinste. »Wein, Junge. Wein.«

Das war der Sommer 75. Jay war fast dreizehn. Augen und Mund zusammengekniffen, ein Gesicht wie eine geballte Faust, die sich um etwas schloss, das zu geheim war, um es genauer zu betrachten. Seit kurzem Internatsschüler der Moorlands School in Leeds und jetzt mit acht Wochen Ferien vor sich, die sich ungewohnt und leer bis zum Beginn des neuen Schuljahrs vor ihm erstreckten.

Er fand Kirby Monckton zum Kotzen, diesen öden Ort mit seinem diesigen Himmel, den blauschwarzen Hügeln, auf denen gelbe Laster herumkrochen, den heruntergekommenen Bergarbeitersiedlungen und die Leute mit ihren kantigen Gesichtern und ihren monotonen Stimmen. Es würden wunderschöne Sommerferien werden, hatte seine Mutter ihm versichert. Das kleine Städtchen würde ihm gefallen. Die Abwechslung wäre gut für ihn und schließlich würde alles wieder so wie früher werden. Aber Jay wusste es besser. Die Scheidung seiner Eltern tat sich vor ihm auf wie ein Abgrund, und er hasste sie, er hasste den Ort, an den sie ihn geschickt hatten, das glänzende neue Fünfgang-Rennrad, das heute Morgen geliefert worden war – ein Bestechungsversuch, der genauso verabscheuungswürdig war wie die beigefügte Grußkarte – *In Liebe, Mum und Dad* –, so scheinbar normal, als würde die Welt nicht gerade um ihn herum lautlos in Scherben fallen. Seine Wut war kalt wie Glas und schnitt ihn ab vom Rest der Welt, sodass alle Geräusche gedämpft klangen und die anderen Menschen wie Marionetten wirkten. Zorn siedete in seinem Innern und wartete begierig darauf, dass etwas geschah.

Jays Eltern hatten nie großen Wert auf ein reges Familienleben gelegt. Bis zu diesem Sommer war Jay vielleicht ein halbes Dutzend Mal bei seinen Großeltern gewesen, zu Weihnachten oder an Geburtstagen, und sie behandelten ihn mit pflichtbewusster, distanzierter Zuneigung. Seine Großmutter war zart und elegant wie das Porzellan, das sie so liebte und mit dem sie jede verfügbare Fläche voll stellte. Sein Großvater hatte etwas Raubeinig-Soldatisches und schoss Moorhühner im nahe gelegenen Moor, obwohl er keinen Jagdschein besaß. Beide verurteilten die Gewerkschaften, den Aufstieg der Arbeiterklasse, Rockmusik, Männer mit langen Haaren und die Zulassung von Frauen zur Universität von Oxford.

Doch Jay begriff schnell, dass er, wenn er sich vor dem Essen die Hände wusch und so tat, als würde er alles befolgen, was sie sagten, unbegrenzte Freiheit genoss und ungehindert umherstreifen konnte. So lernte er den alten Joe kennen.

Kirby Monckton, eine Kleinstadt wie viele andere im Norden Englands, deren wirtschaftliche Grundlage der Bergbau war, befand sich schon damals im Niedergang. Zwei der vier Gruben hatten schließen müssen, die letzten beiden kämpften um ihre Existenz. Wie andere Bergbaustädte, starb auch Kirby Monckton, als die Grube nicht mehr ausreichend Arbeitsplätze bot. Lange Reihen verwaister Bergarbeiterhäuschen verfielen allmählich: die Fenster mit Brettern vernagelt, die Gärten von Unkraut überwucherte Abfallhalden. Im Zentrum sah es kaum besser aus; ein paar Läden, ein paar Pubs, ein kleiner Supermarkt, eine Polizeistation mit vergitterten Fenstern. Auf der einen Seite der Fluss, die Eisenbahnschienen, der alte Kanal. Auf der anderen eine Hügelkette, die sich bis zum Fuß der Penninischen Bergkette hinzog. Das war Upper Kirby, wo Jays Großeltern wohnten.

Wenn man über die Felder und Wälder zu den Hügeln hinübersah, konnte man sich beinahe vorstellen, es hätte hier nie Kohleminen gegeben. Upper Kirby, wo man die Bergarbeitersiedlungen als »Kutscherhäuschen« bezeichnete, war das erträgliche Gesicht von Kirby Monckton. Von hier aus lag einem die Stadt zu Füßen: eine gelbliche Dunstglocke über einem unebenen Horizont mit Hochspannungsmasten, die über die Felder auf die schieferfarbene Narbe der Kohlegruben zu marschierten. Abgeschirmt durch eine Hügelkette, hatte Upper Kirby mit seinen großen, vornehmen viktorianischen Reihenhäusern aus weichem Yorkshire-Sandstein, den Bleiglasfenstern und Eingangstüren im gotischen Stil und den weitläufigen, von hohen Mauern umgebenen Gärten, in denen auf einem makellos gepflegten Rasen sorgfältig beschnittene Obstbäume in Reih und Glied standen, einen Reiz, dem man sich nur schwer entziehen konnte.

Doch Jay war für diese Zeichen hoher Lebensqualität nicht empfänglich. Seinen an London gewöhnten Augen kam Upper Kirby wie ein unsicherer Ort vor, der am steinigen Rand des Moors sein Dasein fristete. Die Weite – der Abstand zwischen den Häusern – machte ihn schwindelig. Die heruntergekommenen Siedlungen in Lower Monckton und Nether Edge wirkten trostlos und verlassen in all dem Rauch, wie nach einem Krieg. Jay vermisste die Kinos und Theater von London, die Plattenläden, die Museen, die großen Gebäude und die Menschenmassen. Ihm fehlte der vertraute Akzent der Londoner, die Verkehrsgeräusche und die Gerüche. Kilometerweit fuhr er mit seinem Fahrrad über die fremden, menschenleeren Straßen, und er verabscheute alles, was er sah.

Seine Großeltern ließen ihn gewähren. Sie begrüßten es, dass er sich die Zeit an der frischen Luft vertrieb und bemerkten nie, dass er nachmittags vor Wut zitternd und erschöpft nach Hause zurückkehrte. In den Augen seiner Großeltern war Jay ein höflicher, sauber und ordentlich gekleideter Junge, und er genoss dieses Rollenspiel mit zähneknirschender Genugtuung, spielte den gut gelaunten, aufgeweckten Schüler, der stets aufmerksam und interessiert zuhörte, wenn man mit ihm sprach.

Der alte Joe wohnte in der Pog Hill Lane, in einem der vielen heruntergekommenen Reihenhäuser, deren Gärten, einen guten halben Kilometer vom Bahnhof entfernt, direkt an die Bahnlinie angrenzten. Jay war schon zweimal dort gewesen; hatte sein Fahrrad zwischen ein paar Büschen versteckt und war den Hang hinaufgeklettert, um auf die Eisenbahnbrücke zu gelangen. Auf der anderen Seite erstreckten sich Felder bis zum Fluss hin, und dahinter lag die Braunkohlegrube, von der ein ständiges Dröhnen ausging, das der Wind mitunter meilenweit über den Fluss trug. Ein alter Kanal verlief fast parallel zur Eisenbahnlinie. Dort war es stickig und heiß, die Luft schimmerte grün vor lauter Insekten, und es roch nach Asche und Grünzeug. Zwischen dem Kanal und den Gleisen gab es einen Reitweg, der von überhängenden Ästen verdeckt wurde. Für die Einwohner der Stadt gehörte der Weg zu Nether Edge und wurde fast nie benutzt. Aus diesem Grund fühlte sich Jay hier wahrscheinlich so wohl. Er kaufte sich am Zeitungskiosk vor dem Bahnhof eine Schachtel Zigaretten und ein *Eagle*-Heft und radelte zum Wasser hinunter. Dann, nachdem er sein Fahrrad sicher zwischen den Büschen versteckt hatte, ging er den Weg am Kanal entlang, kämpfte sich durch dicht wuchernde Weidenröschen, von denen weiße Samenwolken aufstiegen. An der alten Schleuse angekommen, setzte er sich auf die Steinmauer, rauchte und beobachtete die vorbeifahrenden Züge. Manchmal zählte er die Kohlewaggons, streckte den Reisenden in vorbeiratternden Personenzügen neidisch die Zunge heraus oder warf Steine in den trüben Kanal. Ein paar Mal wagte er sich bis zum Fluss vor und baute Dämme aus Schlamm und Treibgut, das am Ufer angeschwemmt worden war – Autoreifen, Zweige, Eisenbahnschwellen und einmal sogar eine Matratze, aus der die Sprungfedern herausragten.

So hatte eigentlich alles angefangen. Langsam begann Jay, die Umgebung zu erkunden – es gab geheimnisvolle Rundbauten aus Beton und Metall, aus denen seltsame, ächzende Geräusche kamen. Abgedeckte Schachtöffnungen, wie Joe ihm später erklärte. Jay stieß auf einen gefluteten Stollen, einen alten Kohlewaggon, die Reste eines Schleppkahns.

Auf seinen Erkundungstouren machte er die sonderbarsten Entdeckungen; fand hier eine mit alten Tonscherben gefüllte Aschengrube, dort einen Haufen fremdartiger, ausrangierter Gegenstände – bündelweise Comic-Hefte und Zeitschriften, die noch nicht von Regen aufgeweicht waren, Eisenschrott, einen alten Fernseher und das Wrack eines alten Ford Galaxie, aus dessen Dach ein Holunderstrauch wuchs wie eine neuartige Antenne. An einer Eisenbahnlinie zu wohnen, erzählte Joe ihm einmal, sei, als würde man an der Küste leben; jeden Tag bringe die Flut neues Treibgut mit.

Jay wusste eigentlich selbst nicht, warum er immer wieder dorthin ging. Es war ein hässlicher, vielleicht sogar ein gefährlicher Ort, aber es war zugleich ein verschwiegener Fleck voller Traurigkeit, der auf den Jungen eine Anziehungskraft ausübte, die er sich nicht erklären, der er aber auch nicht widerstehen konnte. Seine Eltern wären entsetzt gewesen, hätten sie gewusst, dass er sich dort herumtrieb, was die ganze Sache natürlich noch viel reizvoller machte. Wenn Jay sich auf den Weg machte, nahm er sich jedes Mal vor, eine andere Richtung einzuschlagen, aber irgendwie landete er immer wieder in Nether Edge, zwischen den Schienen und dem Kanal, wo das Dröhnen der Kohlegrube in seinen Ohren summte und der weiße Sommerhimmel wie eine heiße Mütze auf seinen Schädel drückte.

London, März 1999

5

Als er spät am nächsten Vormittag erwachte, war Kerry schon weg. Sie hatte ihm eine kurze Nachricht auf einem Zettel hinterlassen, auf dem ihr Unmut wie ein Wasserzeichen unübersehbar durchschimmerte. Während er las, versuchte er sich an das zu erinnern, was am Abend zuvor passiert war.

Jay – Vergiss nicht den Empfang im Spy's heute Abend. Es ist sehr wichtig, dass du kommst! K.

Sein Kopf schmerzte. Er machte sich einen starken Kaffee und schaltete das Radio an. Die Erinnerung an den gestrigen Abend wollte sich nicht einstellen. Ein Großteil seines Lebens schien in letzter Zeit aus verschwommen vorbeihuschenden Tagen zu bestehen, die sich kaum voneinander unterschieden, wie Episoden einer Seifenoper, die er sich bloß aus Gewohnheit ansah, obwohl ihn keine der handelnden Personen interessierte.

Der heutige Tag erstreckte sich vor ihm wie eine leere Wüstenstraße. Er hatte ein Seminar am Nachmittag, spielte jedoch mit dem Gedanken, es abzusagen. Das war nicht weiter schlimm, er hatte schon mehrmals Unterrichtsstunden ausfallen lassen. Mittlerweile rechnete man bei ihm schon damit. Künstlerisches Naturell. Bei dem Gedanken musste er grinsen.

Die Flasche mit Joes Wein stand noch auf dem Tisch. Er wunderte sich, dass sie immer noch halb voll war. Eine so geringe Menge konnte kaum die Ursache für diesen fürchterlichen Kater und die wilden Träume gewesen sein, die ihn verfolgt hatten, nachdem er endlich beim ersten Morgenrot ins Bett gefallen war. Der Geruch in dem leeren Glas war schwach, aber noch wahrnehmbar, ein süßlicher, beruhigender Duft wie nach Medizin. Er füllte das Glas erneut.

»Man muss mit dem weitermachen, womit man aufgehört hat«, murmelte er.

Der Wein hatte seinen unangenehmen Geschmack vollkommen verloren und weckte in Jay eine schwache Erinnerung an das, was am Abend zuvor in ihm vorgegangen war. Den genauen Verlauf des Abends konnte er jedoch nach wie vor nicht rekonstruieren.

Plötzlich klapperte es an der Tür. Er fuhr zusammen, beinahe schuldbewusst, als fühle er sich ertappt. Aber es war nur die Post. Die eine Hälfte lag auf dem Boden verstreut, der Rest steckte noch im Briefschlitz. Durch die Glastür fiel Sonnenlicht herein und malte ein leuchtendes Rechteck auf den obersten Umschlag, wie um ihn besonders hervorzuheben. Wahrscheinlich irgendeine Wurfsendung, dachte er sich. In letzter Zeit kam kaum noch etwas anderes mit der Post. Aber das helle Sonnenlicht schien den Umschlag zum Leuchten zu bringen und dem Wort, das quer über die Vorderseite gedruckt war, eine neue, besondere Bedeutung zu verleihen: TRAUMHÄUSER. Kaum hatte Jay das Wort gelesen, schien es ihm, als öffne sich an diesem gewöhnlichen Londoner Vormittag eine Tür, die ihn in eine andere Welt führte, in der ihm alle Möglichkeiten offen standen. Er bückte sich, um das leuchtende Viereck aufzuheben, und riss den Umschlag auf.

Sein erster Gedanke war, dass es sich tatsächlich um eine normale Wurfsendung handeln musste. Ein Billigprospekt mit der Überschrift TRAUMHÄUSER IN UNBERÜHRTER NATUR, unscharfe Schnappschüsse von Bauernhäusern und Katen, dazwischen der typische Werbetext. *Dieses bezaubernde kleine Landhaus, nur fünf Kilometer von Avignon entfernt ... Dieser geräumige, umgebaute Bauernhof umgeben von Ländereien ... Diese Scheune aus dem siebzehnten Jahrhundert, mitten im Herzen der Dordogne ...*

Die Fotos ähnelten einander; rustikale Bauernhäuser unter einem disney-blauen Himmel, Frauen mit Kopftüchern und weißen, gestärkten Hauben, Männer in Baskenmützen, die auf leuchtend grünen Bergwiesen Ziegen hüteten. Auf seltsame Weise enttäuscht, warf er den Prospekt auf den Tisch; er fühlte sich betrogen, als wäre ihm etwas entgangen, etwas, von dem er nicht wusste, was es war. Doch dann entdeckte er das Haus. Der Prospekt war in der Mitte aufgeklappt, sodass ein doppelseitiges Foto von einem Gebäude zu sehen war, das ihm irgendwie bekannt vorkam. Ein großes Landhaus mit Seitenflügeln und verblichenem, blassrosa Putz und roten Dachschindeln. Darunter die Worte: *Château Foudouin, Lot-et-Garonne*. Vor Verblüffung darüber, es so unerwartet vor sich zu sehen, blieb ihm fast das Herz stehen. Zwar war es nicht genau Joes *château*, sagte er sich, nachdem er das Bild etwas genauer studiert hatte. Die Umrisse des Hauses waren ein bisschen anders, das Dach etwas schräger, die Fenster schmaler und die Simse breiter. Es lag auch nicht im Bordeaux, sondern im angrenzenden Département, ein paar Kilometer von Agen entfernt, an einem kleinen Seitenarm der Garonne, dem Tannes, aber es besaß große Ähnlichkeit, sehr große Ähnlichkeit mit dem Château, von dem sein alter Freund ihm immer erzählt hatte.

Das konnte kein Zufall sein, und er glaubte aus dem Keller das aufgeregte Gemurmel der restlichen Specials zu hören, gefolgt von einem unheimlichen und wie es schien erwartungsvollen Schweigen: kein Flüstern mehr und nicht das leiseste Klappern.

Pog Hill, Sommer 1975

6 In jenem Sommer spielte sich Jays Leben größtenteils im Verborgenen ab, es war wie ein heimlicher Krieg. An Regentagen saß er in seinem Zimmer und tat so, als würde er für die Schule lernen, las jedoch im *Dandy* oder *Eagle* und hörte ganz leise Radio, oder er schrieb hoch spannende Geschichten mit Titeln wie *Die Fleisch fressenden Krieger der verbotenen Stadt* oder *Der Mann, der den Blitz jagte.*

Es mangelte ihm nie an Geld. Sonntags verdiente er sich zwanzig Pence, indem er den grünen Austin seines Großvaters putzte, und noch einmal so viel, indem er den Rasen mähte. Die kurzen, unregelmäßig eintreffenden Briefe seiner Eltern kamen immer mit einem Scheck, und es bereitete ihm eine hämische Freude, diesen unerwarteten Reichtum zu verprassen. Er kaufte sich Comic-Hefte, Kaugummi und Zigaretten, wenn er welche bekam; alles, was den Unmut seiner Eltern ausgelöst hätte, reizte ihn. Seine Schätze bewahrte er in einer Keksdose auf, die er am Kanal versteckte, während er seinen Großeltern erzählte, er würde das Geld zur Bank bringen. Und genau genommen, war das ja auch keine richtige Lüge. Er hatte vorsichtig einen lockeren Stein aus der alten Mauer an der ehemaligen Schleuse gelöst und so einen Hohlraum geschaffen, in den die Keksdose hineinpasste. Eine Grasnarbe, die er mit einem Taschenmesser aus dem Hang gestochen hatte, tarnte die Öffnung. In den ersten beiden Wochen hielt er sich bei schönem Wetter fast jeden Tag dort auf, sonnte sich auf den glatten Steinen des Stegs, las, kritzelte Geschichten in eins seiner zahllosen, eng beschriebenen Hefte oder hörte auf seinem auf volle Lautstärke gedrehten

Radio Musik, die die helle, rußige Luft um ihn herum erfüllte. Seine Erinnerungen an jenen Sommer waren untermalt von Songs wie: *Eighteen with a Bullet* von Pete Wingfield oder *D.I.V.O.R.C.E.* von Tammy Wynette. Meistens sang er die Stücke mit oder tat so, als spiele er Gitarre und verzog dabei das Gesicht wie vor einem imaginären Publikum.

Erst viel später wurde ihm bewusst, wie leichtsinnig er gewesen war. Die Müllhalde lag in Hörweite des Kanals, und Zeth und seine Bande hätten ihn jederzeit aufspüren können. Sie hätten ihn schlafend am Ufer erwischen oder in der Aschengrube überraschen können, aus der es keine Fluchtmöglichkeit gab oder, noch schlimmer, neben dem sorglos geöffneten Versteck ertappen können. Jay hatte nie daran gedacht, dass sich noch andere Jungs in seinem Revier herumtreiben könnten. Es war ihm nie in den Sinn gekommen, dass dieses Gebiet schon besetzt war, von Jungs, die stärker, älter und überhaupt erfahrener waren als er selbst.

Jay hatte sich noch nie geprügelt, denn an der Moorland School wurden solche Anzeichen schlechter Erziehung nicht geduldet. Zwar stammte er nicht aus einer so vornehmen Familie wie die meisten seiner Klassenkameraden, aber er hatte gelernt, die Regeln der Schule zu akzeptieren. Seine Mutter war Schauspielerin, deren Karriere schon früh in einer Sackgasse geendet hatte, und zwar in einer Fernsehserie mit dem Titel *Oooh! Mutter!*, in der es um einen Witwer ging, der sich mit seinen drei Kindern im Teenageralter herumplagte. Jays Mutter spielte die Vermieterin, eine Nervensäge namens Mrs. Dykes. Seine ganze Jugend über hatte Jay fürchterlich darunter gelitten, dass Fremde sie auf der Straße erkannten und »*Oooh, störe ich etwa?*« kreischten, den Satz, mit dem Mrs. Dykes immer ihren Auftritt einleitete.

Jays Vater, ein aus einfachen Verhältnissen aufgestiegener Geschäftsmann, stets bemüht, seine Unsicherheit mit plumper Jovialität und dicken Zigarren zu überspielen, hatte nie genug Geld verdient, um seine kleinbürgerliche Herkunft wettzumachen. Auch für ihn schämte sich Jay, für seinen East-End-Akzent und seine glänzenden Anzüge. Seinen Klassenkameraden gegenüber war Jay sich immer wie ein Angehöriger einer anderen Spezies vorgekommen, irgendwie robuster, aber mit weniger guten Manieren.

Dass er in diesem Sommer Erfahrung im Kämpfen machen würde, war ihm nie in den Sinn gekommen.

Er hätte sich nicht gründlicher täuschen können.

Sie waren zu dritt. Größer als Jay und älter, vierzehn, vielleicht fünfzehn, schlenderten sie mit seltsam federndem Gang am Kanal entlang, einem großspurigen Auftreten, das sie als Herren des Territoriums auswies. Instinktiv schaltete Jay das Radio aus und duckte sich. Es ärgerte ihn, wie selbstverständlich sie auf dem Steg herumlümmelten. Einer hockte am Rand und stocherte mit einem Stock im Wasser herum. Ein anderer riss ein Streichholz an seiner Hose an, um sich eine Zigarette anzuzünden. Von seinem Versteck im Schatten eines Baumes aus beobachtete Jay sie aufmerksam und spürte, wie seine Nackenhaare sich sträubten. Sie sahen gefährlich aus, wie eine eingeschworene Bande. In ihren Jeans, den Stiefeln und den abgeschnittenen T-Shirts wirkten sie auf ihn wie Angehörige eines Stammes, dem Jay nie angehören würde. Einer von ihnen – ein großer, schlaksiger Junge – hatte ein Luftgewehr bei sich, das er achtlos in der Armbeuge trug. Sein Gesicht war breit und zornig, seine Augen waren klein und bösartig. Ein anderer saß halb abgewandt, sodass Jay sowohl seinen schwabbeligen Bauch sehen konnte, der unter dem T-Shirt über die Hose quoll, als auch den breiten Gummi seiner riesigen Unterhose bewundern durfte, den die tief sitzenden Jeans nicht zu verdecken vermochten. Die Unterhose war mit lauter kleinen Flugzeugen bedruckt, und das brachte Jay zum Lachen. Zunächst kicherte er leise in seine vorgehaltene Faust, doch dann verlor er die Beherrschung und prustete laut drauflos.

Der mit den Flugzeugen fuhr herum, mit vor Verblüffung offenem Mund. Ein oder zwei Sekunden lang starrten die beiden Jungs einander an. Dann schoss eine Hand vor und packte Jay am Kragen.

»Was machst du denn hier, du kleiner Scheißer?« Die anderen beiden sahen mit feindseliger Neugier zu. Der Dritte – ein magerer Junge mit eindrucksvollen Koteletten – trat einen Schritt vor und stieß Jay mit der Faust vor die Brust.

»Er hat dich was gefragt, Blödmann.«

Ihre Sprache klang fremd, beinahe unverständlich, wie aus einem Comic-Heft, und Jay musste schon wieder lachen.

»Nicht nur taub, sondern auch noch frech?«, wollte der mit den Koteletten wissen.

»Tut mir Leid«, sagte Jay und versuchte, sich loszureißen. »Ihr seid plötzlich hier aufgetaucht. Ich wollte euch nicht erschrecken.«

Die drei sahen ihn noch eindringlicher an. Ihre Augen hatten die gleiche Farbe wie der Himmel, ein seltsames, undefinierbares Grau. Der große Junge streichelte viel sagend den Kolben seines Gewehrs. Sein Gesichtsausdruck war neugierig, beinahe belustigt. Jay bemerkte, dass seine rechte Hand tätowiert war, auf jedem Knöchel ein Buchstabe, die zusammen einen Namen oder einen Spitznamen bildeten: ZETH. Man sah gleich, dass das nicht das Werk eines Profis war. Zeth hatte sich – vielleicht mit dem spitzen Ende eines Zirkels und einem Fass Tinte – selbst tätowiert. Jay konnte sich genau vorstellen, wie sich dieser Halbstarke mit dem Ausdruck verbissener Genugtuung an einem sonnigen Nachmittag während des Englischunterrichts das Tattoo eingeritzt hatte, und der Lehrer hatte zu alldem nichts gesagt und so getan, als würde er es nicht bemerken, obwohl Zeth sich noch nicht einmal die Mühe machte, es zu verbergen.

»Uns erschrecken?« Die hellen Knopfaugen verdrehten sich gespielt belustigt. Der mit den Koteletten kicherte.

»Hasse ne Zigarette, Kumpel?« Zeths Stimme klang lässig, aber Jay bemerkte, dass der mit den Flugzeugen ihn immer noch am Kragen hatte.

»Eine Zigarette?« Jay begann, in seiner Hosentasche herumzufummeln, stellte sich vor Aufregung ganz ungeschickt an und zog eine Schachtel Players heraus. »Klar. Hier, nimm dir eine.«

Zeth nahm sich zwei und reichte die Schachtel an Koteletten weiter, dann an Flugzeuge.

»Ihr könnt die Schachtel behalten«, sagte Jay. Er wurde allmählich leichtsinnig. »Streichhölzer?« Jay zog die Schachtel aus der Hosentasche und hielt sie dem Jungen hin. »Die könnt ihr auch behalten.«

Flugzeuge zwinkerte ihm zu, als er sich eine ansteckte, es war ein schmieriger, abschätzender Blick. Die anderen beiden kamen ein bisschen näher.

»Hasse auch noch was zu futtern?«, fragte Zeth freundlich. Flugzeuge fing an, Jays Taschen zu durchsuchen.

Zu spät, um sich zu wehren. Eine Minute früher hätte er sie vielleicht überrumpeln können, hätte zwischen ihnen durchschlüpfen, auf den Steg zu und dann zu den Schienen rennen können. Jetzt war es zu spät. Sie hatten seine Angst gewittert und durchwühlten seine Taschen mit gierigen, geschickten Fingern. Kaugummi, ein paar Süßigkeiten, Münzen, der gesamte Inhalt fiel ihnen in die Hände.

»He, lasst mich in Ruhe! Das sind meine Sachen!« Aber seine Stimme zitterte. Sollten sie doch das Zeug behalten – das meiste war sowieso nichts wert –, aber das half nicht gegen dieses elende, abscheuliche Gefühl der Hilflosigkeit.

Dann hob Zeth das Radio auf. »Nicht schlecht«, bemerkte er.

Jay hatte das Radio ganz vergessen; es hatte im Schatten unter den Bäumen gelegen und war im hohen Gras kaum zu sehen gewesen. Ein Lichtreflex vielleicht, oder ganz einfach Pech; Zeth hatte es jedenfalls entdeckt.

»Das ist meins«, sagte Jay fast lautlos, mit zusammengeschnürter Kehle. Zeth sah ihn grinsend an.

»Meins«, flüsterte Jay.

»Klar ist es deins, Kumpel«, pflichtete Zeth ihm bei und hielt es von sich weg.

Ihre Blicke begegneten sich. Jay streckte die Hand aus, beinahe flehend. Zeth hielt ihm das Radio entgegen, nur ein kleines bisschen – dann ließ er es fallen und kickte es unglaublich schnell und geschickt in einem weiten Bogen über ihre

Köpfe hinweg in die Luft. Einen Augenblick lang glitzerte es dort oben wie ein winziges Raumschiff, dann zerschellte es an der steinernen Kante des Stegs auf der gegenüberliegenden Seite und zerbarst in hundert Teile aus Chrom und Plastik.

»*Toooor!*« kreischte Koteletten und führte einen Freudentanz auf. Flugzeuge kicherte in sich hinein. Zeth musterte Jay neugierig, eine Hand auf dem Kolben seines Luftgewehrs, der Blick kühl und seltsam mitfühlend, als wolle er sagen: *Und was jetzt, Kumpel? Was jetzt? Was jetzt?*

Jay spürte, wie seine Augen immer heißer wurden, als wären die Tränen, die sich darin sammelten, aus geschmolzenem Blei, und er kämpfte verzweifelt dagegen an, dass sie ihm über die Wangen liefen. Er schaute zu den Überresten des Radios hinüber, die in der Sonne glitzerten, und versuchte sich einzureden, dass all das keine Rolle spielte. Es war nur ein altes Radio, nichts, wofür es sich lohnte, eine Abreibung einzustecken, aber die Wut in ihm ließ nicht nach. Er machte einen Schritt auf die Schleuse zu, drehte sich ohne nachzudenken um und schlug mit aller Kraft in Zeths geduldiges, belustigtes Gesicht.

Sofort stürzten sich Flugzeuge und Koteletten auf Jay, schlugen und traten auf ihn ein, doch es gelang ihm irgendwie, Zeth noch einen ordentlichen Tritt in die Magengrube zu versetzen, der diesmal richtig getroffen hatte. Zeth stieß einen erstickten Schrei aus und krümmte sich am Boden. Flugzeuge versuchte, Jay wieder zu fassen zu kriegen, doch schweißüberströmt wie er war, schaffte er es, sich dem Griff des Jungen zu entwinden. Als er über den Steg rannte, rutschte er auf den Resten seines Radios aus, schlitterte den Hang hinunter und hastete über den Reitweg hinweg auf die Eisenbahnbrücke zu. Jemand rief etwas hinter ihm her, was er auf die Entfernung und wegen des starken Dialekts nicht verstand, aber die Drohung war nicht zu überhören. Oben auf dem Hang ankommend, streckte er den drei Gestalten am Kanal seinen Mittelfinger entgegen, holte sein Fahrrad aus dem Versteck zwischen den Büschen und radelte zurück nach

Monckton Town. Seine Nase blutete, und er hatte sich die Hände aufgekratzt, als er sich durch die Büsche schlug, aber innerlich triumphierte er. Selbst seine Wut über den Verlust des Radios war zunächst vergessen.

Vielleicht lag es an dem Gefühl der Verwegenheit, diesem Glauben, beinahe unverwundbar zu sein, das er an jenem Tag zum ersten Mal kennen gelernt hatte. Hinterher sagte er sich, es sei reiner Zufall gewesen, er hätte nichts anderes gewollt als einfach drauflos durch den Wind zu radeln, aber später kam ihm der Gedanke, dass es vielleicht eine Art verrückte Vorherbestimmung gewesen war, die ihn dorthin geleitet hatte, ein Ruf des Schicksals. Es war, als ob eine innere Stimme von außergewöhnlicher Klarheit und Deutlichkeit ihm sagte, welchen Weg er einschlagen solle. Für einen kurzen Moment hatte er das Straßenschild – POG HILL LANE – im Schein der untergehenden Sonne rot aufleuchten sehen, als würde es extra für ihn hervorgehoben, und statt an der engen Straße vorüberzuradeln, wie er es so oft getan hatte, stieg er ab und schob sein Fahrrad langsam zurück, um über die Ziegelmauer zu schauen, hinter der ein alter Mann Kartoffeln zerkleinerte, um Wein daraus zu machen.

London, März 1999

7 Der Makler musste gespürt haben, wie sehr Jay auf das Haus erpicht war. Es liege ihm bereits ein Angebot für das Objekt vor, knapp unter dem geforderten Preis, behauptete er. Die Verträge seien schon aufgesetzt. Wenn Jay unbedingt ein Haus kaufen wolle, gäbe es noch andere interessante Objekte. Diese Information – ob sie nun stimmte oder nicht – machte Jay leichtsinnig. Es müsse dieses Haus sein, entgegnete er. Dieses und kein anderes. Auf der Stelle. Er sei bereit, wenn nötig, bar zu bezahlen.

Ein diskreter Anruf. Dann noch einer. Schnell gesprochenes Französisch. Jemand brachte Kaffee und italienisches

Gebäck von einem Imbiss gegenüber, während Jay wartete. Er wurde ungeduldig und erhöhte sein Angebot. Die Stimme am anderen Ende der Leitung stieg um eine Oktave an. Er prostete dem Makler mit seinem *caffè latte* zu. Es war so einfach, ein Haus zu kaufen. Ein paar Stunden Wartezeit, ein bisschen Papierkram, und es gehörte ihm.

Er las noch einmal den kurzen Text unter dem Foto, versuchte, die Worte in Stein und Mörtel zu übersetzen. Château Foudouin. Es wirkte unwirklich, wie eine Postkarte aus der Vergangenheit. In seiner Phantasie malte er sich aus, wie er vor dem Haus stand, mit den Händen den roten Sandstein berührte und über den Weinberg hinweg auf den See schaute. Das war Joes Traum, schoss es ihm durch den Kopf, der endlich in Erfüllung ging. Es musste wohl Schicksal sein.

Eine innere Stimme – vielleicht war es die von Jonathan Winesap, diesem Zyniker, der es sich zur Aufgabe gemacht hatte, die Phantasie in ihre Schranken zu weisen – redete ihm ein, dass das alles viel zu schnell ging. Vielleicht aber fürchtete Jay sich auch so sehr vor der Trägheit, die ihn so lange gelähmt hatte, dass er sich jetzt kopflos in diese Sache stürzte, ohne über die Konsequenzen nachzudenken. Seine hochfliegenden Erwartungen konnten ja nur in bitterer Enttäuschung enden, warnte ihn die Stimme, denn so berauschend Joes Wein auch sein mochte, der Bodensatz würde immer bitter schmecken.

Dennoch fiel es Jay erstaunlich leicht, die eigenen Bedenken beiseite zu räumen. Seit langem gab es wieder einmal einen Talisman, an den er bereit war zu glauben – kein Ding, sondern ein Ort –, der vielleicht seine innere Zerrissenheit heilen konnte. Als hätte die Welt der Phantasie, die er in seinen Büchern zu erreichen versuchte, einen realen Gegenpart erhalten, einen Ort, wo Magie und Chemie, Einbildungskraft und Realität aufeinander trafen, so wie damals in der Pog Hill Lane. Wie die Samen in Joes alter Kiste, die wie tot wirkten, aber jederzeit zum Leben erweckt werden konnten, wenn man sie nur in die richtige Erde pflanzte.

Der Gedanke war so eindringlich, dass Jay sich fühlte, als

wäre er wieder vierzehn, während er stolz das Foto seines neuen Besitzes betrachtete, mit den Fingern darüber fuhr, das dünne Papier zusammen- und wieder auseinander faltete. Am liebsten hätte er es allen gezeigt. Nur zu gerne wäre er jetzt schon dort, um das Haus zu renovieren und einzurichten, obwohl der Papierkram erst zur Hälfte erledigt war. Sollten sich doch seine Bank, sein Steuerberater, seine Anwälte mit den Formalitäten herumplagen. Das Unterschreiben der Papiere war schließlich nur noch reine Formsache. Alles Wichtige war ja bereits in die Wege geleitet worden.

Ein paar Telefonate noch, und alles wäre geklärt. Ein Flug nach Paris. Mit dem Zug nach Marseille. Morgen schon konnte er dort sein.

Pog Hill, Sommer 1975

8

Joe wohnte in einem der vielen dunklen, windschiefen Reihenhäuser, die die Eisenbahnlinie säumten. Die Vorderseite lag zur Straße hin, vor der Haustür eine niedrige Mauer mit einem Blumenkasten. Auf der Rückseite drängten sich kleine, von Mauern eingefasste Gärten, wo zwischen grob gezimmerten Taubenschlägen, Kaninchen- und Hühnerställen stets Wäsche im Wind flatterte. Hinter der Gartenmauer ging es steil hinunter zu den Gleisen. An dieser Stelle führte die Straße über eine Brücke, und von Joes Garten aus konnte man die roten Lichter des Bahnsignals wie einen Leuchtturm in der Ferne blinken sehen. Auch Nether Edge war von hier aus sichtbar, und jenseits der Felder erstreckten sich die grauen Ausläufer der Schlackenhalden.

Von den kleinen, windschiefen Häusern, die sich in der steilen, engen Straße aneinander schmiegten, hatte man einen guten Überblick über Jays gesamtes Territorium. Aus einem der Gärten war Gesang zu hören, es klang wie die zittrige Stimme einer alten Frau. In einem anderen Garten wurde gehämmert, ein beruhigendes, vertrautes Geräusch.

»Willst du was trinken?« Joe machte eine Kopfbewegung in Richtung Haus. »Du siehst aus, als könntest du einen Schluck gebrauchen.«

Jay schaute zum Haus hinüber und dachte an seine zerrissenen Jeans und das getrocknete Blut an seiner Nase und seiner Oberlippe. Er hatte einen trockenen Mund. »Okay.«

Drinnen war es kühl. Jay folgte dem Alten in die Küche, einem großen, kahlen Raum mit blank geschrubbten Holzdielen und einem riesigen Tisch aus Kiefernholz, der mit zahllosen Messerkerben übersät war. An den Fenstern hingen keine Gardinen, aber auf der Fensterbank standen hoch gewachsene Pflanzen, die einen saftiggrünen Schutz gegen das Sonnenlicht boten und einen angenehmen erdigen Duft verströmten, der den ganzen Raum erfüllte.

»Das sind meine Toms«, sagte Joe, und Jay sah, dass zwischen den grünen Blättern tatsächlich Tomaten wuchsen, kleine gelbe, große unförmige rote und orangegrün marmorierte, die aussahen wie Murmeln. In Töpfen an den Wänden entlang aufgereiht und neben der Tür, wo sie an den Türpfosten hochranken konnten, standen noch weitere Pflanzen. An einer Seite entdeckte Jay mehrere Holzkisten, gefüllt mit Obst und Gemüse, alles sorgfältig verstaut, um Druckstellen zu vermeiden.

»Schöne Pflanzen«, sagte er, ohne es wirklich zu meinen.

Joe warf ihm einen ironischen Blick zu. »Man muss mit ihnen reden, damit sie gut wachsen. Und man muss sie kitzeln«, fügte er hinzu und deutete auf einen langen Stock, der an der Wand lehnte. An einem Ende war ein Kaninchenschwanz befestigt. »Das ist mein Kitzelstab. Die Toms sind sehr kitzlig.«

Jay sah ihn verständnislos an.

»Du siehst aus, als hättest du Ärger gehabt da draußen«, meinte Joe und öffnete eine Tür, die zu einer großen Speisekammer führte.

»Bin irgendwie in 'ne Prügelei geraten.« Zögernd erzählte Jay, was vorgefallen war. Als er beschrieb, wie Zeth das Radio in die Luft gekickt hatte, spürte er, wie seine Stimme schrill wurde und einen kindlichen Ton annahm. Den Tränen nahe, brach er ab, das Gesicht vor Wut gerötet.

Joe schien es nicht zu bemerken. Er ging in die Kammer und kam mit einer Flasche und zwei Gläsern heraus.

»Trink einen Schluck«, sagte Joe, während er die Gläser mit dem dunkelroten Flascheninhalt füllte. Es roch seltsam fruchtig, ein bisschen vergoren, so ähnlich wie Bier, aber verführerisch süßlich. Misstrauisch betrachtete Jay die vollen Gläser.

»Ist das Wein?«, fragte er zögernd.

Joe nickte. »Brombeerwein«, antwortete er und trank genussvoll.

»Ich weiß nicht, ob ich –« stotterte Jay, aber Joe drückte ihm das Glas ungehalten in die Hand.

»Probier's, mein Junge«, sagte er. »Tu dir was Gutes.«

Er trank einen Schluck. Joe klopfte ihm auf den Rücken, bis er zu husten aufhörte, und nahm ihm vorsichtig das Glas aus der Hand, damit er nichts verschüttete.

»Das ist ja ekelhaft!«, stieß Jay zwischen Hustenanfällen hervor.

Auf jeden Fall schmeckte es anders als alles, was er jemals probiert hatte. Es war nicht das erste Mal, dass Jay Wein trank. Seine Eltern erlaubten ihm zu den Mahlzeiten ein kleines Glas zu trinken, und er hatte eine Vorliebe für die lieblichen deutschen Weißweine entwickelt, aber das hier war etwas ganz anderes. Es schmeckte nach Erde und Sumpfwasser und nach verdorbenem Obst. Seine Zunge fühlte sich pelzig an, und es brannte in seiner Kehle. Die Augen tränten ihm.

Joe wirkte beinahe gekränkt. Dann lachte er. »Bisschen stark, was?«

Jay nickte, immer noch hustend.

»Ja, ja, ich hätte es wissen müssen«, sagte Joe heiter und wandte sich wieder der Kammer zu. »An so was muss man sich wohl erst gewöhnen. Aber da steckt Geist drin«, fügte er liebevoll hinzu, als er die Flasche sorgfältig zurück ins Regal stellte. »Und darauf kommt's an.« Er drehte sich wieder um, diesmal mit einer Flasche Ben Shaw's gelber Limonade in der Hand. »Schätze, das ist im Moment besser für dich«, sagte er und schenkte Jay ein Glas ein. »Und was das andere Zeug angeht, wirst du schon noch auf den Geschmack kommen.«

Er stellte die Limonadenflasche zurück in die Kammer, zögerte und wandte sich zu Jay um. »Aber was dein Problem betrifft, könnte ich dir vielleicht helfen, wenn du willst«, sagte er. »Komm mal mit.«

Jay konnte sich nicht vorstellen, wie der alte Mann ihm behilflich sein könnte. Mit Kung-Fu-Unterricht vielleicht? Oder mit einer aus irgendeinem Krieg übrig gebliebenen Bazooka oder Handgranaten, einem Zulu-Speer vielleicht, den er von seinen Reisen mitgebracht hatte? Oder würde er ihm eine ganz besondere Schlagtechnik beibringen, die er von einem tibetanischen Meister gelernt hatte? Aber Joe führte ihn nur neben das Haus, wo ein kleines, rotes Flanellsäckchen an einem Nagel an der Wand baumelte. Er nahm das Säckchen herunter, schnupperte kurz an seinem Inhalt und reichte es Jay. »Hier, nimm«, sagte er. »Das hält noch eine Weile. Später mache ich neue für uns.«

Jay starrte ihn an. »Was ist das?«, fragte er nach einer Weile.

»Trag es einfach bei dir«, entgegnete Joe. »In der Hosentasche, wenn du willst, oder häng's dir um den Hals. Du wirst schon sehen. Es funktioniert.«

»Was ist da drin?« Er schaute den Alten an, als hielte er ihn für verrückt. Sein Misstrauen, das sich vorübergehend gelegt hatte, war erneut erwacht.

»Ach, dies und das. Sandelholz, Lavendel, ein bisschen Abenteuergeist, ein Zauber, den ich mal vor Jahren von einer alten Frau auf Haiti gelernt hab. Funktioniert immer.«

Alles klar, dachte Jay. Der Alte war tatsächlich verrückt. Harmlos – so hoffte er –, aber verrückt. Er schaute sich unbehaglich in dem dicht bewachsenen Garten um und fragte sich, ob er es bis zur Mauer schaffen würde, falls der Alte gewalttätig werden sollte. Doch Joe lächelte einfach nur. »Probier's aus«, schlug er vor. »Du brauchst es nur immer in der Tasche zu haben. Am Ende vergisst du sogar, dass du es bei dir hast.«

Jay beschloss, das Spiel mitzuspielen. »Okay. Was bewirkt es denn überhaupt?«

Joe lächelte wieder. »Vielleicht gar nichts«, sagte er.

»Und woher soll ich dann wissen, ob es auch funktioniert?«, wollte Jay wissen.

»Du wirst es schon merken«, erwiderte Joe gelassen. »Wenn du das nächste Mal rüber nach Nether Edge gehst.«

»Da geh ich nie wieder hin«, stieß Jay hervor. »Nicht solange diese Jungs –«

»Du willst ihnen also die Dose mit deinen Schätzen einfach überlassen?«

Das war allerdings ein Argument. Jay hatte die Schatzdose, die immer noch unter dem losen Stein versteckt lag, vollkommen vergessen. In seinem plötzlichen Schreck bemerkte er nicht einmal, dass er sie Joe gegenüber mit keinem Wort erwähnt hatte.

»Ich bin auch immer da unten gewesen, als ich ein Junge war«, sagte der Alte sanft. »Am Rand der Schleuse gab es einen losen Stein im Mauerwerk. Der ist immer noch da, stimmt's?«

Jay starrte ihn an. »Woher weißt du das?«, flüsterte er.

»Woher weiß ich was?«, fragte Joe übertrieben arglos. »Was meinst du damit? Ich bin nur ein Bergarbeiterjunge. Ich weiß überhaupt nichts.«

An jenem Abend ging Jay noch einmal zurück zum Kanal. Er war verwirrt, in seinem Kopf schwirrten Bilder von Prügeleien und zerborstenen Radios, von haitianischer Zauberei und Joes leuchtenden, lachenden Augen. Er radelte langsam und mit klopfendem Herzen drei oder vier Mal über die Eisenbahnbrücke, fand jedoch nicht den Mut, den Abhang hinunterzuklettern. Schließlich fuhr er nach Hause, deprimiert und unzufrieden. Sein Triumphgefühl war völlig verflogen. Er stellte sich vor, wie Zeth und die anderen Jungs seine Schätze durchwühlten, wie sie sich vor Lachen bogen, die Comic-Hefte und Bücher zerfledderten, sich die Süßigkeiten in den Mund

und sein Geld in die Taschen stopften. Das Schlimmste war, dass auch seine Hefte in der Dose waren, die Aufzeichnungen mit den Geschichten und Gedichten, die er geschrieben hatte.

Als er zu Hause ankam, schmerzte ihm der Kiefer vor Wut. Er hockte sich wortlos vor den Fernseher und ging dann zu Bett. Erst spät fiel er in einen unruhigen Schlaf, verfolgt von Träumen, in denen er vor einem unsichtbaren Feind davonrannte, während Joes Lachen in seinen Ohren hallte.

Am nächsten Tag hatte er eigentlich vorgehabt, zu Hause zu bleiben. Das rote Flanellsäckchen lag auf seinem Nachttisch wie eine stumme Herausforderung. Jay beachtete es nicht und versuchte zu lesen, aber seine besten Comics waren noch immer in der Schatzdose. Das Fehlen des Radios erfüllte den Raum mit aggressiver Stille. Draußen schien die Sonne, und es wehte ein leichter Wind, der die Hitze erträglich machte. Es würde der schönste Tag des Sommers werden.

Als er an der Eisenbahnbrücke ankam, war er wie benommen. Auf dem Weg in die Stadt war er sich sicher gewesen, dass er umkehren, eine andere Strecke nehmen und Zeth und dessen Bande den Kanal überlassen würde. Das war jetzt deren Territorium. Vielleicht würde er zu Joe fahren – der Alte hatte ihn zwar nicht eingeladen wiederzukommen, aber er hatte auch nicht gesagt, er solle sich fern halten. Es schien, als sei es ihm egal, ob Jay kam oder nicht. Er könnte auch zum Zeitungsladen fahren, um sich Zigaretten und neue Comics zu kaufen. Auf keinen Fall hatte er vor, zum Kanal zu fahren.

Als er sein Fahrrad an der vertrauten Stelle zwischen den Weidenröschen versteckte und den Abhang hinunterkletterte, sagte er sich das immer wieder. Nur ein Idiot würde das noch einmal wagen. Joes rotes Flanellsäckchen steckte in seiner Hosentasche. Er konnte es fühlen, ein weicher Ball, nicht größer als ein zusammengeknülltes Taschentuch.

Doch die Vorstellung, dass dieses mit Kräutern gefüllte Säckchen ihm helfen sollte, kam ihm absurd vor. Am Abend zuvor hatte er es geöffnet und den Inhalt auf seinem Nachttisch ausgebreitet; ein paar Holzstückchen, etwas braunes Pulver und eine Hand voll graugrüner, duftender Kräuter. Insgeheim hatte er erwartet, dass es so etwas wie Schrumpfköpfe enthalten würde. Es war ein schlechter Witz, sagte er sich wütend. Der Alte hatte sich über ihn lustig gemacht. Aber seine störrische Seite wollte unbedingt daran glauben, wollte den Talisman unter keinen Umständen wegwerfen. Vielleicht war das, was sich in dem Säckchen befand, am Ende doch ein Zauber? Jay stellte sich vor, wie er den Talisman in der ausgestreckten Hand hielt, mit dröhnender Stimme einen Fluch ausstoßend, Zeth und seine Kumpels vor ihm auf den Knien ... Das Herz klopfte ihm bis zum Hals, als er auf den Kanal zuging, doch er spürte, wie von dem Säckchen in seiner Hosentasche eine beruhigende Wirkung ausging. Wahrscheinlich würde er sowieso niemanden antreffen.

Es sollte sich jedoch herausstellen, dass er sich erneut geirrt hatte. Er schlich den Reitweg entlang, immer im Schatten der Bäume. In seinen Sportschuhen bewegte er sich lautlos über den Lehmboden. Er zitterte vor Anspannung, bereit, beim geringsten Geräusch die Flucht zu ergreifen. Als plötzlich ein Vogel laut aus dem Schilf flatterte, blieb er wie erstarrt stehen, überzeugt, dass man im Umkreis von Meilen sein Kommen bemerkt hatte. Aber nichts rührte sich. Jay hatte die Schleuse schon fast erreicht und konnte bereits die Stelle erkennen, wo die Schatzdose versteckt war. Einzelne Plastikteile lagen noch immer auf dem Steg verstreut. Er kniete sich hin, entfernte die Grasnarbe, die den Stein verbarg und begann, ihn aus der Mauer zu lösen.

Er hatte sie so oft im Geiste vor sich gesehen, dass er einen Augenblick lang glaubte, er würde sich die Geräusche nur einbilden. Doch dann konnte er durch die Büsche hindurch drei verschwommene Gestalten erkennen, die sich von der Aschengrube her näherten. Es war zu spät, um wegzulaufen. Es würde höchstens noch eine halbe Minute dauern, bis sie auftauchten. Der Reitweg war von hier aus offen einzusehen und bis zur Eisenbahnbrücke war es viel zu weit. Innerhalb von Sekunden würde er zur Zielscheibe werden.

Es gab nur ein Versteck, das in Frage kam. Der Kanal, der bis auf wenige Stellen ausgetrocknet und mit Schilf zugewuchert war, verstopft vom Müll und Schlick der letzten hundert Jahre. Unter dem kleinen Steg, der ungefähr einen Meter hoch aus dem Schlamm ragte, konnte er sich verstecken, zumindest vorübergehend. Wenn sie jedoch auf den Steg traten oder den Weg entlang gingen oder sich hinabbeugten, um irgendetwas in dem brackigen Wasser zu suchen …

Aber um darüber nachzudenken, blieb jetzt keine Zeit. Jay schob die Schatzdose zurück an ihren Platz und ließ sich in den Kanal gleiten. Er spürte, wie er bis zu den Knöcheln im Morast versank, der ihm in die Schuhe und zwischen die Zehen quoll. Doch das war ihm im Augenblick gleichgültig. Er kauerte sich tief unter den Steg und machte sich so klein wie möglich. Schilf kitzelte ihn im Gesicht. Instinktiv sah er sich nach Waffen um, nach Steinen oder leeren Dosen, die er als Wurfgeschosse benutzen konnte. Denn wenn sie ihn entdeckten, war die Überraschung sein einziger Vorteil. Seine Finger umklammerten Joes Glücksbringer.

Sie waren jetzt ganz in seiner Nähe; höchstens noch vier Meter von ihm entfernt. Er konnte ihre Schritte hören. Jemand warf eine Flasche mit voller Wucht gegen die Mauer; sie zerbarst in tausend Stücke, und Jay zuckte zusammen, als die Scherben über seinem Kopf und seinen Schultern nieder regneten. Sich unter ihren Füßen zu verstecken erschien ihm auf einmal idiotisch, geradezu selbstmörderisch. Er hätte abhauen sollen, als noch Zeit dazu war, sagte er sich zerknirscht, hätte rennen sollen, als er noch die Chance dazu hatte. Die Schritte kamen näher. Drei Meter, zweieinhalb, zwei. Jay drückte sich dicht an die feuchte Mauer, als versuche er, eins zu werden mit ihr. Joes Glücksbringer war inzwischen schweißdurchtränkt. Zwei Meter, anderthalb.

Die Stimmen von Koteletten und Flugzeuge klangen erschreckend nah: »Du glaubst also nicht, dass er noch mal zurückkommt?«

»Der doch nicht. Der ist tot, wenn er's riskiert.«

Sie reden über mich, dachte Jay wie benommen.

Ein Meter.

Zeths Stimme klang beinahe gleichgültig in ihrer kühlen Bedrohlichkeit. »Ich kann warten.«

Ein halber Meter. Ein Schatten fiel auf ihn und ließ ihn erstarren. Jay spürte, wie seine Nackenhaare sich sträubten. Er konnte ihre Blicke in seinem Rücken spüren, roch Zeths verrauchten Atem, doch er wagte nicht, den Kopf zu heben, obwohl das Bedürfnis zu wissen, was los war, brannte wie Brennnesselstiche.

Kaum einen halben Meter entfernt platschte ein Stein in den Kanal. Jay konnte es aus dem Augenwinkel sehen. Es folgte ein Zweiter. *Platsch.*

Wahrscheinlich wollten sie ihn reizen, dachte er verzweifelt. Sie hatten ihn gesehen und kosteten die Spannung aus, unterdrückten ihr boshaftes Gelächter, während sie wortlos Steine und andere Wurfgeschosse sammelten, um damit auf ihn zu zielen. Vielleicht hatte Zeth auch sein Luftgewehr gehoben und wartete mit nachdenklichem Blick ...

Aber nichts dergleichen geschah. Als er sich gerade aufrichten wollte, hörte er, wie ihre Schritte sich entfernten. Noch ein Stein landete im Schlamm, schlitterte auf Jay zu und ließ ihn zusammenzucken. Endlich wurden ihre Stimmen leiser. Jemand schlug vor, für Schießübungen in der Aschengrube nach Flaschen zu suchen.

Es dauerte eine ganze Weile, bis Jay es wagte, den Kopf zu heben. Bestimmt handelte es sich um eine Finte, sagte er sich, ein Trick, um ihn aus der Deckung zu locken. Sie mussten ihn einfach gesehen haben. – Aber die Stimmen wurden immer schwächer, als Zeth und seine Kumpels zwischen den Büschen hindurch in Richtung der Grube verschwanden. In der Ferne war ein Schuss zu hören. Hinter den Bäumen ertönte Gelächter. Es war unmöglich. Sie *mussten* ihn gesehen haben. Doch wie durch ein Wunder war er vor ihren Blicken verschont geblieben.

Vorsichtig zog Jay die Schatzdose aus ihrem Versteck. Der Glücksbringer war mittlerweile ganz schwarz vom Schweiß seiner Hände und vom Schlamm des Kanals.

London, März 1999

9 Als Jay kurz nach Hause kam, um ein paar Sachen zu packen, sah er das rote Lämpchen des Anrufbeantworters blinken, doch er hörte die Nachricht nicht ab. Hastig durchwühlte er seine eigenen Habseligkeiten wie ein Dieb, als fürchte er, wenn er auch nur eine Sekunde lang innehielte, seinen Schwung zu verlieren und kraftlos in sein altes Leben zurückzufallen. Er schaltete das Radio ein, und wieder lief der Oldie-Sender, der gerade *Sailing* von Rod Stewart spielte, eins von Joes Lieblingsstücken – *das erinnert mich immer an die Zeiten, als ich noch auf Reisen war, mein Junge.*

In Windeseile packte Jay seine Sachen in den Seesack zu den Flaschen. Erstaunlich, wie wenige Dinge ihm so wichtig waren, dass er sie nicht zurücklassen konnte: seine Schreibmaschine, das unvollendete Manuskript von *Stout Cortez*, ein paar Lieblingsbücher, das Radio und natürlich Joes Specials. Noch so eine spontane Entscheidung, sagte er sich. Der Wein war im Grunde wertlos, fast ungenießbar. Und doch wurde er das Gefühl nicht los, dass die Flaschen etwas enthielten, was er in der nächsten Zeit brauchen würde. Etwas, ohne das er nicht auskommen konnte.

Es war Stunden her, dass er Joes Wein getrunken hatte – doch er fühlte sich noch immer leicht benommen. Nach den seltsamen Ereignissen des Tages hatte er zunächst vorgehabt, sein Seminar ausfallen zu lassen. Doch plötzlich fand er den Gedanken unerträglich, zu Hause zu bleiben und sich der stummen Missbilligung der Gegenstände auszusetzen, die er mit Kerry gemeinsam angeschafft hatte, und so beschloss er kurzerhand, den Kurs doch abzuhalten; Zeit totzuschlagen, denn er konnte es kaum erwarten, von hier wegzukommen.

»Selbst der gleichgültigste und kälteste Mensch«, erklärte er seinen Studenten, »kann menschliche Gefühle entwickeln, wenn man ihm etwas gibt, das er umsorgen kann. Ein Kind, eine Geliebte, zur Not auch einen Hund.«

Er saß auf dem Pult neben seinem prall gefüllten Seesack und widerstand dem Drang, ihn zu berühren, ihn zu öffnen.

Die ehrfürchtigen Blicke seiner Studenten waren auf ihn gerichtet. Einige machten sich Notizen. *Zur Not* – notierten sie, eifrig darauf bedacht, kein Wort auszulassen – *zur Not ... auch ... einen ... Hund.*

Das mit dem Seminar war Kerrys Idee gewesen. Die sklavische Regelhörigkeit dieser jungen Leute ging ihm im Grunde ziemlich auf die Nerven. Einen Moment lang fragte er sich, wer – oder was – ihn dazu bringen würde, menschliche Gefühle zu entwickeln.

Es waren fünfzehn Studenten, alle fast identisch in Schwarz gekleidet; ernste junge Männer und entschlossene junge Frauen mit kurz geschnittenen Haaren, Piercings in den Augenbrauen und dem elitären Tonfall von Absolventen teurer Privatschulen. Eine der Frauen las ihre Kurzgeschichte vor, eine Charakterstudie über eine schwarze, allein erziehende Mutter, die in einer kleinen Wohnung in Sheffield wohnt. Jay tastete nach dem Traumhaus-Prospekt in seiner Tasche und versuchte, sich auf den Vortrag zu konzentrieren, aber die Stimme der Studentin klang wie ein lästiges, wespenartiges Summen, das schließlich zu einem monotonen Geleier wurde. Hin und wieder nickte er, als würde ihn das alles interessieren. Seit dem vergangenen Abend schien die Welt sich verändert und an Schärfe gewonnen zu haben. Als hätte etwas, das er seit Jahren anstarrte, ohne es zu sehen, plötzlich Konturen angenommen.

Die junge Frau leierte immer noch ihren Text herunter. Sie las mit zusammengezogenen Brauen und trat immer wieder nervös mit dem Fuß gegen das Tischbein. Jay unterdrückte ein Gähnen. Diese Frau war so ernsthaft. Ernsthaft und gleichzeitig ziemlich abstoßend, wie sie so in sich selbst vertieft vorlas, wie eine Jugendliche, die ihr Gesicht nach Mitessern absucht. Sie benutzte das Wort »Scheiße« in jedem Satz.

Die Wirkung von Joes Wein müsste eigentlich längst verflogen sein, doch Jay fühlte sich immer noch ungewöhnlich beschwingt. Als wäre der normale Lauf der Dinge für einen unerwarteten freien Tag ausgesetzt worden. Vielleicht lag der

Grund für dieses Gefühl darin, dass er in den letzten vierundzwanzig Stunden so häufig an Joe gedacht hatte. Es kamen ihm immer mehr Erinnerungen, zu viele, um den Überblick zu bewahren, als hätte die Flasche nicht Wein, sondern Zeit enthalten, die wie ein Flaschengeist aus dem sauren Bodensatz gestiegen war und ihn verändert hatte, ihn – ja, was? Verrückt machte? Gesund? Er konnte sich einfach nicht auf den Unterricht konzentrieren. Melodien aus längst vergangenen Sommern, die auf dem Oldie-Sender liefen, gingen ihm unablässig durch den Kopf. Es war, als wäre er wieder dreizehn, den Kopf voller Visionen und Phantasien. Dreizehn und in der Schule …

Durchs offene Fenster wehten Sommerdüfte herein, bald würde er wieder in der Pog Hill Lane sein. Im Hintergrund hörte er das Ticken der Uhr, das die Zeit bis zum Ende der Stunde zählte. Jetzt war er der Lehrer, und dennoch konnte er es kaum erwarten, dass die Schule endlich aus war. Die Schüler waren dankbar, dass sie hier sein durften, und sogen jedes noch so bedeutungslose Wort begierig auf. Es musste etwas in der Luft liegen, dachte Jay sich. Eine Wolke von glücklich machendem Gas, ein Duft aus einer exotischen Welt.

Die junge Frau hörte auf vorzulesen – vielleicht war sie ja fertig – und sah ihn vorwurfsvoll an. Sie wirkte so empört, dass er unwillkürlich lachen musste. »Ich habe heute ein Haus gekauft«, sagte er unvermittelt.

Die Studenten starrten ihn entgeistert an. Ein junger Mann in einem Rüschenhemd schrieb mit: *Heute … ein Haus gekauft.*

Jay zog den Prospekt aus seiner Tasche und betrachtete ihn. Er war inzwischen vom vielen Befingern zerknittert und verschmiert, aber der Anblick des Fotos ließ sein Herz hüpfen. »Eigentlich kein Haus«, korrigierte er sich. »Ein Schatto.« Er musste wieder lachen. »So hat Joe es immer genannt. Sein Schatto in Bordeaux.«

Er schlug den Prospekt auf und las laut daraus vor. Der junge Mann in dem Rüschenhemd machte sich brav Notizen.

Château Foudouin, Lot-et-Garonne. Lansquenet-sous-

Tannes. Dieses authentische Château aus dem 18ten Jahrhundert im Herzen von Frankreichs beliebtester Weingegend verfügt über einen Weinberg, einen Obstgarten, einen See und große Ländereien sowie eine Garage, eine funktionstüchtige Destillerie, fünf Schlafzimmer, Wohn- und Esszimmer mit original Eichenbalkendecken. Aus- und umbaufähig.

»Es hat natürlich etwas mehr gekostet als fünftausend Pfund. Die Preise sind seit 1975 ein bisschen gestiegen.« Jay überlegte, wie viele seiner Studenten 1975 überhaupt schon geboren waren. Sie blickten ihn schweigend und verständnislos an.

»Verzeihen Sie, Doktor Mackintosh.« Es war die junge Frau. Sie stand immer noch und wirkte ziemlich streitlustig. »Könnten Sie uns vielleicht erklären, was das mit meiner Hausarbeit zu tun hat?«

Jay musste wieder lachen. Plötzlich kam ihm alles lächerlich und unwirklich vor. Er hatte das Gefühl, alles tun, alles sagen zu können. Es gab keine Normalität mehr. So sollte man sich eigentlich fühlen, wenn man betrunken war, sagte er sich. Er hatte also all die Jahre irgendetwas falsch gemacht.

»Warum sind Sie hier?«, wollte er plötzlich wissen. »Was erwarten Sie von diesem Kurs?« Beim Anblick ihrer entgeisterten Gesichter, der höflichen Verständnislosigkeit, konnte er sich das Lachen kaum noch verkneifen. Er fühlte sich jünger als sie alle, kam sich vor wie ein aufsässiger Schüler vor lauter spießigen, pedantischen Lehrern. »Sie sind jung. Sie sind phantasievoll. Warum zum Teufel schreiben Sie über schwarze allein erziehende Mütter und Glasgower Drogensüchtige, und warum fällt Ihnen kein anderes Wort ein als immer wieder Scheiße?«

»Nun, Sir, *Sie* haben die Aufgabe gestellt.« Die streitlustige junge Frau ließ sich so schnell nicht überzeugen. Ihre Augen blitzten ihn wütend an, während ihre Hände die abgelehnte Hausarbeit umklammerten.

»Zum Henker mit der Hausarbeit!«, schrie er, und um seinen Worten mehr Nachdruck zu verleihen, schlug er mit der Hand auf den schweren Seesack, aus dem das unverkennbare Klimpern aneinander stoßender Flaschen ertönte. Die Studenten warfen einander bedeutsame Blicke zu.

Jay wandte sich wieder an die Klasse, er fühlte sich wie berauscht. »Wo bleibt die Magie, das möchte ich mal wissen«, sagte er. »Wo bleiben die fliegenden Teppiche, der haitianische Voodoo-Zauber, die einsamen Revolverhelden und die nackten, an Eisenbahngleise gefesselten Frauen? Wo sind die Indianer, die vierarmigen Göttinnen, die Piraten und die Riesenaffen? Wo bleiben die verdammten Außerirdischen?«

Es folgte betretenes Schweigen. Die Studenten starrten ihn wortlos an, und die junge Frau hielt ihr Manuskript so fest umklammert, dass sie die Seiten mit ihren Fäusten zerknüllte. Sie war kreidebleich. »Das glaube ich einfach nicht«, sagte sie.

Jay nahm seinen Seesack und schwang ihn über die Schulter. »Glauben Sie doch, was Sie wollen«, erwiderte er resigniert. Dann breitete sich ein Grinsen auf seinem Gesicht aus. »Wir sehen uns.«

Die Specials im Seesack hatten ihre Arbeit getan und begannen, von Geheimnissen zu flüstern.

Pog Hill, Sommer 1975

10

Auch wenn ihm Joes Wein nach wie vor nicht schmeckte, schaute Jay in jenem Sommer noch oft bei seinem neuen Freund vorbei. Dieser schien nicht überrascht, wenn der Junge bei ihm auftauchte, sondern holte einfach die Limonade aus der Kammer. Jay sprach ihn mehrmals auf den Glücksbringer an, mit der Skepsis desjenigen, der insgeheim daran glauben will, aber nach Erklärungen sucht. Doch der Alte reagierte stets ausweichend. »Das ist Magie«, sagte er dann mit einem Augenzwinkern, um anzudeuten, dass es ein Scherz war. »Hab's von einer Frau in Puerto Cruz gelernt.«

»Ich dachte, du hättest Haiti gesagt«, unterbrach ihn Jay.

Joe zuckte die Achseln. »Ist doch dasselbe«, erwiderte er trocken.

Jay musterte ihn durchdringend. Seufzend fuhr Joe fort: »Manche Pflanzen haben doch gewisse Kräfte, nicht wahr?«

Jay nickte.

»Aspirin. Digitalis. Chinin. Früher hat man so was Magie genannt.«

»Medizin.«

»Wie du willst. Aber vor ein paar hundert Jahren machte man noch keinen Unterschied zwischen Magie und Medizin. Die Menschen hatten ein bestimmtes Wissen. Sie glaubten daran. Sie wussten, dass man Nelken kaut, um Zahnschmerzen zu lindern, dass Salbei gut gegen Halsschmerzen ist und Vogelbeeren gegen böse Geister helfen.« Er fixierte den Jungen mit seinen klugen Augen, wie um sich zu vergewissern, dass dieser ihn ernst nahm. »Kräfte«, wiederholte er. »Auf Reisen kann man viel lernen, wenn man offen dafür ist.«

Später hatte sich Jay oft gefragt, ob Joe wirklich an all das glaubte, oder ob er sich nur über die Leichtgläubigkeit anderer Leute lustig machte. Jedenfalls war der Alte immer zu Scherzen aufgelegt. Es amüsierte ihn, dass Jay nicht das Geringste von Pflanzen verstand, und er ließ den Jungen wochenlang in dem Glauben, ein gewöhnliches Büschel Zitronengras sei ein junger Spaghettibaum – man konnte die blassen Spaghetti-Schösslinge zwischen den dünnen Halmen deutlich erkennen –, behauptete, dass der riesige Bärenklau seine Wurzeln aus dem Boden ziehen und umherwandern oder dass man Mäuse mit Baldrian fangen könne. Dann wieder war der alte Mann vollkommen ernst. Vielleicht hatte er, nachdem er seine Geschichten jahrelang als wahr verkauft hatte, schließlich angefangen, selbst daran zu glauben. Sein Leben war bestimmt von Aberglauben, kleinen Ritualen und seltsamen Gepflogenheiten, die er zum größten Teil einer zerlesenen Ausgabe von *Culpeper's Herbal* entnommen hatte, die neben seinem Bett lag. Er kitzelte die Tomaten, damit sie besser wuchsen, und ließ ständig das Radio laufen, in der Überzeugung, dass die Pflanzen bei musikalischer Berieselung kräftiger würden. Sein Lieblingssender war Radio 1 – Joe behauptete, Lauchstangen würden nach Ed Stewarts Hitparade bis zu fünf Zentimeter wachsen. Er sang begeistert mit: *Disco Queen* oder *Stand By Your Man*; ließ seine Stimme wie ein alter Schnulzensänger ertönen, während er Johannisbeeren erntete und die Sträucher beschnitt. Er pflanzte immer bei Neumond und erntete bei Vollmond. In seinem Gewächshaus hing ein Mondkalender, auf dem er die Pflanz- und Erntetage in unterschiedlichen Farben markiert hatte; braun für Kartoffeln, gelb für Rüben, orange für Möhren. Auch das Gießen erfolgte nach einem astrologischen Plan, ebenso wie das Beschneiden und Anordnen der Bäume. Und der Garten gedieh bei dieser exzentrischen Pflege, Kohl und Rüben wuchsen in dichten, leuchtenden Reihen, die Möhren waren süß und knackig und auf wundersame Weise frei von Schnecken. Die Zweige der Bäume berührten fast den Boden unter dem Gewicht von Äpfeln, Birnen, Pflaumen und Kirschen. Leuchtend bunte, orientalisch anmutende Scheiben, mit Klebeband an den Zweigen befestigt, sollten die Vögel davon abhalten, das Obst zu fressen. Astrologische Symbole – liebevoll aus bunten Glas- und Keramikscherben wie Mosaike in den Kiesweg gelegt – säumten die Beete. Bei Joe herrschte ein freundschaftliches Nebeneinander von chinesischer Medizin und englischer Folklore, Chemie und Mystik. Gut möglich, dass er an all das glaubte. Für Jay stand jedenfalls fest, dass der alte Mann ein Magier war, was seinen Garten betraf. Aber trotz oder vielleicht auch dank dieses bunten Durcheinanders von spirituellen Einflüssen und Überzeugungen strahlte Joe eine Gelassenheit und eine innere Ruhe aus, die ihn umgab wie eine schützende Aura und die den Jungen mit Neugier und einem gewissen Neid erfüllte. Der Alte wirkte vollkommen zufrieden, allein in dem kleinen Haus, umgeben von seinen Pflanzen, und doch hatte er sich die Fähigkeit zu staunen bewahrt und war auf seine vergnügte Weise fasziniert von der Welt. Obwohl er so gut wie keine Schulbildung besaß, da er die Schule mit zwölf abgebrochen hatte, um in der Mine zu arbeiten, verfügte er dennoch über einen ungeheuren Schatz an Wissen, Anekdoten und Volksweisheiten. Im Laufe des Sommers besuchte Jay ihn immer häufiger. Joe stellte ihm nie Fragen, aber er gestattete dem Jungen, ihm bei der Arbeit im Garten und auf dem kleinen Grundstück neben den Bahngleisen, das er heimlich bewirtschaftete, Gesellschaft zu leisten. Hin und wieder nickte er, um zu zeigen, dass er Jay zuhörte. Zwischendurch aßen sie Früchtebrot oder dick mit Speck und Ei belegte Butterbrote und tranken starken, süßen Tee aus Henkeltassen. Manchmal brachte Jay Zigaretten, Süßigkeiten oder Zeitschriften mit, Geschenke, die Joe mit derselben Selbstverständlichkeit entgegennahm, wie er die Anwesenheit des Jungen akzeptierte. Als seine Schüchternheit nachließ, las Jay ihm sogar ein paar seiner Geschichten vor, denen der Alte mit ernster – und, so schien es Jay, wohl wollender – Miene schweigend lauschte. Ab und zu erzählte Joe auch von sich, von seiner Arbeit in der Grube und wie er während des Krieges sechs Monate in Dieppe stationiert war, bis eine Granate ihm zwei Finger abgerissen hatte – er wedelte mit seiner verkrüppelten Hand, sodass sie aussah wie ein zappelnder Seestern –, wie er, auf diese Weise dienstuntauglich geworden, wieder sechs Jahre lang in der Mine gearbeitet hatte, bevor er dann auf einem Frachter nach Amerika gereist war. »Denn wenn man unter Tage arbeitet, bekommt man nicht viel von der Welt zu sehen, mein Junge, und ich wollte schon immer wissen, was es da draußen alles gibt. Bist du viel gereist?«

Jay erzählte ihm, dass er mit den Eltern zweimal in Florida, in Südfrankreich, auf Teneriffa und an der Algarve Urlaub gemacht hatten. Joe schnaubte verächtlich.

»Ich rede von richtigen Reisen, mein Junge. Nicht von diesem Touristenquatsch. Der Pont-Neuf im Morgengrauen, wenn noch niemand auf den Beinen ist außer den Pennern, die aus ihren Schlupfwinkeln unter den Brücken und in der Metro gekrochen kommen, und die Sonne auf dem Wasser glitzert. New York – der Central Park im Frühling. Rom, die Himmelfahrtsinsel, die italienischen Alpen auf einem Eselsrücken überqueren und mit einem kleinen kretischen Segelschiff durchs Mittelmeer schippern. Zu Fuß durch den Himalaya, im Tempel von Ganesh Reis von Bananenblättern essen, vor der Küste von Neuguinea in einen Sturm geraten oder Frühling in Moskau, wenn die Hundescheiße eines ganzen Winters unter dem schmelzenden Schnee hervorkommt.« Seine Augen leuchteten. »Das hab ich gesehen, mein Junge«, sagte er leise. »Und noch vieles mehr, und ich habe mir fest vorgenommen, *alles* zu sehen.«

Die Wände in Joes Haus waren mit Landkarten bedeckt, auf denen er in seiner krakeligen Handschrift und mit Hilfe von Stecknadeln mit bunten Köpfen all die Orte markiert hatte, an denen er gewesen war. Er erzählte Geschichten von den Bordellen in Tokio und den heiligen Schreinen in Thailand, von Paradiesvögeln und bengalischen Feigenbäumen und Menhiren am Ende der Welt. In dem großen Kräuterregal neben seinem Bett bewahrte er Millionen von Samenkörnern auf, sorgfältig eingewickelt in Briefchen aus Zeitungspapier, die er säuberlich beschriftet hatte: *Tuberosa rubra maritima*, *Tuberosa panax odorata*. Tausende und Abertausende von Kartoffelsamen in winzigen Fächern, daneben Samen von Möhren, Kürbissen, Tomaten, Artischocken, Lauch – allein dreihundert Sorten Zwiebeln –, Salbei, Thymian, Pfefferminze und ein unschätzbarer Vorrat an Samen von Heilkräutern und exotischen Gemüsesorten, die Joe auf seinen Reisen gesammelt hatte, alle in Papier gewickelt und mit Namen versehen; zum Säen bereit.

Einige dieser Pflanzen seien inzwischen in der freien Natur ausgestorben, versicherte Joe, niemand kenne mehr ihre Kräfte, außer einer Hand voll Experten. Von den Millionen unterschiedlicher Obst- und Gemüsesorten, die man in früheren Zeiten kultiviert habe, würden heutzutage nur noch wenige Dutzend angebaut.

»Das kommt von der intensiven Bodennutzung«, erklärte Joe, während er sich auf seinen Spaten stützte und Tee trank. »Zu große Spezialisierung vernichtet die Vielfalt. Außerdem sind die Leute nicht an Abwechslung interessiert. Für sie muss alles gleich aussehen. Tomaten müssen rund und rot sein, wer schert sich schon darum, dass es auch lange, gelbe gibt, die hundertmal aromatischer sind, wenn niemand sie anbaut? Die roten machen sich besser in den Regalen.« Mit einer ausladenden Handbewegung wies er auf die ordentlichen Gemüsebeete neben den Eisenbahnschienen, die selbstgebauten Frühbeete in dem verfallenen Stellwerk, die Obstbäume an der Gartenmauer. »Hier wachsen Pflanzen, die du nirgendwo sonst in England findest«, sagte er leise, »und in meiner Kiste liegen Samen, die es auf der ganzen Welt nicht mehr gibt.«

Jay lauschte ihm beeindruckt. Bisher hatte er sich nie für Pflanzen interessiert. Er konnte kaum einen Granny Smith von einem Red Delicious unterscheiden. Natürlich kannte er Kartoffeln, aber von den *blue jackapples* und *pink fir-apples*, von denen Joe erzählte, hatte er noch nie gehört. Der Gedanke an Geheimnisse, die Vorstellung, dass dort neben den Eisenbahnschienen, unter der liebevollen Pflege eines alten Mannes geheimnisvolle, längst vergessene Pflanzen wuchsen, entfachte in Jay eine Begeisterung, wie er sie nie zuvor empfunden hatte. Das lag natürlich zum großen Teil an Joe, an seinen Geschichten und Erinnerungen, an der Energie, die er verströmte. Seine Kraft schien der schrullige Alte aus seiner Berufung, seiner Vision zu schöpfen, und das war etwas, was Jay bisher noch nie bei einem Menschen beobachtet hatte.

»Warum bist du nach all deinen Reisen überhaupt nach England zurückgekehrt, Joe?«, fragte er ihn eines Tages.

Joe schaute ernst unter dem Schirm seiner Bergarbeitermütze hervor. »Das gehört zu meinem Plan, mein Junge«, antwortete er. »Ich werde nicht für immer hier bleiben. Eines Tages mache ich mich wieder auf. Und zwar schon bald.«

»Und wohin?«

»Ich zeig's dir.« Er zog eine abgegriffene Brieftasche aus seiner Brusttasche, in der sich ein zusammengefalteter Zeitungsausschnitt befand. Ganz vorsichtig, damit es an den scharfen Knicken nicht einriss, faltete er das Blatt auseinander. Es war ein Foto von einem Haus.

»Was ist das?« Mit zusammengekniffenen Augen betrachtete Jay das Bild. Es zeigte nichts Außergewöhnliches, ein großes Haus aus blassrosa Steinen, davor ein großer Garten in dem in sauberen Reihen Gemüsebeete angelegt waren. Joe glättete das Bild sorgfältig.

»Das ist mein Schatto, mein Junge«, sagte er. »Es steht im Bordeaux, in Frankreich. Mein Schatto mit dem Weinberg und dem hundert Jahre alten Obstgarten, wo Pfirsiche, Mandeln, Äpfel und Birnen wachsen.« Seine Augen leuchteten. »Und wenn ich erst das Geld zusammen habe, dann werde ich es kaufen. Fünftausend dürften reichen. Dann mache ich den besten Wein im ganzen Süden. Schatto Cox, 1975. Na, wie klingt das?«

Jay sah ihn misstrauisch an.

»Da unten im Bordeaux scheint das ganze Jahr über die Sonne«, sagte Joe heiter. »Apfelsinen im Januar. Pfirsiche so dick wie Kricketbälle. Oliven, Kiwis, Mandeln und Melonen. Und Platz gibt's da. Meilenweise Obstwiesen und Weinberge. Das Land so billig wie Dreck und der Boden so reichhaltig wie Früchtebrot. Hübsche Mädchen, die die Trauben mit nackten Füßen stampfen, ich sage dir, das reine Paradies.«

»Fünftausend Pfund sind eine Menge Geld«, sagte Jay skeptisch.

Joe tippte sich mit dem Zeigefinger an die Nase. »Ich werde es schaffen«, sagte er geheimnisvoll. »Wenn man etwas wirklich will, dann schafft man es am Ende auch.«

»Aber du sprichst doch noch nicht mal Französisch.«

Joe antwortete ihm mit einem Schwall unverständlichen Kauderwelschs, das Jay an keine Sprache erinnerte, die er je gehört hatte.

»Joe, ich hab Französisch in der Schule«, unterbrach Jay den Alten. »Das klingt anders als –«

Joe sah ihn gütig an. »Das ist ein Dialekt, mein Junge«, erklärte er ihm. »Ich hab ihn von Zigeunern aus Marseille gelernt. Glaub mir, ich werde mich dort schon zurechtfinden.« Er faltete den Zeitungsausschnitt sorgfältig zusammen und verstaute ihn wieder in seiner Brieftasche.

»Eines Tages wirst du verstehen, was ich meine, mein Junge«, sagte er. »Wart's nur ab.«

»Nimmst du mich mit?« fragte Jay.

Mit schief gelegtem Kopf dachte Joe einen Augenblick lang ernst nach. »Mal sehen, wenn du wirklich willst. Wer weiß, vielleicht mache ich das tatsächlich.«

»Versprochen?«

»In Ordnung.« Er grinste. »Versprochen. Cox und Mackintosh, die besten Weinbauern des Bordeaux. Würde dir das gefallen?«

Sie stießen auf ihre Träume an. Jay mit seiner Limonadenflasche und Joe mit einem Glas warmem 73er-Johannisbeerwein.

London, März 1999

11

Das Spy's war ein Club wie viele andere in London. Die Namen ändern sich, die Einrichtung variiert, aber die Läden bleiben dieselben; schick, laut und seelenlos. Spätestens nach Mitternacht haben die meisten Gäste jeglichen Anspruch auf ein intellektuelles Niveau aufgegeben und lassen sich hemmungslos volllaufen. Die Tanzfläche verwandelt sich in einen Balzplatz, auf dem jeder versucht, die Konkurrenz auszustechen.

Als Jay aus dem Taxi stieg, den Seesack über der Schulter und den Koffer in der Hand, fiel ihm ein, dass er seine Einladung vergessen hatte.

Nach längeren Verhandlungen mit dem Türsteher gelang es ihm schließlich, Kerry eine Nachricht zu übermitteln. Wenige Minuten später erschien sie in ihrem eleganten Kleid und mit einem Gesichtsausdruck, der deutlich erkennen ließ, dass man ihre Geduld überstrapaziert hatte.

»Ist schon in Ordnung«, sagte sie zu dem Türsteher. »Er ist einfach unfähig, das ist alles.« Ihre grünen Augen musterten Jay ungehalten von Kopf bis Fuß, seine Jeans, den Regenmantel, den prall gefüllten Seesack.

»Was soll das?«, fragte sie leise.

Die erste Euphorie war verflogen und einem leichten Katergefühl gewichen, aber zu seiner eigenen Überraschung bemerkte Jay, dass sein Entschluss noch immer feststand. Er berührte den Seesack, wie um sich zu vergewissern, dass er noch da war, und spürte die glatten Rundungen der Flaschen.

»Ich hab heute Morgen ein Haus gekauft«, stieß er hervor und hielt Kerry den zerknitterten Prospekt hin. »Sieh's dir an. Es ist Joes *château*, Kerry. Ich hab es sofort wiedererkannt.« Unter ihrem ausdruckslosen Blick kam er sich seltsam kindisch vor. Warum hatte er erwartet, dass sie ihn verstehen würde? Er begriff ja selbst kaum seinen spontanen Entschluss. »Es heißt Château Foudouin«, sagte er.

Sie sah ihn verständnislos an. »Du hast ein Haus gekauft?«

Er nickte.

»Einfach so? Du hast es einfach so gekauft?«, fragte sie ungläubig. »Heute Morgen?«

Er nickte wieder. Es gab so vieles, was er gern gesagt hätte. Dass es Schicksal war, genau der Zauber, den er seit zwanzig Jahren für sich wiederzugewinnen versuchte. Er wollte ihr von dem Prospekt erzählen, wie das Sonnenlicht daraufgefallen und das Bild ihm gleich ins Auge gesprungen war, wollte erklären, wie er sich plötzlich seiner Sache sicher gewesen war, wie er gespürt hatte, dass das Haus sich für ihn entschieden hatte und nicht umgekehrt; wollte ihr begreiflich machen, dass er das Gefühl hatte, all das schon einmal erlebt zu haben, dass ihm irgendwie eine zweite Chance gegeben wurde.

»Es kann nicht sein, dass du ein Haus gekauft hast.« Kerry konnte es immer noch nicht fassen. »Gott, Jay, du brauchst ja schon Stunden, um dich zu entscheiden, ob du ein Hemd kaufen sollst oder nicht.«

»Diesmal war es anders. Es war –« Er rang nach Worten, um zu beschreiben wie es gewesen war. Dieses überwältigende Gefühl, etwas unbedingt haben zu müssen, war regelrecht unheimlich. So etwas hatte er seit seiner Teenagerzeit nicht mehr empfunden. Die absolute Gewissheit, dass das Leben unvollständig war ohne diesen einen, unendlich begehrenswerten, magischen, Glück bringenden Gegenstand – eine Röntgenbrille, ein paar Hell's-Angels-Abziehbilder, eine Kinokarte, die aktuellste Single der neuesten Popgruppe, diese feste Überzeugung, dass sich durch den Besitz eines einzigen Gegenstandes alles ändern würde. Das waren nicht die Gefühle eines Erwachsenen, sie waren viel ursprünglicher, viel primitiver, und plötzlich wurde ihm bewusst, dass es über zwanzig Jahre her war, seit er sich zum letzten Mal etwas von ganzem Herzen gewünscht hatte.

»Es war – als wäre ich wieder – in der Pog Hill Lane«, versuchte er zu erklären, obwohl er wusste, dass Kerry ihn nicht verstehen würde. »Es war, als wären die letzten zwanzig Jahre nicht gewesen.«

Kerry starrte ihn immer noch ausdruckslos an. »Ich kann es einfach nicht glauben, dass du ganz spontan ein Haus gekauft hast«, sagte sie. »Ein Auto, vielleicht. Ein Motorrad, okay. Das würdest du fertig bringen, wenn ich's mir recht überlege. Aber das ist Kinderkram, verglichen mit einem Haus!« Sie schüttelte ratlos den Kopf. »Was hast du denn damit vor?«

»Darin wohnen«, erwiderte Jay. »Darin arbeiten.«

»Aber es steht irgendwo in Frankreich.« Vor Verwirrung klang ihre Stimme spitz. »Jay, ich kann es mir nicht leisten, wochenlang in Frankreich zu bleiben. Nächsten Monat muss ich mit der neuen Serie anfangen. Ich habe zu viele Verpflichtungen – ich meine, wie weit ist es überhaupt bis zum nächsten Flughafen?« Sie brach ab, ihr Blick wanderte erneut zu seinem Seesack, verweilte darauf, als würde sie ihn soeben zum ersten Mal wahrnehmen, den Koffer, die Reisekleidung. Eine Falte hatte sich zwischen ihren Brauen gebildet.

»Hör mir zu, Kerry –«

Sie schien zu einem Entschluss gekommen zu sein.

»Nein, du hört mir jetzt mal zu«, unterbrach sie ihn. »Wir können das nicht hier auf der Straße diskutieren. Fahr nach Hause, Jay, ruh dich aus, und dann reden wir über alles, wenn ich komme, okay?«

Jay schüttelte den Kopf. »Ich fahre nicht mehr nach Hause«, sagte er. »Ich muss eine Zeit lang hier raus. Ich wollte mich nur von dir verabschieden.«

Selbst jetzt schien Kerry nicht überrascht, nur irritiert, beinahe zornig und vor allem verwirrt, als könne sie das, was gerade vor sich ging, nicht glauben. Plötzlich erinnerte sie ihn an ein rothaariges Mädchen, das in Nether Edge am Kanal gesessen hatte und ihn absichtlich nicht beachtete, während sie mit einem Stock im Wasser herumstocherte. Die Erinnerung wühlte ihn auf.

»Hör zu, Jay«, sagte Kerry schließlich. »Das ist doch alles völlig unausgegoren. Du kommst her und konfrontierst mich mit dieser verrückten Idee von einer Zweitwohnung, und bloß weil ich nicht augenblicklich davon begeistert bin –«

»Das wird keine Zweitwohnung.« Die Schroffheit seines Tonfalls verblüffte sie beide.

»Und was soll das heißen?«, fragte sie leise und mit einem drohenden Unterton.

»Es bedeutet, dass du mir nicht zuhörst. Ich glaube, du hast mir noch nie wirklich zugehört.« Er holte tief Luft. »Du sagst mir dauernd, ich soll endlich erwachsen werden, meinen Kopf gebrauchen, loslassen. Aber du bist damit zufrieden, mich als Dauermieter in deinem Haus zu haben, mich in allem von dir abhängig zu machen. Ich habe nichts Eigenes. Unsere Kontakte, unsere Freunde – das sind alles deine, nicht meine. Du suchst sogar meine Klamotten aus. Ich habe Geld, Kerry, ich habe meine Bücher, ich liege nicht halb verhungert in der Gosse –«

»Ach, darauf läuft das alles hinaus. Eine Unabhängigkeitserklärung?« Sie klang beinahe erleichtert. »Okay. Du willst also nicht zu der Party gehen? Es tut mir Leid, dass ich das heute Morgen nicht begriffen habe, okay?« Sie legte ihre Hand auf seine Schulter und lächelte.

»Bitte, hör mir zu.« Ob Joe sich auch so gefühlt hatte? Wie viel leichter war es doch, ohne ein Wort zu gehen, einfach vor den Vorwürfen, den Tränen, der Fassungslosigkeit und vor den Schuldgefühlen zu flüchten. Aber irgendwie konnte er das Kerry nicht antun. Vielleicht, weil er dieses

Gefühl kannte. »Versuch doch, mich zu verstehen. Das alles hier –« Seine ausladende Geste schloss die hell erleuchtete Straße, den tief hängenden Himmel, unter dem ganz London dunkel und bedrohlich ächzte, und den Club ein. »Das ist nicht mehr meine Welt. Ich kann hier keinen klaren Gedanken fassen. Ich verbringe meine ganze Zeit damit, darauf zu warten, dass etwas passiert, dass irgendein Zeichen –«

»Herrgott noch mal, Jay, werd endlich erwachsen!« Sie war plötzlich ganz aufgebracht, ihre Stimme klang wie die eines wütenden Vogels.

»Ich bin doch gerade dabei«, unterbrach er sie. »Ich nehme mein Leben in die Hand. Ich tue genau das, was du immer von mir verlangt hast.«

»Aber nicht, indem du nach Frankreich flüchtest!« Ihre Stimme klang jetzt fast panisch. »Nicht einfach so! Du kannst deine Probleme nicht lösen, indem du davonläufst!«

Sie sah kurz zu dem Türsteher hinüber, der das Gespräch mit verstohlener Neugier belauschte, und senkte die Stimme.

»Hör zu, ich gehe jetzt gleich mit dir nach Hause. Dann reden wir und versuchen, das alles zu klären. Und wenn du morgen früh – oder Ende nächster Woche immer noch –«

Jay schüttelte den Kopf. »Ich kann nicht, Kes.«

»Warum nicht?« Ihre Wangen waren gerötet, sie wirkte plötzlich sehr jung, trotz ihres strengen Kurzhaarschnitts und des schicken Kleids. Jays Magen krampfte sich zusammen.

»Warum bringst du mich immer dazu, mich mit dir zu streiten? Was ist los mit dir?«

»Tut mir Leid.« Und diesmal meinte er es ernst. Was auch immer er gedacht haben mochte, sie war nicht Gilly, und sie hatte auch nie vorgegeben, es zu sein. Es war nur eine Rolle, die er ihr aufgedrängt hatte. »Ich würde ja mit dir nach Hause gehen. Aber wenn ich das tue –« Er suchte nach Worten. »Wir könnten reden. Ich könnte versuchen, dir alles zu erklären. Womöglich würdest du mich sogar dazu bringen, es mir anders zu überlegen – du bist weiß Gott eine begabte Überredungskünstlerin –«

Unmöglich, in Worte zu fassen, was er empfand; dieses

Gefühl, dass alles stimmte, dass die Gelegenheit einmalig war. Eine Woche – oder auch eine einzige Nacht – könnte ausreichen, um alles wieder ins Wanken zu bringen. Dann würde die Vernunft wieder die Oberhand gewinnen. Die starke, süße Gewissheit wäre dahin. Château Foudouin würde einige Monate – vielleicht auch jahrelang – unbewohnt bleiben, bis es endlich verkauft und zu einem Gästehaus oder einem Altersheim umgebaut würde und nur noch eine peinliche Erinnerung an eine verrückte, spontane Entscheidung wäre.

»Es ist wie bei einer Inspiration«, erklärte er schließlich. »Es gibt Momente, da kann man nicht einmal bis zum nächsten Morgen warten. Manchmal muss man einfach alles stehen und liegen lassen – sonst ist es wieder weg, bevor man richtig begriffen hat, was es war –«

Kerry trat einen Schritt auf ihn zu, ihre Augen leuchteten. »Ist es das? Ist es ein neues Buch?« Plötzlich wirkte sie gierig, die zarten Hände ausgestreckt. »Wenn es das ist, musst du es mir unbedingt sagen, Jay. Das bist du mir schuldig, nach all den Jahren –«

Jay sah sie an. Es wäre ganz leicht, einfach Ja zu sagen, ihr etwas zu geben, das sie verstehen konnte und das sie dazu bewegen würde, ihm zu vergeben. »Ich weiß nicht«, sagte er. »Ich glaube nicht.«

»Also, was ist es dann?«

Ein Taxi kam die Straße heruntergefahren. Jay hob den Arm, um es heranzuwinken. »Ich weiß nicht«, sagte er noch einmal. »Vielleicht finde ich's raus, wenn ich erst mal dort bin.«

»Sag mir, wie ich dich erreichen kann, gib mir eine Adresse, eine Telefonnummer –«

Das Taxi hielt am Bordstein. Jay schulterte seinen Seesack.

»Das ist verrückt«, flüsterte Kerry. »Du wirst vollkommen aufgeschmissen sein, dein Französisch ist eine Katastrophe, du kennst niemanden dort, der dir helfen wird –«

Aber plötzlich dachte Jay, dass sie es war, die in diesem Augenblick hilflos wirkte. Ihre Stimme, die überlegen klingen sollte, zitterte. »Hast du über all das überhaupt ein einziges Mal nachgedacht?«

Jay öffnete die Tür das Taxis und schob seinen Seesack auf den Rücksitz. »Joe hat mir immer gesagt, ich würde zu viel nachdenken«, sagte er. »Ich muss los, Kerry.«

Eine Sekunde lang wirkte ihr Gesicht nackt, ungeschützt. Dann gewann sie ihre Fassung wieder. Hinter ihren Augen glitzerte es wie zerbrochenes Glas. Sie schenkte ihm ein strahlendes, hartes Lächeln.

Als das Taxi langsam anfuhr, lächelte sie immer noch. Sie wirkte gespenstisch in dem Licht der Neonreklame des Clubs. Erschöpft schloss Jay die Augen und lehnte sich gegen seinen Seesack. Er spürte die Flaschen, und es war ihm, als gluckssten sie auf dem ganzen Weg zum Flughafen leise und zufrieden vor sich hin.

Pog Hill, Sommer 1975

12

Der Sommer nahm seinen Lauf, und Jay verbrachte nach wie vor fast jeden Tag in der Pog Hill Lane. Joe freute sich, wenn er kam, schien jedoch nichts dagegen zu haben, wenn er fortblieb und seine Tage am Kanal oder an den Gleisen verbrachte und dort sein unsicheres Territorium bewachte, stets auf der Hut vor Zeth und seinen beiden Kumpels. Die Stelle an der Schleuse war nicht mehr sicher, und er holte seine Schatzdose aus ihrem Versteck, um sich nach einem neuen umzusehen. Schließlich entschied er sich für das Schrottauto auf der Müllkippe und befestigte die Dose unter dem Benzintank. Jay mochte dieses alte Auto. Stundenlang machte er es sich auf dem einzigen übrig gebliebenen Sitz gemütlich, den schimmeligen Geruch von altem Leder in der Nase, umgeben von wuchernden Büschen, die ihn vor unliebsamen Blicken schützten. Ein- oder zweimal hörte er die Stimmen von Zeth und den beiden anderen ganz in der Nähe, aber tief in den Bauch des Autowracks geduckt – Joes Glücksbringer fest in der Hand –, fühlte er sich sicher. Er beobachtete und lauschte, berauscht von dem Wissen, dass er seine Feinde heimlich ausspionierte. In solchen Augenblicken glaubte er ganz fest an die Kraft seines Talismans.

Der Juli und der August segelten vorüber wie behäbige weiße Schoner. Und als der Sommer unweigerlich seinem Ende zuging, merkte er, dass er Kirby Monckton lieb gewonnen hatte. Trotz seiner anfänglichen Abneigung hatte er hier etwas gefunden, das es sonst nirgendwo gab. Joes Garten war zum Zentrum geworden, um das sich das Leben drehte.

Manchmal war er mit dem Alten allein, aber allzu oft kamen auch Besucher, Nachbarn und Freunde. Verwandte schien Joe nicht zu haben. Hin und wieder verspürte Jay eine gewisse Eifersucht auf den Besuch, missgönnte ihnen die Zeit, die Joe ihnen widmete, aber der verschrobene Alte hieß alle willkommen, verschenkte Kisten mit Obst aus seinem Schrebergarten, ein Bündel Möhren, eine Flasche Johannisbeerwein oder ein Rezept für Zahnpulver, verteilte Zaubertränke, Tee und Kräutersäckchen. Die Leute kamen unter dem Vorwand, sich Obst und Gemüse zu holen, aber insgeheim suchten sie Joes Rat, sprachen flüsternd mit ihm, und wenn sie gingen, nahmen sie manchmal kleine Päckchen aus Seidenpapier oder ein Stückchen Flanell mit, das Joe ihnen in die Hand gedrückt oder in die Tasche gesteckt hatte. Nie nahm der Alte Geld für seine Gaben und Ratschläge. Es kam vor, dass die Leute ihm etwas mitbrachten; einen Laib Brot oder selbst gebackene Pasteten, Zigaretten. Jay fragte sich, woher Joe überhaupt Geld hatte und woher die fünftausend Pfund für sein Traumhaus kommen sollten. Aber wenn er solche Dinge zur Sprache brachte, lachte der Alte nur.

Als der September näher rückte, schien jeder Tag eine ganz bestimmte, besondere, fast mythische Bedeutung zu bekommen. Auf seinen Streifzügen am Kanal entlang befiel Jay eine tiefe Schwermut. Er schrieb sich vieles von dem auf, was Joe ihm während ihrer langen Gespräche über die Johannisbeersträucher hinweg gesagt hatte, und ließ den Tag vor dem Einschlafen noch einmal in Gedanken vorüberziehen. Stundenlang radelte er über menschenleere, inzwischen vertraute Straßen und sog die rußige, warme Luft in sich auf, kletterte auf den Hügel von Upper Kirby, ließ seinen Blick über die rotschwarze Masse der Penninischen Bergkette gleiten und wünschte sich, er könnte für immer bleiben.

Joe dagegen ließ sich vom bevorstehenden Abschied nichts anmerken, erntete sein Obst, das er sorgfältig in Kisten lagerte, kochte Marmelade aus Fallobst, machte Jay auf wilde Kräuter aufmerksam, die er beim nächsten Vollmond pflücken würde, sammelte Heidelbeeren im Moor und Brombeeren entlang der Eisenbahnlinie, machte Chutney aus Tomaten und Piccalilli aus Blumenkohl, füllte Säckchen mit Lavendel – ein Hausmittel gegen Schlaflosigkeit –, legte für den Winter Peperoni und Rosmarin in Öl und Zwiebeln in Essig ein. Und natürlich war da noch der Wein.

Den ganzen Sommer über roch Jay, wie der Wein gärte, wie er fermentierte und reifte. Alle möglichen Sorten: aus Rote-Beete-Knollen, Erbsenschoten, Himbeeren, Wacholderbeeren, Hagebutten, aus Jackapples, Pflaumen, Rüben, Ingwer, Brombeeren. Das ganze Haus war eine einzige Destillerie; auf dem Ofen standen Töpfe, in denen die verschiedenen Früchte kochten; auf dem Küchenboden hatte der Alte riesige Korbflaschen aufgestellt, deren Inhalt darauf wartete, in kleinere Behältnisse abgefüllt zu werden. An der Wäscheleine hingen Tücher zum Trocknen, in denen die Früchte ausgepresst worden waren. Siebe, Eimer, Flaschen, Trichter standen sauber aufgereiht zum sofortigen Gebrauch bereit.

Im Keller befand sich eine Destille, ein kupfernes Ungetüm, das aussah wie ein riesiger Kochtopf, alt, aber blank poliert und liebevoll gepflegt. Damit brannte Joe seinen Schnaps, den unverdünnten, klaren Alkohol, in dem er das Sommerobst konservierte, das in matt schimmernden Reihen auf Kellerregalen gelagert wurde. Jackapple-Saft oder Kartoffelwodka, nannte er den Schnaps, den er aus seiner Lieblingssorte gewann. Den hochprozentigen Alkohol setzte er mit Früchten und Zucker auf, um Likör daraus zu machen. Kirschen,

Pflaumen, rote Johannisbeeren, Heidelbeeren. Im schummrigen Kellerlicht färbten die Früchte den Sud violett, rot oder schwarz. Jede Flasche und jedes Glas war sorgfältig etikettiert und mit Datum versehen. Es war mehr, als ein Mensch je trinken und essen konnte. Außer dem Wein und ein bisschen Erdbeermarmelade zu seinem Frühstückstoast sah Jay den Alten nie etwas von all diesen Kostbarkeiten anrühren.

Im September fuhr Jay zurück ins Internat. Die Moorlands School hatte sich nicht verändert, es roch nach wie vor nach Staub und Desinfektionsmitteln und Bohnerwachs, und über allem lag der schale Geruch von vergammelten Essensresten.

Die Scheidung seiner Eltern ging glatt über die Bühne. Zu seiner eigenen Überraschung empfand er nichts dabei. Über den Sommer hinweg war seine Wut verebbt und einer Gleichgültigkeit gewichen. Sein Zorn von damals kam ihm jetzt irgendwie kindisch vor. Er schrieb Joe fast jeden Monat, auch wenn der Alte nicht so regelmäßig antwortete. Er sei kein großer Briefschreiber, erklärte er dem Jungen und beschränkte sich auf eine Karte zu Weihnachten und ein paar Zeilen zum Ende jedes Trimesters. Aber das machte Jay überhaupt nichts aus. Es reichte ihm zu wissen, dass Joe da war.

Im darauf folgenden Sommer fuhr Jay wieder nach Kirby Monckton. Es geschah auf eigenen Wunsch, und er spürte, dass seine Eltern insgeheim erleichtert waren. Seine Mutter reiste zu Filmaufnahmen nach Irland, und sein Vater verbrachte den Sommer auf seiner Yacht – in Gesellschaft, so hieß es, eines jungen Models namens Candide.

Bei seinen Großeltern angekommen, entfloh Jay sofort in die Pog Hill Lane.

Paris, März 1999

13

Das Flugzeug landete mit Verspätung, und Jay verbrachte die Nacht auf dem Flughafen. Er machte es sich so gut es ging auf den orangefarbenen Schalensitzen bequem, und es gelang ihm sogar, für ein paar Minuten einzunicken, aber er war immer noch zu aufgeregt, um sich wirklich zu entspannen. Er fühlte sich, als sei er aufgeladen mit einer unerschöpflichen Energie. Seine Sinne waren auf unheimliche Weise geschärft. Gerüche von Reinigungsmitteln, Schweiß, Zigarettenrauch, Parfüm und Kaffee schlugen ihm entgegen. Um fünf Uhr morgens gab er es auf, Schlaf finden zu wollen, und ging in die Cafeteria, wo er sich einen Espresso, ein paar Croissants und einen Riegel Poulain-Schokolade bestellte. Der erste TGV nach Marseille ging um zehn nach sechs. Von dort aus würde er einen Bummelzug nach Agen nehmen und dann weiter mit dem Taxi nach – ja, wohin? Die Karte in dem Prospekt war nur ein grob gezeichneter Lageplan, aber in Agen hoffte er eine genauere Wegbeschreibung zu bekommen. Außerdem hatte die Reise von Anfang an etwas Reizvolles, diese traumwandlerische Fahrt an einen Ort, der für ihn bisher nur als Kreuz auf der Landkarte existierte. Er fühlte sich seinem alten Freund in diesem Augenblick sehr nahe, als könne er sich, indem er Joes Wein trank, plötzlich in ihn verwandeln, sich von Ort zu Ort bewegen, indem er Zeichen auf eine Landkarte kritzelte, nach Belieben seine Identität wechseln. Gleichzeitig erschienen ihm die Kränkungen und der Zorn, der so lange in ihm geschwelt hatte, wie ein unnötiger Ballast, der nun von ihm abfiel.

Man braucht nur weit genug zu reisen, hatte Joe immer gesagt, *dann sind alle Gesetze aufgehoben.*

Allmählich begriff Jay, was er damit gemeint hatte. Wahrheit, Loyalität und Identität, Dinge, die einen an die Orte und Gesichter der Heimat binden, zählen plötzlich nicht mehr. Er konnte vorgeben, irgendjemand anders zu sein, durfte gehen, wohin er wollte. Auf Flughäfen, Bahnhöfen, an Bushaltestellen ist alles möglich. Keiner stellt Fragen. Es war, als wäre man unsichtbar. Hier war er nur irgendein Reisender, einer von Tausenden. Niemand kannte ihn. Keiner der vielen Menschen hatte je von ihm gehört.

Im Zug gelang es ihm, ein paar Stunden zu schlafen, und er träumte, wie er in Nether Edge am Kanal entlang rannte und vergeblich versuchte, einen Zug einzuholen. Mit außergewöhnlicher Klarheit sah er das vorsintflutliche Fahrgestell vor sich. Er roch den Kohlenstaub und das alte Schmierfett der Achsen, und auf dem letzten Waggon saß Joe oben auf den Kohlen, in einer orangefarbenen Bergarbeiter-Latzhose und auf dem Kopf eine Schirmmütze von British Railways. Eine Flasche selbst gemachten Wein in der einen und eine Weltkarte in der anderen Hand, winkte er zum Abschied, und mit einer Stimme, die durch die Entfernung blechern klang, rief der alte Mann ihm etwas zu, das Jay nicht verstehen konnte.

Zwanzig Kilometer vor Marseille wachte er auf. Die Landschaft huschte verschwommen am Fenster vorbei. Er brauchte einen Drink und ging in den Bistro-Wagen, bestellte sich einen Wodka-Tonic und trank ihn genüsslich aus. Dann zündete er sich eine Zigarette an. Es kam ihm vor wie ein verbotenes Vergnügen – Schuldgefühle vermischt mit Hochstimmung, wie Schule schwänzen.

Er zog noch einmal den Prospekt aus der Tasche, der mittlerweile ziemlich zerknittert war. Das billige Papier begann schon, an den Knickstellen einzureißen. Einen Augenblick lang hatte er fast erwartet, dass er sich jetzt anders fühlen, dass das Gefühl des *Unbedingt-haben-Müssens* verflogen sein würde. Aber er spürte es noch immer deutlich. Er glaubte zu hören, wie die Flaschen im Seesack beim Ruckeln des Zugs klirrten und gluckten und er stellte sich vor wie der Bodensatz vergangener Sommer in roten Schlieren aufwirbelte.

Es schien ihm, als würde der Zug Marseille nie erreichen.

Pog Hill, Sommer 1976

14 Wie nicht anders zu erwarten, traf er Joe in seinem Garten. Das Radio, das mit einem Stück Schnur an einem Ast festgebunden war, dudelte vor sich hin – gerade lief *The Boys are Back in Town* von Thin Lizzy –, und Jay konnte den vollen Operettenbariton des Alten schon von weitem hören. Er stand mit dem Rücken zu Jay über ein Beet Loganbeeren gebeugt, in der Hand die Gartenschere, und er begrüßte ihn beiläufig, ohne sich umzudrehen, als wäre er nie fort gewesen.

Als Erstes fiel Jay auf, dass sein Freund gealtert war. Das Haar unter der schmuddeligen Mütze war noch schütterer geworden, und unter dem abgetragenen T-Shirt zeichnete sich das knochige, verletzliche Rückgrat ab, aber als Jo sich schließlich umwandte, war es der alte Joe mit seinen blauen Augen und einem Lächeln, das eher zu einem Vierzehnjährigen gepasst hätte als zu einem fünfundsechzig Jahre alten Mann. Er trug eins seiner roten Flanellsäckchen um den Hals, und als Jay sich genauer im Garten umsah, bemerkte er, dass jeder Baum, jeder Strauch, selbst die Ecken des Gewächshauses und die selbst gebauten Frühbeete mit ähnlichen bunten Säckchen geschmückt waren. Kleine Setzlinge unter Marmeladengläsern oder in aufgeschnittenen Limonadenflaschen trugen eine Schleife aus rotem Faden oder ein kleines, in derselben Farbe gemaltes Schild. Es hätte einer von Joes ausgeklügelten Scherzen gewesen sein können wie die Ohrwurmfallen oder die Brausepflanzen. Der Alte war immer zu Scherzen aufgelegt. So hatte er Jay einmal zum Gartencenter geschickt, um eine Tüte Schnapssamen zu kaufen. Doch diesmal hatte die gute Laune des Alten etwas Ernstes, ja Verbissenes, wie bei einem Menschen, dessen Haus belagert wird. Jay sprach ihn auf die Glücksbringer an in der Erwartung, dass Joe wie üblich mit einer scherzhaften Bemerkung oder einem Augenzwinkern antworten würde, aber Joe blieb ernst. »Schutzmaßnahmen, mein Junge«, sagte er ruhig. »Schutzmaßnahmen.«

Wie im vergangenen Sommer fuhr Jay auch in diesem Jahr fast jeden Tag in die Pog Hill Lane, und wenn er allein sein wollte, radelte er nach Nether Edge an den Kanal. Bis auf ein paar neue Schätze auf der Müllkippe – kaputte Kühlschränke, Lumpen, eine Standuhr mit zerbrochenem Gehäuse, ein Karton voll Bücher – hatte sich kaum etwas verändert.

Auch die Eisenbahn lieferte nach wie vor eine Ansammlung von Kostbarkeiten: Zeitungen, Zeitschriften, zerbrochene Schallplatten, Teller, Tassen, Konservendosen, Pfandflaschen. Jeden Morgen suchte er die Schienen ab, sammelte auf, was ihm interessant oder wertvoll erschien, und schleppte seine Fundstücke zu Joe. Für den Alten war nichts unbrauchbar. Zeitungen wanderten auf den Kompost. Teppichreste hielten das Unkraut im Gemüsebeet in Schach. Plastiktüten umhüllten die Zweige der Obstbäume und schützten das Obst vor den Vögeln. Joe zeigte dem Jungen, wie man aus dem unteren Ende von Plastikflaschen Schutzglocken für kleine Setzlinge und aus alten Autoreifen Pflanzringe für Kartoffeln machen konnte. Sie verwendeten einen ganzen Nachmittag daran, eine alte Tiefkühltruhe in den Garten zu schleppen und sie zu einem Frühbeet umzufunktionieren. Alteisen und Lumpen wurden in Kisten gesammelt und an den Lumpenhändler verkauft. Leere Konservendosen und alte Plastikeimer dienten als Blumentöpfe.

Nebenbei erfuhr Jay immer mehr über die einzelnen Pflanzen in Joes Garten. Er lernte, Lavendel von Rosmarin zu unterscheiden und Minze von Salbei. Joe brachte ihm bei, wie man den Säuregehalt von Erde am Geschmack erkennt, indem man sich ein paar Krümel unter die Zunge schiebt wie ein Mann, der feinen Tabak prüft. Jay lernte, Kopfschmerzen mit zerstoßenem Lavendel oder Bauchschmerzen mit Minze zu kurieren und dass Tee aus Helmkraut und Kamille gegen Schlaflosigkeit half. Sie pflanzten Ringelblumen zwischen die Kartoffeln, um Parasiten fern zu halten, brauten Ale aus Brennnesselspitzen und kreuzten die Finger gegen den bösen Blick, wenn eine Elster vorüberflog. Natürlich konnte sich Joe manchmal nicht verkneifen, seine kleinen Scherze mit dem

Jungen zu treiben. Er gab ihm Narzissenzwiebeln zum Braten oder trug ihm auf, reife Erdbeeren zu pflanzen, um auszuprobieren, ob sie anwuchsen. Doch meistens war er ernst und – so schien es Jay – genoss seine neue Rolle als Lehrer.

Vielleicht wusste er damals schon, dass ihre Zeit dem Ende zuging. Aber Jay ahnte nichts davon; es war sein glücklichster Sommer. Er liebte es, im Garten zu sitzen, während das Radio vor sich hin dudelte und dabei die Schätze von der Müllkippe in Kisten zu sortieren oder den Gemüsehäcksler für Joe zu halten, während sie das Obst für den nächsten Wein aussuchten. Sie diskutierten über passende Namen für die jeweiligen Sorten, wie *Lebenskraft* (Jays Vorschlag) oder *Neue Ernte* (Joes). Jay fühlte sich sicher, beschützt, als sei dies alles ein Stückchen Ewigkeit, das niemals aufhören, nie verloren gehen könnte.

Gleichzeitig fand jedoch eine Veränderung statt, die nicht zu übersehen war. Vielleicht war es Joe mit seiner nie da gewesenen Rastlosigkeit, sein wachsamer Blick, die abnehmende Zahl der Besucher – manchmal kamen nur einer oder zwei pro Woche – oder die neue, unheimliche Stille in der Pog Hill Lane. Es war kein Hämmern mehr zu hören und kein Singen, es hing weniger Wäsche auf den Leinen, die Kaninchenställe und Taubenschläge standen leer und verfielen.

Vom hinteren Ende seines Gartens blickte Joe oft stumm auf die Schienen. Auch die Züge fuhren seltener. Bis auf ein paar Fernzüge, die vorbeirasten, rumpelten nur noch Rangierloks und Kohlewagen langsam zum Verschiebebahnhof. Die Gleise, die im vergangenen Jahr noch hell und glänzend gewesen waren, begannen zu rosten.

»Sieht so aus, als hätten sie vor, die Strecke stillzulegen«, bemerkte Joe eines Tages. »Nächsten Monat wird Kirby Central abgerissen.« Kirby Central war das stillgelegte Hauptstellwerk beim Bahnhof. »Und danach wahrscheinlich ganz Pog Hill, würde mich nicht wundern.«

»Aber das ist doch dein Gewächshaus«, protestierte Jay. Solange er Joe kannte, benutzte der Alte das verfallene Stellwerk als Treibhaus, und es war voll gestopft mit zarten Pflanzen, die besonderen Schutz brauchten. Dort wuchsen Tomaten, zwei Pfirsichbäume, ein paar Weinreben rankten bis in die Dachsparren und bis auf das weiße Dach hinaus, wo ihre saftigen, grünen Blätter in der Sonne leuchteten.

Joe zuckte die Achseln. »Das ist gewöhnlich das Erste, was sie abreißen«, sagte er. »Bisher hab ich Glück gehabt.« Sein Blick wanderte zu den roten Säckchen, die er an die Gartenmauer genagelt hatte, berührte eines und presste es sanft zwischen Daumen und Zeigefinger. »Bin halt vorsichtig«, fuhr er fort. »Versuche, keine Aufmerksamkeit auf mich zu ziehen. Aber wenn sie die Strecke stilllegen, werden Arbeiter kommen und die Schienen von Pog Hill bis Nether Edge rausreißen. Das kann Monate dauern. Und das hier – das ist Privateigentum. Gehört British Railways. Du und ich, mein Junge, wir sind Unbefugte.«

Jay folgte Joes Blick über die Eisenbahntrasse hinweg. Als ob er all das zum ersten Mal wahrnahm, betrachtete er den Schrebergarten, das ordentlich in Reihen gepflanzte Gemüse, die Frühbeete, die vielen Plastikblumentöpfe, die Obstbäume, die dichten Himbeerranken, die Johannisbeersträucher, den Rhabarber. Wie merkwürdig, dass es ihm nie in den Sinn gekommen war, dass sie dieses Gelände unbefugt betraten. »Ach so. Meinst du, sie wollen es wiederhaben?«

Joe sah ihn nicht an. Natürlich würden sie es zurückfordern. Er las es aus dem Gesichtsausdruck des Alten, aus dem nachdenklichen Ausdruck seiner Augen – wie lange würde es dauern, alles neu zu pflanzen, wie viele Jahre würden vergehen, bis Joe diesen Garten an einem anderen Ort neu angelegt hätte? Sie würden es zurückfordern – nicht, weil sie es brauchten, sondern weil sie ein Recht darauf hatten, es war ihr Land, ob es für sie einen Nutzen hatte oder nicht, es gehörte ihnen. Plötzlich musste Jay daran denken, was Zeth und seine Kumpels mit seinem Radio gemacht hatten. Mit demselben Gesichtsausdruck würden die Männer die Schienen abbauen, das Gewächshaus abreißen, Gemüse und Sträucher unterbaggern, mit Bulldozern den zarten Lavendel und die halbreifen Pfirsiche niederwalzen, Kartoffeln, Möhren,

Rüben und all die anderen geheimnisvollen Pflanzen, die Joe im Laufe seines Lebens zusammengetragen hatte. Jay spürte, wie ihn die Wut packte, und er ballte die Fäuste, bis es schmerzte. »Das können sie doch nicht machen!«, stieß er wütend hervor.

Joe zuckte die Achseln. Natürlich konnten sie.

Marseille, März 1999

15

Am späten Vormittag kam der Zug in Marseille an. Es war warm, aber bedeckt, und Jay trug seinen Mantel über dem Arm, während er sich durch die Menge schlängelte. An einer Imbissbude auf dem Bahnsteig kaufte er sich ein Sandwich, war aber zu nervös, zu aufgeregt, um zu essen. Der Bummelzug nach Agen hatte fast eine Stunde Verspätung, und die Fahrt dauerte beinahe so lange wie die von Paris nach Marseille. Jays Energie schwand dahin und wich einer tiefen Erschöpfung. Er schlief unruhig, während der Zug von Bahnhof zu Bahnhof rumpelte. Ihm war heiß, als er aufwachte, er hatte Durst und leichte Kopfschmerzen. Er sah Felder und Bauernhöfe vorübergleiten, Obstwiesen und frisch gepflügte, schokoladenfarbene Erde. Alles war grün. Viele Bäume standen schon in Blüte, ungewöhnlich für Anfang März, dachte er. Andererseits hatte er seine einzigen Erfahrungen im Gärtnern bei Joe gemacht, tausend Kilometer weiter nördlich.

Immer wieder verspürte er das Bedürfnis, den Prospekt hervorzuholen, um sich zu vergewissern, dass er sich das alles nicht einbildete. Er versuchte, Radio zu hören, konnte jedoch keinen Sender finden.

Es war Spätnachmittag, als er endlich in Agen ankam. Mit einem Taxi fuhr er zu dem Immobilienmakler – die Adresse hatte er dem Prospekt entnommen – in der Hoffnung, sein Haus noch am selben Abend in Augenschein nehmen zu können. Aber das Büro war schon geschlossen. Er fluchte.

Vor lauter Aufregung über seine gelungene Flucht hatte Jay sich nie überlegt, was er in diesem Fall tun würde. Sich ein Hotel in Agen suchen? Nicht, ohne sein Haus gesehen zu haben. *Sein Haus*. Bei dem Gedanken bekam er eine Gänsehaut. Morgen war Sonntag. Bestimmt war das Maklerbüro auch morgen geschlossen, und er würde bis Montag warten müssen.

Während er noch vor der verschlossenen Tür stand und überlegte, wurde der Taxifahrer hinter ihm ungeduldig. Wie weit war es wohl bis Lansquenet-sous-Tannes? Sicherlich würde es dort ein kleines Hotel geben, ein Ibis oder ein Campanile, und wenn nicht, zumindest eine *chambre-d'hôte*, wo er übernachten konnte. Es war halb sechs. Zeit genug, um sich das Haus zumindest von außen anzusehen, bevor es dunkel wurde.

Mit ungewohnter Entschlossenheit wandte er sich an den gelangweilten Taxifahrer und zeigte ihm die Landkarte.

»*Vous pouvez m'y conduire tout de suite*?«

Der Mann überlegte mit dem für diese Gegend typischen, unbeteiligten Gesichtsausdruck. Jay zog ein paar Geldscheine aus seiner Hosentasche und hielt sie ihm hin. Der Fahrer zuckte ungerührt mit den Achseln und deutete mit dem Kinn auf das Taxi. Er bot Jay nicht an, ihm bei seinem Gepäck behilflich zu sein.

Die Fahrt dauerte eine halbe Stunde. Jay döste auf dem Rücksitz des nach Leder und Tabak riechenden Taxis. Der Fahrer rauchte eine Gauloises nach der anderen und brummte zufrieden vor sich hin, während er über die dicht befahrene Autobahn brauste, ohne zu blinken die Spur wechselte, kurz darauf ungeduldig hupend durch enge Straßen raste und hier und da ein paar Hühner aufscheuchte, die gackernd davonflogen. Jay bekam allmählich Hunger, und er brauchte einen Drink. Er hatte gehofft, in einem Dorfgasthof ein schlichtes Abendessen zu sich nehmen zu können. Doch als er jetzt den ungepflasterten Weg sah, über den das Taxi rumpelte, kamen ihm ernste Zweifel.

Er tippte dem Fahrer auf die Schulter. »*C'est encore loin*?«

Der Fahrer hob die Schultern, zeigte nach vorn und brachte den Wagen zum Stehen. »*Là.*«

Und da stand es, direkt hinter einem kleinen Wäldchen. Das sanfte Abendrot tauchte das Schindeldach und die blassrosa Fassade in ein unheimliches Licht. Irgendwo seitlich des Hauses sah Jay Wasser glitzern, und die Obstbäume, die auf dem Foto noch kahl gewesen waren, standen jetzt in voller Blüte. Es war wunderschön. Er gab dem Fahrer zu viel vom Rest seines französichen Geldes. »*Attendez-moi ici. Je reviens tout de suite.*«

Der Mann machte eine vage Handbewegung, mit der er seine Zustimmung auszudrücken schien, dann ließ Jay ihn auf dem menschenleeren Weg zurück und ging entschlossenen Schritts auf die Bäume zu.

Beim Wäldchen angekommen, hatte er einen besseren Blick auf das Haus und den Weinberg. Das Foto in dem Prospekt war trügerisch gewesen und hatte wenig vom Zustand des Gebäudes erkennen lassen. Als Stadtmensch hatte Jay nur eine ungenaue Vorstellung von der Größe von Ländereien, aber das Anwesen wirkte riesig, auf der einen Seite begrenzt durch Straße und Fluss, auf der anderen von einer langen Hecke, die sich bis hinter das Haus zog und an mehrere Felder grenzte. Jenseits des Flusses waren ein paar Bauernhäuser zu sehen, klein und mit tief gezogenen Dächern. Dahinter lag das Dorf; ein Kirchturm, einige Häuser, eine Straße, die sich vom Fluss den Hügel hinauf wand. Der Weg zum Haus führte am Weinberg vorbei – die Weinstöcke waren schon grün, zarte Triebe zeigten sich zwischen hochgeschossenem Unkraut – und schließlich an einem sich selbst überlassenen Gemüsegarten entlang, wo der Spargel, die Artischocken und der Kohl vom letzten Jahr ihre zerzausten Köpfe über Löwenzahnblüten erhoben.

Der Weg zum Haus dauerte ungefähr zehn Minuten. Beim Anwesen angekommen, fiel ihm auf, dass es, ebenso wie der Weinberg und der Gemüsegarten, dringend in Ordnung gebracht werden musste. Die Farbe blätterte an verschiedenen Stellen ab, und darunter kam rissiger, grauer Putz zum

Vorschein. Heruntergefallene Dachziegel lagen zerborsten auf dem überwucherten Weg. An einigen Fenstern im Erdgeschoss waren die Läden geschlossen, andere waren mit Brettern vernagelt, bei mehreren Fenstern im ersten Stock fehlten die Scheiben, und die verbliebenen Scherben ragten wie spitze Zähne aus den weißen Rahmen. Die Haustür war mit Brettern verbarrikadiert, und das ganze Gebäude sah aus, als wäre es schon seit Jahren dem Verfall preisgegeben. Ein paar Gemüsebeete direkt vor dem Haus ließen jedoch erkennen, dass sich erst kürzlich jemand darum gekümmert haben musste.

Jay ging einmal um das Haus herum, um das Ausmaß des Verfalls abzuschätzen. Soweit er es auf den ersten Blick beurteilen konnte, schienen die meisten Schäden oberflächlicher Art zu sein, entstanden durch Vernachlässigung und die lange Zeit, in der das Haus den Jahreszeiten ungeschützt ausgesetzt gewesen war. Im Innern konnte es wiederum ganz anders aussehen. Er fand eine Stelle, an der sich ein Fensterladen aus seiner Verankerung gelöst hatte, sodass eine Lücke entstanden war, durch die man hineinsehen konnte. Drinnen war es dunkel, und irgendwo hörte er Wasser tropfen.

Plötzlich bewegte sich etwas im Haus. Ratten, sagte er sich. Dann sah er es wieder, leise, schleichend. Es hörte sich an wie das Scharren von schweren Stiefeln auf einem Steinfußboden. Also auf keinen Fall Ratten.

»He«, rief er. Das Geräusch stockte.

Jay spähte angestrengt durch den Spalt und glaubte, einen schwachen Schatten am Rand seines Blickfelds zu erkennen, etwas, das aussah wie eine Gestalt in einem Mantel, die Mütze tief in die Stirn gezogen.

Aber es war wohl nur eine Illusion. Natürlich war es nicht Joe. Er hatte einfach in den letzten Tagen so oft an den alten Freund gedacht, dass er ihn schon überall zu sehen glaubte. Das war wahrscheinlich normal. Als er noch einmal hinsah, war die Gestalt – falls je eine da gewesen war – verschwunden, und im Haus war es still. Einen Augenblick lang war Jay enttäuscht, beinahe traurig, aber er wagte nicht, darüber nachzudenken aus Furcht, das Gefühl könnte sich als etwas viel Verrückteres entpuppen, vielleicht als die Überzeugung, Joe wäre tatsächlich da gewesen und hätte auf ihn gewartet. Absurd zu glauben, der alte Joe hätte – in seinen weiten Mantel gehüllt, um sich gegen die Kälte zu schützen – die ganzen Jahre in dem verlassenen Haus auf ihn gewartet und sich vom Gemüse aus dem Garten ernährt.

Jays Gedanken kehrten unwillkürlich zurück zu den Beeten vor dem Haus. Irgendjemand musste erst kürzlich das Gemüse angepflanzt haben. Es war also tatsächlich jemand dort gewesen. Er warf einen Blick auf seine Uhr und stellte verblüfft fest, dass fast eine halbe Stunde vergangen war, seit er den Taxifahrer gebeten hatte, auf ihn zu warten. Jay hatte keine Lust, die Nacht in Lansquenet zu verbringen, denn nach dem, was er von dem Ort gesehen hatte, schien es ihm ziemlich unwahrscheinlich, dass er dort ein anständiges Bett für die Nacht finden würde. Außerdem bekam er allmählich Hunger. Im Laufschritt durchquerte er den Obstgarten, Labkraut blieb an seinen Schnürsenkeln kleben, und er war vollkommen nass geschwitzt, als er endlich aus dem Gestrüpp herauskam und auf den Weg stieß.

Keine Spur von dem Taxi.

Jay fluchte. Sein Koffer und sein Seesack standen wie herrenlos am Wegrand.

Pog Hill, Sommer 1976

16

Das Ende von Kirby Central kam Ende August. Jay war dort, als die ersten Vorbereitungen begannen, versteckt hinter dicht wuchernden, verblühten Weidenröschen, und als sie wieder weg waren – Hebel, Signallampen und alles, was nicht niet- und nagelfest war, hatten sie mitgenommen –, schlich er die Stufen hinauf und spähte durch das Fenster. Die Fahrpläne und Streckenpläne hingen noch da, und obwohl die Stellwerkhebel abgebaut worden waren, wirkte das Gelände irgendwie bewohnt, als wäre der Bahnwärter nur eben vor die Tür getreten und würde gleich zurückkehren. Bestimmt konnte er mit Joe hier noch jede Menge brauchbare Glasscheiben rausholen.

»Lass nur, mein Junge«, sagte Joe, als er ihm davon berichtete. »Ich werde im Herbst auch so schon alle Hände voll zu tun haben.«

Joe brauchte ihm das nicht näher zu erklären. Seit Anfang August machte sich der Alte immer mehr Sorgen um die Zukunft seines Gartens. Er sprach kaum offen darüber, aber hin und wieder hielt er bei der Arbeit inne und schaute versonnen auf seine Bäume, als überlege er, wie viel Zeit ihnen noch blieb. Manchmal strich er mit der Hand über die glatte Rinde eines Apfel- oder Pflaumenbaums und begann, leise zu sprechen – mit Jay, mit sich selbst oder mit seinen Pflanzen, die er alle mit Namen ansprach, als wären sie Menschen.

»Mirabelle. Macht sich gut, was? Das ist eine französische Pflaumensorte, eine gelbe, gut für Marmelade oder für Wein oder einfach so zum essen. Es gefällt ihr gut hier neben den Schienen, hier ist es schön trocken und sonnig.« Er überlegte. »Aber es ist zu spät, um die alte Dame umzupflanzen«, sagte er traurig. »Das würde sie nicht überleben. Da treibt man tiefe Wurzeln, glaubt sich für immer in Sicherheit, und dann passiert so etwas. Diese Mistkerle.« Ausführlicher hatte er sich seit Wochen nicht zu dem Problem mit dem Garten geäußert.

»Jetzt wollen sie auch noch die Pog Hill Lane abreißen.« Joes Stimme wurde lauter, es war das erste Mal, dass Jay ihn so erlebte. »All die Häuser, die seit über hundert Jahren hier stehen, die gebaut wurden, als es in Nether Edge noch eine Grube gab und am Kanal noch Bagger im Einsatz waren.«

Jay starrte ihn entsetzt an. »Du meinst, sie wollen die Häuser abreißen?«, fragte er.

Joe nickte. »Hab heute einen Brief bekommen«, beschied er ihn knapp. »Wenn's nach diesen Verbrechern ginge, wäre ich morgen obdachlos. Sie wollen alles abreißen. Die ganze Straße«, sagte er mit einem grimmigen Lächeln. »Einfach abreißen. Nach so langer Zeit. Neununddreißig Jahre wohne ich jetzt schon hier, seit sie die Gruben in Nether Edge und Upper Kirby geschlossen haben. Hab mein Haus von der Gemeinde gekauft – aber schon damals hab ich ihnen nicht getraut –« Er unterbrach sich und hob seine verkrüppelte linke Hand wie zu einem spöttischen dreifingrigen Salut. »Was wollen sie denn noch von mir, hä? Ich hab meine Finger in der Grube gelassen, und um ein Haar wäre ich auch da unten krepiert. Man sollte meinen, dass das etwas zählt, dass die da oben so was würdigen.«

»Ich dachte, du hättest die Finger im Krieg verloren«, sagte Jay schließlich.

»Was?«

Ein knallroter Stoffstreifen verband den neuen Pfropf des Mirabellenbaums mit dem Zweig. Joe hatte ihn mit einer Art Harz bestrichen, das einen beißenden Geruch verströmte. Er nickte vor sich hin, zufrieden mit dem Ergebnis.

»Du hast mir erzählt, du hättest deine Finger in Dieppe verloren«, beharrte Jay. »Im Krieg.«

»Ach ja.« Joe war verlegen. »Das war auch eine Art Krieg, da unten. Hab sie verloren, als ich sechzehn war, 1931, da bin ich zwischen zwei Kohlewaggons geraten. Danach wollten sie mich bei der Armee nicht mehr, also hab ich mich als Grubenjunge gemeldet. In dem Jahr hatten wir drei Einstürze. Sieben Männer wurden verschüttet, als der Stollen zusammengekracht ist. Ein paar davon waren noch nicht mal erwachsen – Jungs in meinem Alter und jünger, damals konnte man ab vierzehn in die Grube einfahren, für denselben Lohn wie ein Erwachsener. Eine Woche lang haben wir in doppelter Schicht geschuftet, um sie da rauszuholen. Wir konnten sie unter dem Geröll schreien und wimmern hören, aber jedes Mal, wenn wir glaubten, wir hätten sie endlich erreicht, stürzte das nächste Stück Stollen ein. Wegen der Gasgefahr mussten wir im Dunkeln arbeiten. Die ganze Schicht über standen wir bis zu den Knien im Schlamm, waren völlig durchnässt und hatten das Gefühl zu ersticken. Wir wussten, dass der Schacht jeden Augenblick über uns zusammenbrechen konnte, aber wir haben nicht aufgegeben, bis schließlich die Bosse kamen und befahlen den ganzen Schacht zu schließen.« Er sah Jay durchdringend an, die Augen dunkel vor Zorn. »Also erzähl mir nicht, ich sei nicht im Krieg gewesen, mein Junge«, fauchte er. »Ich weiß genauso viel vom Krieg – was Krieg bedeutet – wie all die Jungs, die in Frankreich waren.«

Jay sah ihn wortlos an und wusste nicht, was er sagen sollte. Joe blickte ins Leere, es schien, als hörte er die Schreie und Hilferufe der jungen Männer aus der längst geschlossenen Grube von Nether Edge. Jay lief ein Schauer über den Rücken. »Und was willst du jetzt tun?«

Joe musterte ihn, als suche er nach Anzeichen dafür, dass Jay ihn für seine Lüge verurteilte. Dann entspannte er sich, und auf seinem Gesicht breitete sich wieder das alte, wehmütige Lächeln aus, während er mit der Hand in die Tasche fuhr und eine Tüte Gummibärchen zum Vorschein brachte. Er nahm sich selbst eins, dann hielt er Jay die Tüte hin. »Ich werde tun, was ich schon immer getan habe«, verkündete er. »Verteidigen, was mir gehört. Die werden mich noch kennen lernen. Pog Hill ist mein Zuhause, und ich lasse mich von niemandem in irgendein verdammtes Altersheim stecken.« Er biss seinem Gummibärchen genüsslich den Kopf ab und nahm sich noch eins aus der Tüte.

»Aber was kannst du denn tun?«, fragte Jay. »Sie werden mit einem Räumungsbefehl kommen. Sie werden dir das Gas und den Strom abstellen. Kannst du nicht –«

Joe sah ihn an. »Es gibt immer *irgendwas*, das man tun kann«, antwortete er leise. »Aber es wird Zeit, dass ich mir eine Strategie überlege. Zeit, die Sandsäcke zu füllen und die Schotten dichtzumachen. Zeit, den schwarzen Hahn zu mästen, so wie sie es in Haiti machen.« Der Alte zwinkerte Jay verschwörerisch zu.

Jay blickte um sich. Sein Blick glitt über die Glücksbringer, die Joe an die Mauer genagelt und an die Zweige der Bäume gebunden hatte, die aus bunten Glasscherben gelegten und mit Kreide auf die Blumentöpfe gemalten Symbole, und plötzlich überkam ihn ein Gefühl tiefer Hoffnungslosigkeit. Alles wirkte so verletzlich, man spürte regelrecht, dass es dem Untergang geweiht war. Dann sah er die Häuser, diese verrußten, winzigen Reihenhäuser mit ihren windschiefen Klohäuschen und den mit Plastikfolie isolierten Fenstern. In einem der Gärten hing Wäsche auf einer Leine. In einem anderen spielten Kinder. Und dann Joe – mit seinen Reisen, seinem Schatto, den unzähligen Samen und seinem Keller voller Flaschen.

»Nimm's nicht so schwer, mein Junge. Wir werden's schon schaffen, du wirst sehen. Ich hab noch mehr als ein Ass im Ärmel, und das werden diese Mistkerle noch zu spüren bekommen.«

Aber die Worte des Alten klangen hohl wie alle seine Sprüche, die eigentlich nur gespielte Tapferkeit waren, denn es gab nichts, was er tun konnte. Natürlich tat Jay ihm zuliebe so, als würde er ihm glauben, sammelte weiterhin Kräuter entlang den Bahngleisen, füllte rote Säckchen mit getrockneten Blättern, wiederholte Joes Beschwörungsformeln und imitierte dessen rituelle Gesten. Sie mussten das Gelände zweimal täglich *versiegeln*, wie Joe sich ausdrückte. Dazu gingen sie einmal um das ganze Gebiet herum – an den Schienen entlang und vorbei am Stellwerk, das Joe noch immer als sein Eigentum betrachtete, dann die Pog Hill Lane hinunter und durch den Durchgang, der Joes Haus mit dem Nachbarhaus verband, an der Haustür vorbei und schließlich über die Mauer zurück auf die andere Seite. In der Hand eine brennende rote Kerze, mit der sie in duftendes Öl getränkte Lorbeerblätter verbrannten, leierten sie in einem ernsten Singsang unverständliche Formeln, in, wie Joe behauptete, lateinischer Sprache herunter. Joe erklärte, dieses Ritual würde das Haus und seine Umgebung vor unerwünschten Einflüssen bewahren, das Grundstück und seinen Eigentümer schützen. Gegen Ende der Ferien wurde die Zeremonie von Tag zu Tag länger und komplizierter, wuchs von einem dreiminütigen Gang entlang der Grenzen zu einer feierlichen Prozession an, die eine Viertelstunde oder länger dauerte.

Unter anderen Umständen hätte Jay an diesem täglichen

Zeremoniell seinen Spaß gehabt. Doch während sein alter Freund im vergangenen Sommer stets zu Scherzen aufgelegt war, hatte er jetzt kaum noch Zeit dafür. Jay vermutete, dass dahinter Joes Angst vor der ungewissen Zukunft steckte. Immer häufiger redete der Alte jetzt von seinen Reisen, erzählte von vergangenen Abenteuern und plante zukünftige Expeditionen, kündigte an, er werde Pog Hill Lane für immer verlassen und sich auf sein Schatto in Frankreich zurückziehen, um im selben Augenblick zu erklären, er würde sein Haus nur als Leiche verlassen.

Er arbeitete wie ein Besessener von morgens bis abends in seinem Garten. Der Herbst kam früh in jenem Jahr, und er musste die Früchte ernten, Marmelade kochen, Wein ansetzen, Obst und Gemüse einwecken, Kartoffeln und Rüben für den Winter lagern. Außerdem hatte er noch alle Hände voll zu tun mit seinem Beschwörungsritual, das nicht nur heftiges Gestikulieren und das Ausstreuen von Zauberpülverchen, sondern auch das Zubereiten von Duftölen und Kräutermischungen erforderte und mittlerweile eine halbe Stunde in Anspruch nahm. Joe wirkte neuerdings leicht gehetzt, seine Gesichtszüge waren angespannt, und seine Augen glasig vom Schlafmangel – oder von zu viel Alkohol – denn er trank jetzt mehr als je zuvor, nicht nur Wein oder Brennnesselbier, sondern auch den siebzigprozentigen Kartoffelwodka aus der Destille. Jay fragte sich, ob Joe, wenn er so weitermachte, den Winter überleben würde.

»Mir wird schon nichts passieren«, entgegnete er, als der Junge ihn darauf ansprach. »Ich muss jetzt einfach ein bisschen härter arbeiten, das ist alles. Aber bis zum Winter wird alles wieder gut, verlass dich drauf.« Dann grinste er, und einen Augenblick lang war er wieder der Alte, mit den strahlenden Augen unter seinen buschigen Brauen. »Ich hab schon ein paar Jahre lang für mich selbst gesorgt, bevor du hier aufgekreuzt bist, mein Junge. Es braucht mehr als ein paar Clowns von der Regierung, um mich kleinzukriegen.« Und dann erzählte er eine lange, absurde Geschichte, die er auf einer seiner Reisen erlebt hatte, von einem Mann, der versucht hatte, den Indios am Amazonas billigen Tand zu verkaufen. »Und der Häuptling – Häuptling Mungawomba hieß er – gab dem Mann das Zeug zurück und sagte – ich hatte ihm in meiner Freizeit Englisch beigebracht – ›Die Perlen kannst du behalten, Kumpel, aber ich wäre dir sehr dankbar, wenn du mir meinen Toaster reparieren könntest.‹«

Lansquenet, März 1999

17 Einen Moment lang stand er verwirrt und fassungslos am Wegrand. Inzwischen war es fast dunkel. Der Himmel hatte diese leuchtend tiefblaue Farbe, die der Dunkelheit vorausgeht, und der Horizont hinter dem Haus war von gelben, grünlichen und rosafarbenen Streifen durchzogen. Der Anblick war so überwältigend, dass Jay ganz weiche Knie bekam – mein Haus, sagte er sich noch einmal, und wieder war da dieses Gefühl des Unwirklichen, das ihm den Atem verschlug. Trotz seiner misslichen Lage war er freudig erregt, und auch das gehörte wohl dazu. Er fühlte sich unendlich frei. Niemand, *niemand* wusste, wo er war.

Die Weinflaschen klirrten leise, als er seinen Seesack vom Wegrand aufhob. Über dem feuchten Boden lag ein Duft – nach Sommer, nach wildem Spinat, Schieferstaub und abgestandenem Wasser. Sein Blick fiel auf etwas, das am Zweig eines Weißdornstrauchs flatterte. Automatisch griff er danach. Es war ein Stück roten Flanells.

Das Klirren der Flaschen wurde lauter, und der Wein in ihrem Innern begann zu schäumen. Es schien, als ob sie flüsterten, knisterten, seufzten, glucksten und unbekannte Konsonanten und geheimnisvolle Vokale ausstießen. Jay spürte eine leichte Brise über seine Kleider streichen, ein Murmeln war in der warmen Luft, ein Pulsieren wie das eines Herzens. *Das Zuhause ist da, wo das Herz schlägt.* Einer von Joes Lieblingssprüchen. – *Wo Geist ist*, fügte Jay im Stillen hinzu.

Er wandte sich wieder dem Weg zu. Eigentlich war es noch

nicht zu spät, um ein Bett und etwas zu essen aufzutreiben. Bis zum Dorf – ein paar Lichter auf der anderen Seite des Flusses, entfernte Musik, die über die Felder wehte – war es nicht mehr als eine halbe Stunde zu Fuß. Er würde seinen Koffer hier stehen lassen, versteckt im Gebüsch am Wegrand, und nur den Seesack mitnehmen. Doch das Haus zog ihn unwiderstehlich an. Lächerlich, sagte er sich. Er hatte sich bereits davon überzeugt, dass es unbewohnbar war, zumindest in seinem derzeitigen Zustand. Das heißt, es sieht unbewohnbar aus, verbesserte er sich, denn er musste plötzlich an die Pog Hill Lane denken, die verwilderten Gärten und die zugenagelten Fenster und das heimliche, fröhliche Leben dahinter. Was wäre, wenn – vielleicht hinter den verschlossenen Fenstern ...?

Es war irgendwie merkwürdig, aber er konnte diesen Gedanken einfach nicht abschütteln. Obgleich es jeglicher Logik entbehrte, kam es Jay so vor, als ob hier der Geist des alten Joe herumspukte. Der verwilderte Gemüsegarten, der Fetzen roten Flanells, dieses Gefühl, ja die Gewissheit, dass sich tatsächlich jemand im Haus aufhielt ...

Pog Hill, Sommer 1977

18

Im September 1976 war Jay zurück ins Internat gefahren, mit einem Gefühl von Endgültigkeit und der Überzeugung, dass sich in Pog Hill etwas verändert hatte. Die Post, die er gelegentlich von Joe bekam, enthielt allerdings keinerlei Hinweise darauf. Eine Karte kam zu Weihnachten – zwei Zeilen in einer sorgfältigen, ungelenken Schrift, typisch für jemanden, der im Schreiben wenig geübt ist –, dann noch eine zu Ostern. Das letzte Trimester zog sich – wie immer – endlos hin. Jays fünfzehnter Geburtstag kam und ging – ein Kricketschläger von seinem Vater und Candide, Theaterkarten von seiner Mutter. Dann folgten Examen, Internatspartys. Geheimnisse wurden ausgetauscht und Versprechen gebrochen. Es gab ein paar Prügeleien, die Theatergruppe führte den *Sommernachtstraum* auf, und alle Rollen wurden von Jungs gespielt, wie zur Zeit Shakespeares. Jay war der Puck, doch in Gedanken war er ständig bei Joe in der Pog Hill Lane.

Als die Sommerferien näher rückten, wuchs seine Ungeduld, und er wurde zusehends nervöser und reizbarer. Ausgerechnet dieses Jahr hatte seine Mutter beschlossen, ein paar Wochen mit ihm in Kirby Monckton zu verbringen, angeblich, um etwas mehr Zeit für ihren Sohn zu haben. In Wirklichkeit wollte sie sich jedoch nach der Trennung von ihrem letzten Liebhaber vor den Medien in Sicherheit bringen. Jay machte kein Hehl daraus, dass er nicht gerade begeistert war von all der unerwarteten mütterlichen Aufmerksamkeit, was einen dramatischen Gefühlsausbruch zur Folge hatte.

Sie kamen Ende Juni an. Mit dem Taxi. Im Regen. Jays Mutter spielte die Mater Dolorosa, und er versuchte, sich auf die Musik im Radio zu konzentrieren, während sie abwechselnd leidend vor sich hin schwieg oder unvermittelt wie ein Backfisch in Verzückung geriet, wenn sie im Vorbeifahren Dinge entdeckte, die sie an ihre Kindheit erinnerten.

»Jay, mein Schatz, schau nur! Diese kleine Kirche – ist sie nicht herzallerliebst?«

Er führte es darauf zurück, dass sie in so vielen Seifenopern mitgespielt hatte, aber vielleicht hatte sie auch schon immer so gesprochen. Gerade lief *Hotel California* von den Eagles. Jay bat den Taxifahrer, das Radio aufzudrehen. Seine Mutter sah ihn gequält an und verzog die Lippen zu einer dünnen Linie. Jay schenkte ihr keine Beachtung.

Während der ersten Ferienwoche regnete es unaufhörlich. Jay blieb im Haus, schaute aus dem Fenster, hörte Radio und sagte sich, dass der Regen irgendwann aufhören musste. Der Himmel war weiß und bedrohlich, und wenn man zu den Wolken aufschaute, sahen die fallenden Tropfen aus wie Ruß.

Jays Großeltern waren übertrieben fürsorglich, behandelten seine Mutter, als wäre sie noch ihr kleines Mädchen. Fünf Tage lang lebten sie von Applepie, Eiskrem, Bratfisch und

Muscheln, den Lieblingsgerichten seiner Mutter. Am sechsten Tag hielt er es nicht mehr aus und fuhr im strömenden Regen mit dem Fahrrad in die Pog Hill Lane, aber Joes Tür war verschlossen, und niemand reagierte auf sein Klopfen. Jay stellte das Fahrrad ab und kletterte über die Gartenmauer. Die Fenster waren mit Brettern vernagelt.

Panik erfasste ihn. Er hämmerte mit den Fäusten gegen die Bretter. »Hey, Joe! *Joe?*«

Keine Antwort. Wieder trommelte er mit den Fäusten gegen das Fenster und rief laut Joes Namen. Ein Stück roten Flanells, von Sonne und Regen ausgebleicht, flatterte an einem der Fensterrahmen, aber es wirkte alt und nutzlos, wie ein wirkungsloser Zauber vom letzten Jahr. Ein Dickicht aus hochaufgeschossenem Grünzeug – Schierling, Wermut, Oleander und Weidenröschen – umgab den verlassenen Garten.

Jay setzte sich auf die Mauer. Sein T-Shirt, durchweicht vom Regen, klebte an ihm wie eine zweite Haut, und das Wasser tropfte ihm von den Haaren in die Augen. Er fühlte sich wie benommen. Wie konnte Joe einfach so fortgehen?, fragte er sich fassungslos. Warum hatte er nichts gesagt? Oder eine Nachricht hinterlassen? Wie konnte er ihm das antun?

»Nimm's nicht so schwer, mein Junge«, hörte er eine vertraute Stimme hinter sich. »Ist alles nicht so schlimm, wie es aussieht.«

Jay fuhr so schnell herum, dass er beinahe von der Mauer gefallen wäre. Der Alte stand in ungefähr sieben Meter Entfernung hinter ihm, kaum zu sehen hinter all dem Grün. Er trug einen gelben Regenhut über seiner Bergarbeitermütze und stützte sich auf einen Spaten.

»Joe?«

Der alte Mann grinste. »Jawoll. Was hast du denn gedacht?«

Jay brachte keinen Ton heraus.

»Ich hab mich hier auf Dauer eingerichtet«, erklärte Joe mit einem selbstzufriedenen Gesichtsausdruck. »Sie haben mir den Strom abgestellt, aber ich hab die Leitung so angezapft, dass nichts über den Zähler läuft, und jetzt gibt's wieder Saft. Das Wasser bekomm ich aus einem Brunnen, den ich im Garten gegraben hab. Komm her und sag mir, was du davon hältst.«

Wie immer benahm Joe sich so, als wäre seit dem letzten Sommer keine Zeit vergangen, als wäre Jay nie fort gewesen. Er teilte die Büsche, die sie trennten, und bedeutete Jay, ihm zu folgen. Hinter der grünen Wand war der Garten so gepflegt wie immer: Limonadenflaschen zum Schutz von Keimlingen, Frühbeete aus alten Fensterrahmen und aufeinander gestapelte Autoreifen als Kartoffelbeete. Aus der Entfernung wirkte das Ganze allerdings wie ein seit Jahren verwildertes Grundstück, nur aus der Nähe sah man, dass sich im Grunde nichts verändert hatte. Von den Obstbäumen entlang der Gleise tropfte der Regen. Es war die beste Tarnung, die Jay je gesehen hatte. »Ist ja irre«, sagte er schließlich. »Ich dachte wirklich, du wärst weg.«

Joe sah ihn verschmitzt an. »Du bist nicht der Einzige, der das denkt, mein Junge«, erwiderte er geheimnisvoll. »Sieh mal da drüben.«

Jay wandte sich um. Das Stellwerk, das Joe als Gewächshaus gedient hatte, stand noch da, wenn auch in einem ziemlich verfallenen Zustand; grüne Triebe hatten sich durch das kaputte Dach gearbeitet und rankten an den Wänden herunter. Die Schienen und Schwellen waren entfernt worden – bis auf die letzten fünfzig Meter zwischen dem Stellwerk und Joes Garten. Es sah so aus, als wären sie aus irgendeinem Grund übersehen worden – und zwischen den verrosteten Gleisen wucherte das Unkraut.

»Nächstes Jahr wird sich niemand mehr daran erinnern, dass es hier jemals eine Eisenbahnlinie gegeben hat. Vielleicht lassen sie uns dann in Ruhe.«

Jay nickte langsam, immer noch sprachlos vor Staunen und Erleichterung.

19

Die Abendluft roch rauchig-bitter, wie Lapsang-Tee. Es war mild genug, um draußen zu schlafen. Im Weinberg zur Linken veranstalteten Vögel, Frösche und Insekten ein Geräuschkonzert. Der Pfad unter Jays Füßen glänzte silbrig im schwindenden Licht. Das Haus lag bereits im Dunkeln und wirkte düster und beinahe bedrohlich. Vielleicht hätte er seinen Besuch doch bis zum nächsten Morgen aufschieben sollen.

Er überlegte, ob es nicht besser sei, ins Dorf zu gehen, aber der Gedanke an den langen Fußmarsch hielt ihn davon ab. Die Stiefel, die er trug, schienen das passende Schuhwerk, als er in London aufgebrochen war, aber nach der langen Reise waren seine Füße geschwollen. Wenn es ihm gelänge, ins Haus einzudringen – nach allem, was er an Sicherheitsvorkehrungen gesehen hatte, dürfte das nicht allzu schwierig sein –, könnte er dort übernachten und sich bei Tageslicht auf den Weg ins Dorf machen.

Er war schließlich kein Eindringling im eigentlichen Sinne, denn bis auf ein paar Formalitäten gehörte ihm das Haus ja schon. Er erreichte den Gemüsegarten. Irgendetwas – vielleicht ein Fensterladen – klapperte rhythmisch gegen die Hauswand und machte ein klagendes, schauriges Geräusch. Unter den Bäumen hinter dem Haus bewegte sich ein Schatten, der aussah wie eine menschliche Gestalt in Mantel und Schirmmütze. Etwas federte quer über seinen Weg mit einem schnarrenden Geräusch – eine stachelige Artischocke, die immer noch die vertrocknete Blüte vom letzten Jahr trug. Dahinter wogten die hochgeschossenen Überreste der letzten Gemüsepflanzen in der aufkommenden Brise. Nicht weit von ihm entfernt flatterte etwas, das aussah, wie ein Fetzen, der an einem Dornbusch hängen geblieben war. Ein Stück Stoff, mehr konnte Jay nicht erkennen, aber er wusste sofort, was es war. Roter Flanell. Er stellte den Seesack ab und kämpfte sich durch das wuchernde Grün. Als er gerade nach dem roten Fetzen greifen wollte, knirschte etwas unter seinem linken Fuß, gab mit einem metallischen Rasseln nach, und im nächsten Augenblick schlugen unerbittliche Zähne durch das weiche Leder seines Stiefels in seinen Knöchel.

Jay stolperte, stürzte rückwärts ins Gestrüpp und verlor vor Schmerz beinahe die Besinnung. Als er fluchend nach seinem Fuß griff, ertastete er im Halbdunkel einen gezackten Gegenstand aus Metall. Eine Falle, dachte er verwirrt, irgendeine Art von Falle.

Vor Schmerz konnte er keinen klaren Gedanken fassen, und das Eisen bohrte sich nur noch tiefer in seinen Fuß, als er wie wild daran herumzerrte. Seine Finger rutschten an dem Metall ab, und ihm wurde klar, dass er blutete. Er geriet in Panik.

Unter größter Willensantrengung gelang es ihm, die Ruhe zu bewahren. Wenn es sich um eine Falle handelte, würde sie sich nur mit Gewalt öffnen lassen. Lächerlich anzunehmen, dass sie für ihn ausgelegt worden war. Wahrscheinlich wollte jemand damit Kaninchen fangen oder einen Fuchs oder ein anderes Tier.

Jay betastete die Falle. Es war ein muschelförmiges Fangeisen mit einem alten, primitiven Schnappmechanismus, das mit einem Metallstift im Boden verankert war. Zwischen den Schnappbügeln befand sich ein Haken. Während er fluchend versuchte, sich daraus zu befreien, spürte er, wie sich die Eisenzähne immer tiefer in sein Fleisch bohrten. Schließlich löste sich der Haken, und nach mehreren Versuchen gelang es ihm, die eisernen Bügel auseinander zu biegen. Als er sich endlich aus der Falle befreit hatte, machte er sich daran, den Schaden zu begutachten. Sein Fuß war bereits stark geschwollen. Er bemühte sich, möglichst nicht daran zu denken, welche Art von Bakterien womöglich gerade dabei war, in seinen Körper einzudringen, und richtete sich auf. Unbeholfen humpelte er zurück auf den Pfad, setzte sich auf den Boden und versuchte, seinen Stiefel auszuziehen. Es kostete ihn fast zehn Minuten, und er war schweißüberströmt, als es ihm endlich gelang. Mittlerweile war es zu dunkel, um das genaue Ausmaß der Verletzung zu erkennen, doch ihm war klar, dass in seinem Zustand an einen Fußmarsch zum Dorf nicht zu denken war.

20

Joes neue Verteidigungsstrategie war nicht das Einzige, was sich in der Pog Hill Lane geändert hatte. Nether Edge hatte Besuch bekommen. Jay fuhr immer noch hin und wieder dorthin. Er fühlte sich von der Atmosphäre des sanften Verfalls angezogen, von den Dingen, die dort abgeladen wurden, um in Frieden zu verrotten. Er stromerte am Kanal herum, in der Aschengrube, auf der Müllkippe, oft auf der Suche nach Dingen, die Joe brauchen konnte, doch auch, weil ihn die Gegend immer noch faszinierte.

Die Zigeuner mussten sich von dieser Atmosphäre ebenfalls angezogen gefühlt haben, denn eines Tages waren sie da, vier schäbige Wohnwagen, angeordnet wie eine Wagenburg zum Schutz gegen Feinde. Die Wagen waren grau und rostig. Die Achsen bogen sich unter dem Gewicht der über die Jahre angesammelten Habseligkeiten, die Türen hingen schief in den Angeln, die Fensterscheiben waren mit der Zeit trüb geworden. Und auch die Bewohner waren traurige Gestalten. Sechs Erwachsene und ebenso viele Kinder. In ihren Jeans, den zu großen Latzhosen oder billigen, grellbunten Nylonkleidern wirkten sie alle schmuddelig, wie ein lebendes Abbild des Gestanks, der ständig von ihrem Lager ausging; ein Geruch nach Bratfett, schmutziger Wäsche, Petroleum und Abfall. Jay hatte zwar noch nie in seinem Leben Zigeuner gesehen, aber dieses schäbige, traurige Häuflein hatte keine Ähnlichkeit mit den stolzen Gestalten, über die er in Büchern gelesen hatte. In seiner Vorstellung gehörten zu einem richtigen Zigeunerlager von Pferden gezogene Wagen mit buntbemalten Seitenwänden, dunkelhaarige Mädchen in bunten Flickenröcken und einem Dolch im Gürtel, blinde Greisinnen, die die Zukunft voraussagen konnten. Und was Joe von seinen Begegnungen mit Zigeunern zu berichten wusste, hatte ihn in dieser Vorstellung nur bestätigt. Von seinem Versteck an der Schleuse aus beobachtete Jay die Eindringlinge in sein Revier mit Missbehagen.

Zunächst hatte er sie für ganz gewöhnliche Leute gehalten, für Touristen oder Camper aus dem Süden, die im Moor wandern wollten.

»Nein, mein Junge«, hatte Joe ihn belehrt, als Jay ihm von dem Lager berichtete und auf die schmale, weiße Rauchfahne deutete, die in den Himmel über Nether Edge aufstieg. »Das sind keine Touristen. Das sind Zigeuner, vielleicht keine echten Roma, aber man kann sie ruhig zum fahrenden Volk zählen. Immer auf Achse, genau wie ich früher.« Er kniff die Augen zusammen und schaute durch den Rauch seiner Zigarette hindurch zum Lager hinüber. »Die werden wohl über den Winter bleiben«, überlegte er. »Und weiterziehen, wenn der Frühling kommt. In Nether Edge sind sie ungestört. Da geht sowieso keiner mehr hin.«

Das stimmte natürlich nicht ganz. Jay betrachtete Nether Edge als sein Territorium, und ein paar Tage lang beobachtete er die Zigeuner mit demselben Unmut, den er empfunden hatte, als sich Zeth und seine Kumpels dort breit gemacht hatten. Es war nicht viel Leben im Lager, aber manchmal hing Wäsche an zwischen den Wagen gespannten Leinen. Hin und wieder bellte der Hund, der an einem der Wagen angekettet war. Ein- oder zweimal sah Jay eine Frau, die in einem großen Kanister Wasser zu ihrem Wagen schleppte, das sie aus einer Art Zapfhahn holte, der neben dem Weg aus einem Betonblock ragte. Auf der gegenüberliegenden Seite des Zigeunerlagers befand sich eine ähnliche Zapfstelle, die das Lager mit Strom versorgte.

»Die sind vor ein paar Jahren da eingebaut worden«, erklärte ihm Joe. »Ein Zigeunerlager mit Strom und Wasser und Münzzähler dazu. Sie haben sogar eine Sickergrube, und einmal die Woche wird der Müll abgeholt. Man sollte meinen, dass mehr Leute den Lagerplatz nutzen würden, aber es kommen nur wenige. Komisches Volk, diese Zigeuner.«

Es sei zehn Jahre her, seit Zigeuner das letzte Mal auf dem Platz gelagert hatten, erinnerte sich Joe. »Das waren Roma«, sagte er. »Heutzutage begegnet man kaum noch echten Roma. Die haben früher immer ihr Obst und Gemüse bei mir gekauft. Damals waren nicht viele Leute bereit, denen was zu verkaufen. Es hieß immer, sie seien nicht besser als gewöhnliche Bettler.« Er grinste. »Ich will ja nicht behaupten, dass sie immer hundertprozentig ehrlich waren, aber die fahrenden Leute müssen sich halt durchschlagen. Den Strom- und Wasserzähler haben sie mit einer genialen Erfindung ausgetrickst. Man musste fünfzig Pence einwerfen, und sie haben den ganzen Sommer über Wasser und Strom verbraucht, aber als sie weg waren und einer von der Gemeinde den Münzzähler leeren wollte, war nichts drin als eine große Wasserpfütze. Sie haben nie rausgefunden, wie die das gemacht haben. Das Schloss war unversehrt. Keine Spur von Gewalt.«

Jay hörte gespannt zu. »Und wie haben sie's gemacht?«, fragte er neugierig.

Joe grinste noch breiter und tippte sich mit dem Finger an die Nase.

»*Alchimie*«, flüsterte er zu Jays Ärger und verlor kein Wort mehr über dieses Thema.

Das Gespräch mit Joe hatte Jays Interesse an den Zigeunern neu geweckt, und er beobachtete das Lager mehrere Tage lang, konnte jedoch keinerlei Anzeichen für ihr heimliches Treiben entdecken. Schließlich verließ er seinen Posten an der Schleuse, um die Schienen nach brauchbarem Abfall abzusuchen.

Er hatte sich eine gute Methode ausgedacht, um kostenlos an Kohle für Joes Küchenofen zu kommen. Jeden Tag rumpelten zwei Kohlewagen gemächlich am Kanal entlang. Jeder Zug bestand aus vierundzwanzig Waggons, und auf dem letzten saß ein Mann, der aufpasste, dass niemand hinaufkletterte.

Nach dem Krieg hatte es häufig Unfälle gegeben, erzählte Joe; Männer, die für ihre Familie Kohle besorgten, oder Kinder, die sich gegenseitig ihren Mut beweisen wollten, indem sie auf den fahrenden Zug aufsprangen. »Es sieht vielleicht so aus, als würden die Güterzüge langsam fahren«, sagte er ernst. »Aber jeder von diesen Waggons ist ein Vierzigtonner. Versuch nie, auf einen aufzuspringen, mein Junge.«

Jay befolgte diesen Rat. Er entwickelte eine bessere Methode, mit der er Joe den ganzen Sommer über und bis in den Herbst hinein mit Kohle versorgte, bis die gesamte Strecke schließlich stillgelegt wurde.

Zweimal am Tag, immer kurz bevor der Zug kam, baute Jay ein paar alte Blechdosen auf dem steinernen Geländer der Eisenbahnbrücke auf. Er ordnete sie in Pyramiden an wie auf dem Jahrmarkt, um den Anreiz zu erhöhen. Der gelangweilte Arbeiter, der auf dem letzten Waggon hockte, konnte der Versuchung nie widerstehen. Jedes Mal, wenn der Zug vorüberfuhr, warf er mit Kohlen nach den Dosen und versuchte, sie von der Brücke zu schießen, und Jay konnte hinterher mindestens einen halben Eimer Bruchkohle aufsammeln. Er versteckte seine Beute im Gebüsch, und wenn der Eimer voll war, brachte er ihn zu Joe. Einmal, als er gerade dabei war, seinen Kohleeimer zu füllen, hörte er plötzlich Schüsse von Nether Edge her. Vor Schreck ließ er den Eimer fallen, und die Kohlen kullerten über die Gleise.

Zeth war wieder da.

Lansquenet, März 1999

21

Jay zog ein Taschentuch aus seinem Seesack, um das Blut abzuwischen. Allmählich begann er zu frieren und wünschte sich, er hätte seinen Mantel mitgebracht. Dann nahm er eins von den Sandwiches, die er sich am Bahnhof gekauft hatte, und zwang sich, es zu essen. Es schmeckte vergammelt, aber es linderte seine Übelkeit, und er hatte das Gefühl, dass ihm ein bisschen wärmer wurde. Es war jetzt fast Nacht und es wurde merklich kühler. Ein schmaler Mond ging auf, gerade hell genug, um Schatten zu werfen. Trotz der Schmerzen in seinem Fuß sah er sich neugierig um. Er warf einen Blick auf seine Uhr, und einen Augenblick lang erwartete er beinahe, die Leuchtziffern der Seiko zu sehen, die er mit vierzehn zu Weihnachten bekommen hatte und die Zeth während der letzten, schrecklichen Woche damals im

August zerbrochen hatte. Aber seine Rolex hatte keine Leuchtziffern.

Im Schatten an der Hausecke bewegte sich etwas. »He!«, rief er, rappelte sich auf und humpelte auf das Haus zu. »He! Warten Sie! Ist da jemand?«

Etwas polterte gegen die Hauswand. Es war dasselbe dumpfe Geräusch, das er zuvor schon gehört hatte. Ein Fensterladen vielleicht. Er meinte, die Umrisse vor dem schwarzblauen Himmel zu erkennen, wie er im Wind hin und her schlug. Ein Schauer lief ihm über den Rücken, doch er konnte niemanden entdecken. Wenn er nur ins Haus gelangen könnte, um Schutz vor der Kälte zu finden.

Das Fenster mit dem im Wind schlagenden Laden befand sich etwa einen Meter über dem Boden. Auf der Innenseite war ein breiter, mit Schutt bedeckter Sims, und es gelang ihm, den Vorsprung so weit abzuräumen, dass er Platz hatte, ins Haus zu klettern. Er bewegte sich vorsichtig, tastete nach Glasscherben, dann schwang er erst das eine und dann das andere Bein über den Sims und zog den Seesack hinterher.

Es roch nach frischer Farbe. Als seine Augen sich an die Dunkelheit gewöhnt hatten, sah er, dass der Raum fast leer war, bis auf einen Tisch und einen Stuhl in der Mitte und einen Haufen, der aussah wie leere Säcke. Jay stützte sich auf dem Stuhl ab und humpelte in die Ecke hinüber, wo er die Säcke vermutete. Er fand einen Schlafsack, ein paar alte Decken und ein Kopfkissen, säuberlich aufgerollt, einen Karton mit Farbeimern und, seltsamerweise, ein paar Wachskerzen. Er nahm sein Feuerzeug aus der Hosentasche. Es war nur ein billiges Bic-Feuerzeug und fast leer, doch er entlockte ihm eine kleine, bläuliche Flamme. Der Docht knisterte, dann fing er Feuer. Sanftes Licht breitete sich im Raum aus.

Hier konnte er schlafen. Der Raum bot Schutz, und die Nacht war mild. Es gab Decken und Bettzeug, und er hatte noch die restlichen Sandwiches. Einen Moment lang vergaß er die Schmerzen in seinem Fuß und lächelte bei dem Gedanken, dass dies jetzt sein Zuhause war. Das musste gefeiert werden. Er öffnete seinen Seesack, nahm eine von Joes Flaschen heraus und durchschnitt das Siegel und die grüne Kordel mit seinem Taschenmesser. Der Duft von Holunderblüten erfüllte den Raum.

Kaum hatte er den ersten Schluck getrunken, spürte er den vertrauten, süßlichen Geschmack nach faulem Obst. Ein absoluter Spitzenjahrgang, dachte er. Dann musste er laut lachen und nahm noch einen Schluck. Trotz des eigenartigen Aromas wärmte ihn der Wein. Er setzte sich auf das zusammengerollte Bettzeug, trank einen weiteren Schluck und fühlte sich schon besser.

Er griff noch einmal in seinen Seesack und holte das Radio heraus. In der Erwartung, dasselbe Rauschen zu hören, das er während der Zugfahrt von Marseille empfangen hatte, schaltete er es an, aber überraschenderweise war der Empfang glasklar. Irgendein französischer Regionalsender, leise, melodische Musik, die er nicht kannte. Jay musste wieder lachen, ihm war plötzlich ganz schummrig. Er konnte fast hören, wie die restlichen Flaschen in seinem Seesack wieder ihren Gesang anstimmten, in Jubel ausbrachen, bis sie sich in einen fieberhaften Rausch aus Klängen und Stimmen, Eindrücken und Erinnerungen hineinsteigerten. Er fühlte sich regelrecht mitgerissen, und für einen kurzen Moment stellte er sich vor, wie es in den harmlosen Flaschen gefährlich brodelte. Irgendetwas würde geschehen, versicherte ihm der Chor der Flaschen. Dann, plötzlich, Stille. Jay sah sich neugierig um. Er erschauerte, als hätte ihn eine Brise gestreift, ein leichter Wind aus einer längst vergessenen Zeit. Die Farbe an der Wand war frisch; neben dem Karton mit Farbeimern stand ein Gefäß mit sauber ausgewaschenen Pinseln. Der Wind wurde stärker und brachte den Duft von Rauch und Zirkus, gebranntem Zucker, Äpfeln und Mittsommernacht mit sich. Das Radio knisterte leise.

»Na, mein Junge«, sagte eine Stimme in der Dunkelheit. »Du hast dir ja viel Zeit gelassen.«

Jay zuckte zusammen. Er musste auf dem eingerollten Bettzeug eingenickt sein. War er wach, oder träumte er?

»Immer mit der Ruhe«, sagte Joe freundlich. Er hatte sich

nicht verändert, trug seine alte Mütze, ein Thin-Lizzy-T-Shirt über seiner Arbeitshose und Grubenstiefel. In der einen Hand hielt er zwei Weingläser. Vor ihm auf dem Tisch stand die geöffnete Flasche Holunderbeerwein, Jahrgang 1976. »Ich hab dir ja immer gesagt, du würdest dich eines Tages dran gewöhnen«, bemerkte er mit Genugtuung. »Die Holunderbeere hat's in sich, was?«

Jay wurde von freudiger Erregung gepackt, und auch die restlichen Flaschen schienen wieder zum Leben erweckt worden zu sein und klirrten aufgeregt. Jetzt ergab alles einen Sinn, dachte er wie berauscht; alles passte zusammen. Die Zeichen, die Erinnerungen, das ganze Drumherum, alles hatte jetzt einen Sinn ...

Im Kerzenlicht betrachtete er den alten Mann, die leuchtenden Augen, die Lachfältchen darunter, und zum ersten Mal bemerkte er, dass alles an ihm irgendwie vergoldet wirkte – bis hin zu den Spitzen seiner Grubenstiefel –, der ganze Joe war umgeben von einem unheimlichen Glanz. »Du bist doch nicht wirklich da, oder?«, wollte er wissen.

Joe zuckte die Achseln. »Was ist schon wirklich?«, fragte er unbekümmert. »So was gibt's nicht, mein Junge.«

»Ich meine wirklich im Sinne von wirklich anwesend.«

Joe schenkte ihm einen nachsichtigen Blick, wie ein Lehrer, der einen begriffsstutzigen Schüler vor sich hat.

Jays Stimme wurde beinahe ärgerlich. »Wirklich im Sinne von körperlich anwesend. Nicht als Ausgeburt meiner weinseligen Phantasie oder als Symptom einer Entzündung in meinem Fuß.«

Joe sah ihn freundlich an. »Du bist also Schriftsteller geworden«, sagte er. »Hab ja schon immer gesagt, dass du ein schlaues Kerlchen bist. Hast du ein paar gute Bücher geschrieben? Ordentlich Kohle verdient?«

»Jede Menge Kohle, und nur ein gutes Buch, aber das ist lange her. Verdammt, ich kann's nicht fassen, dass ich hier sitze und Selbstgespräche führe.«

»Nur eins, wie?«

Wieder lief Jay ein Schauer über den Rücken. Der kalte

Nachtwind blies durch das halb offene Fenster und brachte die fiebrige Atmosphäre von weit entfernten Orten mit.

»Ich muss krank sein«, sagte er leise zu sich selbst. »Toxischer Schock oder so was, von dieser Falle. Ich hab Halluzinationen.«

Joe schüttelte den Kopf. »Das wird schon wieder, mein Junge. Das war nur 'ne alte Fuchsfalle. Der Alte, der hier wohnte, hat Hühner gehalten. Da kamen die Füchse jede Nacht. Er hat die Stellen, wo er die Fallen ausgelegt hat, immer mit einem Stofffetzen markiert.«

Jay betrachtete das Stück Flanell in seiner Hand. »Ich dachte –«

Joes Augen leuchteten belustigt. »Du hast schon immer zu voreiligen Schlüssen geneigt. Und dauernd Fragen gestellt. Wolltest über alles Bescheid wissen.« Er hielt Jay ein Weinglas hin, halb gefüllt mit schwarzem Holunderbeerwein. »Hier, trink einen Schluck«, ermunterte er ihn gütig. »Wird dir gut tun. Am liebsten würde ich dir ein bisschen Bischofskraut pflücken, aber die Planeten stehen ungünstig. Dazu muss der Merkur aufgehen, aber das dauert noch bis nächsten Monat.«

Jay sah ihn an. Für eine Halluzination wirkte Joe ziemlich echt. Er hatte Gartendreck unter den Fingernägeln und in den Furchen seiner Handflächen.

»Mir ist schlecht«, flüsterte Jay. »Du bist nach dem Sommer einfach abgehauen. Hast dich noch nicht mal verabschiedet. Und jetzt bist du auch nicht wirklich hier. Das weiß ich genau.«

Joe schüttelte den Kopf. »Ja, ja«, sagte er. »Darüber reden wir ein andermal, wenn du dich wieder besser fühlst.«

»Dann bist du nicht mehr hier.«

Joe lachte und zündete sich eine Zigarette an. Der Geruch war stechend in der kühlen Luft. Jay bemerkte – ohne Verwunderung – dass die Zigarette aus einer alten Schachtel Player's No. 6 stammte.

»Willst du auch eine?«, fragte Joe und reichte ihm die Schachtel.

Einen Augenblick lang fühlte sich die Zigarette zwischen Jays Fingern beinahe echt an. Er nahm ein paar Züge, aber der Rauch schmeckte nach Kanal und Herbstfeuer. Er schnippte die Kippe auf den Boden und sah zu, wie die Funken stoben. Ihm war leicht schwindelig.

»Du siehst ziemlich mitgenommen aus. Warum machst du es dir nicht auf den Decken bequem?«, fragte Joe.

Misstrauisch betrachtete Jay die provisorische Schlafstätte. Er war erschöpft. Ihm dröhnte der Schädel, und sein Fuß schmerzte, er war mehr als verwirrt. Eigentlich müsste er beunruhigt sein, aber im Moment war er nicht in der Lage, sich über irgendetwas Gedanken zu machen. Er streckte sich mühsam auf dem behelfsmäßigen Bett aus und zog den Schlafsack über sich. Eine wohlige Wärme umgab ihn, und es roch sauber und angenehm. Er überlegte flüchtig, ob das vielleicht eine durch Unterkühlung hervorgerufene Halluzination sein könnte – etwas Ähnliches wie bei dem *Mädchen mit den Zündhölzern* –, und lachte leise in sich hinein. *Der Jackapple-Mann.* Das wäre ein Ding, was? Man würde ihn am Morgen finden, in der einen Hand den roten Flanellfetzen, in der anderen eine leere Weinflasche, mausetot, aber mit einem Grinsen im Gesicht.

»Du wirst schon nicht sterben«, witzelte Joe.

»Wir Schriftsteller sterben nie«, murmelte Jay. »Uns geht bloß das Talent flöten.« Er musste wieder lachen, diesmal ziemlich ausgelassen. Die Kerze flackerte kurz auf und ging plötzlich aus. Jay hätte schwören können, er hätte gesehen, wie der Alte sie ausblies. Bis auf einen schmalen Streifen Mondlichts, das durch den halbgeschlossenen Laden fiel, war es dunkel im Raum. Draußen vor dem Haus stimmte ein Vogel einen herzzerreißenden Gesang an. Aus der Ferne war ein Schrei zu hören – eine Katze vielleicht, oder eine Eule. Eine Zeit lang lag Jay still da und lauschte den Geräuschen der Nacht. Dann war er plötzlich wieder hellwach. Direkt vor dem Fenster vernahm er etwas, das sich anhörte wie Schritte. Jay erstarrte. »Joe?«

Aber der Alte, den Jays Phantasie herbeigezaubert hatte, war verschwunden. Wieder hörte er das Geräusch, ganz leise, flüchtig. Wahrscheinlich ein Tier, sagte sich Jay. Vielleicht ein Hund, oder ein Fuchs. Er stand auf und trat an das halbgeschlossene Fenster. Eine Gestalt – eine sehr reale, handfeste Gestalt – stand direkt vor dem Fensterladen.

»O mein Gott!« Er wich einen Schritt zurück und wäre beinahe gestürzt, als sein verletzter Fuß nachgab. Die Person war groß, wirkte noch eindrucksvoller durch einen schweren Mantel und den großen Hut. Er meinte unter dem Hutrand zarte Züge zu erkennen, ein paar Haarsträhnen, die über den Kragen fielen, zornige Augen in einem blassen Gesicht. Es war fast wie ein Wiedererkennen. Dann war der Augenblick vorbei; die Frau, die vor seinem Fenster stand und ihn ansah, war ihm vollkommen fremd.

»Was zum Teufel machen Sie hier?« Automatisch sprach er Englisch, ohne zu erwarten, dass sie ihn verstand. Nach allem, was im Laufe des Abends vorgefallen war, konnte er noch nicht einmal mit Sicherheit sagen, ob sie echt war. »Wer sind Sie überhaupt?«

Die Frau sah ihn an. Die alte Schrotflinte in ihrer Hand war zwar nicht direkt auf ihn gerichtet, aber eine winzige Bewegung würde ausreichen, um das zu ändern.

»Sie sind widerrechtlich hier eingedrungen.« Sie sprach mit starkem Akzent, aber ihr Englisch war gut. »Dies ist kein herrenloses Haus. Es ist Privateigentum.«

»Ich weiß. Ich –« Die Frau musste eine Art Verwalterin sein, dachte sich Jay. Vielleicht hatte sie den Auftrag, dafür zu sorgen, dass kein Schaden an den Gebäuden angerichtet wurde. Ihre Anwesenheit würde die geheimnisvollen Geräusche, die Kerzen, den Schlafsack, den Geruch nach frischer Farbe erklären. Alles andere – das unerwartete Auftauchen von Joe, zum Beispiel – war das Produkt seiner Phantasie. Erleichtert lächelte er die Frau an. »Tut mir Leid, dass ich Sie so angebrüllt habe. Ich war einen Moment lang verwirrt. Mein Name ist Jay Mackintosh. Der Makler wird Ihnen vielleicht schon von mir erzählt haben.«

Sie sah ihn ausdruckslos an und warf einen kurzen Blick auf die Flaschen und sein Gepäck.

»Makler?«

»Ja. Ich bin der, der das Haus gekauft hat. Per Telefon. Vorgestern.« Er lachte nervös. »Eine spontane Entscheidung. So was hab ich noch nie gemacht. Ich wollte nicht abwarten, bis der ganze Papierkram erledigt war und bin sofort gekommen, um mir das Haus anzusehen.« Er musste wieder lachen, aber in ihren Augen entdeckte er kein erwiderndes Lächeln.

»Sie haben das Haus gekauft, sagen Sie?«

Er nickte. »Das Maklerbüro war schon geschlossen, und deshalb habe ich noch keinen Schlüssel. Und dann hing ich auf einmal hier fest. Ich habe mir den Knöchel verletzt –«

»Das ist unmöglich.« Ihre Stimme war tonlos. »Man hätte es mir gesagt, wenn es einen weiteren Interessenten gegeben hätte.«

»Ich glaube nicht, dass man mich so bald hier erwartet hat. Hören Sie, es ist eigentlich ganz einfach, und es tut mir Leid, dass ich Sie erschreckt habe. Ich bin wirklich sehr froh, dass Sie nach dem Haus sehen.«

Die Frau warf ihm einen merkwürdigen Blick zu, erwiderte jedoch nichts.

»Mir ist aufgefallen, dass an dem Haus ein bisschen was gemacht worden ist. Ich habe die Farbeimer gesehen. Haben Sie die Wände gestrichen?«

Sie nickte, ihre Augen waren ausdruckslos. Der Mond war hinter einer Wolke verschwunden und für einen kurzen Augenblick standen sie sich wortlos im Dunkeln gegenüber. Jay fühlte sich durch ihr Schweigen irritiert. Offenbar hatte er sie mit seiner Geschichte nicht überzeugen können.

»Haben Sie – ich meine, gibt es hier in der Gegend viele Jobs dieser Art? Ich meine als Hausverwalter. Alte Häuser in Schuss bringen.«

Sie zuckte die Achseln. Eine Geste, die alles und nichts bedeuten konnte.

»Jay Mackintosh«, wiederholte er und lächelte sie an. »Ich bin Schriftsteller.«

Schon wieder dieser Blick. Sie musterte ihn erneut, er konnte nicht sagen, ob verächtlich oder neugierig.

»Marise d'Api. Ich bearbeite den Weinberg hinter den Feldern.«

»Freut mich, Sie kennen zu lernen.« Jay streckte ihr seine Hand entgegen, aber entweder war es hier nicht üblich, sich die Hand zu schütteln, oder ihre Weigerung war ein bewusster Affront.

Also keine Hausverwalterin. Er hätte es gleich wissen müssen. Diese Arroganz in ihrem Gesicht hätte ihn von Anfang an stutzig machen müssen. Sie war eine Frau, die ihren eigenen Hof bewirtschaftete, ihren eigenen Wein herstellte. »Ich nehme an, wir sind Nachbarn.«

Wieder kam keine Antwort. Ihr Gesicht verriet nichts. Unmöglich zu sagen, ob es Belustigung, Zorn oder Gleichgültigkeit verbarg. Sie wandte sich ab. Für kurze Zeit tauchte der Mond ihr Profil in silbriges Licht, und Jay sah, dass sie jung war – nicht älter als acht- oder neunundzwanzig –, mit scharfgeschnittenen, elfengleichen Zügen unter dem riesigen Hut. Und dann ging sie davon, bewegte sich erstaunlich graziös, trotz des unförmigen Mantels und der schweren Stiefel, die eine tiefe Spur im feuchten Unkraut hinterließen.

»Hey! Warten Sie!« Zu spät war Jay eingefallen, diese Frau um Hilfe zu bitten. Sie konnte ihm etwas zu essen besorgen, heißes Wasser, vielleicht ein Desinfektionsmittel für seinen verletzten Knöchel. »Warten Sie! Madame d'Api! Ich brauche Ihre Hilfe!«

Falls sie ihn gehört hatte, reagierte sie nicht. Einen Moment lang glaubte er, ihre Umrisse zu erkennen, die sich vor dem dunklen Himmel abhoben. Das Geräusch im Gestrüpp konnte von ihren Stiefeln stammen oder auch von etwas ganz anderem.

Als ihm klar wurde, dass sie nicht zurückkommen würde, ging Jay zu seinem behelfsmäßigen Bett in der Zimmerecke und zündete die Kerze wieder an. Die Flasche mit Joes Wein stand neben dem Schlafsack. Sie war fast leer, obwohl Jay sich sicher war, dass er nur ein Glas getrunken und sie dann auf den Tisch gestellt hatte. Merkwürdig, er musste sie wohl doch selbst dorthin gestellt haben, als er phantasiert hatte, sagte er sich. Im Kerzenlicht zog er seinen Socken aus, um seine Verletzung genauer zu untersuchen. Es war eine hässliche Fleischwunde – der Knöchel war blau angelaufen und geschwollen. Bischofskraut, hatte der Alte ihm geraten, und unwillkürlich musste er lächeln. Bischofskraut oder Wasserbraunwurz hatte schon immer zu den unabdingbaren Zutaten in Joes Kräutersäckchen gehört. Im Augenblick war jedoch Joes Wein das einzige Desinfektionsmittel, das ihm zur Verfügung stand. Jay kippte die Flasche und goss ein wenig von der schwärzlichen Flüssigkeit auf die Wunde. Es brannte wie Feuer, duftete nach Sommer und Gewürzen, und obwohl er wusste, dass es absurd war, fühlte er sich sofort viel besser.

Das Radio, das die ganze Zeit über geschwiegen hatte, gab plötzlich ein paar Takte Musik von sich, dann herrschte wieder Stille.

Eine Brise von weither – der Duft von reifen Äpfeln, ein Schlaflied aus den Geräuschen der Vergangenheit: das Rattern vorbeifahrender Züge, das Dröhnen von der Grube und das entfernte Dudeln des Radios. Seltsam, wie ihm ein bestimmter Song immer wieder durch den Kopf ging, dieses Winterlied – *I see a little silhouetto of a man ....*

Jay schlief ein, in der Hand noch immer den Fetzen roten Flanells.

Aber der Wein – himbeerrot, brombeerblau, hagebuttengelb und schwarzdornbeerenschwarz – blieb wach und erzählte Geschichten.

Nether Edge, Sommer 1977

22

Zeth hatte sich verändert. Er schien seit dem letzten Jahr gewachsen zu sein, das lange Haar hatte er zu einem dünnen Pferdeschwanz zusammengebunden. Er war breiter geworden, seine Schultern hatten sich seiner Größe angepasst. Jay kam er wie ein erwachsener Mann vor, voll ausgewachsen und gefährlich. Ansonsten war er jedoch der Gleiche geblieben, und Jay hätte ihn auch ohne das Luftgewehr, das er wie immer bei sich trug, sofort erkannt. Er trug Pionierstiefel und eine Jeansjacke, auf deren Rücken er mit einem Kuli GRATEFUL DEAD geschrieben hatte. Von seinem Versteck aus konnte Jay nicht erkennen, ob Zeth allein war oder nicht. Dann sah er, wie Zeth sein Gewehr hob und auf irgendetwas jenseits des Treidelpfads zielte. Ein paar Enten, die am Ufer gesessen hatten, flatterten erschreckt auf. Zeth stieß einen Schrei aus und feuerte noch einmal. Die Enten gerieten in Panik. Jay blieb, wo er war. Wenn Zeth auf Enten schießen wollte, war das seine Sache. Er würde sich da nicht einmischen. Doch je länger er zusah, umso merkwürdiger kam ihm die ganze Sache vor. Zeth schien nicht auf das Ufer zu zielen, sondern auf etwas jenseits des Kanals, etwas hinter den Bäumen, in Richtung Fluss. Das Gelände war viel zu offen für Vögel; Kaninchen vielleicht, dachte Jay, aber bei dem Krach, den Zeth veranstaltete, wäre selbst das lahmste Karnickel inzwischen längst in seinen Bau geflüchtet. Die tief stehende Sonne blendete ihn, und er kniff die Augen zusammen, um zu erkennen, was sein Feind da trieb. Zeth gab einen Schuss ab, dann zwei und lud das Gewehr erneut. Jay fiel auf, dass Zeth fast genau an derselben Stelle stand, an der Jay sich immer versteckte, um –

Natürlich, die Zigeuner!, fuhr es ihm durch den Kopf.

Zeth musste auf die Wäscheleine geschossen haben, die zwischen zwei Wagen gespannt war, denn ein Ende lag bereits schlaff im Gras wie der gebrochene Flügel eines Vogels, die restliche Wäsche flatterte halbherzig im Wind. Der Hund zerrte an seiner Kette und kläffte wie verrückt. Jay meinte, eine Bewegung an einem der Wohnwagenfenster zu sehen; ein Vorhang, der kurz zur Seite gezogen wurde, und ein Gesicht – blass, verschwommen, die Augen vor Zorn oder Angst weit aufgerissen. Mit einem Ruck wurde der Vorhang wieder geschlossen und es rührte sich nichts mehr in den Wohnwagen. Zeth lachte laut auf und begann wieder, sein Gewehr zu laden. Jetzt konnte Jay verstehen, was er rief. »Ziii-geuner! Ziii-geuner!«

Er versuchte sich einzureden, dass das alles nicht so schlimm war. Selbst Zeth würde nicht so verrückt sein, jemanden wirklich zu verletzen. Auf eine Wäscheleine schießen – das war sein Stil, den Leuten Angst einjagen – darin war er groß. Jay musste daran denken, wie er selbst sich vor zwei Jahren unter der Schleuse versteckt hatte, und spürte, wie ihm die Hitze ins Gesicht stieg. Verdammt, es gab nichts, was er tun konnte. Solange sie in ihren Wagen blieben, waren die Lagerbewohner in Sicherheit. Sie mussten einfach nur abwarten, bis Zeth genug von seinem Spiel hatte oder ihm die Munition ausging. Irgendwann musste er schließlich nach Hause gehen. Außerdem war es nur ein Luftgewehr. Mit so einer Waffe konnte man eigentlich keinen großen Schaden anrichten. Selbst wenn man auf einen Menschen schoss.

Jay wandte sich zum Gehen und schrie erschrocken auf. Keine anderthalb Meter hinter ihm hockte ein Mädchen im Gebüsch. Er war so sehr damit beschäftigt gewesen, Zeth zu beobachten, dass er sie gar nicht hatte kommen hören. Sie musste ungefähr zwölf sein. Das Gesicht unter ihrem roten Lockenschopf wirkte klein und war voller Sommersprossen. Sie trug Jeans und ein viel zu großes weißes T-Shirt, dessen Ärmel um ihre dünnen Arme schlackerten. In einer Hand hielt sie ein schmuddeliges, rotes Halstuch, das offenbar mit Steinen gefüllt war.

Lautlos und behände sprang das Mädchen auf. Bevor Jay Zeit hatte zu reagieren, schleuderte sie mit unglaublicher Treffsicherheit einen Stein, der ihn mit einem trockenen Knacken an der Kniescheibe traf. Mit einem Aufschrei stürzte er zu Boden und hielt sich das schmerzende Knie. Das Mädchen schaute ihn an, einen zweiten Stein wurfbereit in der Hand.

»Hey!«, protestierte Jay.

»Tut mir Leid«, sagte das Mädchen, ohne den Stein wegzulegen.

Jay krempelte sein Hosenbein auf, um die Verletzung an seinem Knie zu begutachten. Es hatte sich schon eine dicke Beule gebildet. Er blickte wütend auf, aber das Mädchen verzog keine Miene.

»Du hättest dich nicht so plötzlich umdrehen sollen«, entschuldigte sie sich. »Du hast mich erschreckt.«

»Ich hab *dich* –?« Jay fehlten die Worte.

Das Mädchen zuckte die Achseln. »Ich dachte, du gehörst zu ihm«, sagte sie und deutete zornig mit dem Kinn in Richtung Schleuse, »und würdest unseren Wohnwagen und den armen alten Toffee als Zielscheibe benutzen.«

Jay rollte sein Hosenbein wieder herunter. »*Der!* Der ist nicht mein Freund«, schnaubte er verächtlich. »Der ist verrückt.«

»Ach so. Okay.« Das Mädchen steckte den Stein zurück in ihr Tuch. Wieder fielen zwei Schüsse, gefolgt von Zeths freudigem Kriegsruf: *Ziii-geuner!* Das Mädchen spähte vorsichtig durch das Gebüsch, dann schob sie einen Zweig beiseite und wollte den Hang hinunterklettern.

»Hey, warte mal«, sagte Jay.

»Was denn?« Sie drehte sich um. Im Schatten der Büsche leuchteten ihre Augen golden wie die einer Eule.

»Was hast du vor?«

»Was glaubst du denn?«

»Ich hab's dir doch gesagt.« Jays Wut über ihren Angriff war der Besorgnis gewichen. »Der ist verrückt. Du solltest dich nicht mit ihm anlegen. Irgendwann hat er genug davon. Und dann wird er euch schon in Ruhe lassen.«

Das Mädchen starrte ihn mit unverhohlener Verachtung an.

»So würdest du dich wahrscheinlich verhalten«, meinte sie.

»Äh – ja.«

Mit einem belustigten, vielleicht aber auch verächtlichen Laut schlüpfte sie geschickt unter den Zweigen hindurch, rutschte, sich mit ihrer freien Hand abstützend, den Hang hinunter und bremste mit den Fersen, als sie unten ankam.

Jay begriff sofort, wo sie hin wollte. Knapp fünfzig Meter weiter unten war eine Mulde, die den Blick auf die Schleuse freigab. Roter Schiefer und Geröll übersäten den Abhang, wo der Hügel aufgerissen worden war. Ein paar kleine Büsche boten Sichtschutz. Es war nicht ungefährlich. Wenn man sich zu schnell oder zu unvorsichtig näherte, konnte es passieren, dass man auf dem Geröll bis ganz unten schlitterte, aber es war eine gute Stelle für einen Angriff. Wenn es das war, was sie vorhatte. Doch so verrückt würde sie hoffentlich nicht sein. Als Jay erneut den Abhang hinunter spähte, konnte er sie in all dem Gestrüpp, aus dem nur ihr Haar hervorleuchtete, kaum noch erkennen. Sollte sie doch tun, was sie nicht lassen konnte. Er hatte sie schließlich gewarnt. Das alles ging ihn nichts an.

Seufzend nahm er seinen Kohleneimer mit der Ausbeute des Tages und begann, hinter dem Mädchen den steinigen Hügel hinunter zu klettern.

Sicherheitshalber nahm er einen anderen Weg, wo er die meiste Zeit durch Büsche vor Blicken geschützt war. Aber Zeth sah wahrscheinlich sowieso nicht in Jays Richtung. Er war viel zu sehr mit Schießen und Schreien beschäftigt. Es würde also ein Leichtes sein, die Aschengrube zu durchqueren und unter den Vorsprung auf der anderen Seite zu gelangen. Das Versteck war zwar nicht so gut wie das des Mädchens, aber es musste reichen, und wenn sie zu zweit gegen ihn antraten, würde vielleicht sogar Zeth sich geschlagen geben müssen. Jay versuchte, nicht daran zu denken, wie viele Freunde Zeth in der Gegend haben mochte, womöglich in Hörweite.

Er stellte den Eimer mit den Kohlen ab und versteckte sich am Rand der Grube. Zeth war offenbar ganz in der Nähe; Jay konnte seinen Atem und das Klicken seines Luftgewehrs hören, wenn er es knickte, um nachzuladen. Und als er kurz über den Rand der Grube spähte, sah er Zeths Hinterkopf und einen Teil seines Profils, den von Akne verunstalteten Hals und das fettige, lange Haar. Oberhalb der Schleuse war keine Spur von dem Mädchen zu entdecken, und Jay fragte sich plötzlich ängstlich, ob sie vielleicht ihren Plan geändert hatte. Dann sah er etwas Rotes aufleuchten, und im nächsten Augenblick schoss ein Stein aus dem Gebüsch, der Zeth am Arm traf. Jay staunte noch über die Treffsicherheit des

Mädchens, als Zeth mit einem wütenden Aufschrei herumfuhr. Der nächste Stein traf ihn in den Solarplexus, und als er zusammenfuhr, schleuderte Jay zwei Kohlebrocken gegen seinen Rücken. Der eine traf, der andere flog vorbei, aber Jay empfand diebische Freude, als er sich wieder ins Gebüsch duckte.

»Ich bring dich um, du Schwein!« Zeths Stimme klang sehr nahe und erschreckend erwachsen, wie von einem Riesen. Dann begann das Mädchen wieder zu feuern, ein Stein traf Zeth am Knöchel, der zweite verfehlte ihn, der nächste traf ihn so hart am Kopf, dass es klang, als würde ein Queue mit voller Wucht auf eine Billardkugel treffen. »Lass uns gefälligst in Ruhe!«, schrie das Mädchen aus ihrem Versteck oberhalb der Schleuse. »Lass uns verdammt noch mal in Frieden, du Hund!«

Jetzt hatte Zeth sie entdeckt. Jay sah, wie er auf die Böschung zuging, das Gewehr im Anschlag, und er ahnte, was Zeth vorhatte. Er würde versuchen, unter den Überhang zu gelangen, um dort, außer Sichtweite, sein Gewehr neu zu laden, plötzlich hervorzukommen und draufloszufeuern. Er würde aufs Geratewohl schießen, aber dennoch. Jay spähte über den Rand der Aschengrube, zielte, warf mit all seiner Kraft und traf Zeth zwischen den Schulterblättern.

»Hau ab!«, schrie er außer sich vor Wut und warf noch einen Kohlebrocken nach Zeth. »Such dir andere Leute aus, mit denen du deine blöden Späße treiben kannst!«

Es war ein Fehler gewesen, sich zu zeigen. Jay bemerkte, wie Zeth die Augen aufriss, als er ihn erkannte. Er grinste verschlagen und begann, auf die Aschengrube zuzugehen, das Gewehr auf Jay gerichtet. Er achtete darauf, unter dem Überhang zu bleiben, sodass das Mädchen ihn nicht aufs Korn nehmen konnte. Jay warf noch zwei weitere Kohlebrocken, aber diesmal zielte er schlecht, und Zeth kam immer näher. »Hau ab!«

»Sonst?« Zeth war jetzt so dicht herangekommen, dass er in die Grube hinuntersehen konnte, ohne den Blick von dem Überhang zu wenden, der ihn vor den Blicken des Mädchens schützte. Sein Mund sah aus wie eine schmale Sichel. Mit einem fragenden, beinahe freundlichen Lächeln richtete er das Gewehr auf Jay. »Sonst? Na? Was sonst?«

Verzweifelt schleuderte Jay die restlichen Kohlen, aber er warf nur noch blind drauflos, und die Geschosse prallten an Zeth ab wie Kugeln an einem Panzer. Im nächsten Moment blickte Jay in die Mündung des Gewehrs. Es ist nur ein Luftgewehr, sagte er sich, nur eine lächerliche Erbsenflinte, kein Colt oder eine Luger oder so, und Zeth wird es nicht wagen zu schießen. Er sah, wie sich Zeths Finger um den Abzug krümmte, und hörte ein Klicken. Aus der Nähe sah das Gewehr alles andere als lächerlich aus, es war eine tödliche Waffe.

Plötzlich war hinter Zeth ein Geräusch zu hören, und dann prasselte ihm ein Regen kleiner Steine auf Kopf und Schultern. Zeth musste aus dem Schutz des Überhangs getreten und wieder in das Blickfeld des Mädchens geraten sein. Ohne seinen Feind aus den Augen zu lassen, zog sich Jay auf den Rand der Aschengrube zurück. Er hatte sich geirrt, als er annahm, das Mädchen hätte mit den Steinen geworfen, die sie in ihrem Halstuch gesammelt hatte; das waren keine einzeln geschleuderten Steine, sondern Dutzende – nein, Hunderte – von Kieseln, Scherben, großen und kleinen Erdbrocken, die in einer einzigen ockerfarbenen Staubwolke auf den völlig überrumpelten Zeth niederprasselten. Irgendwie war ein Teil des Überhangs losgebrochen und stürzte erdrutschartig herunter. Oberhalb der Bruchstelle sah er das Mädchen mit seinem viel zu großen, inzwischen nicht mehr weißen T-Shirt und dem roten Haarschopf auf allen vieren am Rand des Abhangs hin und her kriechen und mit aller Kraft wie ein Kaninchen mit den Füßen Geröll lostreten. Durch den Lärm des herabstürzenden Steinregens hörte Jay sie triumphierend schreien: »Friss den Dreck, du Hund!«

Der Angriff brachte Zeth völlig aus dem Konzept. Er ließ das Gewehr fallen und suchte instinktiv Schutz unter dem Überhang, aber dort war er nur vor gezielten Steinwürfen sicher, nicht aber vor dem Erdrutsch, und er stolperte hustend mitten in eine Wolke aus Staub und Geröll. Fluchend hielt er beide Arme zum Schutz über den Kopf, während dicke Erdklumpen auf ihn niederhagelten. Als ihn ein Brocken von der Größe eines Ziegelsteins direkt am Ellbogen traf, verlor er das Interesse an dem Kampf. Hustend, röchelnd und blind von all dem Staub, den verletzten Arm gegen den Körper gepresst, kam er unter dem Überhang hervorgestolpert und schnappte sich sein Gewehr. Von oben ertönte triumphierendes Kriegsgeheul, gefolgt von einer weiteren Steinlawine, aber die Schlacht war bereits gewonnen. Zeth warf noch einen mordlüsternen Blick über die Schulter und ergriff die Flucht. Er rannte den Pfad hinauf und machte erst Halt, als er oben angekommen war. Dann drehte er sich noch einmal um und schrie:

»Du bist tot, hast du mich gehört?« Seine Stimme hallte an den Kanalwänden wider. »Wenn ich dich noch einmal zu Gesicht bekomme, bist du *tot*!«

Das Mädchen stieß einen höhnischen Schrei aus, und Zeth rannte davon.

Lansquenet, März 1999

23

Jay wurde von einem Sonnenstrahl geweckt, der ihm direkt aufs Gesicht fiel. Das Licht schimmerte seltsam gelblich, irgendwie unnatürlich, wie durch ein volles Weinglas gebrochen, ganz anders als das klare, bleiche Londoner Morgenlicht.

Als er auf die Uhr schaute, stellte er fest, dass es schon Mittag war und er vierzehn Stunden geschlafen hatte. Nach und nach kam die Erinnerung an den gestrigen Abend und seine Fieberphantasien in ihm hoch. Besorgt untersuchte er seinen Fuß nach Anzeichen für eine Verschlechterung der Verletzung. Doch die Schwellung war über Nacht zurückgegangen, und trotz der blauen Verfärbung und der hässlichen Fleischwunde am Knöchel wirkte die Wunde weniger gefährlich, als gestern bei Kerzenlicht. Der lange Schlaf hatte ihm offensichtlich gut getan.

Es gelang ihm, seinen Stiefel über den verletzten Fuß zu ziehen. Er drückte zwar, aber nicht so schlimm, wie er zunächst befürchtet hatte. Er aß sein letztes Sandwich, sammelte seine Sachen ein, ging hinaus auf die Straße und machte sich auf den langen Weg ins Dorf.

Mit den vielen Pausen, die er einlegen musste, brauchte er fast eine Stunde bis Lansquenet. Er überquerte den Fluss an einer seichten Stelle, und da er das Dorf von der hinteren Seite aus erreichte, kam er als erstes beim Café an. Eine leuchtend rotweiß gestreifte Markise überschattete ein kleines Fenster, und auf dem Gehweg standen mehrere Metalltischchen. Über der Tür hing ein Schild mit der Aufschrift *Café des Marauds*.

Als er zum Dorf hinauf blickte, sah er, dass es aus nicht viel mehr bestand als einer Hauptstraße, von der einige Seitenstraßen abzweigten, einem Platz mit verschiedenen Läden und einer Kirche, die von zwei Lindenreihen eingefasst war.

Jay betrat das Café und bestellte sich ein Bier. Die Wirtin hinter dem Tresen beäugte ihn neugierig, und plötzlich wurde ihm bewusst, was er für ein Bild abgeben musste; ungewaschen und unrasiert, in einem schmuddeligen T-Shirt und mit einer Weinfahne. Er setzte ein charmantes Lächeln auf, doch ihr Blick blieb misstrauisch.

»Mein Name ist Jay Mackintosh«, sagte er. »Ich bin der neue Besitzer des Château. Ich bin Engländer.«

»Ah, ein Engländer.« Die Frau lächelte und nickte, als würde das alles erklären. Ihr Gesicht war rund und rosig, wie das einer Puppe. Jay trank einen großen Schluck von seinem Bier.

»Joséphine«, sagte die Wirtin. »Sind Sie – Tourist?« Es hörte sich an, als würde diese Vorstellung sie belustigen.

Er schüttelte den Kopf. »Eigentlich nicht. Ich hatte gestern Abend ein paar Probleme. Ich – habe mich verirrt und musste draußen übernachten«, erklärte er knapp.

Joséphine sah ihn mitfühlend und zugleich aufmerksam an. Offensichtlich konnte sie sich nicht vorstellen, wie man sich in einem so kleinen Dorf wie Lansquenet verirren konnte.

»Könnte ich bei Ihnen ein Zimmer bekommen? Für eine Nacht?«

Sie schüttelte den Kopf.

»Gibt es denn hier im Dorf ein Hotel? Oder ein *chambre d'hôte*?«

Wieder dieser belustigte Blick. Allmählich dämmerte es Jay, dass sich nicht viele Touristen hierher verirrten. Na ja. Dann eben Agen. »Dürfte ich vielleicht Ihr Telefon benutzen? Um ein Taxi zu rufen?«

»Ein Taxi?« Darüber musste sie lachen. »Ein Taxi an einem Sonntagabend?«

Jay wies sie darauf hin, dass es erst kurz vor sechs war, aber Joséphine schüttelte den Kopf und fing wieder an zu lachen. Alle Taxis seien jetzt auf dem Nachhauseweg, erklärte sie. Niemand würde so weit fahren, um einen einzelnen Fahrgast aufzunehmen. Um diese Uhrzeit sei das Risiko zu groß. Die Jungs aus dem Dorf machten sich gern einen Spaß daraus, einfach so bei Taxi-Unternehmen oder beim Pizza-Service anzurufen, erklärte sie. Sie fanden das witzig.

Also gut. Aber es gab immer noch das Haus. Sein Haus. Er hatte schon einmal dort übernachtet, und mit dem Schlafsack und den Kerzen würde er sicherlich auch noch eine weitere Nacht überstehen. Im Café konnte er sich etwas zu essen kaufen. Er könnte ein bisschen Holz sammeln und ein Feuer im Kamin anzünden, und in seinem Koffer hatte er Kleider zum Wechseln. Gleich morgen früh würde er nach Agen fahren, um den Vertrag zu unterschreiben und die Schlüssel abzuholen.

»Gestern Abend habe ich auf dem Grundstück des Château eine Frau getroffen. Madame d'Api. Ich fürchte, sie hat mich für einen Eindringling gehalten.«

Joséphine warf ihm einen kurzen Blick zu. »Schon möglich. Aber wenn das Haus jetzt Ihnen gehört …«

»Ich hielt sie zunächst für die Hausverwalterin. Es sah so aus, als wäre sie auf ihrem nächtlichen Kontrollgang.« Jay grinste. »Sie war nicht besonders freundlich.«

Joséphine schüttelte den Kopf. »Das kann ich mir vorstellen.«

»Kennen Sie sie?«

»Eigentlich nicht.«

Die Erwähnung von Marise d'Api schien Joséphine verunsichert zu haben. Ihr Gesicht hatte wieder einen misstrauischen Ausdruck angenommen, und sie begann, den Tresen mit übertriebener Sorgfalt zu polieren.

»Jedenfalls weiß ich jetzt, dass es sie wirklich gibt«, scherzte Jay. »Letzte Nacht dachte ich, ich sehe ein Gespenst. Ich nehme an, sie geht auch bei Tageslicht aus?«

Joséphine nickte stumm und fuhr fort, den Tresen zu putzen. Ihre Zurückhaltung verwirrte Jay, aber er war zu hungrig, um das Thema weiter zu verfolgen.

Die Speisekarte war nicht üppig, aber das Tagesgericht – ein Omelette mit Salat und Pommes frites – war gut. Er kaufte sich eine Schachtel Gauloises, ein neues Feuerzeug und ein Baguette mit Käse, das Joséphine ihm in Wachspapier einwickelte, dazu drei Flaschen Bier und ein paar Äpfel. Seinen Proviant in einer Plastiktüte unter dem Arm, machte er sich auf den Weg, solange es noch hell war.

Der Rückweg kam ihm kürzer vor. Er schaffte sein restliches Gepäck vom Straßenrand ins Haus. Allmählich wurde er müde, und sein verletzter Knöchel begann wieder zu schmerzen. Am Horizont war noch ein blasser Streifen Abendrot zu sehen, und es begann bereits dunkel zu werden.

Jay holte etwas Holz von dem Stapel, den er hinter dem Haus entdeckt hatte, und schichtete es in den leeren Kamin. Das Holz schien relativ frisch und war unter einer Plane gelagert worden, um es vor dem Regen zu schützen – ein weiteres Rätsel. Wahrscheinlich hatte Madame d'Api das Holz gehackt, andererseits konnte Jay sich nicht vorstellen, warum sie das tun sollte. Soweit er das beurteilen konnte, schien sie niemand zu sein, der Wert auf eine gute Nachbarschaft legte. Er fand die leere Flasche Holunderbeerwein neben einem Mülleimer hinter dem Haus, doch er konnte sich nicht erinnern, sie dort abgestellt zu haben. Aber in dem Zustand, in dem er sich letzte Nacht befunden hatte, war er nur halb zurechnungsfähig gewesen, sagte er sich. Dass er Joe plötzlich vor sich gesehen hatte – so lebensecht, dass er fast geglaubt hatte, er sei es tatsächlich – war schließlich Beweis genug für seinen verwirrten Geisteszustand. Die Zigarettenkippe, die er in dem Zimmer entdeckte, in dem er geschlafen hatte, wirkte ziemlich alt. Wahrscheinlich lag sie schon seit Jahren dort. Er zerrieb sie im Wind und schloss die Fensterläden von innen.

Dann zündete er ein paar Kerzen an, zerknüllte alte Zeitungen, die er in einer Kiste im ersten Stock gefunden hatte, und stopfte sie in den Kamin. Das Papier brannte sofort lichterloh, erlosch jedoch ebenso schnell wieder. Erst nach mehreren Versuchen fingen die Scheite Feuer. Vorsichtig schürte Jay die Glut und wunderte sich insgeheim über das Vergnügen, das er dabei empfand. Diese simple Tätigkeit hatte etwas Ursprüngliches, etwas, das ihn an die Westernfilme erinnerte, die er als Junge so sehr gemocht hatte.

Er öffnete seinen Koffer, nahm seine Schreibmaschine heraus und stellte sie neben die Weinflaschen auf den Tisch. Zufrieden betrachtete er das Ergebnis. Ihm war, als würde er heute Abend einen neuen Roman beginnen. Keine Science-Fiction. Jonathan Winesap war in London geblieben.

Er setzte sich an die Schreibmaschine. Sie war alt und klobig, mit einer mechanischen Tastatur, anstrengend für die Finger. Anfangs hatte er sie aus Sentimentalität behalten, aber es war Jahre her, seit er sie benutzt hatte. Die alten Tasten fühlten sich vertraut an. Versuchsweise tippte er ein paar Zeilen. Der Klang tat gut. Aber ohne Papier …

Das unvollendete Manuskript, das er mitgebracht hatte, befand sich in einem Umschlag ganz unten in seinem Koffer. Er holte es hervor und legte das erste Blatt mit der unbeschriebenen Seite nach oben in die Maschine. Das alte Gerät kam ihm vor wie ein Rennwagen, ein Panzer, eine Rakete. Die Luft um ihn herum schien zu summen und zu prickeln wie dunkler Champagner. Die Tasten unter seinen Fingern hüpften und klapperten, und Jay vergaß nicht nur die Zeit, er vergaß alles.

24

Das Mädchen hieß Gilly. Jay traf sie jetzt oft drüben in Nether Edge, und manchmal spielten sie zusammen am Kanal, sammelten Schätze aus dem Müll oder pflückten wilden Spinat und Löwenzahn für den Eintopf. Sie waren keine Zigeuner, erklärte ihm Gilly abschätzig, sie waren fahrende Leute, die es nie lange an einem Ort aushielten und die kapitalistischen Vorstellungen von Eigentum verachteten. Ihre Mutter, Maggie, hatte bis zu Gillys Geburt in Wales in einem Tipi gelebt, war dann jedoch zu dem Schluss gekommen, dass ein Kind stabilere Verhältnisse brauchte. Also hatte sie einem Fischhändler diesen alten Wagen abgekauft, ihn wieder in Schuss gebracht und möbliert, sodass zwei Personen und ein Hund darin wohnen konnten.

Gilly hatte keinen Vater. Maggie mochte Männer nicht, erklärte sie, weil sie Anhänger der patriarchalischen jüdisch-christlichen Gesellschaft seien, die alles daransetzten, Frauen zu unterdrücken. Solche Gespräche machten Jay jedes Mal ein bisschen nervös, und er achtete stets peinlich darauf, Maggie gegenüber besonders höflich zu sein, für den Fall, dass sie je auf die Idee kommen könnte, ihn für den Feind zu halten. Aber obwohl sie manchmal seufzte, etwa so, wie man es angesichts eines verzogenen Kindes tun würde, hielt sie ihm die Zugehörigkeit zu seinem Geschlecht niemals vor.

Gilly und Joe kamen von Anfang an gut miteinander aus. Jay hatte sie eine Woche nach der Steinschlacht miteinander bekannt gemacht, und es versetzte ihm einen Stich, als er merkte, wie gut sie sich auf Anhieb verstanden. Joe hatte bereits angefangen, mit Maggie Handel zu treiben, tauschte Gemüse und Konserven gegen Decken, die sie aus Wollresten strickte und die er benutzte, um seine zarten Stauden – das Grinsen, mit dem er das sagte, ließ Maggie vor Vergnügen kreischen – in kalten Nächten gegen Nachtfrost zu schützen. Sie wusste eine Menge über Pflanzen. Sie und Gilly nahmen Joes Glücksbringer und seine Schutzrituale vollkommen ernst, als wären sie das Normalste auf der Welt. Wenn Joe im Garten arbeitete, halfen Jay und Gilly ihm, und er plauderte mit ihnen oder sang die Stücke aus dem Radio mit, während die beiden Samen in Gläser sortierten, rote Flanellsäckchen nähten oder alte Holzkisten von der Müllkippe holten, in denen das Obst zum Reifen gelagert wurde. Es war, als hätte Gillys Anwesenheit Joe sanfter gestimmt. Seine Art, mit ihr zu sprechen, hatte etwas, das Jay ausschloss, wenn auch nicht auf unfreundliche Art, aber dennoch war es spürbar. Vielleicht, dachte Jay, weil auch sie eine Reisende war, oder auch nur, weil sie ein Mädchen war.

Nicht dass Gilly sich in irgendeiner Weise wie ein typisches Mädchen verhielt. Sie war absolut unabhängig, übernahm stets die Führung, obwohl Jay der Ältere war. Sie war waghalsig und in ihrer Ausdrucksweise so rotzig, dass es ihn insgeheim schockierte. Sie steckte voller eigenartiger Überzeugungen und Ideologien, die sie von ihrer Mutter übernommen hatte. Außerirdische Wesen, feministische Theorien, fremde Religionen, Pendelzauber, Numerologie, Umweltschutz, alles hatte seinen Platz in Maggies Philosophie, und Gilly hatte es übernommen. Von ihr erfuhr Jay vom Ozonloch, von Broten, die auf unerklärliche Weise wie eine Jesusfigur geformt waren, von etwas, was sie die *neue, tödliche Bedrohung* nannte, von Schamanismus und von der Bewegung zur Rettung der Wale.

Im Gegenzug dazu war sie die ideale Zuhörerin für seine Geschichten. Sie verbrachten jeden Tag miteinander, manchmal halfen sie Joe, aber oft stromerten sie auch einfach am Kanal herum. Einmal entdeckten sie Zeth in einiger Entfernung bei der Müllkippe, gingen ihm aber aus dem Weg. Überraschenderweise schien Gilly, im Gegensatz zu Jay, nicht die geringste Angst vor ihm zu haben. Jay hatte jedoch noch deutlich Zeths Drohung im Ohr, die er ihm beim letzten Kampf in der Aschengrube zugerufen hatte, und am liebsten wäre er ihm nie wieder begegnet.

Aber so viel Glück sollte ihm nicht beschieden sein.

Lansquenet, März 1999

25

Früh am nächsten Morgen fuhr Jay nach Agen. Von Joséphine hatte er in Erfahrung gebracht, dass nur zwei Busse täglich in die Richtung fuhren, und nachdem er im *Café des Marauds* schnell eine Tasse Kaffee und ein paar Croissants gefrühstückt hatte, war er aufgebrochen, um seine Papiere und die Schlüssel im Maklerbüro abzuholen. Es stellte sich heraus, dass die Sache komplizierter war, als Jay erwartet hatte. Zwar waren alle rechtlichen Formalitäten in der letzten Woche erledigt worden, aber Strom und Gas mussten erst wieder angeschlossen werden, und die Maklerin war nicht bereit, ihm die Schlüssel auszuhändigen, solange nicht alle Unterlagen aus England vorlagen. Außerdem, erklärte sie ihm, seien inzwischen zusätzliche Probleme aufgetaucht. Sein Gebot auf das Haus sei zu einem Zeitpunkt eingegangen, als bereits ein anderes zur Diskussion stand – ja, der Besitzer hätte das Angebot bereits mündlich akzeptiert, allerdings noch keinen schriftlichen Vertrag gemacht. Jays letztes Angebot, das um fünftausend Pfund über seinem ersten lag, hätte jedoch den anderen Interessenten aus dem Rennen geworfen, aber die Person, der das Haus bereits zugesagt worden war, hätte am Morgen erbost angerufen und rechtliche Schritte angedroht.

»Sehen Sie, Monsieur Mackintosh«, fügte die Maklerin wie zur Entschuldigung hinzu, »so sind eben die Leute in diesen kleinen Gemeinden, wenn man ihnen Land verspricht. Sie begreifen nicht, dass ein beiläufig gegebenes Wort nicht rechtsverbindlich ist.« Jay nickte. »Außerdem«, fuhr die Maklerin fort, »ist der Verkäufer, der in Toulouse lebt, ein junger Mann mit einer Familie, die er ernähren muss. Er hat den Hof von seinem Großonkel geerbt und hatte schon lange keinen Kontakt mehr zu dem alten Mann. Aus diesem Grund fühlt er sich auch für irgendwelche Versprechen, die dieser vor seinem Tod gegeben hat, nicht verantwortlich.«

Jay verstand, was sie meinte. Er verließ das Maklerbüro, um ihr Zeit zu lassen, die Angelegenheit zu regeln, und ging einkaufen. Dann setzte er sich in ein Café auf der gegenüberliegenden Straßenseite und wartete. In der Zwischenzeit wurden die Papiere von London gefaxt, und es wurde telefoniert. Bank. Anwalt. Makler. Bank.

»Und Sie sind sicher, dass der andere Interessent keine rechtlichen Ansprüche auf das Grundstück hat?«, fragte er, als ihm schließlich die Schlüssel ausgehändigt wurden. »Ich meine, ich hatte keine Ahnung, dass jemand anders –«

Die Maklerin schüttelte den Kopf. »Nein, Monsieur. Die Absprache mit Madame d'Api mag seit langem bestanden haben, aber sie hat keinerlei rechtlichen Anspruch. Eigentlich wissen wir nur von ihr selbst, dass der alte Mann ihr Angebot überhaupt akzeptiert hat.«

»Madame d'Api?«

»Ja, Madame Marise d'Api. Eine Nachbarin von Ihnen, ihr Land grenzt direkt an Ihr Grundstück. Eine Geschäftsfrau aus dem Ort, soweit ich weiß.«

Das erklärte einiges. Die Feindseligkeit, ihre Überraschung, als er ihr erklärte, er habe das Haus gekauft. Selbst die frische Farbe in dem Zimmer im Erdgeschoss. Sie war offensichtlich davon ausgegangen, dass das Haus bald ihr gehören würde, und hatte sich so verhalten, wie er es an ihrer Stelle vielleicht auch getan hätte; war ein bisschen zu früh eingezogen, bevor der Vertrag rechtmäßig abgeschlossen war. Kein Wunder, dass sie so erbost reagiert hatte! Jay beschloss, sie sobald wie möglich aufzusuchen. Ihr alles zu erklären und, wenn nötig, ihr die Unkosten zu erstatten für Arbeiten, die sie am Haus vorgenommen hatte. Schließlich würden sie Nachbarn sein …

Es war später Nachmittag, als das Geschäft endlich zum Abschluss kam. Jay war müde. Die Maklerin hatte erreicht, dass das Gas sofort angestellt wurde, aber erst in fünf Tagen würde er Strom haben. Sie bot ihm an, bei der Suche nach einem Hotelzimmer behilflich zu sein, bis das Haus wieder bewohnbar war, aber er lehnte dankend ab. Die Vorstellung, in seinem halb verfallenen, einsamen Landhaus zu wohnen, war zu romantisch, um ihr widerstehen zu können. Außerdem wartete sein neues Manuskript auf ihn, die zwanzig Seiten, die er am ersten Abend auf der Rückseite von *Stout Cortez* geschrieben hatte. Wenn er es um der sterilen Bequemlichkeit eines Hotelzimmers willen liegen ließe, würde er die Geschichte womöglich verlieren, bevor sie richtig begonnen hatte. Selbst während der Taxifahrt zurück nach Lansquenet – den Kofferraum gefüllt mit Einkäufen und den Kopf voller Ideen – spürte er, wie diese wenigen geschriebenen Seiten ihn unwiderstehlich anzogen, empfand das Bedürfnis, die alten Tasten unter seinen Fingern zu fühlen und die Geschichte wieder aufzunehmen.

Als er im Haus ankam, war der Schlafsack verschwunden. Auch die Kerzen und der Karton mit den Farbeimern und Pinseln waren weg. Ansonsten war jedoch nichts angerührt. Marise hatte alle Spuren ihrer unrechtmäßigen Inbesitznahme beseitigt. Jetzt war es zu spät, um sie noch aufzusuchen, aber Jay nahm sich fest vor, das am nächsten Tag nachzuholen. Es hatte keinen Sinn, sich mit der einzigen Nachbarin schlecht zu stellen.

Er machte Feuer im Kamin, zündete die Öllampe an, die er in Agen erstanden hatte, und stellte sie auf den Tisch. Auf der zusammenklappbaren Liege, die er sich neben einem Schlafsack und ein paar Kissen in Agen gekauft hatte, richtete er sich eine gemütliche Schlafstelle in der Kaminecke ein. Da es noch einigermaßen hell war, nahm er die Küche in Augenschein. Es gab einen alten, aber funktionstüchtigen Gasofen und einen offenen Kamin, über dem ein rußgeschwärzter gusseiserner Topf hing, der über und über mit Spinnweben bedeckt war. An der einen Wand stand ein riesiger, uralter, emaillierter Herd, aber der Backofen war voll gestopft mit Abfällen, Kohlen, halb verbranntem Holz und Generationen von toten Insekten. Jay beschloss, den Ofen nicht zu benutzen, bevor er ihn nicht gründlich gereinigt hatte.

Der Kamin war besser in Schuss. Es gelang ihm, Feuer zu machen und genug Wasser zu erhitzen, um sich zu waschen und eine Tasse Kaffee aufzubrühen, die er auf seinen Rundgang durch das Haus mitnahm. Er stellte fest, dass es größer war, als er bei seiner ersten Erkundungstour angenommen hatte. Wohnräume, Esszimmer, Speisekammern; Schränke, so groß wie Lagerräume und Lagerräume, geräumig wie Höhlen. Es gab drei Keller, allerdings herrschte dort absolute Dunkelheit, sodass er es nicht wagte, die zerbröckelten Stufen hinunterzusteigen. Er entdeckte Treppen, die zu Schlafzimmern, Heuböden und Kornspeichern hinaufführten. In einigen Zimmern standen alte Möbel, viele davon vom Regen ruiniert, aber einige schienen durchaus noch brauchbar. Wie zum Beispiel ein langer Tisch aus dunklem Holz, verzogen und voller Kratzspuren vom jahrelangen Gebrauch, oder eine roh gezimmerte Kommode, ein paar Stühle, ein Hocker. Wenn man sie herrichtete, würden sie wunderschöne Möbelstücke abgeben, genau die Sorte, die Kerry in den eleganten Londoner Antiquitätenläden immer seufzend bewundert hatte. Überall im Haus standen Kisten. Auf dem Dachboden eine Truhe mit Geschirr, ganz hinten im Schuppen eine Kiste mit Werkzeug und Gartengeräten, unter einer Truhe mit zerbrochenem Steingut entdeckte er einen ganzen Koffer mit Bettwäsche, die auf wundersame Weise noch gut erhalten war. Jay zog ein paar gestärkte Bettlaken heraus, die an den Faltstellen vergilbt und jeweils in einer Ecke mit einem gestickten Monogramm versehen waren, D. F. – die Buchstaben über einer Girlande aus Rosen ineinander verschlungen. Wahrscheinlich die Aussteuer einer jungen Frau von vor hundert – vielleicht auch zweihundert – Jahren. Er fand noch mehr Schätze: Sandelholzkästchen, gefüllt mit Taschentüchern, kupferne, mit Grünspan überzogene Schmortöpfe, ein altes Radio, mit Röhren so dick wie Türklinken, das vermutlich noch aus der Zeit vor dem Krieg stammte. Das schönste Stück war ein großer alter Gewürzschrank aus unbehandeltem Eichenholz, dessen Schubladen zum Teil noch die mit ausgeblichener Tinte beschrifteten Etiketten aufwiesen – *Cannelle, Poivre Rouge, Lavande, Menthe Verte*. Die leeren Fächer dufteten immer noch nach den Gewürzen, die sie einst enthalten hatten. In einigen waren noch Spuren zurückgeblieben, die Jays Fingerspitzen mit Zimt und Ingwer und Paprika und Gelbwurz färbten. Ein wunderbares Möbelstück, faszinierend. Es hatte etwas Besseres verdient als ungenutzt in diesem leeren, halb verfallenen Haus herumzustehen. Jay nahm sich vor, den Schrank so bald wie möglich vom Dachboden zu holen und zu säubern. Es gab hier so viel zu entdecken. Joe wäre begeistert gewesen, dachte er bei sich.

Es wurde Nacht. Widerwillig brach Jay seine Erkundungstour ab. Bevor er sich auf sein Feldbett legte, untersuchte er noch einmal seinen Knöchel und stellte überrascht und erleichtert fest, wie schnell die Wunde verheilte. Die Arnika-Salbe, die er sich in der Apotheke besorgt hatte, brauchte er eigentlich gar nicht mehr.

Es war warm im Zimmer, die Glut des Feuers warf schimmernde Lichtreflexe auf die gekalkten Wände. Es war noch früh – nicht später als acht –, aber er hatte einen anstrengenden Tag hinter sich, und die Erschöpfung holte ihn schließlich ein. Er legte sich auf das Feldbett, schaute ins Feuer und schmiedete Pläne für den nächsten Tag. Hinter den geschlossenen Fensterläden hörte er den Wind im Obstgarten rascheln, aber diesmal hatte das Geräusch nichts Bedrohliches. Im Gegenteil, das Leben da draußen war ihm auf beinahe unheimliche Weise vertraut. Der Wind, das ferne Rauschen des Flusses, das Zirpen und Rufen der nachtaktiven Tiere und hin und wieder das Schlagen der Kirchturmuhr, das vom Wind über den Fluss getragen wurde ... Plötzlich überkamen ihn wehmütige Erinnerungen – an Joe, an Gilly, an Nether Edge und an jenen letzten Tag bei den Gleisen unterhalb der Pog Hill Lane, an all die Dinge, über die er in *Jackapple Joe* nicht geschrieben hatte, weil sie zu sehr mit Enttäuschungen verbunden waren, um sie in Worte zu fassen.

Er stieß ein schläfriges, bitteres Lachen aus. Sein Debütroman hatte nicht im Entferntesten etwas mit dem zu tun, was damals wirklich geschehen war. Wie Jonathan Winesaps Science-Fiction-Romane war auch *Jackapple Joe* ein reines Produkt seiner Phantasie, eine Version der Ereignisse, wie er sie sich gewünscht hätte, eine naive Darstellung jener wie verzauberten und zugleich schrecklichen Sommermonate Mitte der siebziger Jahre. Es hatte dem, was ihm damals wertlos erschienen war, einen Sinn gegeben. In Jays Buch wurde Joe als ein gutmütiger, freundlicher alter Mann beschrieben, der ihm den Weg ins Erwachsenenleben gewiesen hatte. Jay war ein lieber, netter Junge, mit rosigen Wangen, schlau und erfinderisch. Seine Kindheit war sonnig, seine Pubertät eine wundervolle Erfahrung. All die Tage, an denen der Alte ihn gelangweilt oder verwirrt hatte, waren vergessen. Vergessen die Momente, in denen Jay überzeugt war, Joe sei verrückt, vergessen auch die Wut, die er auf den Alten gehabt hatte. Joes Verschwinden, sein Verrat, seine Lügen waren ausgeblendet, waren nostalgisch verbrämt worden. Kein Wunder, dass das Buch sich so großer Beliebtheit erfreute. Es war der Triumph der Täuschung, der Sieg der literarischen Beschönigung über die Wirklichkeit, die Kindheit, die wir alle gern gehabt hätten, die aber keiner wirklich erlebt hatte. *Jackapple Joe* war ein Buch, das Joe selbst hätte schreiben können, die übelste Form der Lüge; halb wahr, aber verlogen an den Stellen, wo es wirklich darauf ankam. Eine Verleugnung des Herzens.

»Du hättest zurückkehren müssen, das weißt du selbst«, sagte Joe trocken. Er saß auf dem Tisch neben der Schreibmaschine, eine Henkeltasse mit Tee in der Hand. Statt des Thin-Lizzy-T-Shirts trug er jetzt das von der Animals-Tournee von Pink Floyd. »Sie hat auf dich gewartet, aber du bist nicht gekommen. Sie hatte etwas Besseres verdient als das, mein Junge. Selbst mit fünfzehn hättest du das wissen müssen.«

Jay starrte ihn an. Der Alte wirkte sehr echt. Jay fuhr sich mit dem Handrücken über die Stirn, aber die Haut fühlte sich kühl an.

Natürlich wusste er, was es war. Sein unablässiges Grübeln über Joe, sein unbewusster Wunsch, ihn hier bei sich zu haben.

»Du hast nie rausgefunden, wo sie dann hingezogen sind, stimmt's?«, fragte Joe.

»Nein, nie.«

Joe schien auf eine Erklärung zu warten, den Kopf leicht

schief gelegt, die Henkeltasse lose zwischen den Fingern. Obwohl er wusste, dass es ein Produkt seiner Phantasie war, spürte Jay, wie der alte Zorn in ihm aufstieg.

Er konnte sich kaum an eine Zeit erinnern, in der er nicht auf irgendjemanden wütend gewesen war. Auf seine Eltern. Auf die Schule. Auf sich selbst. Und vor allem auf Joe, der eines Tages einfach verschwand und nur ein Päckchen mit Samen zurückgelassen hatte, wie ein Vermächtnis aus einem verrückten Märchen. Ein schlechter Jahrgang, dieser Zorn. Seitdem fühlte er sich innerlich wie tot, abgeschnitten von der Wirklichkeit. Er flüchtete sich in Science-Fiction-Geschichten, die umso abstruser wurden, je mehr er versuchte, den Mangel an geistiger Substanz auszugleichen. Es war eine Zerrissenheit, die mit der Zeit stärker geworden war, und der abgestorbene Teil wurde über die Jahre immer kälter und härter und unerreichbarer. Jetzt hatte er das Gefühl, als wäre etwas direkt ins Innere dieses harten Kerns vorgedrungen, und der Schmerz kam so unerwartet und war so heftig wie gestern Abend, als er im Gemüsegarten in die Fuchsfalle getreten war. Seine Stimme zitterte, klang plötzlich schrill und wütend. »*Du* bist derjenige, der *mich* verlassen hat, hast du das vergessen? Du hast dich noch nicht mal verabschiedet. Du hast kein Recht, über andere zu urteilen.«

Joe zuckte ungerührt die Achseln. »Irgendwann muss man weiterziehen«, sagte er ruhig. »Man macht sich auf, um sich selbst zu finden oder sich selbst zu verlieren, was auch immer. Du kannst es dir aussuchen. Ist das nicht genau das, was du gerade tust?«

»Ich weiß nicht, was ich gerade tue«, erwiderte Jay.

»Diese Kerry«, fuhr Joe fort, als hätte er nicht zugehört. »Die hast du auch auf dich warten lassen. Du hättest mit ihr auskommen können, wenn du ihr nur gestattet hättest, sie selbst zu sein. Aber du warst noch nie besonders gut darin, dich dem Leben zu stellen, stimmt's?«

Jay schüttelte den Kopf, wie um ein lästiges Insekt loszuwerden. »Das ist doch lächerlich«, brummte er. »Du bist überhaupt nicht hier.«

»Hier? Hier?« Joe wandte sich ihm zu und schob seine Mütze in den Nacken, wie er es immer schon getan hatte. Er grinste wie früher, wenn er drauf und dran war, etwas Unverschämtes zu sagen. »Wer weiß schon, wo hier ist? Wer kann mit Sicherheit sagen, dass *du* hier bist?«

Jay schloss die Augen. Das Phantombild des Alten tanzte auf seiner Netzhaut wie eine Motte vor einem erleuchteten Fenster.

»Ich konnte es noch nie ausstehen, wenn du so geredet hast«, sagte Jay langsam.

»Wenn ich wie geredet habe?«

»Wenn du mit deiner Mystik anfängst.«

Joe kicherte in sich hinein. »Orientalische Philosophie, mein Junge. Hab ich von den Mönchen in Tibet gelernt, damals, als ich noch unterwegs war.«

»Du bist nie unterwegs gewesen«, knurrte Jay und drehte sich um. »Jedenfalls bist du nie über die M1 hinausgekommen.« Während er einschlief, hörte er Joes leises Lachen.

Pog Hill, Sommer 1977

26

Während der ersten Sommerwochen war Joe in Hochform. Er wirkte jünger, als Jay ihn je erlebt hatte, sprühte vor Ideen und Plänen, schien jedoch mehr auf der Hut zu sein als im Jahr zuvor. Ihren Tee tranken sie nicht mehr draußen im Garten, sondern in der Küche, umgeben von Tomatenpflanzen. Alle paar Tage kam Gilly vorbei, und dann gingen sie an die Eisenbahnschienen, um Schätze zu suchen, die sie dann den Hang hinauf zu Joe schleppten. Gilly erzählte, sie sei im Mai mit ihrer Mutter von Monckton weggezogen, nachdem ein paar Jungs aus dem Ort angefangen hatten, ihnen nur noch Ärger zu machen.

»Diese Mistkerle«, sagte sie beiläufig und zog an der Zigarette, die sie sich mit Jay teilte. »Anfangs haben sie uns Schimpfnamen nachgerufen. Verdammt mutig. Dann haben sie nachts gegen die Türen gehämmert, mit Steinen auf die Fensterscheiben geworfen und Kracher unter dem Wohnwagen angezündet. Schließlich haben sie unseren alten Hund vergiftet, und da hat Maggie gesagt, jetzt reicht's.«

Gilly hatte in jenem Jahr die örtliche Gesamtschule besucht. Mit den meisten Leuten kam sie gut aus, sagte sie, aber bei diesen Jugendlichen war das etwas anderes. Sie erzählte das alles ziemlich gelassen, aber Jay konnte sich vorstellen, dass die Situation ziemlich üble Ausmaße angenommen hatte, wenn sogar Maggie weggezogen war.

»Die Schlimmste von ihnen – die Anführerin – war ein Mädchen namens Glenda«, sagte Gilly. »Sie ging in die Klasse über mir. Ich hab mich ein paar Mal mit ihr geprügelt. Niemand sonst wollte sich mit ihr anlegen, wegen ihrem Bruder.«

Jay fühlte sich unbehaglich.

»Du kennst ihn«, sagte Gilly und zog noch einmal an der Zigarette. »Dieser große Mistkerl mit den Tätowierungen.«

»Zeth.«

»Genau. Wenigstens ist der jetzt nicht mehr auf der Schule. Ich sehe ihn kaum noch, nur manchmal an der Müllkippe, wenn er auf Vögel schießt –« Sie zuckte mit den Schultern. »Ich gehe nicht oft dorthin«, und fügte hinzu, wie um sich zu rechtfertigen, »jedenfalls nicht besonders oft. Es gefällt mir dort nicht.«

Nether Edge war also jetzt das Revier dieser neuen Bande, dachte Jay. Eine Gruppe von sechs oder sieben Jugendlichen zwischen zwölf und fünfzehn, und ihre Anführerin war Zeths Schwester. Am Wochenende zogen sie in die Stadt, um sich gegenseitig ihren Mut zu beweisen, indem sie im Zeitungsladen kleinere Sachen klauten – meistens Süßigkeiten und Zigaretten –, den Rest der Zeit hingen sie in Nether Edge herum, manchmal schossen sie Kracher ab. Leute, die vorbeikamen, wichen ihnen aus, weil sie keinen Ärger wollten. Selbst die Leute, die ihre Hunde ausführten, mieden die Gegend neuerdings.

Die Nachricht löste bei Jay ein Gefühl der Hilflosigkeit

aus. Seit der Steinschlacht machte er einen Bogen um Nether Edge. Nach wie vor trug er Joes Glücksbringer immer in der Hosentasche und war stets auf der Hut. Die Gegend am Kanal, an der Schleuse und in der Aschengrube mied er neuerdings. Er hatte nicht vor, Zeth noch einmal über den Weg zu laufen. Aber Gilly schien keine Angst zu haben. Nicht vor Zeth, und auch nicht vor Glenda. Sie war nur seinetwegen vorsichtig.

Jay fühlte sich in seinem Stolz gekränkt. »Also, *ich* lass mich nicht vertreiben«, sagte er aufgebracht. »Ich hab doch keine Angst vor ein paar kleinen Mädchen. Du vielleicht?« Er hatte plötzlich das Bedürfnis, ihr zu beweisen, dass er genauso mutig war wie sie, denn seit der Steinschlacht in der Grube hatte er das Gefühl, dass sie ihm an Angriffslust weit überlegen war.

»Natürlich nicht!« Ihre Antwort bestätigte seinen Verdacht, sie halte ihn für feige.

»Wir können ja morgen mal hingehen«, schlug er vor. »Und in der Aschengrube ein paar Flaschen sammeln.«

Gilly grinste. Im Sonnenlicht leuchtete ihr Haar beinahe so intensiv wie das glühende Ende ihrer Zigarette. Sie hatte einen Sonnenbrand auf der Nase. Ein unbekanntes Gefühl überkam Jay, es war so heftig, dass ihm fast übel wurde. Als hätte sich etwas in ihm verschoben und bisher völlig neue und ungeahnte Schwingungen ausgelöst. Er verspürte plötzlich den unwiderstehlichen Drang, ihr Haar zu berühren.

Gilly sah ihn spöttisch an. »Willst du das wirklich?«, fragte sie. »Du bist doch nicht etwa ein Angsthase, oder?« Dann legte sie die Hände wie Hasenohren an den Kopf und wackelte mit den Fingern. »Kein winziges bisschen?«

Das Gefühl – der kurze Augenblick einer mysteriösen Erkenntnis – war verflogen. Immer noch grinsend schnippte Gilly ihre Kippe in die Büsche. Um sich seine Verwirrung nicht anmerken zu lassen, stürzte Jay sich auf sie und zog sie an den Haaren, bis sie anfing zu schreien und ihn ins Schienbein trat. Damit war die Normalität – zumindest das, was sie beide darunter verstanden – wieder hergestellt.

In jener Nacht schlief er schlecht, lag wach im Bett und dachte an Gillys Haar – dieser wunderbare, leuchtende Farbton zwischen Ahorn- und Karottenrot –, an den roten Schiefer oberhalb der Aschegrube und an Zeths Stimme, die flüsterte *Ich kann warten* und *du bist tot*, bis er schließlich nicht anders konnte, als aufzustehen und sich Joes rotes Flanellsäckchen zu holen. Er hielt es fest in der Hand – es war schon ganz verschlissen, nach den zwei Jahren in seiner Hosentasche – doch sofort fühlte er sich besser.

Lansquenet, März 1999

27

In dieser Nacht glitt Jay von einem Traum in den anderen. Vielleicht lag es an der Luft oder an den unbekannten Geräuschen, dem Knacken und Knarzen in dem alten Haus, aber es kam ihm so vor, als hätte er noch nie so viel oder so lebhaft geträumt. Mehrmals wachte er auf in der festen Überzeugung, dass jemand im Raum war. Dann sah er Joe rauchend und in seinem *Culpeper* lesend neben dem Bett sitzen. Erleichtert drehte er sich wieder um und fiel in den nächsten Traum.

Er stand in Pog Hill auf dem Bahndamm und schaute auf die Schienen hinunter, ein Päckchen mit Samen in der Hand. Der Inhalt rieselte langsam in die Dunkelheit zu seinen Füßen, und plötzlich hatte er das Gefühl, dass es Joe war, den er fortwarf, dass Joes Geist irgendwie in den Samen war und nur auf den richtigen Zeitpunkt für seine Rückkehr gewartet hatte, aber nun für immer im Müll und Schotter der stillgelegten Gleise verschwand.

Dann wieder rannte er hinter dem Kohlenzug her, auf dessen letztem Wagen Joe hockte, der aus vollen Händen Samenkörner in die Luft warf, während der Zug immer schneller auf die Stelle zufuhr, wo die Gleise abgebaut worden waren … Als nächstes hatte er seine letzte Stunde an der Universität vor Augen und versuchte, einer Gruppe von identisch aussehenden Studenten zu erklären, dass man einem langweiligen Charakter nur menschliche Züge verleihen könne, indem man ihm etwas gab, um das er sich kümmern musste. Er hielt ihnen eine Hand voll Samenkörner hin und sagte mit Joes Stimme: *Sie sehen aus, als wären sie tot, stimmt's? Lassen Sie sich nicht täuschen. Nichts verschwindet für immer.* Er wiederholte die Worte immer und immer wieder, bis er schließlich in einen tiefen, traumlosen Schlaf sank.

Als er am Morgen aufwachte, war Joe immer noch da. Er saß am Tisch, vor sich seine Teetasse, die Ellbogen aufgestützt, die Mütze schief auf dem Kopf, die Lesebrille auf der Nasenspitze. Ein staubiger Sonnenstrahl fiel durch ein Astloch im Fensterladen und tauchte Joes rechte Schulter in goldenes Licht, sodass er beinahe unsichtbar wirkte. Joe schien aus demselben ätherischen Stoff zu sein wie der Wein in den Flaschen; wo das Licht ihn traf, konnte man durch ihn hindurchsehen, aber im Schatten wirkte er ziemlich real.

»Morgen«, begrüßte ihn der Alte.

»Ich weiß, was hier los ist«, flüsterte Jay heiser. »Ich bin dabei, verrückt zu werden.«

Joe grinste. »Du warst ja schon immer ein bisschen bescheuert«, sagte er. »Wenn ich bloß daran denke, wie du die Samen über die Schienen verstreut hast. Du hättest sie aufbewahren sollen, sie benutzen. Wenn du dich nicht so dumm angestellt hättest, wäre das alles nicht passiert.«

»Was willst du damit sagen?«

Joe beachtete die Frage nicht. »Weißt du, unter der alten Eisenbahnbrücke gedeihen die *Tuberosa rosifea* immer noch prächtig. Wahrscheinlich der einzige Ort auf der ganzen Welt, wo es so gute Kartoffeln zu ernten gibt. Du solltest mal hinfahren und es dir ansehen. Ein bisschen Wein ansetzen. Mal sehen, was draus wird.«

»Stimmt. Warum bin ich eigentlich nicht gleich drauf gekommen?« fragte Jay sarkastisch. »Ein paar Flaschen Kartoffelwein und alle meine Probleme wären gelöst.«

Joe schüttelte entnervt den Kopf. »Diese Jackapples waren was Besonderes, das hab ich dir doch gesagt. Ich hab's sogar auf das Päckchen geschrieben. Ich sage dir, Junge, in jede Flasche Wein, die ich je angesetzt habe, hab ich ein paar von den *Rosifeas* reingetan. In jede Flasche, und zwar seit dem Tag, als ich sie aus Südamerika mitgebracht hab. Ich hab fünf Jahre gebraucht, bis ich den richtigen Boden hatte. Ich sage dir –«

»Vergiss es«, unterbrach ihn Jay barsch. »Du bist nie in Südamerika gewesen. Würde mich wundern, wenn du je aus South Yorkshire rausgekommen bist.«

Joe lachte und nahm eine Schachtel Player's aus seiner Jackentasche. »Kann sein, mein Junge«, gab er zu und zündete sich eine Zigarette an. »Aber ich hab trotzdem alles gesehen, bin an all den Orten gewesen.«

»Klar.«

Joe schüttelte bekümmert den Kopf. »Astralreisen, mein Junge. Verdammte Astralreisen, was hast du denn geglaubt, wie ich das gemacht hätte, wo ich doch mein halbes Leben unter der Erde verbracht hab?« Er klang beinahe ärgerlich.

Jay schaute begierig auf die Zigarette in Joes Hand. Sie roch nach brennendem Papier und nach Freudenfeuer. Lagerfeuer, Lakritz, der Geruch von Bratfett und *Name of the Game* von Abba den ganzen Monat lang auf Platz eins der Hitliste. Er selbst rauchend im leeren Studentenheim – nicht, weil es ihm schmeckte, sondern weil es verboten war. Es kam weder ein Brief noch eine Karte von Joe, und er hatte noch nicht einmal die Adresse des Alten.

»Ich glaube nicht an Astralreisen.«

»Und wie, glaubst du, bin ich da überall hingekommen?«

»Du warst nicht da. Ich hab keine Lust, mit dir darüber zu diskutieren.«

Joe zuckte die Achseln. »Du bist schon immer ein sturer Bock gewesen. Du konntest die Dinge noch nie einfach nehmen, wie sie sind.«

Schweigen. Jay begann, seine Stiefel zu schnüren.

»Erinnerst du dich an die Geschichte mit den Roma? Die, die damals den Stromzähler in Nether Edge ausgetrickst haben?«

Jay blickte kurz auf. »Ja, ich erinnere mich.«

»Hast du je rausgefunden, wie die das gemacht haben?«

Jay schüttelte langsam den Kopf. »Du hast gesagt, es war Alchimie.«

Joe grinste. »Laienalchimie.« Er zündete sich eine neue Player's an und sagte selbstgefällig: »Die haben Abdrücke von Fünfzig-Pence-Münzen genommen und dann Falschgeld aus Eis geformt, verstehst du? Und der Mann, der den Stromzähler abgelesen hat, dachte, die Münzen hätten sich in Luft aufgelöst.« Er brach in herzhaftes Gelächter aus. »Aber nichts verschwindet wirklich, stimmt's?«

Lansquenet, März 1999

28

Als nächstes suchte Jay sich in Lansquenet eine Baufirma. Es waren eine Menge Arbeiten am Haus zu erledigen, und obwohl er vorhatte, auch einiges selbst zu machen, würde er für das meiste die Hilfe von Profis brauchen. Er hatte Glück, denn es gab eine Firma im Dorf. Wahrscheinlich wäre alles wesentlich teurer geworden, wenn er Handwerker aus Agen hätte kommen lassen.

Die Baufirma lag auf einem weitläufigen Gelände, auf dessen hinterem Teil sich ein riesiges Holzlager befand. Das Hauptgebäude war ein umgebauter Bauernhof mit einem tiefgezogenen Dach, und über der Tür hing ein Schild mit der Aufschrift: *Clairmont – Menuiserie-Panneaux-Construction*. Unfertige Möbelstücke, Zaunteile, Betonblöcke, Dachziegel und Schieferplatten stapelten sich neben dem Eingang, Fensterrahmen und Türen standen an die Wände gelehnt.

Georges Clairmont, ein kleiner, gedrungener Mann mit einem gallischen Schnurrbart, dessen Enden traurig nach unten zeigten, war der Besitzer. Sein Hemd, das einmal weiß gewesen sein musste, war von Schweiß getränkt und hatte eine staubgraue Farbe angenommen. Er sprach den starken regionalen Dialekt, bemühte sich aber, langsam und bedächtig zu sprechen, sodass Jay ihn verstehen konnte.

Irgendwie schien die Kunde von Jays Ankunft im Dorf bereits die Runde gemacht zu haben. Wahrscheinlich hatte Joséphine die Neuigkeit überall verbreitet. Clairmonts Handwerker – vier Männer in farbverschmierten Overalls und Schirmmützen, die sie zum Schutz gegen die Sonne tief in die Stirn gezogen hatten, beobachteten Jay mit argwöhnischer Neugier, als er vorbeiging. Aus ihrem unverständlichen Gemurmel schnappte er das Wort *Anglishe* auf.

Arbeit und Geld waren Mangelware im Dorf. Jeder war darauf erpicht, an der Renovierung des Château Foudouin beteiligt zu werden. Clairmont wedelte ungehalten mit den Händen, als vier Augenpaare ihnen zum Holzlager folgten.

»An die Arbeit, héh, an die Arbeit!«

Jay begegnete dem Blick eines der Handwerker – ein Mann mit langem rotem Haar, das er im Nacken zusammengebunden hatte – und grinste. Der Rothaarige grinste zurück, die Hand vor dem Gesicht, um sein Grinsen vor Clairmont zu verbergen. Jay folgte dem Chef ins Gebäude.

Der Raum war kühl und geräumig wie ein Hangar. Auf einem kleinen Tisch gleich neben der Tür, der als Schreibtisch diente, türmten sich Papiere und Akten um ein Faxgerät. Neben dem Telefon standen eine Flasche Wein und zwei Gläser. Clairmont schenkte ein und reichte Jay ein Glas.

»Danke.«

Der Wein war schwarzrot und kräftig. Er war gut, und Jay sagte es Clairmont.

»Das will ich meinen«, erwiderte Clairmont. »Er stammt von Ihrem Weinberg. Gute Reben. Gutes Land. Der ehemalige Besitzer – Foudouin – war ein guter Weinbauer.« Er nippte genüsslich an seinem Wein.

»Sie werden jemanden schicken müssen, um sich das Haus anzusehen«, sagte Jay. Clairmont zuckte die Achseln.

»Ich kenne es bereits. War erst letzten Monat dort, um ein paar Kostenvoranschläge zu machen.«

Er sah Jays verblüfftes Gesicht und grinste.

»Sie hat schon im Dezember mit den Renovierungsarbeiten angefangen«, erklärte er. »Hier Wände gestrichen, dort

Risse ausgebessert; hat sich einfach auf die Abmachung mit dem Alten verlassen.«

»Marise d'Api?«

»Wer denn sonst, héh? Aber der alte Fuchs hatte schon längst einen Vertrag mit seinem Neffen. Ein regelmäßiges Einkommen – über hunderttausend Franc pro Jahr bis zu seinem Tod – als Pachteinnahmen für den Hof und das Land. Er war zu alt, um es noch zu bearbeiten, aber zu stur, um wegzugehen. Keiner wollte den alten Schuppen, außer ihr. Heutzutage kann man mit Landwirtschaft kein Geld mehr verdienen, und was das Haus selbst angeht – héh!« Clairmont hob theatralisch die Schultern. »Aber bei ihr ist das was anderes. Sie ist starrköpfig. Hat schon seit Jahren ein Auge auf das Land geworfen. Sitzt da und wartet ab. Zäunt es Stück für Stück ab. Geschieht ihr recht, héh!« Clairmont stieß ein kurzes, blechernes Lachen aus. »Sie hat gesagt, von ihr würde ich nie einen Auftrag bekommen. Eher lässt sie Handwerker aus der Stadt kommen, als dass sie riskiert, einem aus dem Dorf Geld zu schulden. Wahrscheinlich hatte sie vor, alles selbst zu machen.« Er rieb viel sagend Daumen und Zeigefinger aneinander. »Die knausert mit dem Geld«, sagte er knapp und trank sein Glas aus. »Knausert mit *allem.*«

»Ich werde ihr wohl eine Entschädigung anbieten müssen«, sagte Jay.

»Wieso?« Clairmont wirkte belustigt.

»Na ja, wegen ihrer Unkosten –«

Clairmont lachte laut auf. »Unkosten? Ich schätze, dass sie die Bude leergeräumt hat. Sehen Sie sich doch bloß Ihre Zäune an. Ihre Hecken, wie geschickt sie versetzt worden sind. Ein paar Meter hier, ein paar Meter da. Sie nagt an dem Land wie eine hungrige Ratte. Jahrelang hat sie sich an den Zäunen zu schaffen gemacht, immer, wenn sie glaubte, der Alte würde nicht hinsehen. Und dann, als er starb –« Clairmont zuckte die Achseln. »Héh! Sie ist Gift, Monsieur Mackintosh, eine Viper. Ich habe ihren armen Mann gekannt, und obwohl er sich nie beschwert hat, ist mir doch einiges zu Ohren gekommen.«

Und wieder dieses Achselzucken, philosophisch und geschäftstüchtig zugleich. »Geben Sie ihr nichts, Monsieur Mackintosh. Kommen Sie heute Abend zu uns, dann stelle ich Ihnen meine Frau vor. Essen Sie mit uns zu Abend. Dann können wir in Ruhe über Ihre Pläne für das Haus reden. Es wird ein wunderschönes Ferienhaus werden, Monsieur. Wenn man bereit ist zu investieren, ist alles möglich. Man kann den Garten neu gestalten, die Obstbäume wieder in Schuss bringen. Vielleicht einen Swimmingpool anlegen. Eine gepflasterte Terrasse wie an den Villen in Juan-les-Pins. Springbrunnen.« Bei dem Gedanken leuchteten seine Augen auf.

»Also, ich wollte mich eigentlich erst einmal um die allernötigsten Renovierungsarbeiten kümmern«, wandte Jay vorsichtig ein.

»Selbstverständlich, aber wir haben ja viel Zeit, héh?« Clairmont schlug Jay freundschaftlich auf die Schulter. »Ich wohne nicht weit vom Dorfplatz. *Rue des Francs Bourgeois*. Nummer vier. Meine Frau kann es kaum erwarten, Sie kennen zu lernen. Sie würde sich sehr über Ihren Besuch freuen.« Sein halb anbiederndes, halb geschäftsmännisches Lächeln hatte etwas Gewinnendes, dem man sich nicht entziehen konnte.

»Kommen Sie zum Abendessen. Probieren Sie die *gésiers farcis*, die meine Frau macht. Caro weiß genau Bescheid im Dorf und kann Ihnen viel erzählen.«

Jay hatte eine einfache Mahlzeit erwartet. Ein simples Abendessen mit Clairmont und seiner Frau, die er sich klein und unscheinbar vorstellte, mit Schürze und Kopftuch oder freundlich und rosig mit leuchtenden Vogelaugen wie Joséphine aus dem Café. Anfangs würden sie vielleicht alle schüchtern sein und wenig reden, die Frau würde Suppe in irdenen Schalen servieren und über seine Komplimente erfreut erröten. Es würde selbst gemachte *terrines* geben, Oliven und in Öl eingelegte Peperoni und dazu Rotwein. Später würden die Clairmonts ihren Nachbarn erzählen, der Engländer sei *un mec sympathique, pas du tout prétentieux*, und schon bald würde er als Gemeindemitglied akzeptiert werden.

Die Wirklichkeit sah jedoch ganz anders aus.

Eine mollige, elegant gekleidete Frau öffnete ihm die Tür. Sie trug ein Twinset und hochhackige Schuhe in Taubenblau und begrüßte ihn übertrieben freundlich. Ihr Mann, der in seinem dunklen Anzug und passender Krawatte einen traurigen Eindruck machte, winkte ihm hinter dem Rücken seiner Frau zu. Von drinnen waren Musik und Stimmen zu hören, und ein Blick durch die Wohnzimmertür offenbarte eine solche Ansammlung von Chintz und Kitsch, dass Jay unwillkürlich blinzeln musste. In seinen schwarzen Jeans und dem T-Shirt unter einem schlichten, schwarzen Jackett fühlte er sich unpassend gekleidet.

Es waren drei weitere Gäste anwesend, die ihm Caroline Clairmont voller Stolz vorstellte. »Unsere Freunde Toinette und Lucien Merle und Jessica Mornay, sie führt eine Boutique in Agen«, sagte sie während sie ihr Gesicht an Jays Wange drückte und ihm ein Sektglas reichte.

»Wir haben uns so sehr darauf gefreut, Sie kennen zu lernen, Monsieur Mackintosh – oder darf ich Sie Jay nennen?«

Bevor er dazu kam zu nicken, wurde er in einen Sessel gedrückt.

»Und Sie müssen mich natürlich Caro nennen. Es ist so aufregend, jemand neues im Dorf zu haben – jemanden mit *Kultur* – Kultur ist unglaublich wichtig, meinen Sie nicht?«

»Oh, ja«, hauchte Jessica Mornay und krallte ihre roten Fingernägel, die so lang waren, dass sie nur unecht sein konnten, in seinen Arm. »Ich meine, Lansquenet ist wunderbar unverdorben, aber manchmal sehnt man sich als gebildeter Mensch doch nach mehr ... Sie müssen uns unbedingt von sich erzählen. Sie sind Schriftsteller, hat uns Georges erzählt?«

Jay befreite seinen Arm, ergab sich in sein Schicksal und beantwortete ihre zahllosen Fragen. War er verheiratet? Nein? Aber es gab doch sicherlich jemanden, oder? Jessica ließ ihre Zähne aufblitzen und rückte ein Stück näher. Um sie abzulenken, tat er so, als würde er sich für Banalitäten interessieren.

Die Merles – klein und adrett in identischen Kaschmirpullovern – stammten aus dem Norden. Er war Weinhändler und arbeitete für eine deutsche Importfirma. Toinette schrieb für eine lokale Zeitung, und Jessica war ein Stützpfeiler der örtlichen Theatergruppe. »Ihre Antigone war *exquisite*« –, ob Jay auch für das Theater schreibe?

Er gab kurz den Inhalt von *Jackapple Joe* wieder – von dem alle gehört, das jedoch keiner gelesen hatte – und erntete begeisterte Aufschreie von Caro, als er andeutete, dass er an einem neuen Buch arbeite.

Das Essen war ebenso opulent wie die Einrichtung des Hauses; Jay sprach Caros *soufflé au champagne* und den *vol-au-vents*, den *gésiers farcis* und dem *bœuf en croûte* reichlich zu, während er sich im Stillen die selbst gemachte *terrine* und die Oliven wünschte, die er sich ausgemalt hatte. Höflich und taktvoll wimmelte er die immer deutlicheren Annäherungsversuche von Jessica Mornay ab. Er gab sich geistreich und verstand es, kurzweilig zu erzählen, und nahm die unverdienten Komplimente für sein *français superbe* mit einem höflichen Lächeln entgegen.

Nach dem Hauptgang bekam er Kopfschmerzen, die er – vergeblich – mit Alkohol zu lindern versuchte. Es fiel ihm schwer, dem immer schneller gesprochenen Französisch zu folgen. Teile des Gesprächs drifteten an ihm vorbei wie Wolken. Zum Glück war die Gastgeberin gesprächig und egozentrisch genug, um seine Schweigsamkeit für gespannte Aufmerksamkeit zu halten.

Als das Mahl beendet war, war es fast Mitternacht. Bei Kaffee und *petits fours* ließen die Kopfschmerzen nach, und es gelang Jay, dem Gespräch wieder zu folgen.

Clairmont, die Krawatte gelockert, das Gesicht rot und verschwitzt, lehnte sich vertraulich an Jay: »Also, ich kann nur sagen, es muss endlich etwas passieren, damit Lansquenet auf der Landkarte erscheint. Unser Dorf hat nicht weniger zu bieten als Le Pinot – wenn hier nur endlich alle mitmachen würden –«

Caro nickte zustimmend. Jay verstand ihr Französisch besser als das ihres Mannes, der mit jedem Glas Wein, das er leerte, mehr in seinen Dialekt verfiel. Sie saß Jay gegenüber auf der Lehne eines Sessels, die Beine übereinander geschlagen, und zog genüsslich an einer Zigarette. »Ich bin sicher, jetzt, wo Jay sich unserer kleinen Gemeinde hier angeschlossen hat –« Sie entblößte ihre Zähne zu einem Lächeln und stieß den Rauch aus »wird bald alles anders werden. Der Ton wird sich ändern. Die Leute werden sich für Kultur interessieren. Was habe ich nicht schon alles für dieses verschlafene Nest getan. Wir haben einen Kirchenchor, eine Theatergruppe und einen Literaturclub. Ich bin sicher, Jay wird sich bereit erklären, demnächst vor unserem kleinen Lesezirkel eine kleine Ansprache zu halten?«

Jay lächelte unverbindlich.

»Das hatte ich auch nicht anders erwartet!« Caro strahlte, als hätte Jay ihr eine Zusage erteilt. »Sie sind genau das, was ein Dorf wie Lansquenet so dringend braucht. Sie bringen uns frischen Wind. Sie wollen doch nicht etwa, dass die Leute denken, wir würden Sie für uns allein beanspruchen, oder?« Sie lachte, und Jessica seufzte sehnsüchtig. Die Merles strahlten und gaben sich heimlich einen Stups. In Jay keimte der Verdacht, dass das opulente Abendessen völlig nebensächlich gewesen war, dass trotz Champagner und eisgekühltem Sauternes und *foie gras* er der eigentliche Hauptgang gewesen war.

»Was hat Sie ausgerechnet nach Lansquenet verschlagen?« Jessica beugte sich vor, die blauen Augen halb geschlossen hinter einem Schleier aus Zigarettenqualm. »Bestimmt würden Sie sich eher in einem größeren Ort wohl fühlen, in Agen zum Beispiel, oder weiter im Süden, in Toulouse.«

Jay schüttelte den Kopf. »Ich habe das Stadtleben satt«, erwiderte er. »Ich habe dieses Haus ganz spontan gekauft –«

»Ah«, rief Caro begeistert aus. »Das künstlerische Temperament!«

»– weil ich einen ruhigen Ort suchte, weit weg vom Rummel der Großstadt.«

Clairmont schüttelte den Kopf. »Héh, ruhig ist es hier«, sagte er. »Zu ruhig für uns. Grundstücke werden hier zu

Schleuderpreisen angeboten, während in Le Pinot, nur vierzig Kilometer weiter –«

Seine Frau beeilte sich zu erklären, dass Le Pinot ein Dorf an der Garonne war, das sich bei ausländischen Touristen großer Beliebtheit erfreute. »Georges bekommt viele Aufträge von dort, stimmt's Georges? Er hat einen Swimmingpool angelegt für dieses nette englische Ehepaar, und er war an den Renovierungsarbeiten am alten Haus neben der Kirche beteiligt. Wenn es uns nur gelingen würde, ein solches Interesse für unser Dorf zu wecken –«

Touristen. Swimmingpools. Souvenirläden. Schnellrestaurants. Jays Begeisterung musste ihm ins Gesicht geschrieben stehen, denn Caro stieß ihm kokett in die Rippen.

»Ich sehe schon, unser Monsieur Mackintosh ist ein Romantiker, Jessica! Er liebt die engen Straßen und die Weinberge und die einsamen Bauernhöfe. Typisch britisch!«

Jay lächelte und nickte und gab zu, dass seine exzentrische Art *tout à fait anglais* sei.

»Aber eine Gemeinde wie unsere, héh, die muss wachsen.« Clairmont sah ihn mit seinen betrunkenen Blick ernst an, seine Stimme klang belegt, sodass Jay ihn kaum noch verstand. »Wir brauchen Investitionen. Geld. Die Landwirtschaft bringt kein Geld mehr. Unsere Bauern verdienen kaum genug, um zu überleben. Arbeit gibt es in den Städten. Die jungen Leute ziehen weg. Nur die Alten bleiben und das Gesindel, die *pieds-noirs*. Entweder wir machen was aus unserem Dorf, oder wir gehen unter. Aber das begreifen die Leute einfach nicht.«

Caro nickte. »Es gibt einfach zu viele Leute hier, die nicht über den Tellerrand blicken können«, erklärte sie stirnrunzelnd. »Sie weigern sich, ihr Land für Bauprojekte zu verkaufen, selbst wenn sie wissen, dass ihnen dadurch ein gutes Geschäft entgeht. Als bekannt wurde, dass oben am Dorfausgang ein Supermarkt gebaut werden sollte, haben sie so lange protestiert, bis schließlich in Le Pinot errichtet wurde. Vor zwanzig Jahren sah es in Le Pinot genauso aus wie in Lansquenet. Und sehen Sie sich an, was daraus geworden ist.«

Le Pinot war *die* Erfolgsgeschichte der Gegend. Offenbar war das wirtschaftliche Wachstum in Le Pinot so groß, dass der Wein, nach dem das Dorf benannt war, mittlerweile gar nicht mehr angebaut wurde. Ein geschäftstüchtiges Ehepaar aus Paris hatte vor einigen Jahren eine Reihe alter Häuser gekauft, sie renovieren lassen und dann als Ferienhäuser zum Verkauf angeboten. Dank des starken Pfunds – und einiger hervorragender Kontakte nach London – wurden diese Häuser von wohlhabenden Engländern erworben, und das Dreihundert-Seelen-Dorf über Nacht zu einem Geheimtipp.

Schon bald hatten die Dorfbewohner begriffen, welche Möglichkeiten ihnen diese Entwicklung bot und waren ins Tourismusgeschäft eingestiegen. Mehrere neue Cafés waren eröffnet worden, gefolgt von einer Reihe von Pensionen. Dazu kamen mit der Zeit teure Geschäfte, wo die Sommergäste Spezialitäten und Luxusgüter einkaufen konnten, ein Restaurant mit einem Michelin-Stern und ein kleines, luxuriöses Hotel mit Fitnessraum und Swimmingpool. Die Dorfgeschichte wurde nach interessanten Ereignissen durchforstet, und die gänzlich unspektakuläre Kirche entpuppte sich – mit Hilfe einer Mischung aus romantischer Sehnsucht und kommerziellem Wunschdenken – als ein Ort von historischer Bedeutung. Nachdem man in Le Pinot eine Fernsehfassung von *Clochemerle* gedreht hatte, war die Entwicklung nicht mehr aufzuhalten. Ein *Intermarché* in bequemer Nähe, ein Reitclub und am Flussufer ein Ferienhaus neben dem anderen. Und, als wäre das noch nicht genug, war ein Hotelkomplex mit Kur- und Erlebnisbad nur fünf Kilometer außerhalb des Dorfs in Planung, das Besucher aus Agen und dem weiteren Umland anziehen sollte.

Caro schien den Erfolg von Le Pinot als persönliche Beleidigung aufzufassen. »Es hätte genauso gut Lansquenet sein können«, sagte sie und nahm noch ein *petit four*. »Unser Dorf ist mindestens genauso schön wie Le Pinot. Unsere Kirche stammt aus dem vierzehnten Jahrhundert, und unten in *Les Marauds* haben wir die Ruinen eines römischen Aquädukts. Was das betrifft, können wir mit denen locker mithalten. Aber die einzigen Sommergäste, die sich zu uns verirren, sind Wanderarbeiter und Zigeuner, die unten am Fluss lagern.« Erbost biss sie in ihr *petit four*.

Jessica nickte. »Es liegt an den Leuten hier«, erklärte sie Jay. »Sie haben einfach keinen Ehrgeiz. Sie glauben, sie könnten immer noch genauso leben wie ihre Großeltern.«

»Ihre Nachbarin gehört übrigens zu diesen Leuten.« Caros Lippen verzogen sich zu einem dünnen Streifen pinkfarbenen Lippenstifts. »Sie bestellt das halbe Land zwischen hier und *Les Marauds*, und trotzdem verdient sie mit ihrem Wein kaum genug, um sich über Wasser zu halten. Sie verkriecht sich das ganze Jahr über in ihrem alten Haus und spricht kein Wort mit den Leuten im Dorf. Und was sie mit dem armen Kind anstellt, ist ein Verbrechen.«

Toinette und Jessica nickten zustimmend, und Clairmont schenkte frischen Kaffee ein.

»Kind?« Nach der unerfreulichen Begegnung mit Marise d'Api wäre Jay nie auf die Idee gekommen, sie sich als Mutter vorzustellen.

»Ja, ein Mädchen. Niemand bekommt sie je zu Gesicht. Sie geht auch nicht zur Schule. Und in der Kirche sieht man sie auch nie. Ich habe versucht, die beiden zum Kirchgang zu überreden –« Caro verzog das Gesicht. »Aber die Verwünschungen, mit denen mich diese Hexe überschüttet hat, hätten Sie mal hören müssen. Einfach widerlich.«

Die beiden anderen Frauen schnalzten missbilligend mit der Zunge. Jessica rückte ein bisschen näher, und Jay konnte ihr aufdringliches Parfüm riechen.

»Sie wäre bei Mireille, ihrer Großmutter, viel besser aufgehoben«, sagte Toinette nachdrücklich. »Da würde sie wenigstens die Zuwendung bekommen, die sie braucht. Tony war Mireilles Ein und Alles.« Tony, erklärte Caro, war Marises Mann gewesen.

»Aber sie würde ihr das Kind nie im Leben überlassen«, fügte Jessica hinzu. »Ich glaube, sie schottet die Kleine absichtlich vom Dorf ab, weil sie weiß, dass sie Mireille damit quälen kann.«

»Angeblich war es ja ein Unfall«, fuhr Caro düster fort. »Ich meine, sie mussten es natürlich so darstellen, nicht wahr? Wegen der Beerdigung. Sogar Mireille hat mitgespielt. Sie sagte, sein Gewehr sei losgegangen, weil eine Patrone in der Kammer stecken geblieben war. Aber jeder weiß doch, dass diese Frau ihn so weit getrieben hat. So einer würde ich wirklich alles zutrauen. Dass sie nicht selbst auf den Abzug gedrückt hat, ist geradezu ein Wunder.«

Jay empfand die Wendung, die das Gespräch inzwischen genommen hatte, als zusehends unangenehmer. Seine Kopfschmerzen meldeten sich wieder. Diese vornehme Gehässigkeit, diese Andeutung von Grausamkeit hinter der hübschen Fassade war etwas, womit er nicht gerechnet hatte. Dafür war er nicht nach Lansquenet gekommen. Für sein neues Buch – wenn es denn je eins geben würde – brauchte er das alles nicht. Die Leichtigkeit, mit der er die ersten zwanzig Seiten auf der Rückseite des alten Manuskripts geschrieben hatte, war der Beweis. Er wollte Frauen mit rosigen Gesichtern, die in ihren Gärten Kräuter pflanzten und ernteten. Er war auf der Suche nach der französischen Idylle, der heiteren Gegenwelt zur Pog Hill Lane.

Dennoch hatte die Geschichte etwas seltsam Faszinierendes, ebenso wie die drei Frauen, die ihn alle mit dem gleichen verschlagenen Gesichtsausdruck musterten, die Augen zusammengekniffen, die Lippen stark angemalt mit grellrosa Lippenstift. Es war eine alte Geschichte – und sie war noch nicht einmal besonders originell – und doch interessierte sie ihn. Er hatte das Gefühl, als würde er von einer unsichtbaren Hand an den Eingeweiden gepackt, und das Merkwürdige war, dass es ihm nicht einmal unangenehm war.

»Fahren Sie fort«, sagte er.

»Sie hatte immer etwas an ihm auszusetzen«, griff Jessica den Faden wieder auf. »Selbst als sie frisch verheiratet waren. Tony war so ein umgänglicher, netter Mann. Ein kräftiger Kerl, aber ich schwöre, er hatte Angst vor ihr. Er hat ihr alles durchgehen lassen. Und nachdem das Kind geboren war, wurde sie noch unerträglicher. Niemals ein Lächeln. Sie hat sich nie mit jemandem angefreundet. Und diese Streitereien mit Mireille! Das Geschrei war im ganzen Dorf zu hören.«

»Das hat ihn schließlich in den Tod getrieben.«

»Der arme Tony.«

»Sie hat ihn in der Scheune gefunden, oder das, was von ihm übrig geblieben war. Der Schuss hatte ihm den halben Kopf weggerissen. Sie hat das Baby ins Bettchen gelegt und ist völlig ungerührt auf ihrem Moped ins Dorf gefahren, um Hilfe zu holen. Und dann, bei der Beerdigung – als alle anderen trauerten –« Caro schüttelte den Kopf. »Eiskalt. Kein Wort und nicht eine Träne. Sie war nicht bereit, für mehr als das einfachste Begräbnis zu bezahlen. Und als Mireille ihr anbot, die Kosten für eine aufwendigere Beerdigung zu übernehmen – Gott! Was hat sie für ein Theater gemacht!«

Nach und nach erfuhr Jay die ganze Geschichte oder zumindest die Version, die im Dorf kursierte. In den sechs Jahren, die seit Tonys Tod vergangen waren, hatte Mireille, die mittlerweile einundsiebzig Jahre alt war und an chronischer Arthritis litt, nie wieder ein Wort mit ihrer Enkelin gesprochen und sie nur aus der Entfernung gesehen. Und Marise hatte nach dem Tod ihres Mannes sogar wieder ihren Geburtsnamen angenommen. Offenbar waren ihr alle aus dem Dorf so verhasst, dass sie nur Wanderarbeiter einstellte – und zur Bedingung machte, dass sie in der Zeit, in der sie für sie tätig waren, keinen Kontakt zum Dorf hatten und auf dem Hof aßen und schliefen. Das sorgte natürlich für alle möglichen Gerüchte.

»Wahrscheinlich werden Sie sie kaum zu Gesicht bekommen«, vermutete Toinette. »Sie spricht mit niemandem und fährt sogar bis rüber nach La Percherie, um ihre wöchentlichen Einkäufe zu machen.«

Jay ging zu Fuß nach Hause, obwohl sowohl Jessica als auch Caro angeboten hatten, ihn zu fahren. Es war schon fast zwei Uhr, und die Nacht war kühl und still. Er fühlte sich ungewöhnlich leicht. Es war eine klare Neumondnacht, und der Himmel war voller Sterne. Als er den Dorfplatz überquerte und den Hügel hinunter auf den Fluss zuging, wurde ihm überraschend bewusst, wie dunkel es hier war. Die letzte Straßenlaterne stand vor dem *Café des Marauds*, und der Fluss, der Sumpf und die kleinen, windschiefen Häuser lagen in einer fast undurchdringlichen Finsternis. Als er jedoch das Flussufer erreichte, hatten seine Augen sich bereits an die Nacht gewöhnt, und er überquerte den Fluss an der seichten Stelle, wo das Wasser sanft gegen die Ufer schwappte. Er folgte dem Pfad durch die Felder bis zur Straße, wo sich eine lange Reihe von Bäumen gegen den blauschwarzen Himmel abhob. Überall um ihn herum waren Geräusche zu hören, in der Ferne der Schrei einer Eule, das Rascheln von Blättern im Wind, das man nur wahrnimmt, wenn die Sicht schlecht ist.

In der kühlen Luft wurde sein von Rauch und Alkohol benebelter Kopf wieder ganz klar, er war auf einmal hellwach und fühlte sich, als könne er endlos durch die Nacht wandern. In Gedanken ließ er noch einmal das Gespräch des Abends Revue passieren. Irgendetwas an der Geschichte fesselte ihn, mochte sie noch so primitiv und abstoßend sein. Die ganze Sache hatte etwas Abgründiges. Eine Frau, die allein mit ihren Geheimnissen lebte, der tote Mann in der Scheune, die düstere Dreiecksbeziehung zwischen der Mutter des Mannes, der jungen Witwe und ihrer Tochter. Und drum herum dieses liebliche und zugleich raue Land, die Weinberge, die Obstwiesen, der Fluss, die gekalkten Häuser, Witwen in schwarzen Kopftüchern und Männer in Overalls mit hängenden, nikotinverschmierten Schnurrbärten …

Die Luft roch beißend nach Thymian, der wild am Straßenrand wuchs. Thymian unterstützt die Erinnerung, hatte Joe immer gesagt. Er machte Sirup daraus, den er in Flaschen aufbewahrte. Zwei Teelöffel jeden Morgen vor dem Frühstück. Die klare, grüne Flüssigkeit hatte genau wie die Nachtluft über Lansquenet gerochen, frisch, erdig und nostalgisch, nach Unkrautjäten im Garten an einem Sommertag, begleitet vom Gedudel aus dem Radio …

Plötzlich hatte Jay es eilig, nach Hause zu kommen. Es juckte ihn in den Fingern. Er wollte die Schreibmaschinentasten spüren, in der nächtlichen Stille das Klappern der alten Maschine hören. Aber vor allem musste er die Geschichte festhalten, die ihm soeben zugeflogen war.

Joe erwartete ihn bereits. Der Länge nach ausgestreckt lag er auf dem Feldbett, die Hände hinter dem Kopf verschränkt. Seine Stiefel hatte er am Fußende des Bettes abgestellt, aber seinen Grubenhelm mit der Aufschrift: *Kohle wird immer gebraucht* trug er keck zur Seite geschoben auf dem Kopf.

Jay wunderte sich nicht, ihn zu sehen. Sein Zorn war verflogen und einem Gefühl von Wohlbehagen gewichen. Es war fast, als hätte er erwartet, Joe anzutreffen. Die geisterhafte Erscheinung bekam allmählich etwas Vertrautes, sie wurde alltäglich.

Jay setzte sich an die Schreibmaschine. Die Geschichte hatte von ihm Besitz ergriffen, und er hackte schnell und ohne zu überlegen mit den Fingern auf die Tasten. Er schrieb zwei Stunden ohne Unterbrechung, schob Seite um Seite des alten Manuskripts in die Maschine, machte mit Hilfe von Joes Laienalchimie etwas Neues daraus. Genauso hatte er sich auch früher immer verhalten; dies war seine Version von Joes Flucht in die Welt der Landkarten und Reiseberichte. Es wunderte ihn, wie gut er sich dabei fühlte. Die Worte tanzten so schnell über die Seiten, dass er mit dem Tippen kaum hinterherkam. Hin und wieder legte er eine Pause ein, spürte Joes Gegenwart auf dem Bett neben sich, obwohl der Alte kein Wort sagte, während Jay arbeitete. Irgendwann stieg ihm Rauch in die Nase. Joe hatte sich eine Zigarette angezündet.

Gegen fünf Uhr morgens ging er in die Küche, um sich eine Tasse Kaffee aufzubrühen, und als er an seine Schreibmaschine zurückkehrte, stellte er zu seiner Enttäuschung fest, dass der Alte verschwunden war.

Nether Edge, Sommer 1977

29 Mit der Zeit wurden Jay und Gilly immer mutiger bei ihren Abstechern nach Nether Edge. Es gab mehrere Zusammenstöße mit Glenda und ihrer Bande. Einmal auf der Müllkippe, wo sie sich um eine alte Tiefkühltruhe stritten – diesmal gewannen Glenda und ihre Freundinnen –, und ein anderes Mal an der Brücke – ein Punkt für Gilly and Jay. Sie bewarfen sich mit Schimpfwörtern und mit Steinen und riefen sich Drohungen und Sticheleien zu.

Jay und Gilly kannten sich mittlerweile besser in Nether Edge aus als die anderen. Sie wussten, wo die besten Verstecke waren und kannten die besten Abkürzungen. Und sie besaßen Phantasie. Glenda und ihre Freundinnen hatten außer Gehässigkeit und Großtuerei nicht viel zu bieten.

Gilly legte Fallen aus. Ein junger Baum, dessen Spitze mit einem Stück Draht am Boden befestigt wurde, sodass er dem, der darüber stolperte, ins Gesicht schlug. Eine mit schmutzigem Kanalwasser gefüllte alte Farbdose, balanciert auf der Tür zu Glendas Unterschlupf, den sie mühelos entdeckt und immer wieder verwüstet hatten, bis die Bande ihn schließlich aufgab. Gilly bastelte sich eine Schleuder und übte ihre Treffsicherheit an leeren Dosen und Marmeladengläsern. Sie war ein Naturtalent. Nie verfehlte sie ihr Ziel. Sie konnte ein Marmeladenglas auf fünfzehn Meter Entfernung beim ersten Versuch zerschmettern.

Natürlich gab es auch ein paar heikle Situationen. Einmal hätten sie Jay an der Stelle neben der Eisenbahnbrücke, wo er sein Fahrrad versteckte, beinahe in die Enge getrieben. Es wurde allmählich dunkel, und Gilly war schon nach Hause gegangen, aber Jay hatte zwischen wucherndem Unkraut einen Kohlevorrat vom letzten Jahr wieder entdeckt, und wollte ihn in Sicherheit bringen, bevor irgendjemand zufällig darauf stieß. Er war so sehr damit beschäftigt, die Kohlen für Joe einzusammeln, dass er nicht bemerkte, wie die vier Mädchen sich von der anderen Seite der Schienen her näherten, und eh er sich's versah, schnitt Glenda ihm den Weg ab.

Sie war genauso alt wie Jay und ziemlich groß und kräftig für ein Mädchen. Ihre Züge glichen denen von Zeth, aber ihr Gesicht war so fleischig, dass ihre Augen zu Schlitzen zusammengedrückt und ihre Lippen aufgeworfen wurden. Ihre dicken Backen waren mit Akne übersät. Sie trug ein abgeschnittenes T-Shirt, und auf den Armen hatte sie einen Sonnenbrand. Mit ihren dicken Marktfrauenarmen wirkte sie auf verwirrende Weise erwachsen, beinahe, als wäre sie so auf die Welt gekommen. Es war das erste Mal, dass Jay sie aus der Nähe sah, und die Ähnlichkeit mit ihrem Bruder ließ ihm das Mark in den Knochen gefrieren. Ihre Freundinnen beäugten ihn misstrauisch und postierten sich hinter Glenda, um ihm den Fluchtweg zu versperren. Sein Fahrrad lag drei Meter weit entfernt im hohen Gras. Jay arbeitete sich langsam darauf zu.

»Heut isser allein«, bemerkte eines der Mädchen, eine magere Blonde mit einer Kippe zwischen den Zähnen. »Wo is'n deine Freundin?«

Jay spielte den Gleichgültigen. Er hätte gern etwas Intelligentes gesagt, aber ihm fiel kein schlauer Spruch ein. Stattdessen machte er einen Satz zu der Stelle, wo er sein Fahrrad versteckt hatte, und zog es auf die Straße.

Glenda stieß einen wütenden Schrei aus und stolperte weiter den Abhang hinunter, suchte mit ihren großen Händen Halt im Geröll. Staub wirbelte auf.

»Ich krieg dich, du Arsch«, rief sie. Ihre Stimme erinnerte ihn an die ihres Bruders, aber sie war zu sehr darauf bedacht, Jay nicht aus den Augen zu lassen, um aufzupassen, wo sie hintrat, und es sah urkomisch aus, als sie ganz plötzlich den Halt verlor und in den Straßengraben purzelte und mitten in den Brennnesseln landete. Glenda schrie vor Wut und Schmerz. Jay stieg grinsend auf sein Fahrrad, während das Mädchen im Graben trat und um sich schlug, das Gesicht übersäht von Brennnesselpusteln.

Jay fuhr los, während Glendas Freundinnen sie aus dem Graben zerrten, aber am oberen Ende der Straße angekommen, hielt er an und drehte sich noch einmal um. Glenda war inzwischen fast aus dem Graben geklettert. Ihr Gesicht war rot vor Wut. Er winkte ihr frech zu.

»Ich krieg dich!« Aus der Entfernung war ihre Stimme nur noch dünn zu hören. »Ich hol meinen Bruder, und dann machen wir dich fertig!«

Jay winkte wieder und fuhr einen Kreis, dann radelte er gelassen die Straße hinunter, außer Sichtweite der Mädchen. Er musste so sehr lachen, dass ihm der Kiefer wehtat und die Rippen schmerzten. Der Glücksbringer, der an einer Gürtelschlaufe seiner Jeans hing, flatterte wie ein Wimpel im Wind. Den ganzen Weg zum Dorf stieß er Freudenschreie aus. Er fühlte sich wie berauscht, glaubte sich unbesiegbar.

Aber der August ging dem Ende zu, und der September lag drohend vor ihm wie eine Nemesis.

Lansquenet, März 1999

30

In der folgenden Woche schrieb Jay jede Nacht. Am Freitag wurde der Strom endlich wieder angestellt, aber mittlerweile hatte Jay sich daran gewöhnt, beim Licht der Öllampe zu arbeiten, und er liebte die freundliche, angenehme Atmosphäre. Die Seiten seines Manuskripts bildeten schon einen ansehnlichen Stapel auf seinem Schreibtisch. Es waren fast hundert. Am Montag kam Clairmont mit vier Handwerkern, um die Renovierungsarbeiten am Haus in Angriff zu nehmen. Sie begannen mit dem Dach, wo eine Menge Pfannen ersetzt werden mussten. Auch die sanitären Anlagen benötigten eine grundlegende Sanierung. In Agen fand Jay eine Leihwagenfirma und mietete sich einen alten Citroën, um seine Einkäufe zu transportieren und schneller nach Lansquenet zu kommen. Außerdem kaufte er sich drei Packungen Schreibmaschinenpapier und mehrere Farbbänder. Nach Einbruch der Dunkelheit, wenn Clairmont und seine Männer weg waren, begann er zu arbeiten.

Er las die frisch geschriebenen Seiten nicht noch einmal

durch. Vielleicht aus Angst, dass ihn die Schreibhemmung, die ihn über Jahre gelähmt hatte, wieder heimsuchen würde. Andererseits konnte er sich das nicht vorstellen. Es lag wohl zum Teil an diesem Ort, an der Luft und an dem Gefühl der Vertrautheit, obwohl er hier ein Fremder war, und an der Nähe der Vergangenheit. Es war, als wäre die Pog Hill Lane hier zwischen den Obstwiesen und Weinbergen neu errichtet worden.

An sonnigen Vormittagen ging er zu Fuß nach Lansquenet, um Brot zu kaufen. Jay genoss den Spaziergang. Sein Knöchel war schnell verheilt, was blieb, war eine kaum sichtbare Narbe und die Erinnerung an die erste Nacht in seiner neuen Behausung. Mit der Zeit wurden ihm die Gesichter, denen er unterwegs begegnete, vertraut. Zu all diesen Menschen gab es Geschichten. Joséphine, mit einer Tasse Kaffee in der Hand über den Tresen gebeugt, schien begierig, sie ihm zu erzählen. Ihre anfängliche Schüchternheit war verflogen, und sie begrüßte ihn jedes Mal hoch erfreut. Manchmal, wenn nicht zu viele Gäste da waren, plauderte sie mit ihm. Jay kannte nur wenige der Leute, von denen sie erzählte. Aber das schien Joséphine nicht zu bremsen. Als Besitzerin des einzigen Cafés im Ort war sie immer auf dem Laufenden. Der spröde wirkende alte Mann mit der blauen Baskenmütze zum Beispiel war Narcisse, ein Gärtner, der das örtliche Lebensmittelgeschäft und den Blumenladen belieferte. Trotz seiner Zurückhaltung verriet sein Gesicht einen verborgenen Humor. Von Joséphine hatte Jay erfahren, dass er mit den fahrenden Leuten befreundet war, die jeden Sommer am Fluss lagerten. Er trieb Handel mit ihnen und stellte sie als Saisonarbeiter ein. Jahrelang hatte er sich mit dem Dorfpfarrer angelegt, der die Zigeuner am liebsten vertrieben hätte, aber Narcisse war stur, und am Ende blieben die Zigeuner. Der rothaarige Mann, der für Clairmont arbeitete, war Michel Roux aus Marseille. Vor fünf Jahren war er zusammen mit einer Gruppe fahrender Leute nach Lansquenet gekommen und hatte sich hier niedergelassen. Die Frau mit dem roten Kopftuch war Denise Poitou, die Frau des Bäckers. Die dicke

Frau mit dem Gesicht wie ein Stiefmütterchen war Popotte, die Briefträgerin, und die kränklich wirkende, dicke Dame in Schwarz, die ihre Augen unter einer breiten Hutkrempe verbarg, war Mireille Faizande, Marises Schwiegermutter. Jay versuchte, ihren Blick zu erhaschen, als sie am Café vorbeiging, aber sie schien ihn nicht zu bemerken.

»Habe ich Ihnen etwa noch nie von Albert erzählt? Oder von seiner Tochter?«, unterbrach Joséphine seine Gedanken. Jays Unwissenheit verblüffte sie immer wieder. »Sie wohnten früher neben der Bäckerei, das heißt, neben der ehemaligen Bäckerei, da, wo jetzt die *Chocolaterie* ist. Gegenüber dem Blumenladen.«

Anfangs ließ Jay sie einfach nur reden. Er hörte kaum zu, ließ Namen, Anekdoten und Beschreibungen an sich vorübergleiten, während er seinen Kaffee trank und die Leute beobachtete, die vorbeigingen.

»Hab ich Ihnen schon von Arnauld und dem Trüffelschwein erzählt? Oder wie Armande sich als Heilige Jungfrau verkleidet und ihm auf dem Friedhof aufgelauert hat? Also –«

Sie erzählte ihm viele Geschichten von ihrer Freundin Vianne und deren kleiner Tochter, die vor Jahren fortgezogen waren, und von Leuten, die schon lange nicht mehr lebten und deren Namen ihm nichts sagten. Aber Joséphine war unermüdlich. Vielleicht war auch sie einsam und freute sich über einen jüngeren Zuhörer, denn die morgendlichen Stammgäste des Cafés waren schweigsame Naturen, größtenteils alte Männer. Mit der Zeit zogen die Schicksale der Bewohner von Lansquenet-sous-Tannes ihn mehr und mehr in ihren Bann.

Jay war sich sehr wohl bewusst, dass er im Dorf noch immer als Sonderling galt. Manche Leute starrten ihn unverhohlen neugierig an, andere lächelten. Die meisten verhielten sich jedoch reserviert, höflich distanziert; hier ein kurzes Nicken, dort ein Blick aus den Augenwinkeln, wenn sie ihm begegneten. Wenn er von Poitou kam, ging er meistens noch auf ein Bier oder einen *café cassis* ins *Café des Marauds*. Die von einer kleinen Mauer umgebene Terrasse war klein, kaum mehr als ein abgetrenntes Stück Gehweg an der engen Straße. Er liebte es, dort zu sitzen und zu beobachten, wie der Ort zum Leben erwachte. Ganz in der Nähe des Dorfplatzes gelegen, war sie ein idealer Aussichtspunkt, von dem aus man das gesamte Dorf überblicken konnte; den Hügel, der sich bis zum Moor hinunter erstreckte, die Bäume entlang der *Rue des Francs Bougeois*, den Kirchturm, die rosafarbene Schule an der Straßengabelung. Am Fuß des Hügels schimmerte der Tannes im Morgennebel, durch den die Felder jenseits des Flusses kaum zu erkennen waren. Das frühe Sonnenlicht war sehr hell, vergleichsweise grell, sodass die weißen Häuserfronten um diese Tageszeit einen starken Kontrast zu ihren dunklen Schatten bildeten. Am Flussufer ganz in der Nähe der halb verfallenen kleinen Häuser, die sich auf ihren hölzernen Stelzen dicht aneinander drängten, war ein Hausboot vertäut, aus dessen Kamin Rauch aufstieg und den Geruch von gebratenem Fisch herübertrug. Zwischen sieben und acht Uhr gingen Leute vorbei – hauptsächlich Frauen –, die Brot oder Croissants aus Poitous Bäckerei unter dem Arm trugen.

Um acht läuteten die Glocken zur Messe. Jay kannte die Kirchgänger mittlerweile schon. In ihren guten Mänteln, den blank geputzten Schuhen, ihren Hüten und Baskenmützen strahlten sie einen feierlichen Ingrimm aus, der sie verriet. Caro Clairmont kam immer mit ihrem Mann; er unbeholfen in seinen engen Schuhen, sie elegant, mit stets wechselnden Seidenschals. Sie winkte Jay jedes Mal überschwänglich zu und grüßte ihn im Vorbeigehen mit einem entzückten: »Und wie kommen Sie mit dem Buch voran?« Ihr Mann nickte nur kurz und eilte weiter, die Schultern eingezogen, fast unterwürfig. Ein paar alte Männer ließen sich während der Messe mit müdem Trotz auf der Terrasse des *Café des Marauds* nieder, um ihren *café crème* zu trinken und Schach zu spielen oder miteinander zu plaudern. Auch Narcisse kam um diese Uhrzeit regelmäßig. Er saß immer auf demselben Platz gleich neben dem Eingang. Schweigend blätterte er in einem zerfledderten Samenkatalog, eine Tasse Kaffee neben dem aufgestützten Ellbogen.

Sonntags gab es *pains au chocolat*, und der alte Mann nahm jedes Mal zwei Stück davon. Seine großen, braunen Hände wirkten seltsam zerbrechlich, wenn er das Gebäck zum Mund führte. Nur selten sprach er mit jemandem, beschränkte sich auf ein kurzes Nicken in Richtung der anderen Gäste, bevor er seinen Stammplatz einnahm. Um halb neun kamen die Schulkinder in ihren bunten Anoraks und Pullovern, ein Defilee von Logos auf violettem, rotem, türkisfarbenem, zitronengelbem Hintergrund. Einige kicherten, riefen *Rosbif! Rosbif!* und machten sich lachend aus dem Staub.

Es gab ungefähr zwanzig Kinder im Grundschulalter in Lansquenet, die in zwei Klassen aufgeteilt waren. Die Älteren besuchten die Schule in Agen und wurden von einem Schulbus abgeholt, an dessen Fenstern sie mit den Fingern malten und sich die Nase platt drückten.

Den ganzen Tag über hatte Clairmont die Arbeiten an Jays Haus überwacht. Das Erdgeschoss war inzwischen bewohnbar und das Dach fast fertig, aber Jay spürte, dass der Geschäftsmann von seinem Mangel an Ehrgeiz enttäuscht war. Clairmont träumte von Wintergärten und überdachten Swimmingpools, von Whirlpools, Veranden und Rasenflächen, gab sich jedoch einsichtig, als Jay ihm erklärte, er hätte keine Ambitionen, in einer St.-Tropez-Villa zu wohnen.

»*Bof, ce que vous aimez, à ce que je comprends, c'est le rustique*«, sagte er achselzuckend. Aber der geschäftstüchtige Blick in seinen Augen warnte Jay, dass er dem Mann gegenüber standhaft bleiben müsse, wenn er nicht in lauter unbrauchbarem Gerümpel ersticken wollte. Um des lieben Friedens willen ließ er Clairmont jedoch gewähren und begutachtete alle paar Tage eine neue Ladung altes Keramikgeschirr, Melkhocker, billige Reproduktionen alter Möbel, Spazierstöcke, zerbrochene Fliesen, Hackbretter und alte Gartengeräte – lauter Plunder, der sich auf Speichern und in Kellern angesammelt hatte und mit dem er sein Haus ausschmücken sollte. Er hätte Clairmont gleich zu Anfang diese Marotte ausreden sollen. Aber der Mann hatte etwas Rührendes an sich, in seinen bauernschlauen, schwarzen Augen über dem traurigen Schnurrbart lag etwas so Demütiges und zugleich so unglaublich Hoffnungsvolles, dass Jay es nicht übers Herz brachte, ihn vor den Kopf zu stoßen. Und so fügte er sich seufzend in das Unausweichliche.

Am Donnerstag sah er Marise zum ersten Mal seit ihrer ersten, flüchtigen Begegnung wieder. Er kam gerade von seinem morgendlichen Spaziergang zurück, ein Brot unter dem Arm. Dort, wo sein Feld an das ihre grenzte, verlief eine Schwarzdornhecke entlang einem schmalen Pfad. Die Hecke war noch jung, höchstens drei, vier Jahre alt, und die frischen Märztriebe waren kaum dicht genug, um Sichtschutz zu bieten. Dahinter konnte er erkennen, wo die alte Hecke gewesen sein musste, eine Reihe von Stümpfen und Blattwerk, schlecht getarnt durch eine neue Furche. Jay versuchte, die Entfernung zu schätzen. Clairmont hatte Recht gehabt. Sie hatte die alte Grundstücksgrenze um etwa fünfzehn Meter versetzt, wahrscheinlich, nachdem der alte Mann krank geworden war.

Neugierig spähte er durch die Hecke. Der Kontrast zwischen ihrem und seinem Grundstück war verblüffend. Auf der Foudouin-Seite wucherten die Weinstöcke wild und unbeschnitten, und nur ein paar harte, braune Knospen am Ende der Ranken zeigten, dass noch Leben in ihnen war. Marises Weinstöcke waren radikal zurückgeschnitten, bis auf etwa dreißig Zentimeter über dem Boden, bereit für den Sommer. Dort gab es kein Unkraut, die Furchen waren sauber und gerade gezogen, und zwischen den Reihen war genug Platz für den Traktor. Auf Jays Seite konnte man kaum noch die Reihen erkennen, die unbeschnittenen Reben hielten einander mit ihren Ranken über die Zwischenwege hinweg wollüstig umschlungen. Frische, grüne Triebe von Jakobskraut, Minze und Arnika lugten frech aus dem Wirrwarr hervor. Ganz am Ende des Felds stand Marises Haus hinter einer Gruppe von Pappeln, nur der Giebel war zu sehen. Neben dem Haus waren Apfelbäume zu erkennen, in voller Blüte. Daneben ein Garten, wahrscheinlich für Gemüse; ein Stapel Holz, ein Traktor und ein Nebengebäude, das aussah wie eine Scheune.

Sie musste den Schuss vom Haus aus gehört haben. Sie hatte das Baby ins Bettchen gelegt. War nach draußen gegangen. Hatte sich Zeit gelassen. Das Bild war so eindringlich, dass Jay sie regelrecht vor sich sah, wie sie ihre Stiefel über dicke Wollsocken zog, in die viel zu große Jacke schlüpfte. Es war Winter, und es regnete in Strömen. Ihr Gesicht war so teilnahmslos wie in jener Nacht, als Jay ihr zum ersten Mal begegnet war.

Die Szene ließ ihn nicht mehr los. Marise war schon mehr als einmal in seinem neuen Roman aufgetaucht; er hatte das Gefühl, sie zu kennen, obwohl sie bisher kaum ein Wort miteinander gewechselt hatten. Irgendetwas an ihr, vielleicht ihre Art, sich geheimnisvoll zu geben, zog ihn unwiderstehlich an. Sie lebte wie in einem Belagerungszustand, klammerte sich an ihr Land und an ihr Leben, trotz der Feindseligkeit der Nachbarn. Vielleicht war es ihre Kämpfernatur, die ihn an Joe erinnerte. Auf jeden Fall hatte sie äußerlich keine Ähnlichkeit mit seinem alten Freund. Joe hätte nie so ein leeres, ausdrucksloses Gesicht haben können.

Als er gerade gehen wollte, entdeckte er eine Gestalt, die ein paar hundert Meter von ihm entfernt mit schnellen Schritten an der Hecke entlang ging. Da er direkt hinter den dünnen Büschen stand, sah er sie, bevor sie ihn entdeckte. Es war ein warmer Morgen, und statt der unförmigen Jacke trug sie nur ein gestreiftes T-Shirt und Jeans, was ihre jungenhaft schlanke Figur zur Geltung brachte. Ihr Haar war ungeschickt auf Kinnlänge gestutzt – wahrscheinlich hatte sie es selbst geschnitten. Jetzt, wo sie sich unbeobachtet glaubte, wirkte ihr Gesicht lebhaft, energisch. Einen Moment lang erkannte Jay sie kaum wieder. Dann streifte ihn ihr Blick, es war, als würde eine Tür zugeschlagen. Ihr Gesichtsausdruck veränderte sich so schnell, dass Jay sich fragte, ob das, was er soeben gesehen hatte, nur ein Produkt seiner Einbildung gewesen war.

»Madame –«

Sie blieb kurz stehen und bedachte ihn mit einem ausdruckslosen Blick, der beinahe unverschämt war. Ihre Augen waren von einer eigenartigen Farbe, die ihn an Grünspan erinnerte. In seinem Roman hatte er ihr schwarze Augen gegeben. Jay lächelte und streckte ihr über die Hecke hinweg die Hand entgegen.

»Madame d'Api. Tut mir Leid, wenn ich Sie erschreckt habe. Ich –«

Aber bevor er weitersprechen konnte, hatte sie sich abgewandt und verschwand zwischen den Weinstöcken, ohne sich noch einmal nach ihm umzudrehen.

»Madame d'Api!«, rief er ihr nach. »Madame!«

Sie musste ihn gehört haben. Aber sie zeigte keine Reaktion. Ein paar Minuten lang schaute er ihr nach, wie sie sich immer weiter entfernte, schließlich zuckte er die Achseln und machte sich auf den Weg zu seinem Haus. Er sagte sich, dass seine Enttäuschung grundlos war. Warum sollte sie mit ihm reden wollen? Er ließ seiner Phantasie zu viel freien Lauf. Im hellen Tageslicht hatte sie keinerlei Ähnlichkeit mit der finsteren Frau in seiner Geschichte.

Als Jay nach Hause kam, wartete Clairmont schon mit einer Lastwagenladung alten Plunders auf ihn. Er zwinkerte Jay zu, als er ihn kommen sah, und schob seine blaue Baskenmütze aus der Stirn.

»*Holà, Monsieur Jay*«, rief er ihm aus dem Führerhaus seines Lastwagens zu. »Ich habe Ihnen ein paar Sachen für Ihr Haus mitgebracht!«

Jay seufzte. Sein Instinkt hatte ihn nicht getrogen. Von jetzt an würde Clairmont alle paar Wochen auftauchen, um ihm allen möglichen überteuerten Trödel anzudrehen, den er als Antiquitäten ausgab. Nach dem, was er auf der Ladefläche des Lastwagens sehen konnte – kaputte Stühle, alte Besen, halb abgezogene Türen, ein Scheusal von einem Drachenkopf aus Pappmaché, der wahrscheinlich vom letzten Karneval übrig geblieben war –, wurden seine Befürchtungen von der schrecklichen Realität noch übertroffen.

»Also, ich weiß nicht –«, begann er.

Clairmont grinste. »Warten Sie ab. Das wird Ihnen gefallen«, verkündete er und sprang aus dem Wagen. Jay sah, dass er eine Weinflasche in der Hand hielt. »Etwas, um Sie in Stimmung zu bringen, héh? Und dann reden wir übers Geschäft.«

Man konnte sich Clairmonts Hartnäckigkeit einfach nicht entziehen. Jay sehnte sich nach einem heißen Bad und nach Ruhe. Stattdessen stand ihm stundenlanges Feilschen in der Küche bevor, Wein, den er nicht trinken wollte, und anschließend das Problem, wie er sich Clairmonts *objets trouvés* entledigen sollte, ohne den Mann zu beleidigen. Resigniert fand er sich mit der Situation ab.

»Auf das Geschäft«, sagte Clairmont, während er zwei Weingläser füllte. »Auf meins und auf Ihres.« Er grinste. »Ich steige ins Antiquitätengeschäft ein, héh? In Le Pinot und Montauban kann man damit eine Menge Geld verdienen. Jetzt billig einkaufen und wenn die Touristen kommen, gewinnbringend verkaufen.«

Jay probierte den Wein. Er war gut.

»Sie könnten zwanzig Ferienhäuser auf Ihrem Land bauen«, fuhr Clairmont heiter fort. »Oder ein Hotel. Wie würde es Ihnen gefallen, Hotelbesitzer zu sein?«

Jay schüttelte den Kopf. »Mir gefällt es so, wie es ist«, antwortete er.

Clairmont seufzte. »Sie und *La Païenne* d'Api«, fuhr er fort. »Sie haben beide keinen Weitblick. Dieses Land ist ein Vermögen wert, wenn es in die richtigen Hände gerät. Einfach verrückt, nichts daraus zu machen, wenn man schon mit ein paar Ferienhäusern –«

Jay hatte Schwierigkeiten mit dem Wort und mit Clairmonts Akzent. »*La Païenne*? Die Heidin?« übersetzte er zögernd.

Clairmont machte eine Kopfbewegung in Richtung des anderen Hofs. »Die ehemalige Marise Faizande. Wir haben sie immer *La Parisienne* genannt. Aber der andere Name paßt besser zu ihr, héh? Die geht nie in die Kirche. Hat nicht mal ihr Kind taufen lassen. Redet mit keiner Menschenseele. Lacht nie. Klammert sich an ihr Land, aus purer Gehässigkeit, wo jeder andere –« Er zuckte die Achseln. »*Bof*. Geht mich nichts an, héh? Aber an Ihrer Stelle würde ich die Türen immer gut abschließen, Monsieur Jay. Die ist verrückt. Hat schon seit Jahren ein Auge auf das Land. Die würde Ihnen den Hals umdrehen, wenn sie könnte.«

Jay zog die Brauen zusammen. Er musste an die Fuchsfallen denken, die um das Haus herum ausgelegt waren.

»Einmal hat sie Mireille fast die Nase gebrochen«, fuhr Clairmont fort. »Bloß weil sie der Kleinen zu nahe gekommen ist. Danach hat sie sich nie wieder im Dorf blicken lassen. Fährt immer mit dem Motorrad nach La Percherie. Nach Agen hab ich sie auch schon fahren sehen.«

»Wer kümmert sich denn dann um ihre Tochter?«, wollte Jay wissen.

Clairmont hob die Schultern. »Keiner. Wahrscheinlich lässt sie sie einfach allein.«

»Es wundert mich, dass das örtliche Jugendamt sich nicht –«

»*Bof*. In Lansquenet? Da müsste schon jemand aus Agen herkommen oder aus Montauban oder sogar aus Toulouse. Wen interessiert das schon? Mireille hat's versucht. Mehr als einmal. Aber diese Marise ist schlau. Hat sie alle abgewimmelt. Mireille hätte das Kind sogar adoptiert. Sie hat genug Geld. Aber in ihrem Alter, noch dazu mit einem Kind, das taub ist, haben sie sich wahrscheinlich gesagt –«

Jay sah ihn mit wachsendem Interesse an. »Taub?«

Clairmont wirkte überrascht. »Aber ja. Wussten Sie das nicht? Die Kleine hört und spricht nicht. Angeblich weiß *sie* am besten, wie man mit dem Kind umgeht.« Er schüttelte den Kopf. »Rosa ist der Grund, warum sie noch hier ist, héh? Sie kann nicht nach Paris zurück.«

»Warum nicht?«, fragte Jay neugierig.

»Geld«, erwiderte Clairmont knapp und leerte sein Glas.

»Aber der Hof muss doch etwas wert sein.«

»O ja, das ist er auch«, sagte Clairmont. »Aber er gehört ihr nicht. Was glauben Sie, warum sie so erpicht darauf war, den Hof von Foudouin zu kaufen? Der Hof ist gepachtet. Am Tag, an dem der Pachtvertrag ausläuft, fliegt sie raus – es sei denn, es gelingt ihr, den Vertrag zu erneuern. Aber nach allem, was geschehen ist, sieht es ziemlich schlecht für sie aus.«

»Warum? Wem gehört denn der Hof?«

Clairmont leerte sein nächstes Glas und leckte sich voller Genugtuung die Lippen. »Pierre-Emile Foudouin. Dem Mann, der Ihnen Ihr Haus verkauft hat. Mireilles Großneffe.«

Sie gingen nach draußen, um Clairmonts Ware zu begutachten. Alles war so unbrauchbar, wie Jay befürchtet hatte, aber er war mit seinen Gedanken ganz woanders. Das, was er soeben über Marise und ihre Tochter erfahren hatte, fügte sich zu einem neuen Bild, und er war zusehends davon überzeugt, dass sich mehr als Reserviertheit – oder gar Feindseligkeit – hinter dem Schweigen der jungen Frau verbarg. Seine Vorstellung von ihr als einer Frau im Belagerungszustand hatte sich bestätigt. Trotz ihrer Unhöflichkeit ihm gegenüber und entgegen der Tatsache, dass sie bei ihrer ersten Begegnung mit einer Schrotflinte auf ihn gezielt hatte, musste er sich eingestehen, dass er eine widerwillige Bewunderung, ja sogar Sympathie für sie empfand. Sie wurde von allen Seiten angefeindet, und dennoch weigerte sie sich davonzulaufen. Sie hielt die Stellung.

Um Clairmont endlich loszuwerden, bot er ihm fünfhundert Francs für die ganze Wagenladung an. Clairmonts Augen weiteten sich zunächst vor Entrüstung, aber er ließ sich schnell überreden.

»Sie haben einen Blick für ein gutes Geschäft, héh«, sagte er augenzwinkernd. Der Geldschein verschwand in seiner Hand wie eine Karte zwischen den Fingern eines Taschenspielers. »Und keine Sorge, héh. Ich kann Ihnen noch jede Menge mehr besorgen!«

Dann fuhr er los, die Abgase aus seinem Auspuff wirbelten rosafarbenen Staub in der Einfahrt auf, der sich sanft auf dem Haufen Schrott niederließ.

Joes Einfluss zahlte sich aus. Es fiel Jay immer noch schwer, etwas wegzuwerfen, was möglicherweise noch zu gebrauchen war. Selbst nachdem er schon beschlossen hatte, die gesamte

Ladung als Kaminholz zu benutzen, konnte er nicht widerstehen, sich das eine oder andere noch einmal anzusehen. Eine Glastür, die in der Mitte einen Riss hatte, würde ein gutes Frühbeet abgeben. Die alten Marmeladengläser könnten im Winter als Frostschutz für junge Setzlinge dienen. Stück für Stück wurde der ganze Plunder, den Clairmont geliefert hatte, auf Garten und Feld verteilt. Jay fand sogar einen Platz für den Drachenkopf. Er trug ihn zu dem Zaun, der seinen und Marises Weinberg trennte, und setzte ihn auf einen Zaunpfahl, das Gesicht auf Marises Seite gerichtet. Aus dem offenen Maul des Drachen hing eine hellrote Zunge aus Krepp-Papier, und seine gelben Augen leuchteten eindrucksvoll. Ein guter Zauber, hätte Joe es genannt, wie die Wasserspeier auf Kirchendächern. Jay war gespannt, was *La Païenne* dazu sagen würde.

Pog Hill, Sommer 1977

31

Jays Erinnerungen an jenen Spätsommer waren im Gegensatz zu denen an die anderen Jahre verschwommen. Das hatte verschiedene Gründe. Der bleiche Himmel zum Beispiel, der so fahl war, dass Jay ständig die Augen zusammenkneifen musste und Kopfschmerzen bekam. Joe wirkte ein bisschen abwesend, und weil Gilly immer dabei war, kam es nie wieder zu den langen Gesprächen, die er im Jahr zuvor so oft mit Jay geführt hatte.

Und Gilly ... je weiter der Sommer voranschritt, umso mehr schien sie seine Gedanken zu beherrschen. Seine Freude über ihre Gesellschaft wurde getrübt durch Unsicherheit, Eifersucht und andere Gefühle, deren Ursache er sich nicht erklären konnte. Er befand sich in einem Zustand der Orientierungslosigkeit, war oft gereizt, ohne zu wissen, warum. Er stritt sich ständig mit seiner Mutter, die er in jenem Sommer unerträglicher fand als je zuvor – *alles* ging ihm auf die Nerven. Er fühlte sich wund, als würden alle seine Nerven freiliegen. Das Schreiben gehörte zu den wenigen Dingen, die ihn beruhigten. Die Anzahl der eng beschriebenen Seiten – eine Art Tagebuch, das Jahre später zu *Jackapple Joe* wurde – wuchs von Tag zu Tag. Das Ergebnis betrachtete er als seinen persönlichen Glücksbringer, seine Zuflucht vor sich selbst, vor dem inneren Krieg, den er gegen die Welt um sich herum führte. Joe hatte sein Schatto – Jay seine Geschichten. Er schrieb wie besessen bis tief in die Nacht, und manchmal las er Gilly das Ergebnis am nächsten Morgen vor. Häufig halfen er und Gilly Joe bei der Gartenarbeit, und manchmal erzählte der Alte ihnen von seinen Erlebnissen mit den Massai in Afrika und seinen Reisen durch die Anden. Aber Jay kam das alles unecht vor, wie im Nachhinein ausgedacht, als wäre Joe mit den Gedanken ganz woanders. Auch das Ritual des Schutzzaubers, das letzten Sommer zu den wichtigsten Ereignissen des Tagesablaufs gehört hatte, war zu einem ein- bis zweiminütigen Schwenken von Räucherstäbchen oder Kräutersäckchen verkürzt worden. Damals hatte Jay sich nichts dabei gedacht, doch später hatte er den Grund dafür verstanden.

Eines Tages nahm der Alte ihn mit in sein Hinterzimmer, um ihm noch einmal die Kiste mit den Samen zu zeigen. Tausende von Samen, verpackt, eingewickelt und beschriftet. Im Halbdunkel – die Fenster waren immer noch mit Brettern vernagelt – wirkte die Kiste staubig und vernachlässigt, die Papiertütchen waren mit der Zeit brüchig geworden, die Schrift auf den Etiketten verblasst.

»Sieht nicht nach viel aus, was?«, sagte Joe, während er mit einem Finger über die staubige Kiste fuhr. »Du findest bestimmt, dass das alles tot aussieht.«

Jay nickte. Die Luft im Zimmer war stickig und feucht, wie in einem Raum, in dem Tomaten gezüchtet werden. Joe grinste, ein bisschen traurig.

»Lass dich nicht in die Irre führen, mein Junge. Jedes einzelne von diesen Samenkörnern ist noch gut. Du könntest sie jederzeit aussäen, und sie würden sprießen wie die Weltmeister. Wie Raketen würden sie aus dem Boden schießen. Jedes einzelne.« Er legte seine Hand auf Jays Schulter. »Denk immer dran: Es kommt nicht auf den äußeren Schein an. Es sind die inneren Werte, die zählen, der *Geist*. Nichts verschwindet endgültig.«

Aber Jay hörte gar nicht richtig zu. In jenem Sommer hörte er nie richtig zu. Viel zu sehr mit seinen eigenen Gedanken beschäftigt, war er sich sicher, dass das, was er besaß, ihm für immer gehören würde. Joes wehmütiger kleiner Vortrag schien ihm nichts weiter als die typische Predigt eines Erwachsenen. Er nickte abwesend. Ihm war langweilig, er schwitzte und bekam keine Luft mehr im stickigen Halbdunkel. Nichts wie weg hier, war im Augenblick sein einziger Gedanke.

Lansquenet, März 1999

32

Joe wartete schon auf ihn, als er am Haus ankam. Er stand am Fenster und betrachtete den verwilderten Gemüsegarten mit kritischer Miene. »Darum musst du dich kümmern, mein Junge«, begrüßte er Jay, als dieser die Tür öffnete. »Sonst wird das diesen Sommer nichts mehr. Der Garten muss rechtzeitig umgegraben und das Unkraut gejätet werden. Und dann die Apfelbäume; die Misteln müssen entfernt werden. Die machen die Bäume kaputt, wenn du nicht aufpasst.«

Im Laufe der vergangenen Woche hatte Jay sich mehr oder weniger an Joes unerwartete Besuche gewöhnt. In gewisser Weise freute er sich sogar, dass Joe wieder auftauchte, sagte sich, dass alles ganz harmlos sei, dachte sich originelle, psychologische Theorien aus, die das Phänomen erklärten. Teilweise war es wohl Einsamkeit, sagte er sich. Vielleicht lag es auch an seinem neuen Buch – diesem Fremdling, der auf der Rückseite seines alten Manuskripts wuchs und wuchs. Der Prozess des Schreibens war eine Art Wahnsinn, eine Besessenheit, die auch ihre Schattenseiten hatte. Damals, als er

Jackapple Joe geschrieben hatte, war er ständig in Selbstgespräche vertieft gewesen und in seinem kleinen Apartment in Soho auf und ab gegangen, einen Drink in der Hand. Er hatte heftige Debatten mit sich selbst geführt, mit Joe, oder Gilly, mit Zeth und Glenda. Wenn er dann mit dröhnendem Schädel von seiner Schreibmaschine aufblickte, die Augen vor Erschöpfung gerötet, das Radio auf volle Lautstärke aufgedreht, hätte es ihn nicht gewundert, wenn sie tatsächlich alle da gewesen wären. Es hatte Jahre gedauert, bis er mit dem Schreiben angefangen hatte, obwohl er die Geschichte seit jenem letzten Sommer in der Pog Hill Lane in sich getragen hatte. Als er schließlich den Mut aufbrachte, alles zu Papier zu bringen – oder jedenfalls einen Teil davon –, war er einen ganzen Sommer lang wie im Fieber gewesen.

Aber sein neues Buch würde anders werden. Irgendwie beschwingter. Er sah die Figuren leibhaftig vor sich. Sie marschierten leichtfüßig über die Seiten; Clairmont, der Handwerker, Joséphine, die Café-Besitzerin, Michel aus Marseille mit den roten Haaren und dem freundlichen Lächeln. Caro mit einem Halstuch von Hermès. Marise. Joe. Marise ...

Das Buch hatte keine konkrete Handlung. Es bestand vielmehr aus einzelnen Anekdoten, die lose aneinander gereiht wurden – einige Geschichten von Joe, die Jay nach Lansquenet verlegt hatte, ein bisschen Klatsch, den Joséphine ihm über den Tresen des *Café des Marauds* hinweg erzählt und ein paar Geschichten, die er alten Notizen entnommen hatte. Nachdem fast drei Wochen vergangen waren, seit er London verlassen hatte, fuhr er nach Agen und schickte die ersten einhundertfünfzig Seiten seines Manuskripts an Nick Horneli, seinen Agenten in London. Nick verlegte die Jonathan-Winesap-Bücher und kümmerte sich um die Rechte für *Jackapple Joe*. Jay hatte ihn schon immer gemocht; er besaß einen trockenen Humor und hatte die Angewohnheit, Jay kleine Zeitungsausschnitte zu schicken, in der Hoffnung, ihn zu neuen Ideen zu inspirieren. Als Absender gab Jay lediglich ein Postfach in Agen an, und wartete auf Antwort. Er hatte das Gefühl, dass es ihm gelungen war, etwas von der

Luft und dem Licht in Lansquenet einzufangen. Vielleicht ein bisschen von Joséphines leichtem, ungeübten Erzählstil. Ihr Klatsch war nie von Boshaftigkeit gefärbt. Sie erzählte ihre Anekdoten auf warmherzige, oft amüsante Art. Mittlerweile freute er sich so sehr auf seine Besuche im Café, dass er beinahe enttäuscht war, wenn Joséphine zu viel zu tun hatte, um sich mit ihm zu unterhalten. Er besuchte sie täglich, selbst wenn er nichts anderes im Dorf zu besorgen hatte. Er merkte sich alles.

Zu seiner Enttäuschung war Joséphine nicht bereit, über Marise zu sprechen. Auch über einige andere Leute verlor sie kaum ein Wort: die Clairmonts, Mireille Faizande, die Merles und über sich selbst. Jedes Mal, wenn Jay versuchte, das Gespräch auf diese Personen zu lenken, hatte sie plötzlich in der Küche zu tun. Mehr und mehr kam er zu dem Schluss, dass es Dinge gab – Geheimnisse –, über die sie nicht sprechen wollte.

»Was ist mit meiner Nachbarin? Kommt sie manchmal ins Café?«

Joséphine nahm ein Tuch und begann, den Tresen zu polieren. »Ich sehe sie nie. Ich kenne sie kaum.«

»Ich habe gehört, sie kommt mit den Leuten im Dorf nicht zurecht.«

Ein Achselzucken. »*Bof.*«

»Caro Clairmont scheint eine Menge über sie zu wissen.«

Noch ein Achselzucken. »Caro ist immer darauf aus, über alles Bescheid zu wissen.«

»Ich bin einfach neugierig.«

»Tut mir Leid. Ich habe zu tun«, erwiderte sie trocken und sah sie ihn an, die Wangen gerötet, die Arme vor der Brust verschränkt. Ihre Daumen bohrten sich in ihre Rippen. Eine Abwehrhaltung. »Monsieur Jay. Es gibt Menschen, die ihre Nase gern in die Angelegenheiten anderer stecken. Früher hat es weiß Gott genug Klatsch und Tratsch über mich gegeben. Manche Leute glauben, sie können sich ein Urteil über andere erlauben.«

Ihre unerwartete Schärfe ließ ihn zusammenzucken. Sie

war plötzlich ein anderer Mensch, das Gesicht verschlossen und angespannt. Er konnte sich des Eindrucks nicht erwehren, dass sie Angst hatte.

Später am Abend, als er wieder zu Hause war, ging er das Gespräch in Gedanken noch einmal durch. Joe lag wie jeden Abend auf seinem Lieblingsplatz, dem Bett, die Arme hinter dem Kopf verschränkt. Aus dem Radio kam leise Musik. Die Schreibmaschinentasten fühlten sich kalt und leblos an. Der rote Faden der Geschichte war abgerissen.

»Es hat keinen Zweck.« Jay seufzte und füllte seine halb leere Kaffeetasse. Joe beobachtete ihn träge, die Mütze tief in die Stirn gezogen.

»Ich kann dieses Buch nicht schreiben. Ich bin völlig blockiert. Es hat keinen Zweck. Es führt zu nichts.« Die Geschichte, die er noch vor ein paar Tagen so klar vor sich gesehen hatte, war verpufft, und ihm brummte nur noch der Schädel.

»Du solltest sie kennen lernen«, riet Joe. »Hör nicht auf das, was die Leute reden. Mach dir ein eigenes Bild, finde raus, wie sie wirklich ist.«

Jay machte eine ungehaltene Geste. »Und wie soll ich das anstellen? Sie will offenbar nichts mit mir zu tun haben. Oder überhaupt mit irgendjemandem.«

Joe zuckte die Achseln. »Mach, was du willst. Du hast nie gelernt, aus dir herauszugehen, stimmt's?«

»Das ist nicht wahr! Ich hab's versucht –«

»Ihr zwei könntet zehn Jahre lang Tür an Tür wohnen, und keiner würde den ersten Schritt tun. Viel zu stolz, alle beide.«

Jay dachte darüber nach. Er fand Joe ziemlich unfair. Er war doch ein freundlicher, zugänglicher Mensch. »Ich bin überhaupt nicht stolz«, protestierte er. »Ich hab ihr mehrmals eine Chance gegeben. Es ist nicht meine Schuld, wenn sie nicht drauf eingeht.«

Joe stand auf und schlenderte zum Radio hinüber. Er drehte an den Knöpfen, bis er einen Sender fand. Irgendwie hatte Joe den Dreh raus, den Oldie-Sender zu finden, egal, wo er war. Rod Stewart sang gerade *Tonight's the Night*.

»Immer wieder dasselbe«, sagte Joe sanft. »Wie viele Chancen haben andere *dir* gegeben, hm? Und wie viele davon hattest du verdient?«

»Ich weiß nicht, wovon du redest, Joe.«

Der Alte schüttelte den Kopf. »Ich hab dir jede Menge Chancen gegeben. Aber du bist nie darauf eingegangen. Denk bloß an all die Samen. Du hast es noch nicht mal mit ihnen probiert.«

»Vielleicht hatte ich einfach keine Lust dazu.«

»Sieht ganz so aus.« Joes Stimme wurde allmählich leiser, seine Umrisse begannen zu verschwimmen, und Jay konnte die frisch geweißte Wand hinter ihm sehen. Gleichzeitig fing es im Radio an zu knistern, der Empfang verschlechterte sich. Schließlich war nur noch Rauschen zu hören.

»Joe?«

Die Stimme des Alten war kaum noch zu hören.

»*Wir sehen uns, mein Junge.*«

Pog Hill, Sommer 1977

33

Eigentlich fing alles mit Elvis' Tod an. Es war Mitte August, und Jays Mutter verfiel in eine Schwermut, die fast schon echt wirkte. Vielleicht lag es daran, dass sie und Elvis gleich alt waren. Auch Jay empfand Trauer, obwohl er nie ein echter Fan gewesen war; diese Untergangsstimmung, dieses Gefühl, dass alles auseinander brach, sich auflöste wie ein Wollknäuel. Tod lag in der Luft, wie ein undefinierbarer Geschmack. Der Himmel war ständig bedeckt und hatte etwas düster Drohendes. In jenem Sommer gab es mehr Wespen als jemals zuvor, große, aggressive, gelbschwarze Insekten, die zu spüren schienen, dass das Ende nahte. Jay wurde zwölfmal gestochen – einmal sogar in den Mund, als er aus einer Coladose getrunken hatte, aber er hatte Glück und musste nicht ins Krankenhaus. Zusammen mit Gilly beschloss er, den Insekten den Kampf anzusagen. An heißen, feuchten Nachmittagen, wenn die Wespen schläfrig und harmlos in ihren Nestern verharrten, gingen sie auf Jagd. Wenn sie ein Nest fanden, stopften sie Zeitungspapier und Kohleanzünder in das Loch und fackelten das ganze Ding ab. Von dem Feuer und dem Rauch aufgescheucht, schossen die Wespen erschrocken aus ihrer brennenden Behausung. Manche brummten und brannten wie deutsche Flugzeuge in einem alten Schwarzweiß-Kriegsfilm. Innerhalb von Sekunden verdunkelte ein ganzer Schwarm die Luft, und es klang wie ein Seufzen. Es war ein unheimliches, furchteinflößendes Geräusch, als sie verwirrt und wütend über dem Kriegsgebiet ausschwärmten. Gilly und Jay hockten reglos in einer nahe gelegenen Senke, weit genug entfernt von der Gefahr, aber nah genug, um alles genau beobachten zu können. Überflüssig zu erwähnen, dass diese Taktik natürlich Gillys Idee war. Mit leuchtenden, weit aufgerissenen Augen sah sie dem verzweifelten Überlebenskampf aus nächster Nähe zu. Sie wurde nie gestochen, schien den Wespen gegenüber so immun zu sein wie ein Honigdachs gegen Bienen, und sie war ihr Todfeind. Jay saß jedes Mal starr vor Angst mit eingezogenem Kopf in der Kuhle, während ihm gleichzeitig das Herz vor Erregung klopfte. Aber die Gefahr machte süchtig, und sie suchten sie immer und immer wieder, klammerten sich zitternd aneinander und lachten vor Entsetzen und Aufregung. Auf Gillys Drängen hin steckte Jay einmal zwei Chinakracher in ein Nest unter einem Stein und zündete sie an. Die Explosion katapultierte die verblüfften und zornigen Insekten in alle Richtungen. Einer Wespe gelang es, unter Jays T-Shirt zu krabbeln, und sie stach ihn wieder und wieder. Jay schrie und wälzte sich am Boden. Aber sie war unverwüstlich, zappelte und stach immer weiter, selbst als er sie mit seinem Körper zu erdrücken versuchte. Schließlich riss er sich das T-Shirt vom Leib, und sie töteten die Wespe, indem sie sie mit Feuerzeugbenzin übergossen. Später zählte Jay neun Stiche.

Der Herbst stand vor der Tür, und es roch nach Feuer.

34 Am nächsten Tag sah er Marise wieder. Seit Ende März waren die Rebstöcke gewachsen, und Jay beobachtete seine Nachbarin hin und wieder bei der Arbeit im Weinberg. Sie bestäubte die Reben mit Fungiziden, untersuchte die frischen Triebe, den Boden. Sie beachtete ihn nicht, wirkte wie von der Außenwelt abgekapselt, das Gesicht dem Boden zugewandt. Sie trug stets Männerkleidung: verschiedene Latzhosen oder Jeans, weite Pullover, Männerhemden, grobe Stiefel, das Haar unter einer Baskenmütze streng zusammengebunden. Ihre Hände wirkten in den viel zu großen Handschuhen wie eine Karikatur.

Jay versuchte mehrmals vergeblich, mit ihr ins Gespräch zu kommen. Einmal ging er sogar zu ihrem Haus hinüber, aber niemand reagierte auf sein Klopfen, obwohl er sich sicher war, dass er jemanden hinter der Tür hören konnte.

»An Ihrer Stelle würde ich nichts mit ihr zu tun haben wollen«, sagte Caro Clairmont, als er ihr von dem Vorfall berichtete.

Sie saßen auf der Terrasse des *Café des Marauds*. Caro hatte sich angewöhnt, ihm nach der Messe dort Gesellschaft zu leisten, während ihr Mann bei Poitou Kuchen kaufte. Trotz ihrer übertriebenen Freundlichkeit haftete Caro etwas Unangenehmes an, das Jay nicht recht durchschaute. Vielleicht war es ihre Art, über andere Leute herzuziehen. Wenn sie da war, ging Joséphine auf Distanz, und Narcisse vertiefte sich mit demonstrativer Gleichgültigkeit in seinen Samenkatalog. Andererseits war sie eine der wenigen aus dem Dorf, die gern bereit war, Jays Fragen zu beantworten. Und sie war stets bestens informiert.

»Sie sollten sich einmal mit Mireille unterhalten«, riet sie ihm, während sie sich löffelweise Zucker in den Kaffee schüttete. »Eine meiner besten Freundinnen. Natürlich gehört sie zu einer anderen Generation. Was sie sich von dieser Marise schon alles hat gefallen lassen müssen, davon machen Sie sich ja keine Vorstellung.« Sorgfältig betupfte sie ihren knallrot geschminkten Mund mit einer Serviette, bevor sie die Tasse zum Mund führte. »Ich werde Sie eines Tages miteinander bekannt machen«, versprach sie.

Das war jedoch gar nicht nötig. Zu seiner großen Verblüffung suchte Mireille Faizande ihn ein paar Tage später persönlich auf. Es war warm. Jay hatte vor einiger Zeit angefangen, den Gemüsegarten zu bearbeiten, und da die Reparaturen am Haus weitgehend abgeschlossen waren, verbrachte er jetzt täglich mehrere Stunden dort. Irgendwie hoffte er, durch körperliche Erschöpfung die Inspiration zu erhalten, die er brauchte, um sein Buch zu Ende zu schreiben. Das Radio hing an einem Nagel, der aus der Hauswand ragte, und der Oldie-Sender lief. Jay hatte sich ein paar Flaschen Bier aus der Küche geholt und sie in einen Eimer mit Wasser gestellt, um sie zu kühlen. Mit nacktem Oberkörper, auf dem Kopf, zum Schutz gegen das grelle Sonnenlicht, einen alten Strohhut, den er im Schuppen gefunden hatte, war er nicht auf Besuch eingestellt. Er hackte gerade auf eine störrische Wurzel ein, als er die schwarze Gestalt bemerkte. Sie musste schon eine Weile dort gestanden und darauf gewartet haben, dass er aufblickte.

»Oh, Verzeihung«, sagte Jay überrascht und richtete sich auf. »Ich hatte Sie gar nicht bemerkt.«

Sie war dick und unförmig, eine Frau, die eigentlich hätte mütterlich wirken müssen. Mit ihrem riesigen, wogenden Busen und ihren fülligen Hüften wirkte sie seltsam massiv, als wäre ihre satte Fettschicht zu etwas versteinert, das härter war als Fleisch. Unter der Krempe ihres Strohhuts bogen sich ihre Mundwinkel nach unten wie in immer währender Trauer.

»Es ist ein weiter Weg hier heraus«, sagte sie. »Ich hatte ganz vergessen, wie weit es ist.« Sie sprach mit einem ausgeprägten Akzent, und Jay hatte zunächst Mühe, sie zu verstehen. Hinter ihm plärrte das Radio *Here Comes the Sun*, und direkt hinter ihr konnte er Joes schattenhafte Erscheinung erkennen, seinen halb kahlen Schädel, der in der Sonne glänzte.

»Madame Faizande –«

»Bitte, seien Sie nicht so formell. Nennen Sie mich Mireille. Ich störe Sie doch hoffentlich nicht, oder?«

»Nein, natürlich nicht. Ich wollte sowieso gerade Feierabend machen.«

»Ach so.« Sie warf einen kurzen Blick auf das halb fertige Gemüsebeet. »Ich wusste gar nicht, dass Sie Gärtner sind.«

Jay lachte. »Das bin ich auch nicht. Nur ein begeisterter Amateur.«

»Sie haben also nicht vor, den Weinberg zu bearbeiten?« Ihre Stimme klang schneidend.

Er schüttelte den Kopf. »Ich fürchte, das würde meine Fähigkeiten übersteigen.«

»Sie wollen ihn also verkaufen?«

»Ich glaube nicht.«

Mireille nickte. »Ich dachte schon, Sie hätten sich irgendwie geeinigt«, sagte sie. »Mit ihr.« Sie sprach die Worte beinahe tonlos aus. Ihre arthritischen Hände verschränkten sich vor dem dunklen Stoff ihres Rocks.

»Mit Ihrer Schwiegertochter?«

Mireille nickte. »Sie hat von Anfang ein Auge auf das Land geworfen«, sagte sie. »Es liegt weiter über dem Sumpf als das ihre und wird besser entwässert. Dadurch wird es im Winter nicht überflutet und trocknet im Sommer nicht aus. Es ist gutes Land.«

Jay sah sie unsicher an. »Ich weiß, dass es – ein Missverständnis gegeben hat«, begann er zögernd. »Ich weiß, dass Marise erwartet hat – vielleicht, wenn sie mit mir reden würde, könnten wir zu einer Einigung –«

»Ich überbiete jeden Preis, den sie Ihnen für das Land offeriert«, unterbrach ihn Mireille unvermittelt. »Es ist schon schlimm genug, dass sie den Hof meines Sohnes hat, sie muss nicht auch noch den Hof und das Land meines Vaters besitzen. Den Hof meines Vaters –« Ihre Stimme wurde lauter. »– auf dem mein Sohn seine Kinder großgezogen hätte, wenn Madame nicht gewesen wäre.«

Jay schaltete das Radio aus und griff nach seinem Hemd.

»Tut mir Leid«, sagte er. »Ich wusste nichts von dieser familiären Beziehung.«

Mireilles Blick wanderte beinahe liebevoll zum Haus hinüber. »Sie brauchen sich nicht zu entschuldigen«, sagte sie. »Es hat seit Jahren nicht so gut ausgesehen. Neue Farbe, neue Fenster, neue Läden. Nach dem Tod meiner Mutter hat mein Vater alles verfallen lassen. Alles, außer dem Weinberg. Und als mein armer Tony –« Sie unterbrach sich, ihre Hände zuckten. »Sie wollte nicht im Haus der Familie wohnen, oh, nein. Madame wollte ihr eigenes Haus, unten am Fluss. Tony hat eine der Scheunen eigenhändig für sie umgebaut. Madame wollte einen Blumengarten, eine Veranda, ein Nähzimmer, und, und, und ... Jedes Mal, wenn es so aussah, als wäre das Haus fertig, hatte Madame einen neuen Wunsch. Als versuchte sie, Zeit zu gewinnen. Und eines Tages hat er sie dann mitgebracht.« Mireille verzog das Gesicht. »Zu mir ins Haus.«

»Sie stammt nicht aus Lansquenet?« Das würde ihre Andersartigkeit erklären. Die hellen Augen, die feinen Züge, den hellen Teint. Und ihr zwar nicht akzentfreies, aber korrektes Englisch.

»Sie ist aus Paris.« Aus Mireilles Ton waren ihr tiefes Misstrauen und eine starke Ablehnung der Hauptstadt gegenüber herauszuhören. »Tony hat sie dort während eines Urlaubs kennen gelernt. Er war gerade erst neunzehn.«

Sie konnte nicht viel älter gewesen sein, dachte Jay. Dreiundzwanzig, vielleicht vierundzwanzig. Warum hatte sie ihn geheiratet, diesen Bauernjungen vom Land? Mireille musste geahnt haben, was in seinem Kopf vorging, und sie fuhr fort zu erzählen: »Er wirkte älter als er war, Monsieur Jay. Und er sah gut aus, *heh oui*, besser als gut für ihn war. Unser einziger Sohn. Er hätte den Hof haben können, das Land, alles. Sein Vater hat ihm nie einen Wunsch abgeschlagen. Jedes Mädchen aus dem Dorf hätte sich glücklich geschätzt. Aber mein Tony wollte was Besseres.« Sie brach kopfschüttelnd ab. »Genug davon. Ich bin nicht hergekommen, um über Tony zu reden. Ich wollte wissen, ob Sie vorhaben, das Land zu verkaufen.«

»Das habe ich nicht«, erwiderte er. »Es macht mir Spaß, das Land zu besitzen, auch wenn ich keine großen Pläne mit dem Weinberg habe. Vorerst genieße ich die Abgeschiedenheit.«

Das schien Mireille zufrieden zu stellen.

»Sie sagen mir doch Bescheid, falls Sie es sich anders überlegen, abgemacht?«

»Selbstverständlich. Hören Sie, es ist heiß hier draußen.« Jetzt wo sie einmal da war, wollte Jay sie nicht wieder gehen lassen, ohne etwas mehr über Tony und Marise zu erfahren. »Ich habe einen guten Tropfen im Keller. Darf ich Sie zu einem Glas einladen?«

Mireille sah ihn an, dann nickte sie. »Ein kleines Gläschen vielleicht«, sagte sie. »Und wenn auch nur, um noch einmal im Haus meines Vaters zu sein.«

»Ich hoffe, es wird Ihnen gefallen«, sagte Jay und führte sie hinein.

Sie hatte nichts zu beanstanden. Jay hatte kaum etwas am Haus verändert. Es waren neue Wasserleitungen gelegt worden, aber die alten Porzellanwaschbecken hatte Jay behalten, ebenso wie den Holzofen, die Schränke aus Kiefernholz und den alten, mit Kerben übersäten Küchentisch. Es gefiel ihm, diese Dinge um sich zu haben, die alten Möbel, deren Furchen und Schrammen ihre eigenen Geschichten erzählten. Er mochte die abgetretenen alten Bodenfliesen, und hätte sie um nichts in der Welt mit Teppichen bedecken wollen. Die alten hölzernen Möbel hatte er geschrubbt und geölt, aber nicht versucht, die Spuren des jahrelangen Gebrauchs abzuschmirgeln.

Mireille betrachtete alles mit kritischem Blick.

»Nun?«, fragte Jay lächelnd.

»Es hätte schlimmer sein können. Ich hatte Plastikschränke und eine Spülmaschine erwartet«, antwortete sie.

»Ich hole den Wein.«

Der Keller war dunkel. Die neuen Stromleitungen waren noch nicht verlegt, und das einzige Licht kam aus einer schwachen Birne, die an einem Kabel von der Decke baumelte. Jay griff nach einer Flasche, die in dem Regal neben der Treppe lag.

Die Specials bewegten sich unmerklich, kuschelten sich aneinander wie schlafende Katzen, schnurrten. *Hagebutte 74* begann zu klirren. Ein schwerer Duft nach Zucker und Sirup stieg Jay in die Nase. Er würde Mireille den guten, goldenen Sauternes von der anderen Seite des Flusses servieren, Wein, mit dem man die Zunge einer alten Frau lösen konnte, der einen trockenen Hals kühlte, Wein, der lieblich durch die Kehle rann ...

Mit zufriedenem Schnalzen nahm er die Flasche aus dem Regal. Das Etikett war verschmutzt, und in der Dunkelheit konnte er es nicht entziffern. Er trug die Flasche die Treppe hinauf in die Küche, öffnete sie. Ein leises Kichern kam aus dem Flaschenhals, als der Wein in das Glas floss.

35

»Der Wein meines Vaters war der beste in der Gegend«, begann Mireille. »Als er starb, übernahm sein Bruder Emile das Land. Danach hätte Tony das Gut weiterführen sollen.«

»Ich weiß. Es tut mir Leid.«

Sie zuckte die Achseln. »Zumindest ist der Besitz zurück an die männliche Linie gegangen, als er starb«, sagte sie. »Ich hätte es nicht ertragen, wenn ihr das alles in die Hände gefallen wäre.«

Jay lächelte verlegen. Etwas an der alten Frau schien weit über die Trauer um ihren Sohn hinauszugehen. In ihren listigen Augen war ein Blitzen, doch ihr Gesicht war wie versteinert. Er versuchte sich vorzustellen, was es bedeutete, den einzigen Sohn zu verlieren.

»Es wundert mich, dass sie geblieben ist«, sagte er. »Danach.«

Mireille lachte kurz auf. »Natürlich ist sie geblieben«, erwiderte sie schroff. »Sie kennen sie wohl nicht? Sie bleibt aus lauter Gehässigkeit und Sturheit. Sie wusste, dass es nur eine Frage der Zeit war, bis mein Onkel starb, und ihr das Land gehören würde, so wie sie es schon immer geplant hatte. Aber er wusste, dass er bald sterben würde. Er hat sie hingehalten, der alte Hund, hat sie in dem Glauben gelassen, sie könne alles billig bekommen.« Sie lachte wieder.

»Aber warum interessiert sie sich überhaupt dafür? Warum gibt sie den Hof nicht auf und zieht zurück nach Paris?«

Mireille zuckte mit den Schultern. »Wer weiß? Vielleicht, um mir eins auszuwischen.« Sie nippte neugierig an dem Wein. »Was ist das?«

»Sauternes. Oh, verdammt.«

Jay begriff nicht, wie er die Flaschen hatte verwechseln können. Das verschmierte, handgeschriebene Etikett. Die gelbe Schnur um den Hals. *Hagebutte, 1974.* »Oh, das tut mir Leid. Ich muss die falsche Flasche erwischt haben.« Er probierte an seinem Glas. Der Wein schmeckte unglaublich süß, er war dickflüssig wie Sirup und gesprenkelt mit Bodensatzflocken. Er sah Mireille bestürzt an. »Ich mache eine andere Flasche auf. Bitte, verzeihen Sie. Ich hatte nicht vor, Ihnen das vorzusetzen. Ich begreife nicht, wie mir das passieren konnte –«

»Das macht überhaupt nichts.« Mireille hielt ihr Glas fest. »Mir schmeckt der Wein. Er erinnert mich an irgendetwas, aber ich weiß nicht recht, an was. Vielleicht eine Medizin, die Tony als Kind bekommen hat.« Sie trank noch einen Schluck, und Jay konnte das honigsüße Aroma des Weins riechen.

»Bitte, Madame. Ich kann wirklich –«

»Er schmeckt mir«, erwiderte die alte Frau bestimmt.

Hinter ihr, draußen im Garten, sah er Joe unter den Apfelbäumen stehen, seine orangefarbene Latzhose leuchtete im Sonnenlicht. Der Alte winkte ihm zu, als er Jays Blick bemerkte, und reckte beide Daumen hoch. Jay verkorkte die Flasche und trank noch einen Schluck. Irgendwie widerstrebte es ihm, den Wein wegzuschütten. Er schmeckte immer noch scheußlich, aber der Duft war durchdringend und köstlich, wächserne rote Früchte, prallvoll mit Samen, so saftig, dass sie aufplatzten, während sie eimerweise in den Bottich gekippt wurden. Er konnte es regelrecht vor sich sehen, wie Joe den Wein in seiner Küche zubereitete, das Radio auf volle Lautstärke aufgedreht – *Kung Fu Fighting* war den ganzen Monat über auf Platz eins der Hitparade –, wie er, während die Sonne durch die Ritzen in den Fensterläden schien, hin und wieder die Arbeit unterbrach, um Jay eine spezielle Art von Handkantenschlag vorzuführen, die er auf seinen Asienreisen gelernt hatte …

Der Wein schien eine ähnliche Wirkung auf Mireille auszuüben, sie hatte offenbar Gefallen an dem eigenartigen Gebräu gefunden und trank in kleinen, zögernden Schlucken, hielt jedes Mal andächtig inne, um den Geschmack auszukosten.

»Es schmeckt wie – Rosenwasser. Nein, wie Rosen. Rote Rosen«, murmelte sie verträumt.

Jay war also nicht der Einzige, der die besondere Wirkung von Joes selbst gemachtem Wein spürte. Er beobachtete Mireille aufmerksam, als sie ihr Glas austrank und suchte ihr Gesicht ängstlich nach Anzeichen einer negativen Veränderung ab. Sie schien jedoch im Gegenteil den versteinerten Ausdruck zu verlieren, und lächelte sogar.

»Sieh mal einer an. Rosen. Ich hatte einmal einen Rosengarten, wissen Sie. Da drüben, neben der Apfelwiese. Ich weiß allerdings nicht, was daraus geworden ist. Alles ist zugrunde gegangen, als mein Vater starb. Rote Rosen waren es, und dieser Duft! Ich bin ausgezogen, als ich Hugues geheiratet habe, aber während der Blütezeit bin ich jeden Sonntag hergekommen, um meine Rosen zu pflücken. Dann sind Hugues und mein Vater gestorben, und im selben Jahr wurde mein Tony geboren. Ein schreckliches Jahr. Aber nicht für meinen lieben Tony. Es war der beste Sommer für Rosen, daran erinnere ich mich noch; überall im ganzen Haus standen Rosen. Hören Sie, junger Mann, dieser Wein hat's in sich. Mir wird ganz schwindlig.«

Jay sah sie besorgt an. »Ich fahre Sie nach Hause. Sie dürfen nicht den ganzen Weg zurück zu Fuß gehen. Nicht in dieser Hitze.«

Mireille schüttelte den Kopf. »Ich laufe lieber. Ich bin noch nicht so alt, dass ich vor ein paar Kilometern Fußweg zurückschrecke. Außerdem –« Sie machte eine Kopfbewegung in Richtung des Nachbarhofs »– gehe ich gern am Haus meines Sohnes vorbei. Wenn ich Glück habe, sehe ich seine Tochter aus der Entfernung.«

Natürlich. Jay hatte schon fast vergessen, dass es da noch das Kind gab. Er hatte das kleine Mädchen noch nie gesehen, weder auf den Feldern noch auf dem Weg zur Schule.

»Meine kleine Rosa. Sie ist jetzt schon sieben. Seit dem Tod meines Sohnes bin ich nicht mehr in ihrer Nähe gewesen. Nicht ein einziges Mal.« Ihr Mund nahm allmählich wieder seinen säuerlichen Zug an. Sie fuchtelte heftig mit ihren großen, missgestalteten Händen. »*Sie* weiß, was sie mir damit antut. Sie weiß es ganz genau. Was habe ich nicht alles für das Kind meines Sohnes getan. Ich hätte den Hof zurückkaufen, ihnen Geld geben können – es gibt weiß Gott niemand anders, dem ich es vermachen könnte.« Sie stand mühsam auf, stützte sich auf dem Tisch ab, um ihren massigen Körper aufzurichten. »Aber sie weiß, dass sie dem Kind dann erlauben müsste, mich zu besuchen«, fuhr Mireille fort. »Dann würde ich erfahren, was sie dem armen Wurm antut. Wenn die vom Jugendamt wüssten, wie sie meine Rosa behandelt – wenn ich bloß beweisen könnte, was sie mit ihr macht, diese …«

»Bitte.« Jay stützte sie am Ellbogen. »Machen Sie sich nicht zu viele Sorgen. Ich bin sicher, Marise sorgt für Rosa, so gut sie kann.«

Mireille warf ihm einen verächtlichen Blick zu. »Was wissen Sie schon darüber? Sind Sie dort gewesen? Haben Sie sich vielleicht hinterm Scheunentor versteckt, als mein Sohn starb?« Ihre Stimme klang brüchig. Ihr Arm fühlte sich unter seinen Fingern an wie heißer Ziegelstein.

»Tut mir Leid. Ich wollte nur –«

Die alte Frau schüttelte den Kopf. »Nein, ich muss mich

entschuldigen. Die Sonne und der starke Wein bringen mich dazu, dass ich zu viel rede. Aber wenn ich an sie denke, dann kocht mein Blut über!« Plötzlich lächelte sie, und unerwartet blitzten ihr Charme und ihre Intelligenz unter der rauen Schale hervor. »Vergessen Sie, was ich gesagt habe, Monsieur Jay. Beim nächsten Mal sind Sie mein Gast. Jeder im Dorf kann Ihnen sagen, wo ich wohne.« Ihr Ton gestattete keinen Widerspruch.

»Das würde mich freuen. Sie glauben gar nicht, wie froh ich bin, wenn ich Leute finde, die bereit sind, mein grauenhaftes Französisch zu ertragen.«

Mireille musterte ihn wortlos, dann lächelte sie. »Sie mögen vielleicht ein Ausländer sein, aber Sie haben wirklich das Herz eines Franzosen. Das Haus meines Vaters ist in guten Händen.«

Jay sah ihr nach, wie sie schwerfällig den überwucherten Pfad entlangging, bis sie hinter den Bäumen am Ende der Obstwiese verschwand. Er fragte sich, ob die Rosen wohl noch immer dort wuchsen.

Er spülte die Gläser und räumte die Gartengeräte in den Schuppen. Erst dann merkte er, dass er, nachdem er tagelang kein Wort geschrieben und vergeblich versucht hatte, den roten Faden seines unfertigen Romans wieder zu finden, plötzlich die ganze Geschichte erneut vor sich sah. Hell und klar lag sie vor ihm, wie eine verlorene Münze, die im Staub glitzert.

»Ich schätze, die kriegst du schon wieder hin«, sagte Joe, während er die ungezähmt wuchernde alte Rosenhecke betrachtete. »Sie sind schon lange nicht mehr beschnitten worden, und ein paar von ihnen sind verwildert, aber mit ein bisschen Geduld kannst du es schaffen.«

Joe hatte immer so getan, als hätte er nicht viel für Blumen übrig. Er mochte Obstbäume, Kräuter und Gemüse – Dinge, die man ernten, lagern konnte, die sich zum Trocknen, Einlegen, Einwecken eigneten, aus denen man Wein machen konnte. Trotzdem hatte es immer Blumen in seinem

Garten gegeben. Er hatte sie gepflanzt, wie es ihm gerade in den Sinn kam; Dahlien, Mohnblumen, Lavendel, Malven. Rosen zwischen den Tomaten. Wicken zwischen den Bohnen. Zum Teil dienten sie zur Tarnung, aber auch zum Anlocken von Bienen. In Wirklichkeit mochte Joe Blumen, ja, es widerstrebte ihm sogar, Unkraut auszurupfen.

Jay hätte den Rosengarten nie entdeckt, wenn ihm Mireille nicht erzählt hätte, wo er suchen musste. Die Wand, an der die Rosen einst hochgerankt waren, war zum größten Teil abgerissen, und es stand nur noch ein fünf Meter langer niedriger Mauerrest. Alles war so zugewuchert, dass er die Rosen zwischen dem Unkraut kaum noch erkennen konnte. Als er ein paar Rosenstämme mit der Heckenschere zurückgeschnitten hatte, entdeckte er eine einzelne rote Rose an einem Trieb, der fast den Boden berührte. Die offene Blüte duftete lieblich und erdig.

»Alte Rosen«, bemerkte Joe, als er sich hinunterbeugte, um besser sehen können. »Die beste Sorte zum Kochen. Du solltest Rosenblätterkonfitüre daraus machen. Absolut köstlich.«

Jay rückte dem Gestrüpp wieder mit der Schere zu Leibe und befreite den Strauch vom Unkraut. Jetzt kamen noch mehr Knospen zum Vorschein.

Er hatte die halbe Nacht geschrieben. Die Begegnung mit Mireille hatte ihm genug Material für zehn Seiten geliefert. Es war, als hätte genau das gefehlt, um die Geschichte fortzusetzen. Ohne die Erzählung der alten Frau war sein Buch nichts als eine Aneinanderreihung von Anekdoten. Wenn er sie jedoch mit Marises Geschichte verknüpfte, könnte ein lebendiger, spannender Roman entstehen. Wenn er nur wüsste, wie die Geschichte ausgehen würde.

In London war er ins Fitnessstudio gegangen, um nachzudenken. Hier ging er in den Garten. Gartenarbeit macht den Kopf frei. Er erinnerte sich an die Sommer in der Pog Hill Lane, wie er unter Joes Aufsicht Bäume und Sträucher beschnitten, Harz für Pfropfungen präpariert und in einem alten Mörser Kräuter für die Säckchen klein gestampft hatte. Er genoss es, sein Wissen im eigenen Garten anzuwenden; rote Bänder an den Obstbäumen aufzuhängen, um die Vögel zu verscheuchen, Säckchen mit stinkenden Kräutern gegen Parasiten auf dem Grundstück zu verteilen.

»Du musst sie düngen«, sagte Joe, über die Rosen gebeugt. »Am besten schüttest du ein bisschen von dem Hagebuttenwein an die Wurzeln. Das tut ihnen gut. Und dann musst du was gegen die Blattläuse unternehmen.«

Die Rosen waren von Läusen verseucht, die Stiele klebrig von Insekten. Jay musste über Joes unermüdliche Ratschläge grinsen. »Vielleicht benutze ich einfach ein chemisches Insektenspray«, entgegnete er achselzuckend.

»Das wirst du verdammt noch mal sein lassen«, rief Joe entsetzt aus. »Mit diesen Chemikalien versaust du dir alles. Dafür bist du doch nicht hergekommen, oder?«

»Und für was bin ich hergekommen?«

Joe zwinkerte ihm zu. »Für was – oder für wen?« Sein Blick wanderte zu der Stelle, wo die beiden Weinberge aneinander grenzten.

Jay tat so, als würde er die Rosen eingehend untersuchen. »Ich habe meine Geschichte jetzt im Griff«, sagte er trotzig. »Ich habe nicht vor, mich zum Narren zu machen, vielen Dank. Wenn sie unbedingt in ihrem Schneckenhaus –«

Joe schnalzte verächtlich mit der Zunge. »Du hast doch keine Ahnung«, unterbrach er ihn. »Hast du denn immer noch nichts dazugelernt?«

»Genug, um mich nicht noch mal hochnehmen zu lassen«, sagte Jay. »Du und deine Chancen, deine Glücksbringer, deine Reisen durch Asien. Du hast dich nach Strich und Faden über mich lustig gemacht, stimmt's? Du musst dich doch heimlich halb tot gelacht haben.«

»Ich habe nie gelacht«, erwiderte Joe. »Und wenn du in der Lage wärst, über den Tellerrand hinauszuschauen –«

»Ach ja?« Jay wurde allmählich ungehalten, er zerrte mit übertriebener Heftigkeit an den Ranken rund um das Rosenbeet. »Und warum bist du dann abgehauen? Ohne dich zu verabschieden? Warum musste ich das Haus leer vorfinden, als ich nach Pog Hill zurückgekommen bin?«

»Oh, sind wir wieder bei deinem Lieblingsthema?«

Joe lehnte sich an einen Apfelbaum und zündete sich eine Player's an. Aus dem Radio, das im Gras lag, plärrte *I Feel Love*, damals im August die Nummer eins.

»Spar dir die Bemerkung«, sagte Jay verärgert.

Joe zuckte die Achseln. Das Radio krächzte, dann ging es aus. »Wenn du bloß diese *Rosifeas* gepflanzt hättest, wie ich es dir aufgetragen hatte«, sagte Joe.

»Ich brauchte damals ein bisschen mehr als ein paar popelige Samen«, konterte Jay.

»Du warst schon immer ein harter Brocken.« Joe schnippte seine Kippe über die Hecke. »Ich konnte dir nicht sagen, dass ich fortgehen würde, weil ich es selbst noch nicht wusste. Aber dann musste ich einfach losziehen, ein bisschen Seeluft atmen, noch mal was von der Welt sehen. Außerdem dachte ich, ich hätte dir genug hinterlassen, dachte, damit wärst du versorgt. Ich glaubte, wir wären beide versorgt. Ich hab's ja schon mal gesagt, wenn du nur diese Samen gesät hättest –«

Allmählich reichte es Jay. Er sah Joe in die Augen. Für eine Halluzination wirkte der Alte ziemlich echt, bis hin zu dem Dreck unter seinen Fingernägeln. Aus irgendeinem Grund machte das Jay noch wütender. »Wer hat dich gebeten zu kommen?«, schrie er. Er kam sich vor, als wäre er wieder fünfzehn, allein in Joes Keller, umgeben von zerbrochenen Flaschen und Gläsern. »Ich hab dich nie um deine Hilfe gebeten! Ich wollte dich nicht hier haben! Wieso bist du überhaupt zurückgekommen? Ich brauche weder dich noch sie, noch sonst irgendjemanden! Lass mich doch einfach in Ruhe!«

Joe wartete geduldig ab, bis er ausgeredet hatte.

»Bist du fertig?«, fragte er, als Jay endlich schwieg. »Bist du jetzt fertig?«

Jay sah ihn nicht an, sondern bearbeitete das Unkraut wütend mit der Gartenschere. »Hau ab, Joe«, sagte er fast unhörbar.

»Vielleicht mach ich das sogar«, erwiderte der Alte. »Glaubst du, ich hätte nichts Besseres zu tun? Meinst du, es gäbe keine schöneren Reiseziele? Du glaubst wohl, ich hätte alle Zeit der Welt, was?« Sein Akzent wurde stärker, wie immer, wenn er sich aufregte, was selten geschah. »Irgendwas hat dir immer gefehlt, Junge, auch damals schon, und es kommt mir nicht so vor, als hätte sich daran etwas geändert. Dir fehlt Geist, das ist dein Problem. Das war es schon immer.«

Jay wandte ihm den Rücken zu.

»Na gut!« In Joes Worten lag etwas Endgültiges. Am liebsten hätte sich Jay wieder umgedreht, ließ es aber bleiben. »Wie du willst. Wir sehen uns.«

Jay arbeitete noch mehrere Minuten lang verbissen an dem Gestrüpp. Hinter sich hörte er nichts außer dem Gezwitscher der Vögel und dem Rauschen des Winds, der über die Felder ging.

36

Als er am nächsten Morgen nach Agen kam, fand Jay eine Nachricht seines Agenten vor. Nick schien ganz aufgeregt zu sein. Die Worte waren dick unterstrichen, um ihre Wichtigkeit zu betonen. *Melde dich. Es ist wichtig!* Jay rief ihn von Joséphines Café aus an. In seinem Haus gab es kein Telefon, und er hatte nicht vor, sich eins anzuschaffen. Nick klang weit weg, wie eine Stimme aus einem Radio, das in einem anderen Raum steht. Um sich herum hörte Jay die Geräusche des Cafés, das Klappern des Geschirrs, das Scharren von Füßen, Gelächter, laute Stimmen.

»Jay! Jay, ich bin so froh, dass du anrufst. Hier geht alles drunter und drüber. Das neue Buch ist Spitze – ich hab es schon einem halben Dutzend Verlagen angeboten. Es ist –«

»Es ist noch nicht fertig«, unterbrach ihn Jay.

»Macht nichts. Es wird super. Das fremde Klima scheint dir gut zu bekommen. Was ich jetzt ganz dringend brauche, ist –«

»Moment.« Jay wurde es langsam unbehaglich. »Ich bin noch nicht so weit.«

Nick musste den Unterton in seiner Stimme gehört haben, denn er beruhigte sich ein wenig.

»Hey, immer mit der Ruhe. Keiner setzt dich unter Druck. Es weiß noch nicht mal irgendjemand, wo du überhaupt steckst.«

»Das ist auch gut so«, sagte Jay. »Ich brauche noch etwas Zeit für mich. Es geht mir gut hier, ich arbeite im Garten und denke über mein Buch nach.«

Er konnte regelrecht hören, wie Nick im Geiste die Möglichkeiten durchging.

»Okay. Wenn du willst, halte ich dir die Leute vom Hals. Ich werde versuchen, die Sache hinauszuzögern. Was soll ich Kerry sagen? Sie ruft mich jeden Tag an und fragt mich, wo du –«

»Vor allem Kerry sagst du nichts«, unterbrach ihn Jay unwirsch. »Sie ist die Letzte, die ich hier sehen will.«

»Oho«, sagte Nick.

»Was soll das heißen?«

»Ich sage nur: *Cherchez la femme.*« Nick klang belustigt. »Bist du auf Brautschau?«

»Nein.«

»Bist du sicher?«

»Absolut.«

Es stimmte. In letzter Zeit hatte er immer seltener an Marise gedacht. Außerdem hatte die Frau, die auf den ersten Seiten seines Buchs auftauchte, nicht die geringste Ähnlichkeit mit seiner zugeknöpften Nachbarin. Auch wenn es ihre Geschichte war, die ihn beschäftigte.

Auf Nicks Drängen hin gab Jay ihm die Telefonnummer von Joséphines Café, für den Fall, dass er eine wichtige Nachricht für ihn hatte. Noch einmal erkundigte sich Nick, wann er den Rest des Manuskripts zu Gesicht bekommen würde. Aber Jay wollte sich nicht festlegen, wollte noch nicht einmal darüber nachdenken. Es ging ihm schon gegen den Strich, dass Nick die unfertige Fassung ohne seine Einwilligung weitergereicht hatte, auch wenn das zu seinem Job gehörte. Als er den Hörer auflegte, stellte er fest, dass Joséphine ihm schon eine frische Tasse Kaffee auf den Tisch gestellt hatte. Roux und Poitou saßen mit Popotte zusammen und hielten ein Schwätzchen. Jay war völlig verwirrt. London war ihm noch nie so weit entfernt erschienen.

Wie immer ging er über die Felder nach Hause. Es hatte während der Nacht geregnet. Der Weg war matschig. Von den Hecken tropfte das Wasser. Er ging am Fluss entlang bis zu der Stelle, wo Marises Land begann. Er genoss die Stille und die regenschweren Bäume. Im Weinberg war keine Spur von ihr zu sehen. Die einzige Bewegung weit und breit war eine dünne Rauchfahne, die aus dem Schornstein ihres Hauses stieg. Selbst die Vögel regten sich nicht. Jay hatte vor, den Fluss an der schmalsten Stelle zu überqueren, wo sein Land an das von Marise grenzte. Auf beiden Seiten gab es eine baumbestandene Böschung; auf ihrem Grundstück eine Reihe von Obstbäumen, auf seiner Seite wild wuchernde Schwarzdornbüsche und Holundersträucher. Im Vorbeigehen bemerkte er, dass die roten Bänder, die er an den Zweigen befestigt hatte, verschwunden waren – wahrscheinlich vom Wind fortgeweht. Er würde sie das nächste Mal besser festbinden müssen. Hier, an der seichtesten Stelle des Flusses, trat das Wasser über die Ufer, ließ die Schilfbüsche wie kleine Inseln zurück und spülte die rote Erde am Ufer aus, sodass bizarre Formen entstanden, die später von der Sonne zu hartem Lehm gebacken wurden. Auf Trittsteinen, die vom Wasser rund gewaschen und von vielen Füßen abgeschliffen worden waren, konnte man den Fluss überqueren, ohne nass zu werden. Jetzt war er der Einzige, der die Furt benutzte. So dachte er zumindest.

Aber als er am Fluss ankam, hockte ein kleines Mädchen gefährlich nah am Ufer und stocherte mit einem Stock im Wasser herum. Neben ihr stand eine kleine, braune Ziege und starrte mit großen Augen vor sich hin. Von Jays Schritten aufgeschreckt, zuckte das Mädchen zusammen. Ihre Augen leuchteten so neugierig wie die der Ziege.

Einen Moment lang starrten sie einander an, das Mädchen reglos und mit weit aufgerissenen Augen, Jay wie gelähmt von einem Gefühl, das alles schon einmal erlebt zu haben.

Es war Gilly, ging es ihm durch den Kopf. Sie trug einen orangefarbenen Pullover und eine grüne Hose, die sie bis zu den Knien hochgekrempelt hatte. Ihre Schuhe hatte sie hinter sich ins Gras geworfen. Nicht weit entfernt lag ein geöffneter, roter Rucksack. Die Kette aus zusammengeknoteten roten Bändern, die das Mädchen um den Hals trug, erklärte ihm, was mit Joes Glücksbringern geschehen war.

Die Ähnlichkeit mit seiner Freundin aus Nether Edge war verblüffend, doch bei näherem Hinsehen sah er, dass er sich geirrt hatte. Das lockige Haar des Mädchens war eher kastanienbraun als karottenrot, und sie war jünger, höchstens acht oder neun. Sie hatte zwar das gleiche lebhafte, sommersprossige Gesicht, den großen Mund, die misstrauischen Augen, die gleichen knochigen Knie. Es war nicht Gilly, nein, aber sie sah ihr so ähnlich, dass es Jay einen Stich versetzte. Das musste die kleine Rosa sein, Marises Tochter.

Sie starrte ihn lange an, ohne zu lächeln, dann schnappte sie sich ihre Schuhe und lief zum Haus. Die Ziege zuckte zusammen und tänzelte auf Jay zu, blieb dann kurz stehen und knabberte an den Riemen des Rucksacks. Das Mädchen bewegte sich ebenso leichtfüßig wie die Ziege, nahm die Hände zu Hilfe, um die schlüpfrige Böschung hinaufzuklettern.

»Warte!«, rief Jay. Sie reagierte nicht. Flink wie ein Wiesel war sie schon oben am Zaun, drehte sich nur einmal kurz, um ihm die Zunge herauszustrecken.

»Warte!« Jay hob die Hände zum Zeichen, dass er nichts Böses im Schild führte. »Ich tu dir nichts, lauf nicht weg.«

Das Mädchen sah ihn an – ob neugierig oder feindselig, war nicht zu erkennen –, den Kopf leicht schief gelegt, wie um sich zu konzentrieren. Er konnte nicht sagen, ob sie ihn verstanden hatte.

»Hallo Rosa«, sagte Jay.

Das Kind starrte ihn nur wortlos an.

»Ich bin Jay. Ich wohne da drüben.« Er deutete auf sein Haus, das hinter den Bäumen gerade noch zu erkennen war.

Er bemerkte, dass ihr Blick nicht direkt auf ihn gerichtet war, sondern auf etwas weiter links. Ihre Haltung war gespannt. Sie war bereit, jeden Augenblick loszurennen. Jay suchte in seiner Hosentasche nach etwas, das er ihr geben konnte – ein Bonbon vielleicht, oder einen Keks –, aber alles, was er zum Vorschein brachte, war ein Bic-Feuerzeug aus billigem Plastik, das in der Sonne aufblitzte, als er es hochhielt.

»Du kannst es haben, wenn du willst«, sagte er und hielt es ihr hin. Das Kind reagierte nicht. Vielleicht konnte sie nicht von den Lippen lesen, dachte er.

Die Ziege stieß ein vorwurfsvolles Meckern aus und stubste ihn sanft gegen das Bein. Mit einer Mischung aus Verachtung und Ängstlichkeit schaute Rosa zuerst die Ziege, dann Jay an. Ihr Blick wanderte immer wieder zu dem Rucksack, den sie am Flussufer liegen gelassen hatte. Er bückte sich und hob ihn auf. Im gleichen Augenblick verlor die Ziege ihr Interesse an dem Rucksack und widmete sich Jays Ärmel.

»Gehört der dir?«

Das Mädchen am anderen Ufer machte einen Schritt vorwärts.

»Keine Angst.« Jay sprach ganz langsam, für den Fall, dass sie nicht von den Lippen lesen konnte, und lächelte sie an. »Ich bringe ihn dir.« Er begann, den Fluss auf den Trittsteinen zu überqueren. Die Ziege beobachtete ihn mit einem zynischen Gesichtsausdruck.

Bepackt wie er war, bewegte er sich ziemlich unbeholfen. Als er aufblickte, um dem Mädchen zuzulächeln, verlor er den Halt, rutschte aus und wäre beinahe gestürzt. Die Ziege, die ihm neugierig gefolgt war, schob sich ungeduldig an ihm vorbei; er trat ins Leere, und im nächsten Augenblick stand er mitten im Wasser.

Rosa und die Ziege beobachteten ihn stumm. Sie schienen beide zu grinsen.

»Verdammt.« Jay versuchte, zum Ufer zurückzuwaten. Die

Strömung war stärker, als er erwartet hatte, und er stolperte wie betrunken über die glitschigen Steine am Flussgrund, auf denen er immer wieder ausrutschte. Der Rucksack schien das Einzige an ihm zu sein, was trocken geblieben war.

Rosa grinste wieder.

Sie war wie verwandelt. Ihr Lächeln war offen und freundlich, und ihre Zähne leuchteten weiß in ihrem sommersprossigen Gesicht. Sie lachte, ohne einen Ton von sich zu geben und stampfte vor Freude mit ihren nackten Füßen auf. Dann rannte sie wieder los, die Schuhe in der Hand, auf die Obstwiese zu. Die Ziege lief neben ihr her und knabberte dabei an einem lose baumelnden Schnürsenkel. Bevor sie außer Sichtweite gerieten, drehte Rosa sich noch einmal um und winkte ihm zu; Jay konnte nicht erkennen, ob es eine freundliche oder eine spöttische Geste war. Kaum war sie fort, bemerkte er, dass er noch immer ihren Rucksack in der Hand hielt. Er öffnete ihn und fand darin eine Reihe von Gegenständen, die nur ein Kind als wertvollen Schatz mit sich herumschleppen konnte: ein mit Schnecken gefülltes Marmeladenglas, ein paar Stöckchen, Steine aus dem Fluss, ein Knäuel Bindfaden und mehrere von den roten Bändern, sorgfältig zu einer Girlande zusammengeknotet. Jay steckte alles zurück in den Rucksack, dann hängte er ihn an einen Zaunpfahl direkt neben den Drachenkopf, den er vor zwei Wochen dort aufgestellt hatte. Er war sich sicher, dass Rosa ihn finden würde.

»Ich habe sie schon seit Monaten nicht mehr gesehen«, sagte Joséphine ihm später im Café. »Marise schickt sie nicht mehr in die Schule. Es ist eine Schande. Ein kleines Mädchen braucht doch Freunde.«

Jay nickte.

»Früher ging sie im Dorf in den Kindergarten«, erinnerte sich Joséphine. »Sie muss ungefähr drei gewesen sein, vielleicht ein bisschen jünger. Damals konnte sie noch ein bisschen sprechen, aber sie war schon taub.«

»Ach so.« Jay wurde neugierig. »Ich dachte, sie wäre von Geburt an taub.«

Joséphine schüttelte den Kopf. »Nein. Es war eine Art Entzündung. In dem Jahr, als Tony gestorben ist. Ein schlimmer Winter. Wir hatten wieder Hochwasser, und die Hälfte von Marises Feldern war drei Monate lang überflutet. Und dann noch diese Sache mit der Polizei –«

Jay sah sie fragend an.

»Ja, ja. Seit Tonys Tod hat Mireille versucht, Marise die Schuld zu geben. Sie behauptete, die beiden hätten sich vorher gestritten, und Tony hätte sich niemals das Leben genommen. Sie war der festen Überzeugung, dass ein anderer Mann im Spiel war und Marise und er Tony gemeinsam ermordet hätten.« Joséphine schüttelte stirnrunzelnd den Kopf. »Mireille ist fast durchgedreht«, fuhr sie fort. »Ich glaube, sie hätte vor Gericht alles behauptet. Aber dazu ist es natürlich nicht gekommen. Die Polizei war da, hat ein paar Fragen gestellt und ist wieder abgezogen. Wahrscheinlich haben sie Mireille schnell durchschaut. Aber die nächsten drei, vier Jahre hat sie immer wieder Briefe an die Polizei geschrieben, Beschuldigungen vorgetragen und Anträge gestellt und das Gerücht verbreitet, Marise würde das Kind in einem Hinterzimmer einsperren oder so was. Ein- oder zweimal ist jemand gekommen, das ist alles. Aber sie hat nie etwas erreicht.«

»Ich glaube nicht, dass das stimmt.« Das lebhafte, sommersprossige Kind, das Jay gesehen hatte, machte einen ganz anderen Eindruck.

Joséphine zuckte die Achseln. »Nein, das glaube ich auch nicht«, sagte sie. »Aber irgendwann war der Schaden angerichtet. Einige Dorfbewohner versammelten sich vor dem Tor zu ihrem Hof und am Flussufer. Die meisten waren harmlose Weltverbesserer, aber woher sollte Marise das wissen, wenn sie von ihrem Haus aus die Fackeln brennen sah und die Leute Feuerwerkskörper zündeten und Steine gegen ihre Fensterläden warfen?« Sie schüttelte den Kopf. »Als sich alles schließlich wieder beruhigte, war es zu spät«, erklärte sie. »Von da an war Marise fest davon überzeugt, dass alle gegen sie waren. Und dann, als Rosa verschwand –« Joséphine goss einen Schluck Cognac in ihren Kaffee. »Ich nehme an, sie dachte, wir steckten alle unter einer Decke. In einem Dorf bleibt nichts geheim, und jeder wusste, dass Mireille das Kind hatte. Rosa war damals drei, und wir nahmen an, es wäre mit Marise abgesprochen und die Kleine wäre bei ihrer Oma zu Besuch. Caro Clairmont war natürlich informiert, und auch ein paar andere wussten Bescheid, Joline Drou zum Beispiel, die damals Caros beste Freundin war, und Cussonnet, der Dorfarzt. Aber wir anderen – na ja. Keiner hat Fragen gestellt. Nach allem, was passiert war, dachten wir, dass es besser sei, sich nicht in anderer Leute Angelegenheiten einzumischen. Und natürlich kannte niemand Marise.«

»Sie macht's einem nicht gerade leicht«, bemerkte Jay.

»Rosa war ungefähr drei Tage lang verschwunden. Doch als Mireille mit der Kleinen aus dem Haus gehen wollte, ist sie nicht weit gekommen. Das Gebrüll war bis *Les Marauds* zu hören. Was immer ihr gefehlt haben mag, sie hatte auf jeden Fall gute Lungen. Sie ließ sich durch nichts beruhigen, weder mit Süßigkeiten noch mit Geschenken, nicht mit Schimpfen und Drohen. Was haben sie nicht alles versucht; Caro, Joline, Toinette und Mireille. Aber das Kind hörte einfach nicht auf zu schreien. Schließlich wurde Mireille die ganze Sache unheimlich, und sie ließ den Arzt rufen. Es war einfach nicht normal für ein Kind in dem Alter, die ganze Zeit so zu schreien.« Joséphine runzelte die Stirn. »Und dann, als Marise erfuhr, dass der Arzt und Mireille mit Rosa nach Agen gefahren waren ... Ich habe noch nie jemanden so wütend werden sehen. Sie ist auf ihrem Moped hinterhergefahren und musste erfahren, dass Mireille Rosa in irgendein Krankenhaus gebracht hatte. Zur Untersuchung, wie ihr gesagt wurde. Ich weiß auch nicht, was das sollte.« Sie zuckte erneut die Achseln. »Unter normalen Umständen hätte sie mit der Hilfe der Leute aus dem Dorf rechnen können«, fuhr Joséphine fort. »Aber Marise – sie sagt einfach nie ein Wort, lächelt nie – ich nehme an, das war der eigentliche Grund, warum die Leute einfach nichts damit zu tun haben wollten. Es stand bestimmt keine böse Absicht dahinter. Sie wollte in Ruhe gelassen werden, also ließ man sie in Ruhe. Nicht dass irgendjemand gewusst hätte, wohin Mireille Rosa gebracht hatte – außer vielleicht Caro Clairmont. Na ja, es gab alle möglichen Gerüchte. Aber das kam später. Dass Marise mit einer Schrotflinte in Cussonnets Praxis marschiert sei und ihn zu seinem Auto abgeführt habe. Die Leute reden halt, das halbe Dorf hatte es angeblich gesehen. Es ist überall das Gleiche. Und obwohl Rosa bis zum Ende der Woche wieder zu Hause war, haben wir sie nie wieder im Dorf gesehen, nicht mal beim Feuerwerk am vierzehnten Juli, oder beim Schokoladenfest zu Ostern.« Abrupt trank Joséphine ihren Kaffee aus und trocknete sich die Hände an der Schürze ab.

»Das war's also«, schloss sie in einem vertraulichen Ton. »Das war das letzte Mal, dass wir Marise und Rosa im Dorf zu Gesicht bekommen haben. Ich sehe sie hin und wieder – vor ungefähr einem Monat zum Beispiel – auf dem Weg nach Agen oder bei Narcisse in der Gärtnerei oder in den Feldern auf der anderen Seite des Flusses. Aber das ist alles. Sie hat den Leuten im Dorf nie verziehen, was nach Tonys Tod geschehen ist, dass sie Partei ergriffen, sich blind gestellt haben, als Rosa verschwunden war. Es hat keinen Zweck, ihr zu erklären, dass man selbst nichts damit zu tun hatte, sie hört einem nicht zu.«

Jay nickte. Das war verständlich.

»Es muss ziemlich einsam für die beiden sein«, sagte er. Er musste an Maggie und Gilly denken, wie sie es immer geschafft hatten, Freunde zu finden, egal, wo sie hinkamen, wie sie mit den Leuten Handel getrieben und alle möglichen kleinen Arbeiten angenommen hatten, um ihr Auskommen zu haben, wie sie allen Anfeindungen unbekümmert und trotzig begegnet waren. Diese verdrießliche, misstrauische Frau war so anders als Joes Freunde aus Nether Edge. Und doch erinnerte das Kind ihn so sehr an Gilly.

Auf dem Heimweg sah er noch einmal nach dem Rucksack, aber wie erwartet, war er schon weg. Nur der Drachenkopf mit der langen Zunge aus Krepp-Papier war noch da, geschmückt mit einer Girlande aus roten Bändern, die seine grüne Mähne zierte. Als er näher kam, bemerkte Jay, dass jemand dem Drachen eine Tonpfeife zwischen die Zähne geschoben hatte, aus der eine Löwenzahnblüte herausragte. Als er, ein Grinsen unterdrückend, weiterging, war er sich fast sicher, dass sich etwas in der Hecke neben ihm bewegte, etwas Orangefarbenes blitzte zwischen dem Blattwerk auf, und er hörte das leise Meckern einer Ziege.

37

Später, bei einem *grand crème* im *Café des Marauds*, hörte er nur mit halbem Ohr zu, als Joséphine ihm die Geschichte vom ersten Schokoladenfest im Dorf erzählte, und wie die Kirche versucht hatte, es zu verhindern. Der Kaffee war gut, gesprenkelt mit Schokoladenstreuseln, dazu ein Zimtkeks auf der Untertasse. Narcisse saß ihm gegenüber, vertieft in seinen Samenkatalog, und trank einen *café cassis*. Nachmittags war das Café besser besucht, aber Jay fiel auf, dass das Publikum auch jetzt hauptsächlich aus alten Männern bestand, die Schach oder Karten spielten und sich leise in ihrem Dialekt unterhielten. Am Abend würde sich das Café mit den Feldarbeitern von den umliegenden Höfen füllen. Jay fragte sich, wo die jungen Leute abends ausgingen.

»Nicht viele junge Leute bleiben hier«, erklärte Joséphine. »Es gibt nicht genug Arbeit, es sei denn, man geht in die Landwirtschaft. Doch die meisten Höfe sind so oft zwischen den Söhnen geteilt worden, dass sie zu klein sind, um davon leben zu können.«

»Immer die Söhne«, sagte Jay. »Und die Töchter?«

»Es gibt nicht viele Frauen, die bereit wären, in Lansquenet einen Bauernhof zu bewirtschaften«, entgegnete Joséphine achselzuckend. »Und einigen der Pflanzer und Zwischenhändler würde es nicht gefallen, für eine Frau zu arbeiten.«

Jay lachte kurz auf.

Joséphine sah ihn an. »Das glauben Sie nicht?«

Er schüttelte den Kopf. »Es fällt mir schwer, das zu verstehen«, gestand er. »In London –«

»Wir sind hier nicht in London.« Joséphine lächelte amüsiert. »Hier halten die Leute an alten Traditionen fest. Die Kirche. Die Familie. Das Land. Deswegen gehen so viele junge Leute fort. Sie wollen erleben, was sie aus dem Fernsehen kennen. Sie wollen Städte, Autos, Clubs, Boutiquen. Aber es gibt immer ein paar, die bleiben. Und ein paar, die zurückkommen.« Sie schenkte sich noch einen *café crème* ein und lächelte. »Es gab einmal eine Zeit, da hätte ich alles dafür gegeben, um von Lansquenet wegzukommen«, sagte sie. »Einmal hab ich sogar meine Koffer gepackt und bin losgezogen.«

»Was ist passiert?«

»Auf dem Weg zur Bushaltestelle bin ich in die *Chocolaterie* gegangen, um eine Tasse heißen Kakao zu trinken.« Sie lachte. »Und dann wurde mir auf einmal klar, dass ich es nicht fertig brachte. Dass ich eigentlich nicht wirklich weg wollte.« Sie unterbrach sich, um ein paar leere Gläser von einem Tisch zu räumen. »Wenn Sie erst mal lange genug hier gelebt haben, werden Sie das verstehen. Nach einer Weile fällt es den Leuten schwer, ein Dorf wie Lansquenet zu verlassen. Es ist nicht einfach nur ein Dorf. Die Häuser sind nicht nur zum Wohnen da. Alles gehört allen. Jeder gehört allen. Jeder Einzelne ist wichtig.«

Er nickte und musste an die Pog Hill Lane denken, das selbstverständliche Miteinander, die Plaudereien über die Gartenmauer hinweg, das Austauschen von Kochrezepten, Obstkörben und Weinflaschen und die ständige Anwesenheit von anderen Leuten. Solange Joe dort war, hatte in der Pog Hill Lane Leben geherrscht – als er fortging, war alles wie ausgestorben. Plötzlich beneidete Jay Joséphine um ihr Leben hier im Dorf, um ihre Freunde, ihren Ausblick auf *Les Marauds*, um ihre Erinnerungen. »Und was ist mit mir?« fragte er. »Bin ich auch wichtig?«

»Natürlich.«

Es war ihm nicht bewusst gewesen, dass er laut gesprochen hatte.

»Jeder weiß über Sie Bescheid, Jay. Alle fragen mich nach Ihnen. Es dauert eine Weile, bis jemand hier akzeptiert wird.

Die Leute wollen sich vergewissern, dass Sie bleiben. Sie wollen sich mit niemandem einlassen, der sowieso wieder weggeht. Und manche fürchten sich.«

»Wovor?«

»Veränderung. Das mag Ihnen lächerlich erscheinen, aber die meisten von uns wollen das Dorf so erhalten, wie es ist. Wir wollen nicht, dass es so wird wie Montauban oder Le Pinot. Wir legen keinen Wert darauf, dass Touristen hier einfallen, sich für teures Geld Häuser kaufen und das Dorf im Winter wie ausgestorben wirkt. Touristen sind wie eine Wespenplage. Sie sind überall. Sie fressen alles auf. Sie würden das ganze Dorf innerhalb eines einzigen Jahres aufkaufen. Dann würde es hier nur noch Pensionen und Spielsalons geben. Lansquenet – das *echte* Lansquenet – würde verschwinden.« Sie schüttelte den Kopf. »Die Leute beobachten Sie, Jay. Sie sehen, dass Sie mit Caro und Georges Clairmont befreundet sind, und –« sie zögerte »dann kriegen sie mit, dass Mireille Faizande Sie besucht, und sie vermuten, dass Sie vorhaben, den anderen Hof zu kaufen, vielleicht nächstes Jahr, wenn der Pachtvertrag ausläuft.«

»Marises Hof? Wie sollte ich denn auf die Idee kommen?« fragte er verblüfft.

»Wer ihn besitzt, verfügt über das ganze Land bis zum Fluss hinunter. Die Schnellstraße nach Toulouse liegt nur wenige Kilometer weit entfernt. Da ließe sich leicht was draus machen. Eine Ferienhaussiedlung zum Beispiel. Das hat es in anderen Dörfern schon oft genug gegeben.«

»Aber nicht hier. Ich habe nichts dergleichen vor.« Jay sah sie an. »Ich bin hier, um zu schreiben, um mein Buch zu Ende zu bringen. Alles andere interessiert mich nicht.«

Joséphine nickte. »Ich weiß. Aber Sie haben sich so eingehend nach ihr erkundigt – Ich dachte, vielleicht –«

»Nein!« rief er aus.

Narcisse warf ihm über seinen Samenkatalog hinweg einen neugierigen Blick zu. Mit gedämpfter Stimme fuhr Jay fort: »Hören Sie. Ich bin Schriftsteller. Mich interessiert, was um mich herum passiert. Ich mag Geschichten. Das ist alles.«

Joséphine füllte seine Kaffeetasse erneut und streute Krokant auf den Schaum.

»Es ist die Wahrheit«, sagte Jay. »Ich bin nicht hergekommen, um irgendetwas zu verändern. Es gefällt mir hier so, wie es ist.«

Joséphine sah ihn prüfend an, dann nickte sie, anscheinend beruhigt. »Also gut, Monsieur Jay«, sagte sie und lächelte ihm zu. »Ich werde ihnen erzählen, dass Sie in Ordnung sind.«

Darauf stießen sie mit ihrem Kaffee an.

38

Seit der Begegnung am Fluss hatte Jay Rosa nur noch aus der Ferne gesehen. Ein paar Mal meinte er zu bemerken, wie sie ihn durch die Hecke beobachtete, und einmal war er sich fast sicher, leise Schritte hinter dem Haus zu hören, und natürlich hatte er die Spuren gesehen, die sie überall hinterließ. Zum Beispiel die Veränderungen am Drachenkopf, die kleinen Kränze aus Blumen, Blättern und Federn, die sie an Stelle der gestohlenen roten Bänder am Torpfosten und an den Zäunen aufhängte. Ein- oder zweimal fand er eine Zeichnung an einen Baumstamm genagelt, das Papier von der Sonne schon gewellt und die Farben verblichen – ein Haus, ein Garten, Strichmännchen, die unter violetten Bäumen spielten. Er hatte keine Ahnung, ob es sich bei all diesen Dingen um Geschenke handelte, um etwas, das zu einem Spiel gehörte, oder ob Rosa ihn damit necken wollte. Sie war so unnahbar wie ihre Mutter, aber neugierig wie eine Ziege, und die kurze Begegnung mit ihm musste sie davon überzeugt haben, dass er harmlos war.

Einmal sah er die beiden zusammen. Marise arbeitete auf der anderen Seite der Hecke, und er konnte ihr Gesicht sehen. Erneut fiel ihm auf, wie sehr diese Frau sich von der Heldin seines Buches unterschied. Er hatte Zeit, den feinen Schwung ihrer Brauen zu bewundern, ihre schmalen, aber sinnlichen Lippen, die von der Sonne leicht gebräunten, ausgeprägten

Wangenknochen. Unter anderen Voraussetzungen hätte man sie als attraktive Frau bezeichnet. Nicht mollig und rosig wie Popotte, oder dunkel und sinnlich wie die jungen Mädchen aus dem Dorf. Nein, sie war eine ernste, blasse Schönheit nordischen Typs mit feinen Zügen unter dem kastanienbraunen Haar. Während er sie beobachtete, bewegte sich plötzlich etwas hinter ihr. Sie sprang auf und fuhr herum, und Jay wurde Zeuge einer blitzartigen Verwandlung. Schneller als eine Katze wirbelte sie herum und starrte misstrauisch auf die Hecke. Es dauerte weniger als eine Sekunde und Rosa sprang auf sie zu, die Arme ausgestreckt, ein freudiges Lächeln im Gesicht, schmiegte sie sich gurrend an ihre Mutter. Wieder veränderte sich Marises Gesichtsausdruck. Jay hatte sich ein von einer launischen Mutter eingeschüchtertes Kind vorgestellt, das sich ängstlich in den Hecken verkroch, wie er sich damals in Nether Edge vor Zeth versteckt hatte. Aber Marises Blick drückte nichts als Liebe aus. Rosa kletterte auf ihre Mutter als wäre sie ein Baum, schlang ihr die Beine um die Taille und legte die Arme um ihren Hals. Während Marise ihre Tochter festhielt, sah Jay die Profile der beiden dicht beieinander. Rosas Hände bewegten sich flink vor dem Gesicht ihrer Mutter; sie erklärte etwas in der Zeichensprache der Gehörlosen. Marise rieb ihre Nase zärtlich an Rosas. Ihr Gesicht strahlte vor Liebe und Glück.

Plötzlich schämte Jay sich dafür, dass er Mireille – mehr oder weniger – Glauben geschenkt hatte, als sie ihm erzählt hatte, Marise würde ihr Kind misshandeln. Die Liebe zwischen den beiden war so überwältigend, dass sie die Luft um sie herum erhellte wie Sonnenlicht. Ihre stumme Kommunikation wirkte perfekt.

Marise setzte Rosa ab und teilte ihr in Zeichensprache etwas mit. Die Anmut ihrer Gesten und die Lebhaftigkeit ihrer Mimik verblüfften ihn. Rosa gestikulierte heftig, als ob sie ihrer Mutter etwas erklären wollte. Jay kam sich vor wie ein Eindringling. Die Bewegungen waren so schnell, dass er nicht einmal ahnen konnte, worum es in diesem Gespräch ging. Die beiden schienen von einer Aura der Vertrautheit umgeben zu sein. Es war das Innigste, was Jay je beobachtet hatte.

Marise lachte lautlos, wie ihre Tochter. Ihr Gesicht leuchtete. Rosa lachte, rieb sich den Bauch und stampfte mit den Füßen auf. Sie berührten einander, während sie sich unterhielten, als gehörte jeder Teil ihres Körpers zum Gespräch, als wäre die Unfähigkeit zu sprechen kein Verlust, sondern ein Gewinn.

Seit er diese Szene gesehen hatte, musste Jay noch häufiger an die beiden denken. Seine Anteilnahme ging inzwischen weit über sein Interesse als Schriftsteller und auch über das instinktive Gefühl der Verbundenheit hinaus, das er für Leute empfand, die, wie er, als Außenseiter betrachtet wurden. Zu seiner eigenen Verwunderung stellte er fest, dass er Marise um ihr hartes, einfaches Leben und um ihre Fähigkeit zu überleben beneidete.

Ihm wurde bewusst, wie arrogant er gewesen war, als er hierher kam; so voreilig in seinen Mutmaßungen, so überzeugt von seiner weltmännischen Überlegenheit, wie gedankenlos er die Leute als amüsante, vorgefertigte Charaktere für sein Buch betrachtet hatte. Mit einem Mal sah er sich selbst, wie Marise ihn sehen musste; ein reicher Engländer, der, bis der nächste Modetrend aufkam, ein bisschen den Bauern spielt, ohne die geringste Ahnung von Landwirtschaft und voller Verachtung für die Menschen auf dem Land. Der Gedanke beschämte ihn. Er musste an seine ersten Ferien in Kirby Monckton denken, daran, wie er sich anfangs trotzig geweigert hatte, die guten Seiten dort zu sehen. Vielleicht hatte Joe doch Recht gehabt.

Er beschloss, sich ab sofort ernsthaft an die Arbeit am Château Foudouin zu machen. Systematisch brachte er Beet um Beet in Ordnung, schnitt die Weinstöcke zurück, rupfte die Misteln aus den Bäumen. Anfangs schmerzten seine Muskeln von der ungewohnten Anstrengung, und er bekam Blasen an den Händen, aber mit der Zeit machte ihm die Plackerei sogar Spaß. Während der Arbeit hielt er beinahe unbewusst Ausschau nach Lebenszeichen jenseits der Hecke, aber Marise schien weder neugierig zu sein, noch gab sie zu erkennen, dass sie ihn überhaupt bemerkte. Manchmal schaute Rosa von weitem zu ihm herüber, aber sie reagierte nie auf sein Winken.

Mireille Faizande war die Einzige im Dorf, die unablässig über Marise redete. Jay hatte sie mehrmals besucht, aber er brachte es nicht fertig, ihr die vertraute Szene zwischen Mutter und Tochter zu beschreiben, deren heimlicher Zeuge er geworden war. Als er einmal vorsichtig bemerkte, die Beziehung zwischen den beiden sei herzlicher als Mireille sie dargestellt hatte, reagierte sie verächtlich.

»Was haben Sie schon für eine Ahnung?« fauchte sie. »Woher wollen Sie wissen, wie sie ist?« Ihr Blick wanderte zu den frischen Rosen auf dem Tisch. Neben der Vase stand ein Bilderrahmen mit dem Foto eines lächelnden jungen Mannes auf einem Motorrad. Tony.

»Sie hasst Rosa«, erklärte sie mit leiser Stimme. »Genauso wie sie meinen Tony gehasst hat.« Ihr Blick wurde hart. »Sie hat meinen Sohn genommen, wie sie alles andere an sich reißt, um damit zu spielen. Genau das ist meine kleine Rosa für sie. Ein Spielzeug, das sie wegwirft, wenn sie genug davon hat. Sie ist bösartig. Sie zerstört alles, was sie anrührt.« Ihre Hände wanderten nervös auf dem Tischtuch hin und her. »Es ist ihre Schuld, dass das Kind taub ist«, sagte sie. »Tony war kerngesund. Von unserer Familie konnte das nicht kommen.« Sie schaute wieder zu dem Foto neben der Vase hinüber. »Sie hat ihn die ganze Zeit über betrogen, wissen Sie. Es hat immer einen anderen Mann gegeben. Ein Mann aus dem Krankenhaus.«

Jay erinnerte sich, dass Joséphine einmal etwas von einem Krankenhaus erwähnt hatte, einer Nervenklinik in Paris. »War Marise krank gewesen?«, fragte er.

Mireille machte ein verächtliches Geräusch. »Krank? Das hat Tony auch gesagt. Er behauptete, sie bräuchte Schutz. Mein Tony war ihr einziger Halt, obwohl er noch so jung war. Aber er war stark und ein rechtschaffener Junge, der glaubte, jeder sei so ehrlich und geradlinig wie er.« Sie sah wieder zu den Rosen. »Sie sind fleißig«, sagte sie ohne Wärme. »Sie haben meine armen Rosenbüsche wieder zum Leben erweckt.«

Der Satz hing zwischen ihnen wie Rauch.

»Ich habe versucht, Mitleid für sie zu empfinden«, fuhr Mireille fort. »Tony zuliebe. Aber schon damals hat sie es einem nicht leicht gemacht. Sie verkroch sich im Haus, wollte mit niemandem reden, nicht mal mit Familienangehörigen. Und dann, aus heiterem Himmel, diese Wutanfälle. Es waren richtige Tobsuchtsanfälle. Sie schrie und warf mit Gegenständen um sich. Manchmal verletzte sie sich selbst mit Messern, Rasierklingen, mit allem, was sie in die Finger bekam. Wir mussten alles vor ihr verstecken, was irgendwie gefährlich war.«

»Wie lange waren die beiden verheiratet?«

Sie zuckte die Achseln. »Nicht mal ein Jahr. Aber sie kannten sich schon länger. Er war einundzwanzig, als er starb.« Wieder wanderten ihre Hände nervös auf und ab. »Ich muss immerzu daran denken«, sagte sie schließlich. »Dieser andere Mann muss ihr vom Krankenhaus aus gefolgt sein. Sich irgendwo in der Nähe eine Wohnung genommen haben, wo sie sich heimlich treffen konnten. Immer wieder muss ich daran denken, wie diese Schlampe sich die ganze Zeit, als sie mit Tony verheiratet war, als sie sein Kind unter dem Herzen trug, über ihn lustig gemacht hat. Alle beide haben sie meinen Jungen zum Narren gehalten.« Mireille sah ihn wütend an. »Denken Sie daran, bevor Sie über Dinge reden, von denen Sie nichts verstehen. Überlegen Sie mal, was sie meinem Jungen angetan hat.«

»Tut mir Leid. Wenn Sie lieber nicht darüber sprechen wollen –«

Mireille schnaubte verächtlich. »Den meisten Leuten wäre es lieber, ich würde den Mund halten«, fuhr sie erbittert fort. »Sie wollen nicht daran erinnert werden, sie sagen sich, lasst die verückte alte Mireille nur machen, die nicht mehr dieselbe ist, seit ihr Sohn sich umgebracht hat. Alle denken, es sei besser, sich nur um seine eigenen Dinge zu kümmern.

Es ist ihnen egal, dass dieses Miststück mir meinen Sohn weggenommen und ihn mutwillig um den Verstand gebracht hat, genauso wie sie mir meine Rosa genommen hat.« Ihr versagte die Stimme vor Wut oder Trauer. Dann entspannte sich ihr Gesicht wieder und nahm einen beinahe selbstgefälligen Ausdruck an. »Aber ich werde es ihr zeigen«, fuhr sie fort. »Warten Sie nur ab, spätestens nächstes Jahr, wenn der Pachtvertrag ausläuft und sie ein neues Dach über dem Kopf braucht. Dann muss sie zu mir kommen, wenn sie hier bleiben will.« Ihre Augen glänzten verschlagen.

»Warum sollte sie?« Es schien immer auf dasselbe hinauszulaufen, egal, mit wem er sich über dieses Thema unterhielt. »Warum sollte sie bleiben wollen? Sie hat keine Freunde. Sie hat niemanden. Wenn sie von Lansquenet fort wollte, wer sollte sie aufhalten?«

Mireille lachte nur, gab ihm aber keine Antwort.

Als Jay sie das nächste Mal besuchte, war sie reserviert und wortkarg. Anscheinend war beim letzten Gespräch ein wunder Punkt berührt worden, und er bemühte sich von nun an, vorsichtiger zu sein und sie mit Rosen zu besänftigen. Sie nahm die Sträuße freudig entgegen, zog ihn jedoch nicht wieder ins Vertrauen. Er musste sich mit dem zufrieden geben, was er bisher von ihr erfahren hatte.

Am meisten faszinierte ihn, wie widersprüchlich Marise von den Leuten im Dorf beschrieben wurde. Jeder hatte eine Meinung, aber keiner außer Mireille wusste etwas Genaues. Für Caro Clairmont war Marise eine geizige Einsiedlerin. Joséphine sah in ihr eine tapfere Frau, die ihr Kind allein großzog. Narcisse hielt sie für eine gewiefte Geschäftsfrau, die ihr Recht auf Privatsphäre beanspruchte. Roux, der Marise früher einmal bei der Weinernte geholfen hatte, hatte sie als stille, höfliche Frau in Erinnerung, die bei der Feldarbeit mithalf und ihr Baby stets in einem Tuch auf dem Rücken trug. Eine Frau, die ihm Bier brachte, wenn es heiß war, und die bar bezahlte. »Manche Leute begegnen uns mit Misstrauen«, meinte er grinsend. »Fahrende Leute auf Hausbooten, immer unterwegs. Sie malen sich alles Mögliche aus, schließen ihre Wertsachen weg und bringen ihre Töchter vor uns in Sicherheit. Andere sind übertrieben freundlich, lächeln zu oft, klopfen einem auf die Schulter und nennen einen *mon pote*. Aber sie war anders. Sie hat immer Monsieur zu mir gesagt. Sie redete nicht viel. Es war ein rein geschäftliches Verhältnis zwischen uns. Von Mensch zu Mensch.« Er zuckte mit den Schultern und leerte sein Bierglas.

Popotte erinnerte sich an einen Vormittag kurz nach dem Begräbnis, als Marise mit einem Koffer in der Hand und dem Baby im Kinderwagen bei Mireille vor der Tür erschienen war. Popotte war mit der Post unterwegs und kam gleichzeitig mit Marise bei Mireille an.

»Mireille machte die Tür auf und zerrte Marise ins Haus«, erinnerte sie sich. »Die Kleine schlief im Kinderwagen, aber von der ruckartigen Bewegung wachte sie auf und fing an zu schreien. Mireille riss mir die Briefe aus der Hand und schlug die Tür zu, aber ich konnte ihre Stimmen durch die Tür hören und auch, wie das Baby schrie und schrie.« Sie schüttelte den Kopf. »Ich glaube, Marise wollte fort – sie war komplett reisefertig –, aber Mireille hat sie irgendwie davon abgehalten. Danach ist sie nur noch selten ins Dorf gekommen. Vielleicht fürchtete sie sich vor dem, was die Leute über sie redeten.«

Kurz danach waren die ersten Gerüchte aufgetaucht. Marise schien die beinahe unheimliche Gabe zu besitzen, Neugier, Feindseligkeit, Neid und Wut zu erwecken, und jeder hatte eine andere Version der Geschichte zu erzählen.

Jay versuchte, das, was er in Erfahrung gebracht hatte, zu ordnen. In gewisser Weise glaubte er einen Einblick in das Geheimnis gewonnen zu haben, das Marise d'Api umgab, aber gleichzeitig hatte er das Gefühl, kein bisschen mehr zu wissen als zu Beginn. Keine der Geschichten ließ sich mit dem, was er mit eigenen Augen gesehen hatte, in Übereinstimmung bringen. Marise schien zu viele verschiedene Gesichter zu haben. Jedes Mal, wenn er glaubte, hinter ihr Geheimnis gekommen zu sein, tauchte ein neues Rätsel auf. Doch niemand hatte bisher beschrieben, was er beobachtet hatte; diesen liebevollen Blick für ihr Kind und dieses Aufblitzen von Angst, diesen Blick eines wilden Tiers, das bereit ist, alles zu tun, um sich und sein Junges zu schützen.

Pog Hill, Sommer 1977

39 Im August machte auf einmal alles keinen Spaß mehr. Die Wespennester, Nether Edge, Elvis. Jays Vater schickte eine Karte, um ihm mitzuteilen, dass er und Candide heiraten würden, und eine Zeit lang waren die beiden dauernd in den Schlagzeilen; wie sie an einem Strand in Cannes in eine Limousine stiegen, bei einer Film-Premiere, in einem Club auf den Bahamas, auf seiner Yacht. Jays Mutter sammelte diese Artikel voller Eifer, las sie immer wieder, konnte gar nicht genug davon bekommen, Candides Frisuren und Kleider zu bewundern. Jays Großeltern waren entrüstet und bemutterten ihre Tochter mehr denn je, während sie Jay gegenüber plötzlich eine kühle Gleichgültigkeit an den Tag legten, so als würden die Gene seines Vaters wie eine Zeitbombe in ihm ticken.

Die Hitzewelle hielt an. Der Himmel war bedeckt, und die Luft wurde zunehmend drückender. Es regnete oft, aber der Regen war warm und brachte nicht die erhoffte Erfrischung. Joe arbeitete lustlos in seinem Garten; das Obst wollte nicht reifen; aus Mangel an Sonnenlicht blieb es grün und verrottete an den Zweigen.

»Hat alles keinen Zweck, mein Junge«, knurrte er hin und wieder, während er den verfaulten Stiel eines Apfels oder einer Birne befühlte. »In diesem Jahr können wir uns die Mühe sparen.«

Aber Gillys Mutter gewann dem Ganzen noch etwas Gutes ab; irgendwie hatte sie eine ganze Wagenladung dieser glockenförmigen, durchsichtigen Regenschirme ergattert, die damals groß in Mode waren, und verkaufte sie mit beachtlichem Gewinn auf dem Markt. Gilly meinte, von den Einkünften würden sie gut bis Dezember leben können. Bei dem Gedanken an die Zukunft wurde Jays Untergangsstimmung noch schlimmer. Bis zum Ende des Monats waren es nur noch ein paar Tage, und in knapp einer Woche würde er wieder ins Internat zurückkehren müssen. Gilly würde im Herbst fortziehen – Maggie hatte vor, sich einer Landkommune in der Nähe von Abingdon anzuschließen, und es sah nicht so aus, als würden sie je wieder nach Nether Edge zurückkommen. Jay war nervös und fühlte sich abwechselnd todunglücklich oder völlig verwirrt, sagte ständig das Gegenteil von dem, was er meinte, und glaubte sich von niemandem ernst genommen. Immer wieder stritt er sich mit Gilly wegen nichts und wieder nichts. Dann vertrugen sie sich wieder, vorsichtig und halbherzig, umschlichen einander wie misstrauische Tiere. Ihre Vertrautheit war zerstört, und über allem lag eine lähmende Untergangsstimmung.

Am letzten Tag im August ging er allein zu Joe, aber der Alte wirkte reserviert und gedankenverloren. Obwohl es regnete, bat er Jay nicht ins Haus, sondern blieb seltsam förmlich mit ihm an der Tür stehen. Jay bemerkte, dass er ein paar Kisten an einer Wand gestapelt hatte und dass sein Blick immer wieder an ihnen hängen blieb, als könne er es nicht abwarten, die Arbeit wieder aufzunehmen, bei der er gerade unterbrochen worden war. Jay war plötzlich richtig sauer. Mit rot glühenden Wangen rannte er nach Nether Edge hinüber. Er ließ sein Fahrrad in der Nähe von Joes Haus stehen und ging an den stillgelegten Gleisen entlang, die von Pog Hill nach Nether Edge führten, bis zum Fluss hinunter. Er rechnete nicht damit, Gilly zu begegnen – sie hatten sich nicht verabredet –, und dennoch wunderte er sich nicht, als er sie am Flussufer sitzen sah. Ihre Haare hingen mit den Spitzen im Wasser, in der Hand hielt sie einen langen Stock. Sie war auf den Knien und stocherte nach etwas im Wasser. Erst als er direkt neben ihr stand, blickte sie auf.

Ihr Gesicht war gerötet und fleckig, so als hätte sie geweint. Jay schob den Gedanken sofort beiseite. Gilly weinte nie.

»Ach, du bist es«, sagte sie gleichgültig.

Jay schwieg. Er schob die Hände tief in die Hosentaschen und versuchte zu lächeln, kam sich aber selbst dämlich dabei vor.

Gilly erwiderte das Lächeln nicht.

»Was ist das?« Mit einer Kopfbewegung deutete er auf das Ding im Wasser.

»Nichts.« Sie warf den Stock in den Fluss, und er schwamm davon. Das Wasser war schlammig und schmutzig. In Gillys Haaren glitzerten Wassertropfen, die wie Gewichte an ihren Strähnen hingen. »Der verdammte Regen.«

Jay hätte gern etwas geantwortet, etwas, das bewirkt hätte, dass wieder alles gut wäre zwischen ihnen. Doch ihm fiel nichts Passendes ein. Der Himmel lag schwer auf ihrem Schweigen, und der Gestank nach Rauch und Verfall war unerträglich. Plötzlich wusste Jay, dass er Gilly nie wieder sehen würde.

»Wollen wir rüber auf die Müllhalde gehen?«, schlug er vor. »Ich glaub, ich hab auf dem Weg hierher ein paar neue, brauchbare Sachen gesehen. Zeitschriften und so.«

Gilly zuckte die Achseln. »Nee.«

»Gutes Wespenwetter.« Ein letzter, verzweifelter Versuch. Er hatte noch nie erlebt, dass Gilly keine Lust hatte, auf Wespenjagd zu gehen. Die Wespen waren in dem schwülen Wetter schläfrig, und es wäre ein Leichtes gewesen, an ihre Nester heranzukommen. »Sollen wir nach Nestern suchen? Ich hab unten an der Brücke eine Stelle entdeckt, da sind bestimmt welche.«

Wieder ein Achselzucken. Gilly schüttelte ihre nassen Locken. Diesmal währte das Schweigen noch länger, schien überhaupt nicht mehr aufzuhören.

»Maggie will nächste Woche weiterziehen«, sagte Gilly schließlich. »Wir fahren zu so ’ner blöden Kommune in Oxfordshire. Sie sagt, die hätten einen Job für sie.«

»Ach so.« Er hatte immer gewusst, dass Maggie und Gilly Nether Edge eines Tages verlassen würden. Aber warum drehte sich ihm der Magen um, als er es von Gilly hörte? Sie hatte ihr Gesicht abgewandt und betrachtete angestrengt die Oberfläche des braunen Wassers. Jay ballte die Fäuste in den Hosentaschen. Er spürte Joes Glücksbringer, der vom vielen Anfassen schon ganz anschmiegsam geworden war. Er hatte sich so daran gewöhnt, das Säckchen bei sich zu tragen, dass er es mitunter völlig vergaß. Er ließ sich neben Gilly nieder. Vom Fluss her stieg ihm ein säuerlicher, metallischer Geruch in die Nase, wie von in Ammoniak eingelegten Pennys.

»Kommt ihr wieder zurück?«, fragte er.

»Nee.«

Sie wich seinem Blick beharrlich aus. Auf dem Wasser musste irgendetwas Interessantes sein. »Glaub nicht. Maggie sagt, ich soll jetzt auf eine richtige Schule gehen. Nicht mehr dauernd von einem Ort zum andern ziehen.«

Schon wieder diese grauenhafte, irrationale Wut. Jay blickte voller Abscheu auf das Wasser. Plötzlich wollte er jemandem wehtun, Gilly, sich selbst, und er stand abrupt auf.

»Scheiße.« Es war das schlimmste Schimpfwort, das er kannte. Er hatte ein taubes Gefühl im Mund. Sein Herz war wie abgestorben. Heftig trat er gegen den Uferrand, sodass ein Klumpen Erde und Gras ins Wasser flog. Gilly ließ sich nichts anmerken.

Das versetzte ihn noch mehr in Rage, und er ließ seiner Wut freien Lauf, trat wie besessen gegen den Uferrand, Dreck und Gras flogen ins Wasser und auf Gilly, bespritzten ihre Jeans und ihre bestickte Bluse.

»Hör auf damit, Mensch«, sagte Gilly trocken. »Hör auf, dich so kindisch aufzuführen.«

Sie hatte Recht, dachte er. Er benahm sich wirklich kindisch, und das aus ihrem Mund zu hören, machte die ganze Sache nur noch schlimmer. Dass sie ihren Abschied so einfach hinnahm – so gleichgültig. Das erste Mal in seinem Leben spürte Jay, wie sich vor ihm ein dunkler Abgrund auftat.

»Dann scheiß doch drauf«, sagte er. »Ich hau ab.«

Benommen drehte er sich um und ging die Böschung hinauf, in Richtung Treidelpfad, überzeugt, sie würde ihn zurückrufen. Zehn Schritte. Zwölf. Er erreichte den Weg, doch er wandte sich nicht um. Sie würde ihn bestimmt beobachten. Gemächlich schlenderte er zwischen den Bäumen hindurch bis zu einer Stelle, wo sie ihn nicht mehr sehen konnte, dann kroch er auf allen vieren zurück und warf einen Blick auf den Fluss. Gilly hockte immer noch an derselben Stelle und starrte ins Wasser, die Haare über dem Gesicht, eingehüllt in den verrückten silbernen Regenschleier, der lautlos vom Himmel rieselte.

»Dann scheiß doch drauf«, wiederholte er wütend und wünschte, sie könnte ihn hören. Aber sie drehte sich nicht um. Schließlich wandte er sich ab und ging zur Brücke zurück.

Lansquenet, Mai 1999

40

Seit dem Tag, an dem er Mireilles Rosenbüsche von Unkraut und Läusen befreit hatte, war Joes Geist nicht mehr erschienen. Anfangs war Jay darüber erleichtert gewesen, aber als die Tage vergingen und sein alter Freund nicht wieder auftauchte, wurde er allmählich unruhig. Er versuchte, den Alten mit purer Willenskraft herbeizuzwingen, aber Joe blieb stur, als hätte Jay nicht darüber zu befinden, ob er sich zeigte oder nicht. Seine Abwesenheit hinterließ eine seltsame Leere. Jay rechnete jeden Augenblick damit, ihm zu begegnen, im Garten, wo er die Gemüsebeete begutachtete, in der Küche, wo er neugierig den Deckel vom Topf nahm, um nachzusehen, was Jay gerade kochte. Joes Abwesenheit war ihm besonders schmerzlich bewusst, wenn er an der Schreibmaschine saß. Ohne den Geist des Alten wollte es ihm nicht gelingen, dem Buch Leben einzuhauchen, und er verlor schließlich die Lust am Schreiben. Auch den Oldie-Sender, den Joe immer einschaltete, konnte er nicht mehr finden, und in seiner Verzweiflung begann er wieder zu trinken. Doch der Alkohol verstärkte nur das Gefühl der Einsamkeit.

Schließlich holte er den Rest von Joes Hagebuttenwein, von dem er damals mit Mireille getrunken hatte, aus dem

Keller. Im Innern der Flasche rührte sich nichts. Es war, als ob der Wein abwartete, was als Nächstes geschehen würde. Befangen und gleichzeitig auf merkwürdige Weise erregt, schenkte Jay sich einen Schluck ein und hob das Glas an die Lippen. *Tut mir Leid, Alter. Freundschaft, okay*? Er rechnete damit, dass Joe jeden Augenblick auftauchen würde. Er wartete, bis es dunkel wurde, doch nichts geschah.

Im Keller, bei den übrig gebliebenen Specials, Gelächter.

41

Joséphine musste im Dorf ein gutes Wort für ihn eingelegt haben. Jay stellte fest, dass die Leute ihm gegenüber freundlicher wurden. Viele grüßten ihn im Vorbeigehen, und Poitou, der Bäcker, der ihn bisher mit geschäftsmännischer Höflichkeit behandelt hatte, erkundigte sich neuerdings nach seinem Buch und beriet ihn beim Einkauf. »Das *pain aux noix* ist heute gut, Monsieur Jay. Probieren Sie's mal mit Ziegenkäse und Oliven. Stellen Sie die Oliven und den Käse vor dem Essen eine Stunde lang auf eine sonnige Fensterbank, damit sich der richtige Geschmack entwickelt.« Er küsste seine Fingerspitzen. »So etwas finden Sie in ganz London nicht.«

Poitou arbeitete seit fünfundzwanzig Jahren als Bäcker in Lansquenet. Er hatte Rheuma in den Fingern, aber er behauptete, das Teigkneten würde sie beweglich halten. Jay versprach ihm ein Kräutersäckchen, das seine Schmerzen lindern würde – auch ein Trick, den er von Joe gelernt hatte. Seltsam, wie mühelos er sich auf einmal an alles erinnerte. Nachdem Poitou ihn akzeptiert hatte, lernte Jay immer mehr Dorfbewohner kennen: Guillaume, den ehemaligen Dorfschullehrer, Darien, der die Vorschulkinder unterrichtete, Rodolphe, den Busfahrer, der die älteren Schüler jeden Tag nach Agen brachte und wieder abholte, Nénette, die als Pflegerin im nahe gelegenen Altersheim arbeitete, und Briançon, der gegenüber von *Les Marauds* Bienen züchtete. Als hätten sie alle nur auf ein Zeichen gewartet, um ihre Neugier zu befriedigen, bombardierten sie ihn nun mit Fragen: Was hatte Jay in London gemacht? War er verheiratet? Nein? Aber es gab doch sicherlich jemanden. – Nein? Großes Erstaunen. Jetzt, wo ihr Misstrauen verflogen war, platzten sie vor Neugier, scheuten sich nicht, sich nach den persönlichsten Dingen zu erkundigen. Wovon handelte sein letztes Buch? Wie viel verdiente ein englischer Autor? War er schon mal im Fernsehen gewesen? Im Radio? In Amerika? Entzückte Seufzer bei jeder Antwort.

Die Informationen wurden eifrig bei Kaffee und Bier im Dorf weitergereicht, in Läden zugeflüstert, von Mund zu Mund weitergegeben und immer weiter ausgeschmückt. Klatsch war die gängige Währung in Lansquenet. Es folgten immer mehr Fragen, viel zu naiv, um peinlich zu sein. *Und ich? Komme ich in Ihrem Buch vor? Und ich? Und ich*?

Anfangs zögerte Jay. Die Leute reagieren nicht immer positiv, wenn sie erfahren, dass sie beobachtet werden. Aber in Lansquenet war das etwas anderes. Plötzlich hatte jeder eine Geschichte zu erzählen. *Das können Sie in Ihr Buch aufnehmen*, sagten sie ihm immer wieder. Manche schrieben ihm ihre Geschichten sogar auf Notizzettel, auf Geschenkpapier, einmal auf die Rückseite eines Samentütchens. Viele dieser Leute – vor allem die alten – würden selten selbst ein Buch in die Hand nehmen. Manche, wie Narcisse, konnten überhaupt nur mit Mühe lesen. Aber alle hatten großen Respekt vor Büchern.

Bei Joe war es genauso gewesen. Als Sohn eines Bergarbeiters hatte er schon früh gelernt, dass Lesen reine Zeitverschwendung war. Seine *National-Geographic*-Hefte hatte er unter dem Bett versteckt, aber wenn Jay ihm seine Geschichten vorlas, hatte er stets aufmerksam zugehört und ernst mit dem Kopf genickt. Und obwohl Jay ihn nie etwas anderes lesen sah als sein *Culpeper's Herbal* und die eine oder andere Zeitschrift, flocht er hin und wieder Zitate oder literarische Verweise in seine Rede ein, die er sich nur durch intensive, wenn auch heimliche, Lektüre angeeignet haben konnte. Seine Bewunderung für die Literatur verbarg Joe, ebenso wie seine Liebe zu Blumen, fast verschämt hinter einer gespielten Gleichgültigkeit.

Aber sein Garten hatte ihn verraten. Stiefmütterchen am Rand von Frühbeeten. Wilde Rosen zwischen den Stangenbohnen. In dieser Hinsicht war Lansquenet wie Joe. Inmitten der ganzen Bodenständigkeit stieß man auch hier auf eine dicke romantische Ader.

Wie über Nacht war Jay zu jemandem geworden, den die Leute im Dorf schätzten, über den sie verblüfft den Kopf schüttelten – der englische Schriftsteller, *dingue mais sympa, héh!* –, jemand, über den man lachte und den man bewunderte. Lansquenets heiliger Narr. Die Schulkinder riefen ihm nicht länger spöttisch *Rosbif!* nach.

Und dann die Geschenke. Er wurde mit kleinen Aufmerksamkeiten förmlich überschüttet. Ein Glas Wabenhonig von Briançon zusammen mit einer Anekdote über seine Schwester – *Das können Sie in Ihr Buch aufnehmen* –, wie sie einmal versucht hatte, ein Kaninchen zuzubereiten. Sie hatte sich eine Stunde lang in der Küche damit abgemüht und es dann aus der Tür geworfen und geschrien: *Da hast du es zurück! Ich schaff es nicht, das verdammte Vieh zu rupfen!*

Popotte brachte ihm einen Kuchen, den sie zusammen mit den Briefen auf ihrer ganzen Route im Fahrradkorb transportiert hatte. Saatkartoffeln von Narcisse, überreicht mit der verlegen gemurmelten Anweisung, sie auf der Sonnenseite neben dem Haus anzupflanzen. Jay versuchte, sich zu revanchieren, indem er den Leuten im *Café des Marauds* Getränke spendierte, aber das führte nur dazu, dass die anderen noch mehr Runden ausgaben.

»Das ist schon in Ordnung«, meinte Joséphine, als er sie darauf ansprach. »So sind die Leute hier. Sie brauchen ein bisschen Zeit, um sich an Sie zu gewöhnen. Und dann –« Sie lächelte. Jay hatte einen Korb voller Geschenke in der Hand, die die Leute für ihn unter Joséphines Tresen deponiert hatten – Kuchen, Plätzchen, mehrere Flaschen Wein, eine Kissenhülle von Denise Poitou, eine *terrine* von Toinette Arnauld.

Joséphine betrachtete den Korb, und ihr Lächeln wurde noch breiter.

Bei all der neuen Herzlichkeit gab es jedoch eine Ausnahme. Marise d'Api blieb so unnahbar wie eh und je. Es war schon drei Wochen her, seit er das letzte Mal versucht hatte, mit ihr ins Gespräch zu kommen. Er hatte sie zwar mehrmals aus der Entfernung gesehen, aber entweder saß sie auf dem Traktor oder begutachtete ihre Weinstöcke und schien ihn nicht zu bemerken. Jay sagte sich, dass seine Enttäuschung absurd war. Nach allem, was er über sie wusste, konnte er kaum erwarten, dass sie von seiner neugewonnenen Freundschaft mit den Dorfbewohnern begeistert war.

Er hatte Nick weitere dreißig Seiten seines Manuskripts geschickt. Seitdem war er langsamer vorangekommen. Das hatte nur teilweise mit Joes Verschwinden zu tun, denn der Garten nahm mittlerweile seine ganze Aufmerksamkeit in Anspruch. Jetzt wo der Sommer vor der Tür stand, fing das Unkraut im Weinberg an zu wuchern. Joe hatte Recht, er würde sich darum kümmern müssen, solange es noch möglich war. Der Gemüsegarten sah jetzt schon besser aus. Jay hatte ein riesiges Kräuterbeet angelegt, umgeben von den Resten einer kleinen Thymianhecke. Er hatte jeweils drei Reihen Kartoffeln, Rüben, Artischocken, Möhren und Sellerie gepflanzt. Zwischen den Kartoffeln sprossten Ringelblumen, zum Schutz gegen Käfer, und zwischen den Möhren Zitronenmelisse gegen Schnecken. Aber er musste sich noch um die Wintergemüse und die Sommersalate kümmern. Bei Narcisse kaufte er Samen und Setzlinge: Brokkoli für den September, Rauke und Frisée-Salat für Juli und August. In dem Frühbeet, das er aus Clairmonts Türen gebaut hatte, wuchsen bereits winziger Kopfsalat, fingerlange Möhren und Pastinaken, die er mit etwas Glück schon in einem Monat ernten konnte.

Joe hatte Recht. Es war gutes Land. Die Erde von einem tiefen Rotbraun, gleichzeitig feucht und locker, nicht so lehmig wie auf der anderen Seite des Flusses. Mit den wenigen Steinen, die er gefunden hatte, würde er sich einen kleinen Steingarten anlegen. Die Rosen hatte er schon fast wieder hergerichtet. Nachdem er die Ranken wieder an der alten Mauer befestigt hatte, schienen sie frische Kraft gewonnen zu haben und bildeten neue Knospen. Eine Kaskade halb offener Blüten ergoss sich nun vor den rötlichen Ziegelsteinen und verströmte ihren süßen Duft. Joes altes Rezept – ein rotes Flanellsäckchen mit Lavendel, Zitronenmelisse und Nelken direkt über dem Boden an die Stiele gebunden – hatte seine Wirkung getan, und die Rosen waren inzwischen fast frei von Blattläusen.

Sonntags pflückte er oft einen Strauß und brachte ihn nach der Messe Mireille Faizande.

Die alte Frau betrachtete die Rosen mit wehmütigem Blick. Dann hob sie sie vors Gesicht und atmete den süßen Duft. Ihre arthritischen Hände, die im Vergleich zu ihrem wuchtigen Körper seltsam zerbrechlich wirkten, berührten vorsichtig die zarten Blütenblätter.

»Danke«, sagte sie mit einem förmlichen Nicken. »Meine schönen Rosen. Ich werde sie ins Wasser stellen. Kommen Sie doch rein, ich mache Ihnen einen Tee.«

Ihr Haus war sauber und luftig, mit weiß gekalkten Wänden und dem für die Gegend typischen Steinfußboden. Die Einrichtung war schlicht. An einer Wand hing ein Aubusson-Teppich, und in einer Ecke des Wohnzimmers befand sich eine alte Standuhr. Mireille bemerkte seinen Blick. »Die gehörte meinem Großvater«, sagte sie. »Sie stand in meinem Kinderzimmer, als ich klein war. Ich erinnere mich noch, wie ich immer auf ihr Schlagen gelauscht habe, wenn ich wach im Bett lag. Sie lässt jeweils für die volle, die halbe und die Viertelstunde ein anderes Glockenspiel ertönen. Tony hat diese Uhr geliebt.« Sie kniff die Lippen zusammen und wandte sich ab, um die Rosen in der Vase zu ordnen. »Tonys Tochter würde auch ihre Freude daran haben.«

Der Tee war dünn, wie Blumenwasser. Sie servierte ihn in einem kostbaren Limoges-Service, mit einer silbernen Zange für die Zuckerwürfel und Zitronenscheiben.

»Ganz bestimmt. Wenn ihre Mutter nur nicht so zurückgezogen leben würde.«

Mireille sah Jay verblüfft an. »Zurückgezogen?«, wiederholte sie spöttisch. »Sie ist unsozial, Monsieur Jay. Sie hasst die Menschen. Und vor allem ihre Familienangehörigen.« Sie nippte an ihrem Tee. »Ich hätte ihr geholfen, wenn sie mich nur gelassen hätte. Ich wollte, dass die beiden bei mir wohnen, dem Kind geben, was es am meisten braucht: ein anständiges Zuhause, eine Familie. Aber Madame –« Sie setzte ihre Tasse ab. Jay fiel auf, dass sie Marise nie beim Namen nannte.

»Sie besteht darauf, die Bedingungen des Pachtvertrags einzuhalten, will unbedingt bis nächsten Juli bleiben, bis der Vertrag ausläuft, und weigert sich, mit mir oder meinem Neffen, der ihr ebenfalls seine Hilfe angeboten hat, zu reden. Und dann? Sie will das Land von Pierre-Emile kaufen. Und warum? Sie sagt, sie will unabhängig sein. Sie will uns keinen Dank schulden.« Mireilles Gesicht sah aus wie eine geballte Faust. »Uns Dank schulden! Sie verdankt mir alles. Ich habe ihr ein Heim gegeben. Ich habe ihr meinen Sohn gegeben! Jetzt habe ich nichts mehr von ihm, nur noch sein Kind. Und die Kleine hat sie mir auch noch genommen. Nur sie kann mit Rosa reden, in dieser Zeichensprache. Das Kind wird nie etwas über seinen Vater erfahren und wie er gestorben ist. Selbst dafür hat sie gesorgt. Wenn ich könnte –« Die alte Frau brach unvermittelt ab. »Egal«, sagte sie mühsam. »Irgendwann wird sie sich's überlegen. Es wird ihr gar nichts anderes übrig bleiben. Sie kann das nicht ewig durchhalten. Nicht wenn ich –«, erneut brach sie ab, ihre Zähne schlugen hörbar aufeinander.

»Ich verstehe nicht, warum sie sich so feindselig verhält«, sagte Jay. »Das Dorf ist so ein freundlicher Ort. Sehen Sie nur, wie herzlich die Menschen mich hier aufgenommen haben. Wenn sie den Leuten eine Chance gäbe, würden sie ihr bestimmt entgegenkommen. Es ist sicherlich nicht leicht für sie, sich so allein durchzuschlagen. Man sollte meinen, sie wäre froh zu wissen, dass es Leute gibt, die an ihrem Leben Anteil nehmen –«

»Das verstehen Sie nicht.« Mireilles Stimme war voller

Verachtung. »Sie weiß genau, welchen Empfang sie zu erwarten hätte, wenn sie sich jemals hier blicken ließe. Darum hält sie sich fern. Seit er sie aus Paris mitgebracht hat, ist es immer dasselbe gewesen. Sie hat nie hierher gepasst. Hat's nie versucht. Alle wissen, was sie getan hat. Dafür habe ich gesorgt.« Ihre dunklen Augen funkelten triumphierend. »Jeder weiß, dass sie meinen Sohn ermordet hat.«

42

»Ach, sie übertreibt, wissen Sie«, sagte Clairmont versöhnlich. Es war Nachmittag, und sie saßen im *Café des Marauds*, das sich schnell mit Leuten füllte, die gerade von der Arbeit kamen. Clairmont stand in seinem ölverschmierten Overall am Tresen, hinter ihm saßen ein paar seiner Handwerker – unter ihnen Roux – um einen Tisch. Es duftete gemütlich nach Kaffee und Gauloises. Neben ihnen diskutierten die Männer über ein Fußballspiel, und Joséphine war emsig dabei, Pizzastücke in die Mikrowelle zu schieben.

»*Hé, José, un croque, tu veux bien?*«

Auf dem Tresen standen eine Schüssel mit gekochten Eiern und ein Schälchen mit Salz. Clairmont nahm ein Ei und begann, es vorsichtig zu pellen. »Ich meine, jeder weiß, dass sie ihn nicht wirklich umgebracht hat. Aber es gibt noch andere Methoden, als auf den Abzugshahn zu drücken, héh?«

»Sie meinen, sie hat ihn dahin getrieben?«

Clairmont nickte. »Er war ein umgänglicher Bursche, war ganz verrückt nach ihr. Hat alles für sie getan, selbst nachdem sie verheiratet waren. Duldete es nie, dass einer was gegen sie sagte, erklärte immer, sie sei überempfindlich und zart. Na ja, vielleicht war sie's ja, héh?« Er nahm eine Prise Salz und streute sie über das Ei. »So wie der mit ihr umgegangen ist, hätte man meinen können, sie sei aus Glas. Sie sei gerade erst aus so einem Krankenhaus gekommen, sagte er. Aber wenn einer es wagte, ein schlechtes Wort über sie zu verlieren –« Er zuckte die Achseln. »Der arme Tony, hat sich ein Bein ausgerissen, um ihr alles recht zu machen. Hat sich für sie halb zu Tode geschuftet und dann, als sie ihn verlassen wollte, hat er sich erschossen.« Mit wehmütigem Genuss biss er in sein Ei.

»Jawohl, sie wollte ihn verlassen«, fügte er hinzu, als er Jays überraschte Miene sah. »Sie hatte schon die Koffer gepackt. Mireille hat sie gesehen. Sie hatten sich gestritten«, erklärte er, steckte sich den Rest des Eis in den Mund und bedeutete Joséphine, ihm noch ein Bier zu geben. »In dem Haus herrschte doch dauernd Streit. Aber diesmal sah es so aus, als würde sie wirklich ernst machen. Mireille –«

»Was gibt's?«, unterbrach ihn Joséphine. Sie balancierte ein Tablett mit Pizzastücken und wirkte verschwitzt und erschöpft.

»Zwei Stella, José.«

Joséphine reichte ihm die Flaschen, die er geschickt mit seinem Feuerzeug öffnete. Sie warf ihm einen unwirschen Blick zu, bevor sie mit ihren Pizzas zu den Tischen ging.

»Na ja, so war das jedenfalls«, schloss Clairmont, während er die Gläser füllte. »Sie haben es so hingedreht, als sei es ein Unfall gewesen, héh, das ist normal. Aber jeder weiß, dass diese verrückte Frau dahintersteckte.« Er grinste. »Das Lustige an der Sache war, dass sie keinen Pfennig von seinem Erbe gekriegt hat. Sie ist der Familie auf Gedeih und Verderb ausgeliefert. Es war ein Sieben-Jahres-Pachtvertrag, daran können sie nicht rütteln, aber wenn der ausläuft – héh!« Er hob theatralisch die Schultern. »Dann muss sie weg, und wir sind froh, wenn wir sie endlich los sind.«

»Es sei denn, sie kauft den Hof selbst«, fügte Jay hinzu. »Mireille sagt, sie würde alles daransetzen, das Land zu behalten.«

Clairmonts Miene verfinsterte sich kurz. »Ich würde selbst einen höheren Preis bieten als sie, wenn ich's mir leisten könnte«, verkündete er und leerte sein Glas. »Das ist gutes Bauland. Auf dem alten Weinberg könnte ich ein Dutzend Ferienhäuser bauen. Pierre-Emiles Sohn wäre ein Idiot, wenn er an sie verkaufen würde.« Er schüttelte den Kopf. »Wir bräuchten nichts weiter als ein bisschen Glück, und die Grundstückspreise in Lansquenet würden in die Höhe schnellen. Mit dem Land kann man ein Vermögen verdienen, wenn man's richtig anstellt. Aber da ist man bei ihr an der falschen Adresse.« Er schüttelte den Kopf. »Aber ab jetzt geht's hier ja aufwärts, héh?« Seine gute Laune war wiederhergestellt, sein Grinsen ein seltsamer Kontrast zu seinem traurigen Schnurrbart. »In ein oder vielleicht zwei Jahren sind wir so weit, dass Le Pinot wie ein *bidonville* von Marseille aussieht. Jetzt, wo alles anders wird.« Auf seinem Gesicht breitete sich wieder das demütige, gierige Grinsen aus. Dann stieß er mit Jay an und zwinkerte ihm zu.

»Auf die Zukunft!«

43

Es war nun schon vier Wochen her, seit er Joe zum letzten Mal gesehen hatte, aber er hatte immer noch das Gefühl, als würde der Alte jeden Moment wieder auftauchen.

Die roten Flanellsäckchen waren im Gemüsegarten und an den Hausecken verteilt. Auch die Bäume entlang der Grundstücksgrenze waren mit Säckchen bestückt, aber der Wind riss sie immer wieder ab. Ringelblumen, im selbst gebauten Frühbeet vorgezogen, begannen, ihre leuchtend gelben Blüten zwischen Narcisses Saatkartoffeln zu öffnen. Poitou schenkte ihm einen Brötchenkranz, den er extra für ihn gebacken hatte, zum Dank für das Kräutersäckchen, das ihm, so erklärte er, mehr geholfen habe als jede Medizin. Jay wusste natürlich, dass Poitou das in jedem Fall behauptet hätte.

In seinem Garten wuchsen mittlerweile alle erdenklichen Kräuter. Der Lavendel war immer noch grün, aber er duftete bereits kräftiger als der in Joes Garten. Es gab Thymian, Minze, Zitronenmelisse und Rosmarin und riesige Büschel Basilikum. Als Popotte die Post brachte, schenkte er ihr einen ganzen Korb davon, und Rodolphe bekam auch einen. Auch

Joe hatte oft kleine Glücksbringer an seine Besucher verschenkt – Freundschaftsgaben hatte er sie genannt –, und Jay griff diese Tradition wieder auf: kleine Sträußchen Lavendel, Minze oder Salbei, mit Bändern in verschiedenen Farben zusammengebunden. Rot zum Schutz gegen schlechte Einflüsse, Weiß für Glück, Blau für gute Gesundheit. Die Leute hielten es für einen englischen Brauch – ihre allgemeine Erklärung für seine exzentrischen Angewohnheiten. Manche hefteten sich die Sträußchen an den Kragen. Jay empfand es als sehr beruhigend, Joes vertraute Bräuche wieder einzuführen. Als Junge hatten ihn die Schutzrituale des verschrobenen Alten, der Weihrauch, die Flanellsäckchen, die in kuriosem Latein vorgetragenen Beschwörungsformeln, das Ausstreuen von magischen Kräutern oft irritiert. Es war ihm peinlich, wie wenn jemand beim Schulgottesdienst zu laut mitsang. Damals war ihm Joes Alltagsmagie allzu banal erschienen, zu normal und ohne Geheimnis, wie Kochen oder Gärtnern. Er hätte sich feierliche Beschwörungszeremonien gewünscht, schwarze Gewänder, mitternächtliche Rituale. Daran hätte er vielleicht glauben können. Aufgewachsen mit Comics und Groschenromanen, hätte er *das* zumindest als echt empfunden.

Trotzdem hatte Jay nach all den Jahren entdeckt, welchen inneren Frieden ihm die Landarbeit bescherte. Erst jetzt begriff er, was der Alte mit Laienalchimie gemeint hatte, und so bereitete er den Boden für Joes Rückkehr vor, als würde er ein Beet für die Aussaat richten. Er pflanzte und jätete nach dem Mondkalender, wie Joe es getan hätte. Aber trotz allem blieb der Alte fort.

Mittlerweile sagte sich Jay, dass Joe nie da gewesen war, dass er sich das alles nur eingebildet hatte. Aber seltsamerweise klammerte er sich an die Hoffnung, den Freund aus der Pog Hill Lane wieder zu sehen. Wenn er den Alten bloß dazu bringen könnte, dass er zurückkam, redete er sich ein, würde alles gut werden. Es lag noch so viel Arbeit vor ihm, und er empfand eine hilflose Wut auf sich selbst. Man hatte ihm eine zweite Chance gegeben, und er war so blöd gewesen, sie zu vermasseln. Er arbeitete jeden Abend bis zur Dunkelheit im Garten und hoffte jedes Mal, wenn er erschöpft das Haus betrat, Joe auf dem Feldbett sitzen zu sehen.

44

Vielleicht lag es daran, dass er in den letzten Wochen so häufig an die Sommer in der Pog Hill Lane denken musste. Jedenfalls verbrachte Jay immer mehr Zeit unten am Bach, an der Stelle, wo das Ufer steil abfiel. Er hatte dort am Boden unter der Hecke ein Wespennest entdeckt. Während er immer wieder fasziniert den Flug der gelbschwarzen Insekten beobachtete, musste er an jenen letzten Sommer denken, wie er in Nether Edge von den Wespen gestochen worden war, an Gillys lautes Lachen. Er lag auf dem Bauch, sah zu, wie die Wespen ein und aus flogen, und bildete sich ein, er könne hören, wie sie unter der dünnen Erdschicht umherkrochen. Neben sich hatte er die zweitletzte Special-Flasche – Himbeere 1975 – mit einer roten Schnur um den Flaschenhals. Der Himmel über ihm war weiß und aufgewühlt.

So fand ihn Rosa. Seine Augen, weit aufgerissen, starrten ins Leere. Im Radio, das an einem über das Wasser hinausragenden Ast hing, sang Elvis Presley. Plötzlich griff er nach der Flasche, nahm einen Schluck und verzog das Gesicht, als hätte er Essigwasser getrunken. Doch der Duft, der aus der Flasche kam, drang bis zu ihrem Beobachtungsposten am anderen Ufer; ein intensiver Geruch, bittersüß, wie heimlich gesammelte wilde Beeren.

Trotz allem, was *maman* ihr über ihn erzählt hatte, wirkte der Engländer ziemlich harmlos, dieser Mann, der die komischen kleinen Beutelchen in die Bäume hängte. Warum er das bloß machte? Als sie sie anfangs weggenommen hatte, war das aus Trotz geschehen, um ihm zu zeigen, dass er nicht hierher gehörte, aber mit der Zeit hatte sie Gefallen an ihnen gefunden, an diesen kleinen roten Säckchen, die wie Obst in den Zweigen baumelten. Sie hatte nichts mehr dagegen, ihre geheime Stelle am Flussufer mit ihm zu teilen.

Rosa hockte sich bequemer ins hohe Ufergras und überlegte, ob sie zu ihm hinübergehen sollte. Aber die Trittsteine waren seit dem letzten Regen von Wasser überspült, und sie traute sich nicht zu springen. Die neugierige braune Ziege knabberte an Rosas Ärmel. Mit einem kleinen Klaps schob sie das Tier fort. »Später, Clopette, später.« Ob der Engländer das Wespennest entdeckt hatte? Immerhin war er nur knapp einen Meter von dem Loch im Boden entfernt.

Jay hob noch einmal die Flasche. Sie war halb leer, und er fühlte sich schon schwindlig, beinahe betrunken. Vielleicht lag es am Himmel, der dieses Gefühl verursachte; die Regentröpfchen, die wie Rußflocken auf sein Gesicht trudelten. Es war einer jener Tage, an denen die Erinnerung an Joe verblasste, unscharf wurde. Der Himmel schien endlos. Selbst das Schreiben, das ihm immer ein Trost gewesen war, kam ihm sinnlos vor. Jay hatte den ganzen Vormittag im Obstgarten gearbeitet. Die Arbeit hatte sich gelohnt, doch nun war er erschöpft; jeder Obstbaum war anders, jeder hatte eine eigene Form und eigene Bedürfnisse, seine eigene Geschichte. Einer war einmal vom Blitz getroffen worden. Andere waren von Krankheiten befallen gewesen oder hatten radikale Schnitte überlebt. Zwischen zwei niedrig hängenden Ästen hing eine längst vergessene Schaukel. Unter einigen Bäumen standen kleine Schilder, die immer noch lesbar waren, und Jay hatte Namen entdeckt, über die Joe in Verzückung geraten wäre: *Belle d'Aquitaine, Reine-Claude, Beurre du Roi Henry, Charles d'Orléans.*

Aber so sehr ihn die Arbeit an anderen Tagen ausfüllte, heute reichte ihm das nicht. Er war rastlos, gereizt, gelangweilt. Irgendetwas – etwas sehr Wichtiges – fehlte.

Der Duft aus der Flasche wurde intensiver, etwas blubberte und schäumte in ihrem Innern und verströmte eine heitere Ahnung von Sommer – einen Duft von überreifem Obst, das, durch die Hitze erwärmt, von den Bäumen auf die kalkigen Steine des Schienenbetts fiel. Doch die Erinnerung war nicht nur angenehm. Vielleicht lag es an dem verhangenen Himmel, dass er jenen Nachmittag im letzten Sommer in Pog

Hill vor Augen hatte. Er schüttete den restlichen Wein aus und schloss die Augen.

Ein rotes Kichern vom Boden der Flasche riss ihn aus seinen Erinnerungen. Jay setzte sich auf. Er fühlte sich unbehaglich, war sich sicher, dass ihn jemand beobachtete. Der Bodensatz wirkte im diesigen Licht schwarz und sirupartig, wie Melasse, und es schien ihm, als würde sich im Flaschenhals etwas bewegen, als versuche etwas zu entweichen. Er betrachtete die Flasche genauer. Mehrere Wespen waren, angezogen von dem Zuckerduft, hineingekrochen. Zwei krabbelten am Rand des Flaschenhalses entlang, eine hatte sich bis auf den Grund vorgewagt und untersuchte den Bodensatz. Ihre Flügel waren völlig verklebt. Er meinte, sie in der Flasche summen zu hören, wütend und ängstlich, aber vielleicht war es auch der Wein selbst. Sein intensiver Duft trübte die Luft, stieg wie roter Rauch auf, wie ein Signal vielleicht, oder eine Warnung.

Plötzlich fand er die Nähe zum Wespennest unerträglich. Er wollte sich gerade schon entfernen, aber mit einem Mal wurde er von Übermut gepackt und kroch doch noch ein bisschen näher an die kleine Öffnung heran. *Wenn Gilly jetzt hier wäre …*

Nostalgie überfiel ihn, zerrte an ihm wie eine Brombeerranke, in der er sich verheddert hatte. Vielleicht lag es an dem Duft des Weines, den er ausgeschüttet hatte, an dem heiteren, betörenden Duft der Vergangenheit? Aus dem Radio kam ein kurzes Knistern, dann ertönte *I Feel Love*.

Ein plötzlicher Einfall ließ ihn erschauern. Lächerlich, sagte er sich, wem wollte er denn etwas beweisen? Es war zwanzig Jahre her, seit er zum letzten Mal ein Wespennest ausgeräuchert hatte. Es war leichtsinnig und gefährlich. So etwas machten nur Kinder, die sich der Gefahr nicht bewusst waren. Doch ihm war, als höre er eine Stimme, die ihn lockte, beinahe ein bisschen ungeduldig, ja verächtlich. Es klang irgendwie wie Gilly, aber auch wie Joe, die sich über ihn lustig machten. *Wenn Gilly jetzt hier wäre, wärst du nicht so ein Feigling.*

Etwas bewegte sich im hohen Gras am anderen Ufer und

er glaubte, ihr rotes Haar zu sehen, und etwas, das ein gestreiftes T-Shirt oder Pullover sein könnte.

»Rosa?«

Keine Antwort. Aus dem langen Gras schaute sie zu ihm herüber, die grünen Augen leuchteten neugierig. Nicht weit entfernt hörte er das Meckern der braunen Ziege.

Rosa schien ihn aufmunternd anzusehen, beinahe erwartungsvoll. Unter ihm summten die Wespen in ihrem Bau, ein seltsames Geräusch, so als würde dort unten etwas heftig gären. Es musste an diesem Geräusch und Rosas abwartendem Blick gelegen haben. Plötzlich war er in Hochstimmung, es war, als würde die Zeit zurückgedreht, er fühlte sich, als wäre er wieder vierzehn und unbesiegbar.

»Pass auf«, sagte er und robbte näher an das Wespennest heran.

Rosa beobachtete ihn aufmerksam. Unbeholfen arbeitete er sich zentimeterweise bis zu dem Loch im Boden vor. Den Kopf hatte er eingezogen, als würde ihn das für die Insekten unsichtbar machen. Einige Wespen ließen sich auf seinem Rücken nieder. Rosa sah, wie er ein Taschentuch aus der Hosentasche zog. In einer Hand hielt er ein Feuerzeug, dasselbe Feuerzeug, das er ihr bei ihrer ersten Begegnung angeboten hatte. Vorsichtig öffnete er es, tränkte das Taschentuch mit der Flüssigkeit und kroch noch näher auf das Wespennest zu. Unterhalb der Böschung befand sich eine etwas größere Öffnung, womöglich ein ehemaliges Rattenloch, das von wabenförmig eingetrocknetem Lehm umgeben war. Er zögerte einen Augenblick, dann schob er das Tuch direkt in das Nest, bis nur noch ein Zipfel herausschaute, der als Zündschnur dienen sollte. Er schaute zu Rosa hinüber und grinste. Rosa erwiderte sein Grinsen. – *Banzai.*

Er musste betrunken gewesen sein. Das war die einzige Erklärung, die ihm später zu seiner Entschuldigung einfiel, aber als es geschah, fühlte er sich vollkommen nüchtern. Er hatte seit langem wieder das Gefühl, etwas Aufregendes zu erleben.

Erstaunlich, wie vertraut ihm das alles noch war. Er musste das Feuerzeug nur einmal an den Taschentuchzipfel halten. Er fing sofort Feuer. Wütende Flammen schlugen aus dem Erdloch. Es musste eine Menge Sauerstoff da drinnen geben. Jay wünschte, er hätte ein paar Kracher in der Hosentasche. Ein oder zwei Sekunden lang kam keine Reaktion von den Wespen, dann schoss ein halbes Dutzend von ihnen heraus wie glühende Funken. Jay sprang begeistert auf, bereit, die Flucht zu ergreifen. Das war der erste Fehler. Gilly hatte ihm stets beigebracht, unten zu bleiben, sich hinter einer Wurzel oder einem Baumstumpf in Deckung zu bringen, wenn die wütenden Wespen aus dem Nest geflogen kamen. Doch Jay war zu sehr damit beschäftigt gewesen, Rosa zu beobachten. Die Wespen stoben jetzt in Scharen aus ihrer brennenden Behausung, und er rannte auf die Büsche zu. Aber die Bewegung erregte die Aufmerksamkeit der wütenden Insekten und stachelte sie nur noch mehr an. Es stank nach Feuerzeuggas und verbranntem Teppich. Etwas stach ihn in den Arm, und er schlug danach. Wespen stachen ihn durch das T-Shirt, es tat höllisch weh, sie stachen ihn in die Hände und Arme, zischten ihm um die Ohren wie Gewehrkugeln und umschwirrten seinen Kopf, bis er schließlich die Beherrschung verlor. Er begann zu fluchen und wie wild um sich zu schlagen. Eine Wespe stach ihn direkt unterhalb des linken Auges, der Schmerz durchzuckte ihn wie ein Messerstich. Er taumelte blind über das Ufer hinaus ins Wasser. Wenn der Fluss seichter gewesen wäre, hätte er sich womöglich den Hals gebrochen. So aber rettete ihn der Sturz. Er fiel mit dem Gesicht voran ins Wasser, ging unter, tauchte schreiend wieder auf, schluckte Flusswasser, kam wieder hoch, versank wieder, kämpfte sich ans andere Ufer und landete schließlich ein paar Meter weiter flussabwärts, das T-Shirt übersät mit ertrunkenen Wespen.

Das Feuer, das er gelegt hatte, war schon wieder ausgegangen. Jay hustete und spuckte Flusswasser. Zitternd fluchte er vor sich hin. Er fühlte sich überhaupt nicht mehr wie vierzehn. Auf ihrer weit entfernten Zeitinsel konnte er Gilly lachen hören. Er raffte sich auf und watete zum Ufer, wo er sich erschöpft auf allen vieren ins Gras fallen ließ. Seine Arme und Hände waren von unzähligen Wespenstichen geschwollen, und das eine Auge sah aus wie das eines Boxers nach einem Kampf.

Nach einer Weile merkte er, dass Rosa ihn noch immer beobachtete. Sie hatte sich klugerweise zurückgezogen, um sich vor den wütenden Wespen in Sicherheit zu bringen. Nun saß sie neben dem Drachenkopf auf dem Zaun und blickte ihn neugierig und unbesorgt an. Neben ihr graste die Ziege.

»Nie wieder«, stieß Jay erschöpft hervor. »Gott, nie wieder.«

Als er gerade aufstehen wollte, hörte er Schritte im Weinberg hinter dem Zaun. Er schaute auf und sah, wie Marise atemlos angelaufen kam und Rosa in die Arme nahm. Sie schien ihn nicht gleich zu bemerken, denn sie begann, sich mit Rosa in Zeichensprache zu verständigen. Bei dem Versuch aufzustehen rutschte er aus, lächelte verlegen, machte eine unbestimmte Geste mit der Hand, als könne er sie, indem er sich an die Regeln der Etikette hielt, von allem anderen ablenken. Plötzlich wurde ihm unangenehm bewusst, dass er ein jämmerliches Bild abgeben musste mit seinem geschwollenen Auge, den klatschnassen Kleidern und den schlammverschmierten Jeans.

»Ich hatte einen Unfall«, erklärte er.

Marises Blick wanderte zu den Rauchschwaden, die aus dem Wespennest am Ufer aufstiegen. »Wie oft sind Sie gestochen worden?« In ihrer Stimme schien Belustigung mitzuklingen.

Jay warf einen kurzen Blick auf seine Hände und Arme. »Ich weiß nicht. Ich – ich hatte nicht damit gerechnet, dass sie so schnell rauskommen würden.« Er sah, wie sie zu der leeren Weinflasche hinüberschaute. Sollte sie sich doch ihren Teil denken.

»Sind Sie allergisch?«

»Ich glaube nicht.« Erneut versuchte Jay aufzustehen, rutschte aus und landete im nassen Gras. Ihm war übel und schwindlig. An seinen Kleidern klebten tote Wespen. Marise musterte ihn mit einem besorgten und zugleich amüsierten Blick.

»Kommen Sie mit«, sagte sie schließlich. »Ich habe zu Hause etwas gegen Insektenstiche. Manchmal kommt die Reaktion erst später.«

Vorsichtig kletterte Jay die Böschung hinauf bis zur Hecke. Rosa ging hinter ihm her, dicht gefolgt von der Ziege. Nach einer Weile spürte Jay, wie Rosa ihre kleine, kalte Hand in seine schob, und als er hinunterschaute, sah er, dass sie lächelte.

Als sie am Tor ankamen, reichte Marise ihm eine Hand, wahrscheinlich weniger, um ihn zu stützen, als aus Sorge um die Reben, die er durch seine Ungeschicklichkeit hätte beschädigen können.

Das Haus war größer, als es von der Straße her wirkte, eine umgebaute Scheune mit niedrigem Giebel und hohen, schmalen Fenstern, auf halber Höhe der Giebelwand eine Tür, die zum Heuboden führte. Vor einem der Nebengebäude stand ein alter Traktor. Neben dem Haus hatte Marise Küchenkräuter gepflanzt, und dahinter befand sich ein kleiner Obstgarten – ungefähr zwanzig gut gepflegte Apfelbäume. Auf der anderen Seite war Brennholz für den Winter sauber gegen die Wand gestapelt. Zwei oder drei kleine, braune Ziegen liefen scheu auf den schmalen Wegen des Weinbergs umher.

»Hier hinein«, sagte sie und deutete auf die Küchentür. »Setzen Sie sich.«

Ihre Küche war hell und sauber, mit einem langen Eichentisch, wie auch Jay einen besaß, und einem schwarzen Ofen. Über der Spüle aus Porzellan standen Vorratsdosen aus Steingut in einem Regal, und von den niedrigen Deckenbalken über dem Kamin hingen Sträuße getrockneter Kräuter: Rosmarin, Salbei und Flohkraut. Rosa holte eine Flasche Limonade aus der Vorratskammer, füllte ein Glas und setzte sich an den Tisch. Sie beobachtete Jay mit neugierigen Augen.

»*Tu as mal?*«, fragte sie.

Jay sah sie an. »Du kannst ja sprechen«, sagte er.

Rosa lächelte ihn schelmisch an.

»Kann ich davon einen Schluck haben?« Jay zeigte auf die Limonadenflasche, und Rosa schob sie ihm hin. Aha, sie konnte also auch von den Lippen lesen. Ob Mireille das wusste? Wahrscheinlich nicht. Rosas Stimme klang sicher, ohne die für Gehörlose typischen Schwankungen in der Lautstärke. Die Limonade war selbst gemacht und schmeckte köstlich.

»Danke.«

Marise warf ihm einen misstrauischen Blick zu, als sie mit dem Verbandskasten in die Küche kam. Sie hielt eine Einwegspritze in der Hand. »Das ist Adrenalin. Ich war früher Krankenschwester.«

Nach kurzem Zögern streckte Jay seinen Arm aus und schloss die Augen.

»So.«

Er spürte ein leichtes Brennen in der Armbeuge. Einen Augenblick lang wurde ihm schwindlig, dann war es vorbei. Marise sah ihn amüsiert an. »Sie sind aber ziemlich zimperlich für einen Mann, der mit Wespen spielt.«

»So war das nicht«, sagte Jay und rieb sich den Arm.

»Wenn Sie sich so aufführen, müssen Sie damit rechnen, gestochen zu werden. Sie haben noch mal Glück gehabt.«

Wahrscheinlich hatte sie Recht. Ihm dröhnte noch immer der Schädel. Sein linkes Auge war zugeschwollen. Marise trat an den Küchenschrank und nahm ein mit weißem Pulver gefülltes Glas heraus. Sie schüttete etwas von dem Inhalt in eine Tasse, fügte warmes Wasser hinzu und rührte das Ganze um. Dann reichte sie ihm die Tasse.

»Natron«, erklärte sie. »Tun Sie das auf die Stiche.«

Sie bot ihm keine Hilfe an. Jay tat, wie ihm geheißen. Er kam sich reichlich blöd vor. So hatte er sich die nächste Begegnung mit seiner Nachbarin nicht vorgestellt.

»Ich muss völlig verrückt gewesen sein«, murmelte er wie zur Entschuldigung vor sich hin. »Ich habe mich eigentlich immer vor Wespen gefürchtet.«

Marise zuckte die Achseln und wandte sich ab. Sie ließ Wasser in einen Topf laufen und stellte ihn auf den Herd.

»Ich muss Rosa ihr Mittagessen kochen«, erklärte sie. »Nehmen Sie sich nur Zeit.« Trotz ihrer freundlichen Worte konnte Jay sich des Eindrucks nicht erwehren, dass sie ihn am liebsten so schnell wie möglich wieder los wäre. Er mühte sich mit dem Natron ab, versuchte, an die Stiche auf seinem Rücken zu kommen. Die braune Ziege steckte ihren Kopf zur Tür herein und meckerte.

»*Clopette, non! Pas dans la cuisine!*« Rosa sprang auf und scheuchte die Ziege hinaus. Als Marise ihr einen warnenden Blick zuwarf, hielt sie sich erschrocken die Hand vor den Mund.

Jay sah Marise verblüfft an. Warum sollte das Kind in seiner Gegenwart nicht sprechen? Sie bedeutete Rosa, den Tisch zu decken. Rosa nahm drei Teller aus dem Schrank. Marise schüttelte den Kopf. Zögernd stellte sie den Teller zurück.

»Vielen Dank für die erste Hilfe«, sagte Jay.

Marise nickte. Sie war gerade dabei, Tomaten zu schneiden. Sie pflückte eine Hand voll Basilikum aus einem Blumenkasten auf der Fensterbank und fügte sie hinzu.

»Sie haben einen schönen Hof.«

»Ach ja?«, sagte sie mit einem gereizten Unterton.

»Nicht dass ich vorhätte, ihn zu kaufen«, fügte er hastig hinzu. »Aber es ist einfach ein schöner Hof. Nett. Urwüchsig.«

Marise drehte sich um und sah ihn unwillig an. »Was wollen Sie damit sagen?« Ihr Gesichtsausdruck war voller Misstrauen. »Was meinen Sie damit? Haben Sie mit jemandem gesprochen?«

»Nein!« sagte er. »Ich wollte mich nur mit Ihnen unterhalten. Ich schwöre Ihnen –«

»Vergessen Sie's«, sagte sie knapp. Die Warmherzigkeit, die er für kurze Zeit bei ihr gespürt hatte, war verschwunden. »Lügen Sie nicht. Ich weiß, dass Sie mit Clairmont gesprochen haben. Ich habe seinen Wagen vor Ihrem Haus stehen sehen. Er hat Ihnen bestimmt alle möglichen Flausen in den Kopf gesetzt.«

»Flausen?«

Sie lachte trocken. »Ich weiß über Sie Bescheid, Monsieur Mackintosh. Sie schnüffeln überall herum. Stellen Fragen. Erst kaufen Sie das alte Château Foudouin, dann fangen Sie an, sich für das Land unten am Fluss zu interessieren. Was haben Sie vor? Wollen Sie Ferienhäuser bauen? Oder eine Sportanlage wie in Le Pinot?«

Jay schüttelte den Kopf. »Sie irren sich. Ich bin Schriftsteller. Ich bin hierher gekommen, um mein Buch zu Ende zu schreiben. Das ist alles.«

Sie warf ihm einen zynischen Blick zu, der die Kraft eines Laserstrahls hatte.

»Wenn ich Fragen stelle«, fuhr er fort, »dann nur, weil ich auf der Suche nach Geschichten bin. Ich bin einfach neugierig –« Er rang nach Worten und bemühte sich, ihrem zornerfüllten Blick standzuhalten. »Irgendwie ist hier alles ganz anders. Ich arbeite wie besessen, habe den Garten wieder in Ordnung gebracht, die Obstwiese. Das müssen Sie doch bemerkt haben.«

Sie wandte sich ab, eine rote Zwiebel in der einen, ein Messer in der anderen Hand.

»Ich schwöre Ihnen, ich bin nicht hier, um irgendetwas zu bauen«, fuhr er fort. »Herrgott noch mal, ich sitze bis auf die Haut durchnässt in Ihrer Küche, von oben bis unten mit Natron beschmiert. Sehe ich etwa aus wie ein Bauunternehmer?«

Sie überlegte einen Moment. »Wahrscheinlich nicht«, sagte sie schließlich mit einem schwachen Lächeln.

»Ich habe das Haus ganz spontan gekauft. Ich wusste ja noch nicht mal, dass Sie – ich hatte keine Ahnung – normalerweise mache ich nie irgendetwas spontan«, schloss er lahm.

»Es fällt mir schwer, das zu glauben«, erwiderte Marise. »Bei einem Mann, der seine Hand mutwillig in ein Wespennest steckt, fällt mir das wirklich schwer. Was hatten Sie eigentlich vor? Wollten Sie sie ausräuchern?« Sie lächelte immer noch.

Jay schüttelte den Kopf. »Es war eine Art Spiel – jedenfalls früher einmal. Eine Art Mutprobe, schätze ich. Selbst damals war ich nie gut in diesen Dingen. Joe hätte gesagt, mir fehlte der Geist dafür.«

Marise schüttete die Zwiebeln in eine Pfanne. »Und wer ist Joe?«

Jay zögerte. »Ein alter Freund.«

Er erzählte ihr von Nether Edge, von der Pog Hill Lane und von *Jackapple Joe.* Joes mysteriöses Veschwinden erwähnte er natürlich nicht und auch nicht die sechs Weinflaschen. Er wollte nicht, dass sie ihn für verrückt hielt.

Marise schien jetzt etwas entspannter zu sein und begann, ein bisschen von sich zu erzählen. Jay wusste bereits, mit welcher Leidenschaft sie ihre Unabhängigkeit verteidigte, wie zärtlich sie ihre Tochter liebte, wie stolz sie auf ihre Arbeit, das Haus, das Land war. Jetzt lernte er eine weitere Seite von ihr kennen; die Art, wie sie lächelte, scheinbar ernst, aber warmherzig, wie sie zuhörte, ihre ruhigen, bedächtigen Bewegungen, die im Kontrast zu ihrem schnellen Verstand und ihrem trockenen Humor standen, der bei all ihrer Bodenständigkeit immer wieder aufblitzte. Darin glich sie auf seltsame Weise dem alten Joe.

»Ich wollte schon immer in so einem Dorf wohnen«, erklärte sie, während sie Tomaten für den Salat in Scheiben schnitt. »In einem Dorf wie Lansquenet oder wie Ihr Pog Hill. Irgendwo, wo es Obstbäume und Bauernhöfe gibt.«

Marise stammte aus Paris und hatte nie einen Weinberg gesehen, bevor sie nach Lansquenet zog. Obwohl er gewusst hatte, dass sie keine Einheimische war, konnte Jay kaum glauben, dass sie in so kurzer Zeit so viel über die Herstellung von Wein gelernt hatte.

»Ich wusste gar nicht – ich hatte angenommen – es ist bestimmt nicht leicht für Sie gewesen«, sagte er verlegen.

Sie zuckte die Achseln. »Ich habe mich durchgeschlagen. Hier ist es auf jeden Fall besser als in Paris. Ich wollte nicht, dass Rosa so aufwächst wie ich, dass sie von einem Hochhausfenster aus auf die Welt hinunterblicken muss. Hier ist es besser. Hier sind die Dinge einfach. Es gibt einen Rhythmus, eine Ordnung.«

Das hätten auch Joes Worte sein können, dachte Jay. Er empfand immer mehr Respekt vor dieser Frau, die, wie er, von außerhalb nach Lansquenet gekommen war und für sich und ihre Tochter in dieser verschlossenen, misstrauischen kleinen Gemeinde ein Leben aufgebaut hatte. »Ich weiß nicht, ob ich an Ihrer Stelle den Mut aufgebracht hätte zu bleiben«, sagte er.

»Das hat nichts mit Mut zu tun«, erwiderte Marise. »Nicht, wenn man keine andere Wahl hat. Ich –«

In diesem Augenblick kam Rosa herein, mit Clopette auf den Fersen. »Ist das Essen fertig? Ich hab einen Mordshunger!«

Marise nickte. Sie wirkte beinahe erleichtert. »Pasta und Salat. Geh dir zuerst die Hände waschen.«

»Isst der englische Monsieur mit uns?«

Marise schaute zu Jay hinüber, zögerte. »Wenn er möchte.«

»Gern.«

Vor dem Essen gab Marise Jay eine alte Latzhose von Tony, damit er seine nassen Sachen ausziehen konnte. Es kam Jay seltsam vor, dass Marise, wenn sie Tony erwähnte, nicht von ihrem Mann, sondern von »Rosas Vater« sprach. Aber ihre Freundschaft war noch zu neu – zu zart –, als dass er es gewagt hätte, Fragen zu stellen. Falls sie über Tony reden wollte, würde sie es irgendwann von selbst tun.

Das Essen war gut, und dazu gab es Wein von Marises eigenem Weinberg. Jay hatte ordentlichen Hunger. Eine Weile aß er schweigend.

»*Maman* –«

Marise warf Rosa einen strengen Blick zu und erklärte ihr schnell etwas in Zeichensprache. Rosa schaute verlegen drein, aber nicht lange. Schon bald lenkte die Ziege sie wieder ab, und sie sprang auf, um sie zu füttern. Jay hörte sie leise mit dem Tier sprechen.

»Mach schon, Clo – brav. Braves Mädchen!«

»Sie spricht sehr gut, nicht wahr?«, bemerkte Jay, während er Marise beobachtete.

Marise erwiderte nichts und begann, den Tisch abzuräumen.

»Rosa, Nachtisch.«

Ohne wirkliche Überraschung sah Jay, dass Rosa auf die Stimme ihrer Mutter reagierte, genau wie sie kurz zuvor aufgesprungen war, als Clopette in die Küche kam.

»Apfelkuchen mit Eis!«, krähte Rosa begeistert. »Maman, ich hab dich *so* lieb!« Sie fiel Marise stürmisch um den Hals und stieß dabei fast ihren Teller vom Tisch.

»Sie kann ganz normal hören, stimmt's?« Es war eher eine Feststellung als eine Frage.

Ohne Jay anzusehen, begann Marise, den Kuchen anzuschneiden. Ihre Bewegungen waren ruhig und sicher.

»Das kommt Ihnen wahrscheinlich komisch vor«, sagte sie.

Jay antwortete nicht. Er spürte, dass jedes unbedachte Wort ihr Zutrauen erschüttern konnte, bevor es sich richtig entwickelt hatte.

»Ich hatte damit gerechnet, dass Sie es herausfinden würden«, fuhr Marise fort. »Wir wohnen so nah beieinander. Irgendwann hätten Sie etwas gehört.« Sie sprach ruhig, beinahe monoton. Jay konnte nur ahnen, wie viel Selbstbeherrschung es sie kosten musste. »Anfangs nahm ich an, bei einem Fremden sei es etwas anderes. Ich dachte, Sie könnten vielleicht nicht genug Französisch, um sich mit den Leuten im Dorf zu unterhalten. Sie würden das Haus renovieren, es dann verkaufen, oder im Sommer als Ferienhaus nutzen. Ich hatte nicht erwartet, dass Sie vorhaben, hier zu leben.«

Offenbar hatte sie ihn die ganze Zeit beobachtet. Hinter ihrer zur Schau gestellten Gleichgültigkeit verbarg sich also eine Neugier, die der seinen in nichts nachstand.

»Erst sprachen Sie mich auf Französisch an. Ich sah Clairmonts Wagen vor Ihrem Haus. Und dann kam auch noch Mireille zu Besuch.« In ihrer Stimme lag ein abwehrender Unterton. »Ich nehme an, sie hat Ihnen von uns erzählt.«

Jay lächelte. »Ein bisschen. Sie ist eine alte Frau mit festgefahrenen Gewohnheiten. Es muss anstrengend gewesen sein, mit ihr zusammenzuleben.«

Ohne sein Lächeln zu erwidern, fuhr Marise fort: »Rosa verlor das Gehör, bevor Tony starb. Es war ein schlimmer Winter. Sie hatte eine Mittelohrentzündung. Dann gab es Komplikationen. Fast ein Jahr lang war sie vollkommen taub.« Als sie ihren Namen hörte, blickte Rosa auf und lächelte.

Marise fuhr fort. »Ich habe sie zu einem Spezialisten gebracht. Sie musste operiert werden. Das war sehr teuer. Man sagte mir, ich solle mir keine allzu großen Hoffnungen machen. Den Unterricht für sie musste ich auch selbst bezahlen. Gemeinsam haben wir die Zeichensprache gelernt. Dann folgte eine weitere Operation, die noch mehr Geld kostete. Neunzig Prozent ihrer Hörfähigkeit wurden wiederhergestellt. Aber zu diesem Zeitpunkt hatte sich schon alles geändert«, schloss sie.

Jay nickte. »Aber warum das Theaterspiel? Warum –«

»Mireille. Sie hat schon einmal versucht, mir Rosa wegzunehmen. Sie ist alles, was ihr von Tony geblieben ist, sagt sie. Ich wusste, wenn sie es einmal schaffte, Rosa zu sich zu holen, würde ich sie nie wieder zurückbekommen. Das wollte ich verhindern. Und es war die einzige Möglichkeit, die mir einfiel. Solange sie glaubt, dass sie nicht mit Rosa sprechen kann.« Sie warf Jay einen beinahe schüchternen Blick zu. »Mireille kann es nicht ertragen, wenn etwas unvollkommen ist. Alles, was nicht perfekt ist, interessiert sie nicht. Deswegen hat sie, als Tony –«

Jay versuchte nicht, sie dazu zu bewegen, mehr zu sagen. Sein Herz klopfte wild. Er wusste, dass ein falsches Wort von ihm die Situation aus dem Gleichgewicht bringen konnte. Bei dem Gedanken daran, was er nach ihrer ersten Begegnung von ihr gehalten hatte, wie er sich angehört – und halb geglaubt – hatte, was Leute wie Caro Clairmont und Mireille Faizande über sie erzählt hatten, empfand er tiefe Scham. Die Heldin seines Romans – unberechenbar, gefährlich, möglicherweise verrückt – hatte mit dieser ruhigen, gelassenen Frau nichts gemeinsam. Er hatte seiner Phantasie so sehr freien Lauf gelassen, dass sie über die Grenzen der Wahrheit hinausgeschossen war, und diesmal war die Wahrheit das Einzige, was ihn wirklich interessierte.

Nether Edge, Sommer 1977

45

Nachdem er Gilly am Ufer allein gelassen hatte, blieb Jay noch eine Weile an der Brücke im Gras sitzen. Er war sauer, hatte ein schlechtes Gewissen und war sich sicher, dass sie ihm über kurz oder lang folgen würde. Als sie jedoch nicht kam, streckte er sich im nassen Gras aus, genoss den bitteren Duft von Erde und Unkraut und starrte in den Himmel, bis ihm vom Nieselregen ganz schwindlig wurde. Allmählich wurde ihm kalt. Er stand auf und machte sich entlang der stillgelegten Gleise auf den Weg nach Pog Hill. Hin und wieder blieb er stehen, um etwas neben dem Gleisbett genauer zu untersuchen, mehr aus Gewohnheit als aus wirklichem Interesse. Er war so in seine Gedanken vertieft, dass er die vier Gestalten, die leise hinter ihm zwischen den Bäumen hervorkamen und sich an seine Fersen hefteten, nicht bemerkte.

Als er sie entdeckte, war es zu spät. Glenda und zwei ihrer Freundinnen, die dünne Blonde – Jay meinte, irgendwann gehört zu haben, dass sie Karen hieß – und ein jüngeres Mädchen, Paula (oder Patty?), zehn oder elf Jahre alt, mit Ohrringen und einem gemeinen, mürrischen Mund versperrten ihm den Weg. Ihre Gesichter glänzten vom Regen, und ihre Augen leuchteten von boshafter Vorfreude. Er begegnete Glendas Blick. Für einen kurzen Moment sah sie beinahe hübsch aus. Dann entdeckte er Zeth.

Jay erstarrte vor Schreck. Die Mädchen waren nichts Besonderes. Mit ihnen hatte er sich schon oft genug angelegt, ohne dass sie ihm etwas anhaben konnten, und sie waren immer nur zu dritt. Er kannte ihre Tricks, sie gehörten zu Nether Edge wie der Tagebau und das Geröll oberhalb der Kanalschleuse, oder die Wespen. Für Jay waren sie eine natürliche Gefahr, der man mit Vorsicht begegnen, vor der man sich jedoch nicht zu fürchten brauchte. Aber Zeth war etwas anderes.

Er trug ein *Status-Quo*-T-Shirt, die Ärmel aufgerollt. In einem Ärmel steckte ein Päckchen Winstons. Seine Haare waren lang und hingen ihm in fettigen Strähnen in das schmale, verschlagene Gesicht. Seine Akne war teilweise verheilt, aber die Wangen waren mit tiefen Kratern übersät, die aussahen wie Initiationsnarben oder Kanäle für Krokodilstränen. Er grinste. »Du hast meine Schwester geärgert?«

Jay hatte das Ende des Satzes nicht abgewartet und war losgerannt. Es war die schlechteste Stelle in der ganzen Gegend, an der sie ihn hatten erwischen können; hoch oben über dem Kanal, wo es jede Menge Verstecke gab, lag das gerade, offene Gleisbett vor ihm wie eine Wüste. Das Gebüsch auf beiden Seiten war zu dicht, um sich hindurchzuquetschen, und zu niedrig, um Schutz zu bieten. Mit seinen Sportschuhen rutschte er gefährlich auf dem Schotter aus und lief Glenda und ihren Freundinnen direkt in die Arme. Zeth war ihm dicht auf den Fersen. Jay hatte nur eine einzige Chance. Er duckte sich an den beiden Mädchen vorbei und stürzte direkt auf Glenda zu. Sie trat ihm entgegen, die fleischigen Arme ausgebreitet, wie ein Torwart, und er warf sich mit aller Kraft gegen sie, stieß sie zur Seite und rannte weiter die stillgelegten Gleise entlang. Hinter sich hörte er Glenda aufjaulen. Zeths Stimme klang gefährlich nahe. »Du kleiner Dreckskerl!«

Jay wandte sich nicht um. Ein paar hundert Meter von Pog Hill entfernt gab es eine Eisenbahnbrücke und eine Unterführung, von wo aus ein Weg zur Straße führte. Wenn er es bloß bis dorthin schaffen würde …

Er war zwar jünger als Zeth, aber er konnte schneller laufen. Wenn er es bis zur Brücke schaffte, gab es genug Möglichkeiten, sich zu verstecken.

Er warf einen Blick über die Schulter. Der Abstand zwischen ihnen hatte sich vergrößert. Dreißig oder vierzig Meter trennten sie jetzt, aber Glenda hatte sich wieder aufgerafft und die Verfolgung aufgenommen. Obwohl sie größer war als Jay, hatte er von ihr nichts zu befürchten. Sie schien jetzt schon außer Atem zu sein, ihre riesigen Brüste wippten unter ihrem engen T-Shirt. Zeth lief ziemlich lässig neben ihr her, aber als Jay sich umdrehte, beschleunigte er plötzlich sein Tempo, schlenkerte wild mit den Armen, und unter seinen Füßen spritzten Steine zu allen Seiten auf.

Jay ging allmählich die Puste aus, die Luft blieb ihm wie ein heißer Stein im Hals stecken. Er konnte die Brücke hinter der Biegung der Schienen sehen und die Pappeln, die die stillgelegten Weichen markierten. Noch fünfhundert Meter, und er wäre in Sicherheit.

Joes Glücksbringer trug er immer noch in seiner Hosentasche. Er spürte ihn beim Rennen an der Hüfte und empfand einen Anflug von Erleichterung darüber, dass er da war. Hoffentlich hatte er seine Wirkung nicht verloren.

Als er die Brücke endlich erreichte, hatte sich der Abstand zwischen ihnen noch mehr vergrößert. Er sah sich nach einem Versteck um. Außer Atem wie er war, konnte er es nicht riskieren, den steilen Pfad zur Straße hinaufzuklettern. Joes Glücksbringer in der Faust, entschied er sich für die andere Richtung, unter der Brücke hindurch auf Pog Hill zu. Da würden sie ihn nicht vermuten. Das Gelände hinter dem Brückenbogen war überwuchert mit längst verblühten Weidenröschen, deren flauschige Samen das Gelände in ein Meer aus weißem Schaum verwandelt hatten. Mit pochenden Schläfen und vor Angst und Aufregung rasendem Herzen duckte er sich in das Gestrüpp. Er war in Sicherheit.

Von seinem Schlupfwinkel aus konnte er sie kommen hören. Zeth musste ganz in der Nähe sein. Glendas Stimme klang aus der Entfernung dumpf und hallte über dem offenen Gelände zwischen der Brücke und der Aschengrube wider. »Wo zum Teufel steckt er?«

Zeth stand jetzt auf der anderen Seite des Brückenbogens, wahrscheinlich suchte er den Pfad mit den Augen ab, überlegte, wie weit Jay gekommen sein mochte. Jay duckte sich noch tiefer unter die wankenden weißen Köpfe der Weidenröschen. Dann hörte er Glendas atemlose Stimme. »Du hast ihn entwischen lassen, du Idiot!«

»Hab ich nicht. Er muss hier irgendwo sein. Er ist bestimmt nicht hoch zur Straße gelaufen.«

Minuten vergingen. Jay hielt den Glücksbringer fest umklammert, während sie die Gegend nach ihm absuchten. Joes Glücksbringer. Er hatte ihn schon so oft beschützt, und Jay zweifelte nicht daran, dass er es auch diesmal tun würde.

Er hörte ein Knirschen, als jemand über den Müll unter der Brücke stapfte. Dann Schritte auf dem Schotter. Aber er war in Sicherheit, sagte er sich immer wieder. Er war unsichtbar.

»Da ist er!«

Es war die zehnjährige Paula oder Patty; sie stand bis zu den Hüften in den schaumköpfigen Weidenröschen.

»Schnell, Zeth! Schnapp ihn dir!«

Jay begann, in Richtung Brücke zu flüchten. Bei jeder Bewegung stoben Wolken von weißen Samen auf. Er hielt den Glücksbringer immer noch fest, als könne er nicht glauben, dass sie ihn entdeckt hatten. Glenda und Karen kamen um den Brückenbogen gelaufen, die Gesichter verschwitzt. Direkt hinter der Brücke versperrte ein tiefer Graben, in dem hohe Brennnesseln wuchsen, den Fluchtweg. Dann tauchte Zeth unter der Brücke auf, packte Jay am Arm, zog ihn auf eine schrecklich kumpelhafte Art an sich, die keinen Widerstand duldete, und grinste hinterhältig. »Hab ich dich endlich, du kleine Ratte.«

Der Zauber war verflogen.

Jay erinnerte sich nicht gern an das, was danach geschah. Und wenn er daran dachte, sah er die albtraumhafte Szenerie wie einen Stummfilm lautlos vor seinem inneren Auge ablaufen. Zuerst zerrten sie ihm das T-Shirt vom Leib und schubsten ihn lachend und kreischend in den Graben mit den Brennnesseln. Er versuchte herauszuklettern, aber Zeth stieß ihn immer wieder zurück. Auf seiner Haut bildeten sich

Pusteln und Pickel, die noch Tage später juckten und schmerzten. Jay hob die Arme schützend vors Gesicht, und dachte gerade: *Wie kommt es, dass Clint Eastwood so was nie passiert*, als jemand ihn an den Haaren packte und Zeths Stimme freundlich sagte: »Jetzt bin ich dran, du Drecksack.«

In einer seiner Geschichten hätte er wie ein Löwe gekämpft, hätte sich wenigstens zu wehren versucht, ein bisschen Bravour gezeigt, doch er fing schon an zu schreien, bevor ihn der erste Schlag traf. Vielleicht war er so einer noch brutaleren Abreibung entgangen. Es hätte schlimmer kommen können, sagte er sich, als er später den Schaden begutachtete. Eine blutige Nase, ein paar blaue Flecken. Die Jeans waren von einem Sturz auf dem Schotter an den Knien aufgerissen. Seine Armbanduhr schien das Einzige zu sein, das wirklichen Schaden genommen hatte.

Später begriff er, dass noch etwas anderes, etwas viel Wichtigeres zerbrochen war, etwas, das man nicht wie eine Uhr ersetzen oder wie einen gebrochenen Knochen heilen konnte. In seinem Innern war etwas in die Brüche gegangen, das nicht wieder geheilt werden konnte. Es hatte etwas zu tun mit Glauben und Vertrauen. Oder, wie Joe es ausgedrückt hätte, der Geist war ihm verloren gegangen.

Seiner Mutter erzählte er, er sei mit dem Fahrrad gestürzt. Es war eine plausible Lüge – jedenfalls handfest genug, um eine Erklärung für seine zerrissenen Jeans und seine blutige Nase abzugeben. Sie machte nicht so ein großes Theater, wie Jay befürchtet hatte – es war schon spät, und alle saßen vor dem Fernseher und sahen sich *Flammender Stern* an, einen der vielen Filme, die in diesem Sommer zum Gedenken an Elvis wiederholt wurden.

Jay machte sich ein Sandwich und nahm eine Dose Cola aus dem Kühlschrank. Dann ging er in sein Zimmer und hörte Radio. Alles wirkte trügerisch normal, als gehörten Gilly, Zeth und Pog Hill schon längst der Vergangenheit an. Die Stranglers spielten *Straighten Out*.

Jay und seine Mutter reisten am darauf folgenden Wochenende ab.

46

Jay arbeitete gerade im Garten, als Popotte die Post brachte. Sie stellte ihr altes Fahrrad wie jedes Mal am Straßenrand ab und kam über den Fußpfad zum Haus.

»Monsieur Jay«, seufzte sie, als sie ihm den Stapel Briefe reichte. »Wenn Sie nur ein bisschen näher an der Straße wohnen würden! Meine *tournée* dauert immer eine halbe Stunde länger, wenn Post für Sie dabei ist. Ich nehme zehn Kilo ab, wenn ich zu Ihnen komme. Das kann nicht so weitergehen! Sie müssen einen Briefkasten aufstellen!«

Jay grinste. »Kommen Sie rein und essen Sie einen von Poitous frischen *chaussons aux pommes*. Ich habe Kaffee auf dem Herd stehen. Ich wollte gerade selbst eine Tasse trinken.«

Popotte blickte so ernst drein, wie ihr heiteres Gesicht es erlaubte. »Versuchen Sie etwa, mich zu bestechen, *Rosbif*?«

»Nein, Madame«, erwiderte er lächelnd. »Nur auf Abwege zu führen.«

Sie lachte. »Sie haben mich überredet. Nach dieser Tour kann ich ein paar Kalorien gebrauchen.«

Während Popotte ihren Apfelkuchen aß, öffnete Jay seine Post. Eine Stromrechnung. Ein Fragebogen von der Stadtverwaltung von Agen und ein kleines, flaches Päckchen, in braunes Papier gewickelt und an ihn adressiert in einer zierlichen, sorgfältigen Handschrift, die ihm bekannt vorkam. Es trug den Poststempel von Kirby Monckton. Jays Hände begannen zu zittern.

»Ich hoffe, das sind nicht nur Rechnungen«, sagte Popotte und nahm noch ein Stück Kuchen. »Es wäre doch eine Schande, wenn ich mich so abgerackert hätte, nur um Ihnen unerwünschte Post zu bringen.«

Jay schaffte es nur mit Mühe, das Päckchen zu öffnen.

Zweimal musste er eine Pause machen und warten, bis seine Hände aufhörten zu zittern. Das Packpapier war mit einem Stück Pappe versteift. Es befand sich kein Brief in dem Päckchen, nur eine Hand voll winziger, schwarzer Samenkörner, die sorgfältig in gelbes Seidenpapier eingewickelt waren.

Ein einziges Wort war mit Bleistift auf das Papier geschrieben worden: *Specials*.

»Alles in Ordnung?«, fragte Popotte besorgt. Er musste ein seltsames Bild abgegeben haben, in der einen Hand die Samen, in der anderen das Packpapier, den Mund weit offen.

»Nur ein paar Samen, die ich aus England bestellt hatte«, brachte Jay mühsam hervor. »Ich – ich hatte sie ganz vergessen.«

Seine Gedanken rasten. Er fühlte sich benommen, wie vor den Kopf geschlagen von der Ungeheuerlichkeit, die dieses kleine Päckchen bedeutete. Er trank einen Schluck Kaffee, dann breitete er die Samen auf dem gelben Papier aus und betrachtete sie eingehend.

»Sieht ja nicht gerade nach viel aus«, bemerkte Popotte.

»Ja, da haben Sie Recht.« Es waren vielleicht hundert Samenkörner, kaum genug, um seine Handfläche zu füllen.

»Um Gottes willen, bloß nicht niesen«, hörte er Joes Stimme hinter sich, und um ein Haar hätte Jay die ganzen Samen fallen lassen. Der Alte stand wie selbstverständlich an den Küchenschrank gelehnt, so lässig, als wäre er nie fort gewesen. Er trug Khaki-Shorts und ein Springsteen-T-Shirt mit dem Aufdruck *Born to Run*, dazu seine Grubenstiefel und eine Schirmmütze. Er wirkte absolut echt, wie er so dastand, aber Popotte zuckte mit keiner Wimper, obwohl sie ihn direkt anzusehen schien. Joe grinste und legte einen Finger an die Lippen. »Lass dir Zeit, mein Junge«, riet er ihm freundlich. »Ich sehe mir inzwischen den Garten an.«

Verdutzt sah Jay ihm nach, als er aus der Küche in den Garten schlenderte. Er musste seine ganze Selbstbeherrschung aufbringen, um nicht aufzuspringen und ihm nachzulaufen. Popotte stellte ihre Kaffeetasse ab und sah ihn neugierig an. »Haben Sie heute Marmelade eingekocht, Monsieur Jay?«

Er schüttelte den Kopf. Durch das Küchenfenster hinter ihr sah er, wie Joe sich über das Frühbeet beugte.

»Hm.« Popotte schnüffelte immer noch misstrauisch. »Ich dachte, ich hätte etwas gerochen. Schwarze Johannisbeeren. Karamellisierten Zucker.«

In der Pog Hill Lane hatte dieser Duft nach Hefe, Obst und verbranntem Zucker immer in der Luft gehangen, egal ob Joe gerade Wein machte oder nicht. Die Teppiche, die Vorhänge, die Möbel und sogar Joe selbst, allem haftete dieser Geruch an. Wo immer der alte Joe sich aufhielt, war er stets von diesem Geruch nach Sommer umgeben gewesen.

»Ich muss mich jetzt wirklich wieder um meine Gartenarbeit kümmern«, sagte Jay, bemüht, seiner Stimme einen normalen Klang zu geben. »Diese Samen müssen so bald wie möglich in den Boden.«

»Oho!« Popotte betrachtete die Samenkörner. »Die sind wohl was ganz Besonderes, was?«

Pog Hill, Winter 1977

47

Der Abschied von Gilly und die Rauferei mit Zeth hatten ihm die letzten Tage seiner Ferien verdorben. Der September war auch nicht besser. Elvis war wieder mit *Way Down* auf der Hitliste. Jay hörte lustlos zu. Die Normalität schien wieder hergestellt zu sein, aber die Untergangsstimmung der letzten Ferientage wollte noch immer nicht weichen und wurde von der Eintönigkeit, mit der das Leben weiterging, noch verstärkt. Er hörte weder von Joe noch von Gilly, was ihn wunderte, obwohl es eigentlich gar nicht erstaunlich war – immerhin hatte er Kirby Monckton verlassen, ohne sich von einem der beiden zu verabschieden. Seine Mutter wurde von Fotografen der *Sun* vor einem Nachtclub in Soho am Arm eines vierundzwanzigjährigen Sportlehrers geknipst. Nur wenige Wochen später kam Marc Bolan bei einem Autounfall ums Leben, und Ronnie Van Zant und Steve Gaines von Lynyrd Skynyrd starben bei einem Flugzeugabsturz. Es kam Jay so vor, als würde die Welt um ihn herum auseinander brechen. Das Schlimmste daran war, dass niemand sonst etwas davon zu bemerken schien. Seine Freunde rauchten heimlich Zigaretten und schlichen sich zur Spätvorstellung ins Kino. Jay beobachtete sie voller Verachtung. Er hatte so gut wie aufgehört zu rauchen. Es kam ihm sinnlos vor, irgendwie kindisch, und der Graben zwischen ihnen wurde immer tiefer. An manchen Tagen fühlte er sich zehn Jahre älter als seine Klassenkameraden.

Dann kam der Tag der Herbstfeuer. Die anderen Jungs zündeten ein Feuer an und rösteten im Hof Kartoffeln. Jay blieb im Schlafsaal und sah ihnen von weitem zu. Ein bitterer, nostalgischer Geruch lag in der Luft. Funken stoben aus den Flammen in den Rauch und erloschen im milden Abendhimmel. Er konnte Bratfett riechen und den schwefligen Gestank von Krachern. Zum ersten Mal wurde ihm bewusst, wie sehr er Joe vermisste.

Im Dezember büxste er aus. Er nahm seinen Mantel, seinen Schlafsack, sein Radio und etwas Geld und stopfte alles in seine Sporttasche. Dann fälschte er eine Urlaubserlaubnis und verließ die Schule direkt nach dem Frühstück, sodass er ausreichend Zeit hatte, um so weit wie möglich zu kommen. Er trampte aus der Stadt bis zur Autobahn und dann die M1 hinunter Richtung Sheffield.

Dann verließ er die Autobahn und ging fast den ganzen restlichen Weg zu Fuß, quer durch die Felder und das Moor. Er übernachtete in einem Bushäuschen, doch als ein Streifenwagen am Straßenrand hielt, verlor er die Nerven und wagte nicht, noch einmal zu rasten, aus Angst, von der Polizei aufgegriffen zu werden. Es war kalt, aber es schneite nicht. Der Himmel war trüb, und obwohl Jay alles anzog, was er bei sich hatte, fror er ständig. Er hatte Blasen an den Füßen, seine Stiefel waren schlammverkrustet, aber er klammerte sich beharrlich an die Erinnerung an die Pog Hill Lane und an die Gewissheit, dass Joe dort in seiner warmen Küche auf ihn wartete – umgeben vom Duft nach heißer Marmelade, getrockneten Äpfeln und dem Gedudel des Radios auf der Fensterbank über den Tomatenpflanzen …

Nach zwei Tagen erreichte er Kirby Monckton. Es war später Nachmittag, als er ankam. Hungrig und durchgefroren schleppte er sich die letzten Meter bis zur Rückseite von Joes Haus, warf seine Tasche über die Gartenmauer und kletterte hinterher. Der Hof war leer. Der Garten dahinter wirkte kahl und verlassen. Da hatte Joe sich ja eine perfekte Tarnung ausgedacht. Selbst vom Hof aus sah es so aus, als hätte sich schon seit Monaten niemand mehr um die Pflanzen gekümmert. Unkraut hatte sich zwischen den Wegplatten hindurchgearbeitet, war in der Kälte verdorrt und vom Frost mit einer silbrigen Haut überzogen. Die Fenster waren zugenagelt, die Tür abgeschlossen.

»Joe!« Er klopfte an die Tür. »Joe? Mach auf!«

Stille. Das Haus wirkte wie ausgestorben. Der Türgriff klapperte sinnlos, als Jay die Tür mit den Fäusten bearbeitete. Seine Stimme hallte in der verlassenen Siedlung wider wie ein dumpfes Echo aus einem leeren Raum. »Joe!«

»Das Haus ist leer, Junge.« Eine alte Frau schaute über die Mauer hinweg zu ihm herüber, ihre schwarzen Augen funkelten neugierig unter einem gelben Kopftuch hervor. Jay erinnerte sich schwach an sie; sie war oft zu Besuch gekommen in jenem ersten Sommer, und hatte Joe manchmal selbst gebackenen Erbeerkuchen vorbeigebracht, im Austausch gegen Obst oder Gemüse aus dem Garten.

»Mrs. Simmonds?«

»Ja, genau. Du willst bestimmt zu Mr. Cox, stimmt's?«

Jay nickte.

»Tja, der ist weg. Ich dachte schon, er sei gestorben, aber unsere Janice sagt, er hat sich einfach eines Tages aus dem Staub gemacht. Einfach so«, wiederholte sie. »Den kannst du hier lange suchen.«

Jay starrte sie wortlos an.

»Die ganze Pog Hill Lane wird abgerissen, weißt du«, sagte Mrs. Simmonds beiläufig. »Hier kommen lauter Luxuswohnungen hin. Wir könnten auch ein bisschen Luxus gebrauchen, nach allem, was wir durchgemacht haben.«

Jay ignorierte sie.

»Ich weiß, dass du da drin bist, Joe! Komm raus! Komm raus, verdammt noch mal!«

»Es gibt keinen Grund, so ausfallend zu werden«, sagte Mrs. Simmonds.

»Joe! Joe! Mach auf! *Joe!*«

»Jetzt beruhige dich, Junge, sonst rufe ich die Polizei.«

Jay hob beschwichigend die Hände. »Okay. Okay. Es tut mir Leid. Ich gehe ja schon. Tut mir Leid.«

Er wartete, bis sie weg war. Dann schlich er zurück und ging hinters Haus, immer noch davon überzeugt, dass Joe sich irgendwo da drin versteckt hatte. Vielleicht war er ja sauer auf ihn und wartete darauf, dass Jay aufgab und sich verkrümelte? Aber Joe war nie nachtragend gewesen, und er hatte ihn schon einmal aufgenommen. Jay suchte den verwilderten Garten ab, immer in der Erwartung, Joe dabei zu sehen, wie er gerade nach seinen Bäumen schaute, oder ihn in dem alten Stellwerk zu entdecken, das er als Gewächshaus benutzte. Aber die einzigen Spuren, die er fand, waren seine eigenen. Erst als er bemerkte, dass etwas Wichtiges fehlte, begriff er die Wahrheit. Nicht eine Rune, keine Schleife, nicht ein einziges gemaltes Zeichen auf einem Baumstumpf oder einem Stein. Die roten Säckchen waren vom Gewächshaus verschwunden, von der Gartenmauer, von den Ästen der Bäume. Die sorgfältig aus bunten Scherben gelegten Muster auf den Wegen waren zerstört. Die Mondkalender an den Wänden des Schuppens und des Treibhauses, die geheimnisvollen Symbole an den Baumstämmen – all die Zeichen, die Joe als Teil seines Schutzzaubers überall verteilt hatte, waren verschwunden. Die Frühbeete waren umgestürzt und die Pflanzen darin sich selbst überlassen worden. Auf der Obstwiese lag das Fallobst vom letzten Sommer, das, graubraun und halb verrottet, mit dem harten Boden verschmolzen war. Hunderte von Birnen, Äpfeln, Pflaumen, Kirschen. Das war es, was ihn begreifen ließ, dass Joe sein Reich in der Pog Hill Lane endgültig verlassen hatte.

Die Hintertür war nur unzureichend verriegelt. Es gelang Jay, sie aufzuhebeln und sich Zugang zu dem leeren Haus zu verschaffen. Drinnen stank es nach Obst, das im Keller vor sich hin faulte. Die Tomaten in der Küche hatten, bevor sie eingegangen waren, ihre langen, bleichen Triebe zu dem schmalen Spalt am Fenster gereckt, und hingen schlaff und vertrocknet über dem Beckenrand. Anscheinend hatte der Alte alles einfach stehen und liegen lassen, den Wasserkessel auf dem Herd, die Keksdose – die immer noch seine Lieblingsplätzchen enthielt, altbacken, aber genießbar –, seinen Mantel am Haken hinter der Tür. Es gab keinen Strom, aber von der Küche fiel ausreichend Tageslicht in den Keller, um die vielen Flaschen und Gläser zu erkennen, die sauber aufgereiht auf den Regalen standen und wie Juwelen in einer Schatzkammer auf dem Meeresgrund schimmerten.

Jay durchsuchte das ganze Haus, doch es gab nicht viel zu sehen; Joe hatte nie viel besessen, und soweit er es beurteilen konnte, hatte der Alte so gut wie nichts mitgenommen. Sein alter Seesack war verschwunden, sowie sein geliebtes Kräuterbuch, *The Illustrated Herbal,* und die wenigen Kleider, die er besessen hatte – unter anderem die Bergmannsmütze und die Grubenstiefel. Die Truhe mit den Samen stand noch neben dem Bett, aber als Jay sie öffnete, stellte er fest, dass sie leer war. Die Päckchen und Umschläge, die sauber beschrifteten Briefchen aus zerknittertem, vergilbtem Zeitungspapier waren weg. Die Truhe enthielt nichts als Staub. Wo auch immer Joe hingegangen sein mochte, er hatte die Samen mitgenommen.

Aber wo in aller Welt mochte er jetzt wohl sein? Die Landkarten hingen noch an den Wänden, markiert und beschriftet in Joes säuberlicher Handschrift, aber sie gaben keinen Aufschluss über den möglichen Aufenthaltsort des Alten. Seine Reiserouten wiesen kein erkennbares Muster auf, die verschiedenfarbigen Linien liefen an einem Dutzend unterschiedlicher Punkte zusammen: Brasilien, Nepal, Haiti, Französisch Guyana …

Jay sah unter dem Bett nach, entdeckte jedoch nichts außer einem Karton mit alten Zeitschriften. Neugierig nahm er sie heraus. Die Zeitschriften waren alt und verblasst, aber Joe hatte sie sorgfältig in dem Karton verstaut und mit einem Stück Pappe zum Schutz gegen den Staub abgedeckt. Die Daten auf den vergilbten Titelseiten waren besonders aufschlussreich für Joe – 1947, 1949, 1951, 1964 … alte Ausgaben des *National Geographic.*

Jay setzte sich auf den Boden und blätterte die vom Alter spröde gewordenen Seiten um. Diese Zeitschriften hatten etwas Tröstliches, als würden sie ihm, allein durch die Berührung, Joe näher bringen. Er sah die Orte, die Joe besucht, Menschen, unter denen Joe gelebt hatte … Erinnerungen an die vielen Jahre, die er durch die Welt gezogen war. Französisch Guyana. Ägypten. Brasilien. Südafrika. Neu-Guinea. Die ehemals leuchtend bunten Titelblätter lagen nebeneinander auf dem staubigen Boden. Jay entdeckte, dass Joe einige Passagen in den Heften mit Bleistift markiert, bei anderen Anmerkungen an den Rand geschrieben hatte. Haiti. Südamerika. Türkei. Antarktis. Das waren seine Reisen, die Routen seiner Wanderjahre. Jede datiert, signiert, in vielen Farben markiert. Datiert und signiert? Misstrauen kroch ihm über den Rücken wie ein eiskalter Finger. Und während Jay die Seiten mit wachsender Gewissheit umblätterte, begann er allmählich zu begreifen. Die Landkarten. Die Anekdoten. Die alten Ausgaben des *National Geographic*, die noch aus dem Krieg datierten … Es hatte nie Wanderjahre gegeben. Joe Cox war Bergarbeiter gewesen und es immer geblieben; von dem Tag an, als er die Schule verließ bis zu seiner Rente. Als die Grube in Nether Edge stillgelegt wurde, hatte er sich mit einer Abfindung in Pog Hill zur Ruhe gesetzt – vielleicht hatte er sogar noch eine Invalidenrente bezogen, wegen seiner verkrüppelten Hand – und vom Reisen geträumt. All seine Erlebnisse, seine Anekdoten, seine Abenteuer, seine kleinen Erfolge, die Prahlereien, die Frauen in Haiti und die Zigeuner – alles hatte er aus diesem Stapel alter Zeitschriften, alles derselbe Schwindel wie seine Zauberei, seine Laienalchimie, seine kostbaren Samen, die er garantiert in irgendeiner Gärtnerei gekauft oder aus einem Katalog bestellt hatte, während er sich seine Träume zusammengesponnen hatte – seine Lügen.

Plötzlich wurde Jay von einer Riesenwut gepackt; einer sinnlosen Wut, in der der ganze Kummer und die Verwirrung der letzten Monate in ihm hochkamen. Es war das Gefühl, von Gilly verlassen und von Joe verraten worden zu sein, der ganze Ärger mit seinen Eltern, mit sich selbst, mit der Schule, mit Zeth und Glenda und ihrer Bande, es war die Wut auf die Wespen und der Hass auf alles und jeden, der sich plötzlich in einem einzigen Ausbruch entlud. Er schleuderte die Hefte quer durch das Zimmer, trampelte wie von Sinnen darauf herum, zerknüllte Titelblätter, trat auf die bunten Bilder, bis sie mit Staub und Dreck bedeckt waren. Dann riss er die Landkarten von den Wänden und stieß die leere Samentruhe um. Er rannte in den Keller und zerschlug alles, was ihm in die Hände kam: die Flaschen, die Gläser, die Obstkonserven und die Schnapsflaschen. Glasscherben knirschten unter seinen Füßen. Wie konnte Joe ihn nur so belügen? Wie konnte er nur?

In seiner Wut vergaß er völlig, dass er es gewesen war, der sich ohne Abschied aus dem Staub gemacht hatte. Aber jetzt war er ja zurückgekommen, oder etwa nicht? Joe hatte ihn betrogen.

Sein Rücken schmerzte – er musste sich verrenkt haben, als er im Keller durchgedreht war. Außerdem hatte er sich die Hand an einer Scherbe verletzt. Bleischwer schleppte er sich zurück in die Küche, um sich die Schnittwunde auszuwaschen, aber das Wasser war abgestellt worden.

In diesem Augenblick entdeckte er den Umschlag. Er lehnte am Abtropfgitter vor dem Fenster, direkt neben einem vertrockneten Stück Seife. In sauberen, zittrigen Buchstaben stand sein Name daraufgeschrieben. Für einen normalen Brief war der Umschlag zu groß. Unbeholfen riss Jay ihn auf. Anscheinend hatte Joe ihn doch nicht vergessen, bestimmt enthielt der Umschlag etwas, das alles erklären würde, ein Zeichen, einen Glücksbringer.

Doch der Umschlag enthielt weder einen Brief noch einen kurzen Gruß. Jay schaute noch einmal nach, aber er fand nichts dergleichen. Stattdessen hielt er ein kleines Päckchen in den Händen, eins von den Samenpäckchen aus der Truhe, auf dem in blassem Rot *Specials* stand.

Jay riss das Briefchen an einer Ecke auf. Es enthielt Samen, winzige, schwarze Samenkörner, hundert oder mehr, die zwischen seinen unbeholfenen Fingern hin und her rollten, während er zu begreifen versuchte, was das bedeuten sollte. Kein Zettel. Kein Brief. Keine Anweisungen. Nur Samen.

Wieder stieg Zorn in ihm auf. Was sollte er damit machen? Im Garten aussäen? Stangenbohnen ziehen, die ins Märchenland hinaufrankten? Er stieß ein wütendes, krächzendes Lachen aus. Was zum Teufel sollte er bloß mit diesen Samen anfangen?

Die Samen rollten zwischen seinen Fingern hin und her. Tränen der Wut rannen ihm über die Wangen, und wieder brach er in verzweifeltes Gelächter aus.

Jay rannte aus dem Haus und kletterte auf die hintere Gartenmauer. Er riss das Päckchen auf und ließ die Samen die Böschung hinunterrieseln, Fliegendreck, der vom feuchten Winterwind davongetragen wurde.

Das Briefchen riss er in kleine Fetzen, warf die Papierschnitzel in die Luft und empfand dabei grimmige Genugtuung.

Lansquenet, Juni 1999

48

Der Juni glitt heran wie ein Schiff mit blauen, windgeblähten Segeln. Eine gute Zeit zum Schreiben – Jays Buch wuchs um weitere fünfzig Seiten an – und eine noch bessere für die Gartenarbeit. Er pflanzte die neuen Setzlinge in die frisch geharkten Beete, zupfte Labkraut und Zwergholunder aus den Johannisbeersträuchern, pflückte Erdbeeren und Himbeeren, um Marmelade daraus zu machen, worüber sich Joe besonders zu freuen schien. »Es gibt nichts Schöneres als Obst aus dem eigenen Garten«, sagte er, einen Zigarettenstummel zwischen den Zähnen. Es gab reichlich Erdbeeren in diesem Jahr – drei endlose Reihen; genug, um sie zu verkaufen, wenn Jay Lust dazu gehabt hätte – aber daran war er nicht interessiert. Er verschenkte sie lieber an seine neuen Freunde – Rosa und Clopette mochten sie besonders gern –, machte Marmelade daraus, oder aß sie pfundweise selbst, manchmal direkt aus dem Garten, ohne sie von der roten Erde zu säubern. Joes Vogelscheuchen – biegsame Zweige mit flatternden Streifen aus Alufolie und den unvermeidlichen roten Säckchen – reichten aus, um die Vögel in Schach zu halten.

»Du solltest Wein daraus machen, mein Junge«, sagte Joe. »Ich selbst habe nie Erdbeerwein gemacht. Es gab nie so viele, dass sich die Mühe gelohnt hätte. Würde mich interessieren, wie der schmeckt.«

Jay konnte Joes Anwesenheit jetzt fraglos akzeptieren, aber nicht, weil er keine Fragen an den Alten gehabt hätte. Er brachte es einfach nicht fertig, sie zu stellen. Lieber beließ er alles, wie es war, nahm es als ein alltägliches Wunder hin. Zu intensive Nachforschungen könnten mehr zutage fördern, als er gewillt war, zu erfahren. Auch sein Zorn war nicht gänzlich verflogen. Er schlummerte immer noch in ihm wie ein Samenkorn, bereit, unter den richtigen Bedingungen sofort zu keimen. Aber die Wut auf den Alten schien mittlerweile an Bedeutung verloren zu haben, so als gehöre sie zu einem anderen Leben. Zu viel Ballast, hatte Joe immer gesagt, hält nur auf.

Auch Marise gegenüber war er zurückhaltend. Seit dem Tag, an dem sie ihm die Wahrheit über Rosa anvertraut hatte, war sie zwar zugänglicher, aber immer noch vorsichtig. Sie akzeptierte seine Nähe auf ähnliche Weise, wie ein wildes Tier – ein Fuchs, vielleicht, oder ein Iltis – die Anwesenheit eines Menschen duldete, der sich noch nicht als Feind entpuppt hat. Wahrscheinlich wartete sie ab, ob Jay ihr Geheimnis im Dorf preisgeben würde. Er hoffte, dass sie ihn mit der Zeit, wenn sie merkte, dass er nicht die Absicht hatte, irgendjemandem etwas zu erzählen, als Freund anerkennen würde.

In der Zwischenzeit kümmerte er sich um den Garten. Das Gemüse brauchte intensive Pflege; neue Kartoffeln mussten ausgegraben und in mit Erde gefüllten Kisten gelagert werden. Er setzte junge Porreepflanzen und deckte die Endivien mit schwarzer Plastikfolie ab, um sie gegen das Sonnenlicht zu schützen. Abends, wenn es kühler wurde, arbeitete Jay an seinem Buch, während Joe aus der Zimmerecke zusah, auf dem Bett ausgestreckt, die Stiefel gegen die Wand gelehnt, oder am Fenster stand, von wo aus er, eine Zigarette im Mundwinkel, faul und schläfrig auf die Felder hinausschaute. Ebenso wie der Garten und die Obstwiese erforderte das Buch in diesem Stadium mehr Arbeit denn je, aber als die letzten hundert Seiten fast fertig waren, geriet Jay ins Stocken.

»Heute hast du aber nicht viel geschrieben, mein Junge«, bemerkte Joe eines Abends, nachdem Jay eine Seite nach der anderen beschrieben und anschließend zerrissen hatte. Er sprach mit starkem Akzent, wie immer, wenn er sarkastisch wurde.

Jay schüttelte den Kopf. »Ich komme schon voran.«

»Du solltest zusehen, dass du fertig wirst«, fuhr Joe fort. »Dass du es hinter dich bringst, solange du in Schwung bist.«

»Ich kann nichts erzwingen«, erwiderte Jay gereizt.

Joe zuckte die Achseln.

»Ich meine es ernst, Joe, ich kann's nicht.«

»Kann ich nicht gibt's nicht.« Einer von Joes Lieblingssprüchen. »Willst du das verdammte Buch fertig schreiben oder nicht? Ich werde dir nicht für immer Gesellschaft leisten können, das weißt du.«

Es war das erste Mal, dass Joe andeutete, er würde nicht bleiben. Jay blickte abrupt auf. »Was soll das heißen? Du bist doch gerade erst zurückgekommen.«

»Na ja –« Wieder zuckte Joe lässig die Achseln. Als wäre es selbstverständlich. Manche Dinge brauchten eben nicht erklärt zu werden. »Ich wollte dafür sorgen, dass du den Anfang findest«, sagte er schließlich. »Dir auf die Sprünge helfen, wenn du willst. Aber bleiben –«

»Du wirst mich also wieder verlassen.«

»Na ja, wahrscheinlich nicht sofort –«

Wahrscheinlich. Das Wort klang wie ein Stein, der in einen stillen Teich fällt.

»Schon wieder.« Jays Ton war mehr als vorwurfsvoll.

»Noch nicht.«

»Aber bald.«

Joe hob die Schultern und sagte schließlich: »Ich weiß es noch nicht.«

Zorn, dieser alte Freund. Wie ein immer wieder aufflammendes Fieber. Jay spürte die alte Wut in sich aufsteigen, ein Kribbeln im Nacken. Der gute alte Zorn mit seiner Gier, die nie gestillt werden konnte.

»Irgendwann muss ich mich wieder aufmachen, mein Junge. Das müssen wir beide. Du mehr denn je.«

Schweigen.

»Aber ich werde wohl noch eine Weile bleiben. Mindestens bis zum Herbst.«

Jay fiel auf, dass er den Alten noch nie im Winter gesehen hatte, als wäre er ein Produkt des Sommers.

»Warum bist du überhaupt hier, Joe?«

Joe lachte. In dem streifigen Mondlicht, das durch die Fensterläden fiel, wirkte er tatsächlich geisterhaft, aber sein Lächeln hatte nichts Dämonisches.

»Du hast schon immer zu viele Fragen gestellt.«

Sein schwerer Akzent kam Jay vor wie eine Farce, ein nostalgischer Tick. Er fragte sich plötzlich, inwieweit auch das zur Show gehörte. »Ich hab's dir doch von Anfang an gesagt, oder? Astralreisen, mein Junge. Ich reise im Schlaf. Darin hab ich eine richtige Kunst entwickelt. Ich kann überall hinreisen. Nach Ägypten, Bangkok, an den Südpol, zu den tanzenden Mädchen in Hawaii, zum Nordlicht in Murmansk. Ich bin überall gewesen. Deswegen schlafe ich so verdammt viel.« Er lachte und schnippte seine Kippe auf den Boden.

»Wenn das stimmt – wo bist du dann jetzt?« Jays Ton war misstrauisch, wie immer, wenn er das Gefühl hatte, dass Joe sich über ihn lustig machte. »Ich meine – wo bist du – in Wirklichkeit? Das Päckchen mit den Samen kam aus Kirby Monckton. Bist du –«

»Ach Gott.« Joe zündete sich eine neue Zigarette an, und beißender Qualm erfüllte den kleinen Raum. »Das spielt doch keine Rolle. Das Wichtigste ist, dass ich jetzt hier bin.«

Mehr war nicht aus ihm herauszubekommen. Unter ihnen, im Keller, regten sich die restlichen Specials.

Bald, schienen sie in ihren gläsernen Wiegen im Dunkeln zu flüstern. Bald. Bald. *Bald*. Es war, als wären die Geister, die aus den anderen Flaschen befreit worden waren, zurückgekehrt, als würden sie die übrig gebliebenen unablässig anstacheln. Die Luft knisterte vor Energie, und die Erde schien aufgeladen von einer unerklärlichen Kraft.

Auch Narcisse entging diese Veränderung nicht. Als er vorbeikam, um Gartenbedarf zu liefern, betrachtete er den frisch in Ordnung gebrachten Obstgarten und knurrte: »Nicht schlecht, für einen Engländer. Vielleicht wird doch noch mal ein richtiger Bauer aus Ihnen.« Er lächelte. »Aber mit Obst kann man nicht viel verdienen«, fuhr er fort. »Jeder baut Obst an, aber es gibt zu viel, und am Ende verfüttert man es an die Schweine. Aber wenn Sie Eingemachtes mögen –« Er schüttelte den Kopf über Jays exzentrische Vorlieben. »Es kann ja nichts schaden.«

»Ich will versuchen, Wein daraus zu machen«, sagte Jay lächelnd.

Narcisse sah ihn verblüfft an.

»Wein aus Obst?«

Jay erklärte, Trauben seien schließlich auch Obst, aber Narcisse schüttelte nur verwirrt den Kopf.

»*Bof*, wenn Sie meinen. *C'est bien anglais, ça.*«

Lansquenet, Juli 1999

49

Als der Juli näher rückte, wurde es immer wärmer, bis schließlich eine unerträgliche Hitze herrschte. Jay war dankbar, dass er nur wenige Reihen Gemüse und Obststräucher hatte, um die er sich kümmern musste, denn trotz der Nähe des Bachs war die Erde trocken und rissig geworden, und die rote Farbe des Bodens verblasste in der sengenden

Sonne zu einem hellen Rosa. Jetzt musste Jay den Garten täglich zwei Stunden lang wässern, einmal am frühen Morgen und einmal am Abend. Er benutzte Geräte, die er in Foudouins altem Schuppen gefunden hatte: große Gießkannen aus Zinkblech und eine Handpumpe, mit der er das Wasser vom Bach heraufholte. Die Pumpe hatte er in der Nähe des Drachenkopfs aufgebaut, an der Grenze zwischen seinem Land und Marises Weinberg. Rosa saß oft auf dem Zaun und plauderte mit ihm, wenn er Wasser holte, während Clopette an grünem Möhrenkraut oder fedrigen Spargeltrieben knabberte, die Samen angesetzt hatten. Hin und wieder kam Marise vorbei und brachte Kuchen oder Plätzchen, um sich für die Erdbeeren zu bedanken, aber sie blieb nie lange. Sie wirkte verlegen, verhielt sich förmlich, wenn sie sich auf Jays Land befand und schien weniger bereit, mit ihm zu reden, als auf ihrem eigenen Terrain.

»Das Wetter ist gut für sie«, erklärte Narcisse bei einer Tasse Kaffee im *Café des Marauds*. »Ihr Land trocknet nie aus, selbst im Hochsommer. Früher, als ich noch ein Junge war, ist einmal ein Entwässerungssystem angelegt worden, lange bevor der alte Foudouin überhaupt daran gedacht hat, das Land zu kaufen. Aber das funktioniert längst nicht mehr. Ich glaube kaum, dass sie vorhat, die Anlage wieder in Schuss zu bringen.« In seiner Stimme lag kein Groll. »Was sie nicht selbst machen kann«, sagte er trocken, »das lässt sie auch niemand anders machen. So ist sie nun mal!«

Narcisse machte die Julihitze sehr zu schaffen. Seine Beete befanden sich in einem heiklen Stadium, die Gladiolen, die Dahlien und die Sonnenblumen waren fast so weit, dass sie an die Geschäfte ausgeliefert werden konnten, die jungen Gemüse waren zart und empfindlich, und das Obst begann gerade, an den Zweigen zu reifen. Der plötzliche Hitzeeinfall drohte die Blüten, das Obst und die Blätter zu verbrennen.

»*Bof.*« Er hob philosophisch die Schultern. »Das geht nun schon das ganze Jahr so. Seit Februar gab es kaum noch Regen. Vielleicht genug, um den Boden zu befeuchten, aber nicht genug, um in die tieferen Schichten vorzudringen. Schlecht fürs Geschäft.« Er deutete auf den Korb mit Gemüse neben sich – ein Geschenk für Jay – und schüttelte den Kopf. »Sehen Sie sich das an«, sagte er. Die Tomaten waren so klein wie Kricket-Bälle. »Es ist mir peinlich, sie zu verkaufen, deswegen verschenke ich sie lieber.« Wehmütig trank er seinen Kaffee. »Eigentlich könnte ich's gleich aufgeben«, sagte er.

Das meinte er natürlich nicht ernst. Der einsilbige Narcisse war in den letzten Wochen ziemlich gesprächig geworden. Unter der rauen Oberfläche verbarg sich ein warmes Herz, und bei Leuten im Dorf war er aufgrund seiner schroffen Herzlichkeit sehr beliebt. Er war der Einzige aus Lansquenet, mit dem Marise geschäftlich verkehrte, wahrscheinlich, weil sie dieselben Leute als Saisonarbeiter anheuerten. Alle drei Monate belieferte er sie mit Dünger, Saatgut und Insektiziden für die Reben.

»Sie kümmert sich um ihre eigenen Dinge«, war Narcisses einziger Kommentar. »Das stünde anderen Frauen auch gut an.«

Im vergangenen Jahr hatte sie am Rand ihres zweiten Felds eine Sprinkleranlage installiert; das Wasser entnahm sie dem nahe gelegenen Bach. Narcisse hatte ihr geholfen, die Anlage zusammenzubauen, aber alle anderen Arbeiten hatte sie selbst erledigt, hatte Gräben quer über das Feld bis zum Bach gezogen und die Rohre verlegt. Sie baute Mais auf dem Feld an und jedes dritte Jahr Sonnenblumen. Doch diese Pflanzen vertrugen die Trockenheit nicht. Narcisse hatte angeboten, ihr zu helfen, aber sie hatte abgelehnt.

Inzwischen lief die Sprinkleranlage jede Nacht – tagsüber war es sinnlos, da das Wasser noch in der Luft verdunstete. Jay konnte es von seinem offenen Fenster aus hören, ein leises Schwirren in der stillen Luft. Im Mondlicht wirkte der weiße Sprühregen gespenstisch, magisch.

Den Hauptertrag brachte für Marise der Weinberg. Den Mais und die Sonnenblumen baute sie als Viehfutter an, das Gemüse und das Obst für ihren eigenen Gebrauch. Ein paar Ziegen, die sie für Milch und Käse hielt, liefen frei auf dem Hof herum, wie Clopette. Der Weinberg war klein und brachte nur achttausend Flaschen pro Jahr. Als Jay bemerkte, das komme ihm ziemlich viel vor, lächelte Narcisse nachsichtig. »Nicht genug«, sagte er knapp. »Der Wein ist natürlich gut. Der alte Foudouin wusste schon, was er tat, als er diese Reben pflanzte. Ist Ihnen aufgefallen, wie steil das Land zum Sumpf hin abfällt?«

Jay nickte.

»Deswegen kann sie diese Rebsorte anbauen. Chenintrauben. Sie erntet sie sehr spät, im Oktober oder November, pflückt sie einzeln von Hand. Bis dahin sind sie fast vertrocknet. Aber der Morgennebel, der aus dem Sumpf aufsteigt, bringt immer neue Feuchtigkeit und ermöglicht die *pourriture noble*, die Edelfäule, die den Trauben die Süße und den Geschmack gibt.« Narcisse wirkte nachdenklich. »Sie muss mittlerweile an die hundert Fässer haben, die in ihrem Keller reifen. Ich habe sie gesehen, als ich sie letztes Jahr beliefert habe. In anderthalb Jahren ist dieser Wein hundert Francs die Flasche wert, vielleicht noch mehr. Damit hätte sie es sich leisten können, Château Foudouin zu kaufen.«

»Offenbar will sie unbedingt bleiben«, sagte Jay.

Narcisse sah ihn an. »Sie kümmert sich um ihre eigenen Dinge«, erwiderte er knapp. »Das ist alles.« Dann drehte sich das Gespäch wieder um die Landwirtschaft.

50

Der Sommer war wie eine Tür, die sich zu einem geheimen Garten öffnet. Jays Buch war noch immer nicht fertig, aber er zerbrach sich nicht länger den Kopf darüber. Es gab wichtigere Dinge, um die er sich kümmern musste. Vor allem Marise. Ständig war er mit seinen Gedanken bei ihr. Mal dachte er nur flüchtig an sie, dann wieder stundenlang. Sie und die Heldin seines Buchs entfernten sich immer weiter voneinander. Aber das machte nichts. Jay fand Marise wesentlich interessanter als jede Romanfigur – in erster Linie wegen der Dinge, über die sie *nicht* mit ihm sprach.

»Diese kleinen Dinger«, fragte sie eines Tages und hielt eins von Jays kleinen roten Säckchen über die Hecke, »wozu sind die gut? Warum hängen Sie sie auf?«

Leicht verlegen erzählte Jay ihr von den Glücksbringern und Joes Schutzzauber. »Ich weiß auch nicht, warum ich sie im Garten verteile«, gab er zu. »Vielleicht, weil ich hoffe, dass sie mir Glück bringen.«

Marise hielt sich das Säckchen unter die Nase. »Lavendel«, sagte sie. »Meine Großmutter hat Lavendelsäckchen zwischen ihre Wäsche gelegt.«

Marises Großmutter hatte auf dem Land gelebt, und bis zu ihrem zehnten Lebensjahr war Marise jeden Sommer zwei Wochen bei ihr in ihrem kleinen Landhaus in der Normandie gewesen.

»Das war eine schöne Zeit«, erinnerte sie sich, während sie mit dem Säckchen herumspielte. »Ich glaube, Ihr Joe war ein bisschen so wie meine Großmutter.«

Jay sah den Alten hinter ihr im Obstgarten stehen, die Mütze kess in den Nacken geschoben. Er trug ein T-Shirt mit der Aufschrift *Campaign For Real Fiction*. Als sich ihre Blicke begegneten, zwinkerte Joe ihm zu.

»Haben Sie das gehört?«, fragte Marise plötzlich.

Jay schüttelte den Kopf.

»Ich glaube, das war ein Auto mit Fehlzündung. Oder jemand, der auf Vögel schießt. Irgendwas riecht hier komisch. Wie karamellisierter Zucker.«

Bis Ende Juli nahm die Hitze zu und wurde noch unerträglicher durch den starken, heißen Wind, der den Mais so austrocknete, dass die Hülsen auf den Feldern laut raschelten. Narcisse schüttelte missmutig den Kopf und erklärte, er hätte es kommen sehen. Joséphine machte doppelten Umsatz. Joe studierte Mond- und Gezeitenkalender und gab Jay genaue Anweisungen, wann er seinen Garten wässern solle, um die beste Wirkung zu erzielen.

»Bald wird sich alles ändern, mein Junge«, sagte er. »Du wirst schon sehen.«

Nicht dass er viel zu verlieren gehabt hätte außer ein paar Reihen Gemüse. Aber trotz der Trockenheit würde der Garten mehr Obst hergeben, als Jay jemals brauchen konnte. Im Café schüttelte Lucien Merle düster den Kopf. »Die Landwirtschaft hat keine Zukunft. Die Leute leben von staatlichen Subventionen. Es braucht nur ein schlechtes Jahr zu kommen, dann müssen sie sich beim *Crédit Mutuel* Geld pumpen, damit sie im nächsten Jahr überhaupt etwas anpflanzen können.« Er lachte kurz auf. Dann rückte er ein bisschen näher und sagte leise: »Aber das wird sich alles ändern.«

»So?« Das Gerede von der blühenden Zukunft Lansquenets hing Jay allmählich zum Hals heraus. Der Mann redete von nichts anderem als davon, wie man aus Lansquenet ein zweites Le Pinot machen könnte. Zusammen mit Georges Clairmont hatte er auf der Hauptstraße und auf der Straße nach Toulouse Schilder aufgehängt, die Touristen anlocken sollten.

Visitez LANSQUENET-sous-Tannes!
Visitez notre église historique
Notre viaduc romain
Goûtez nos spécialités

Die Reaktion im Dorf war eher gelassen. Wenn die Schilder etwas bewirkten, umso besser. Aber die meisten Leute verhielten sich gleichgültig, denn Georges und Lucien waren dafür bekannt, dass sie irgendwelche grandiosen Einfälle hatten, die letzten Endes in der Luft verpufften. Caro Clairmont versuchte mehrmals, Jay zum Essen einzuladen, aber bisher war es ihm gelungen, den unvermeidlichen Besuch hinauszuschieben. Caro hoffte, dass sie ihn doch noch dazu überreden könne, vor ihrem Literaturclub in Agen zu sprechen. Aber allein der Gedanke widerte ihn an.

An diesem Tag regnete es zum ersten Mal seit Wochen – ein heftiger Schauer, der aus einem heißen, bleichen Himmel niederprasselte und kaum Erfrischung brachte. Jenseits des Zauns plantschte Rosa in Gummistiefeln und einem himmelblauen Regenmantel in den schlammigen Pfützen herum, während Marise die Ziegen in die Scheune trieb. Narcisse bemerkte mürrisch, dass der Regen wie immer zu spät komme, und dass er sowieso nicht lange genug anhalte, um den Boden zu tränken. Doch er hatte sich getäuscht. Es regnete die ganze Nacht über in Strömen, Wasser sprudelte aus den Dachrinnen und pladderte auf die ausgetrocknete Erde.

Am nächsten Morgen herrschte Nebel, und es fiel nur noch ein leichter Nieselregen. An dem vom Wasser voll gesogenen Garten konnte Jay erkennen, wie schwer der Wolkenbruch gewesen sein musste, aber auch ohne die trocknenden Sonnenstrahlen versickerte das Wasser allmählich im Boden und verklebte die durch die Trockenheit entstandenen Risse.

»Das war bitter nötig«, bemerkte Joe, während er sich bückte, um ein paar Setzlinge zu begutachten. »Gut, dass du diese *Jackapples* abgedeckt hast, sonst wären sie alle weggespült worden.« Die Specials standen in einem Frühbeet direkt neben dem Haus und waren unversehrt geblieben. Jay fiel auf, dass es sich um außergewöhnlich schnell wachsende Pflanzen handelte; sie waren schon fast vierzig Zentimeter hoch, und ihre herzförmigen Blätter schmiegten sich von unten gegen die Glasscheibe. Etwa fünfzig Setzlinge waren zum Aussetzen bereit, eine hohe Erfolgsquote für so eine anspruchsvolle Sorte.

»Gut.« Joe betrachtete die Pflanzen voller Zufriedenheit. »Der Boden hier scheint für die Specials genau das Richtige zu sein.«

An diesem Morgen kam ein weiterer Brief von Nick. Zwei Verlage hatten angeboten, Jays unfertiges Manuskript zu kaufen. Es seien zwar noch keine endgültigen Angebote, erklärte Nick, allerdings erschienen Jay die Summen, von denen die Rede war, schon jetzt übertrieben, ja beinahe lächerlich. Sein Leben in London, Nick, die Universität, selbst die Verhandlungen über den Roman kamen ihm hier völlig abstrakt und nichtig vor. Er schob die Gedanken an sein früheres Leben beiseite und arbeitete den Rest des Vormittags trotz des Regens im Garten und dachte an gar nichts.

51

So heiß wie der Juli gewesen war, so regnerisch begann der August. Es regnete jeden zweiten Tag, und wenn es einmal trocken blieb, gelang es der Sonne nicht, die dicke Wolkendecke zu durchbrechen. Sie hing wie eine verschmutzte Münze am trüben Himmel und spendete kaum Wärme. Wind fegte über die Felder und riss das Laub von den Bäumen. Joe schüttelte den Kopf und erklärte, er hätte das alles kommen sehen. Aber da war er der Einzige. Der Regen war gnadenlos, spülte die oberste Erdschicht weg und legte Baumwurzeln frei. Jay stapfte auf die Obstwiese und legte Teppichreste um die Baumstämme, um die Wurzeln gegen Feuchtigkeit und Fäulnis zu schützen. Das war auch ein alter Trick aus der Pog Hill Lane, und er funktionierte. Aber ohne ausreichend Sonne würde das Obst unreif von den Ästen fallen. Joe zuckte die Achseln. Es würde andere Jahre geben. Jay war sich da nicht so sicher. Mit einem fast übernatürlichen Gespür registrierte er, dass Joe nicht mehr der Alte war, er nahm jede Veränderung in seinem Gesichtsausdruck wahr, legte jedes Wort auf die Goldwaage. Ihm fiel auf, dass Joe nicht mehr so gesprächig war wie bisher, dass seine Umrisse mitunter undeutlich waren, dass aus dem Radio, auf dem seit Mai ununterbrochen der Oldie-Sender lief, manchmal minutenlang Rauschen ertönte, bis der Empfang wieder klar wurde. Es schien, als wäre Joe ein Sender, der allmählich außer Reichweite geriet. Schlimmer noch, Jay wurde das Gefühl nicht los, dass das alles irgendwie seine Schuld war, dass etwas in seinem Leben in den Vordergrund trat und Joe verdrängte. Während der letzten Wochen war auch der Geruch, der mit dem Auftauchen des Alten einherging, der Duft nach Obst und Rauch und gebranntem Zucker, schwächer geworden. Und das lag bestimmt nicht nur am Regen und den fallenden Temperaturen.

Jay fühlte sich bisweilen schrecklich einsam und verlassen, wie ein Mann, der am Bett eines sterbenden Freundes sitzt und verzweifelt auf dessen nächsten Atemzug wartet.

Es war in erster Linie die Sorge um Marise und Rosa, die ihn aus der Beschäftigung mit sich selbst riss. Jetzt wo das Wetter sich so verschlechtert hatte, kam er häufiger mit Marise ins Gespräch. Das Wetter war in Lansquenet kein Verlegenheitsthema, sondern etwas, das die Existenz der meisten Dorfbewohner unmittelbar betraf. Der Regen, den alle vor drei Wochen noch herbeigesehnt hatten, wurde jetzt zu einem ernsten Problem für Marise.

»Wenn das so weitergeht, wird es in diesem Herbst kein Obst geben«, sagte sie.

Die Pfirsiche und Aprikosen und andere Früchte mit empfindlicher Schale waren bereits verdorben. Der Regen fraß sich in das zarte Fleisch, und sie fielen verfault zu Boden, bevor sie sich überhaupt richtig entwickelt hatten. Die Tomaten reiften nicht, und den Äpfeln und Birnen ging es kaum besser. Ihre wächserne Schale bot einen besseren Schutz vor der Nässe, aber nicht genug, um diesen Wassermassen standzuhalten. Um die Trauben stand es am schlimmsten.

In diesem Stadium bräuchten sie Sonne, erklärte Marise. Vor allem die Chenintrauben, die am Rebstock wie Rosinen trocknen mussten. Diese Trauben seien auf die außergewöhnlichen Bedingungen des Sumpfgebiets von Lansquenet angewiesen; die heißen, langen Sommer, den Nebel, der nachts über den Fluss herübertreibe. Aber in diesem Jahr hatte die *pourriture noble* nichts Nobles. Simple Fäulnis setzte ein.

»Es ist wie ein Fluch«, erklärte Narcisse trübsinnig, während er über seinem Samenkatalog brütete. »Das ist nicht normal. Seit fünfzig Jahren haben wir in Lansquenet nicht so ein Wetter gehabt.«

»La Faizande behauptet, die Païenne auf dem Foudouin-Hof ist daran schuld«, bemerkte Briançon.

»Typisch«, sagte Narcisse.

»Trotzdem, man hört so allerhand –« Briançon senkte die Stimme. »Ein Selbstmord hat jedenfalls schon immer Pech gebracht. Und so nah beim Dorf –«

Narcisse schnaubte verächtlich. »Bébert, meinst du nicht,

du bist ein bisschen zu alt für solche Ammenmärchen? Oder ist dir das Wasser schon ins Hirn eingedrungen?«

»Du hast es doch selbst gesagt, Narcisse«, sagte Briançon trotzig, »es ist ein Fluch.«

Marise tat unterdessen alles, was in ihrer Macht stand. Sie ließ Plastikplanen aus der Stadt kommen, die sie mit Hilfe von Metallbügeln über den Reben befestigte, aber für die Wurzeln boten sie keinen Schutz. Gleichzeitig hielten die Planen aber auch jedes Sonnenlicht ab, und die Trauben schwitzten unter der Abdeckung. Der Boden war zu einem einzigen Schlammbrei zertreten. Auf Jays Anraten legte sie zwischen den Reihen von Reben Teppichreste aus, um weiteren Schaden zu verhindern. Aber es war eine nutzlose Maßnahme.

»Wir werden schon durchkommen«, versicherte sie Jay, als er seine Besorgnis äußerte. Sie sagte es leichthin, aber in ihrer Stimme lag ein grimmiger Unterton. »Wir haben es bis jetzt immer geschafft.«

»Wenn ich irgendetwas für Sie tun kann –«, sagte er. »Ich könnte Ihnen helfen, Entwässerungsgräben auszuheben, wie Joe es in Pog Hill gemacht hat. Damit das Wasser in den Tannes abfließt. Gemeinsam könnten wir es schaffen.«

Marise schüttelte vehement den Kopf. »Danke. Das ist nicht nötig. Wir kommen schon zurecht.«

»Es würde mir wirklich nichts ausmachen«, beharrte Joe. »Ich würde Ihnen gerne helfen.«

»*Bitte!*«

Jay spürte, dass der Grund für ihr Verhalten nicht nur Zurückhaltung sein konnte. Marises Gesichtsausdruck war gequält, als lägen heftige Gefühle im Widerstreit. Hier ging es um mehr als einfach nur um Stolz. Im nächsten Augenblick war der Ausdruck verschwunden, und sie sah ihn höflich und distanziert an, was ihn noch mehr irritierte. Es erinnerte ihn zu sehr an ihre Haltung während seiner ersten Zeit im Château Foudouin, und Jay konnte sich des traurigen Eindrucks nicht erwehren, dass all die Vertrautheit, die sich zwischen ihnen entwickelt hatte, dahin war.

Narcisse machte die globale Erwärmung für den katastrophalen Sommer verantwortlich. Andere murmelten etwas über El Niño, den Chemiefabriken in Toulouse, dem Erdbeben in Japan. Mireille Faizande kräuselte die Lippen und sprach vom Jüngsten Gericht und dem Zorn Gottes. Briançon ließ den Pfarrer kommen, um die Bienenstöcke zu segnen, für den Fall, dass es sich um einen Fluch handelte. Joséphine erzählte von dem schrecklichen Sommer 75, als der Tannes ausgetrocknet war und tollwütige Füchse aus den Sümpfen in das Dorf kamen.

Jay erging es mit seinem Garten wenig besser als den anderen. Da sein Land weiter vom Sumpf entfernt und höher über dem Grundwasserspiegel lag, gab es dort zwar natürliche Kanäle, die das Wasser in den Bach leiteten, aber der Tannes führte mehr Wasser denn je, trat über die Ufer und überschwemmte Marises Weinberg, kam gefährlich nah an Jays Land heran und weichte das Ufer so stark auf, dass bereits große Erdbrocken in den Bach gestürzt waren. Rosa hatte striktes Verbot, sich dem gefährlichen Ufer zu nähern.

Am schlimmsten traf es die Gerste. Sämtliche Felder rund um Lansquenet waren dem Regen bereits zum Opfer gefallen. In einem von Briançons Feldern entstand ein Getreidekreis, und die Einfältigeren unter Joséphines Stammgästen begannen, über außerirdische Wesen zu spekulieren. Roux dagegen hielt es für wahrscheinlicher, dass Clairmonts übermütiger Sohn und dessen Freundin mehr darüber wussten, als sie zugaben. Trotz der göttlichen Unterstützung waren die Bienen in diesem Jahr weniger produktiv, berichtete Briançon, und wegen des Mangels an Blumen war der Honig von minderer Qualität. Im Winter würden alle ihren Gürtel enger schnallen müssen.

»Es ist schon schwer genug, mit einer Ernte ausreichend Geld zu verdienen, um Saatgut fürs Frühjahr zu kaufen«, erklärte Narcisse. »Und wenn gepachtetes Land immer weniger rentabel wird ...« Sorgfältig goss er einen Schluck Armagnac in den Rest seines Kaffees und leerte die Tasse in einem Zug. »Mit Sonnenblumen und Mais kann man kein Geld mehr verdienen«, sagte er. »Selbst Blumen und Gemüse bringen nicht mehr dasselbe ein wie früher. Wir brauchen etwas Neues.«

»Wie wär's mit Reis?«, schlug Roux vor.

Clairmont war weniger niedergeschlagen, obwohl seine Geschäfte den ganzen Sommer über schlecht liefen. Vor kurzem war er mit Lucien Merle für ein paar Tage in den Norden gefahren, und die beiden waren voller Enthusiasmus für das Projekt Lansquenet zurückgekehrt. Es sprach sich herum, dass Clairmont und Merle gemeinsam einen Plan ausgeheckt hatten, um Lansquenet in der Region Agen bekannt zu machen, aber beide gaben sich in der Angelegenheit ungewöhnlich geheimnisvoll. Auch Caro tat schelmisch und zuversichtlich, kam zweimal wie zufällig bei Jay vorbei – obwohl es ein meilenweiter Umweg war – und blieb zum Kaffee. Sie erzählte ihm den neuesten Klatsch, war entzückt darüber, wie Jay den Hof renoviert hatte, erkundigte sich neugierig nach seinem Buch und deutete an, dass ihr Einfluss auf die Literaturclubs in der Gegend seinen Erfolg garantieren würde.

»Sie sollten wirklich versuchen, sich ein paar Kontakte in Frankreich zu verschaffen«, sagte sie ihm mit naiver Vertraulichkeit. »Toinette Merle kennt eine Menge Leute von den Medien, wissen Sie. Sie könnte für Sie vielleicht ein Interview mit einer regionalen Zeitschrift organisieren.«

Jay konnte sein Grinsen kaum unterdrücken und versuchte ihr zu erklären, dass er vor allem nach Lansquenet geflüchtet war, um solchen Dingen aus dem Weg zu gehen.

Caro lächelte affektiert und faselte etwas von Künstlernatur. »Aber Sie sollten es sich überlegen«, beharrte sie. »Einen berühmten Schriftsteller im Dorf zu haben, würde uns den Aufschwung bescheren, den wir so dringend brauchen.«

Jay schenkte ihrem Gerede kaum Beachtung. Sein Buch war mittlerweile fast fertig, und er wartete auf den Vertrag mit World Wide, einem großen internationalen Verlag, den er nur noch zu unterschreiben brauchte. Als Abgabetermin hatte er sich selbst die letzte Oktoberwoche gesetzt. Nebenher war er dabei, mit Hilfe von Betonrohren, die Georges ihm geliefert hatte, die alten Entwässerungsgräben auf seinem

Land instand zu setzen. Während dieser Zeit blieb Marise auf Distanz. Wenn er sie hin und wieder jenseits der Hecke sah, hatte er den Eindruck, dass sie krank wirkte. Vielleicht war sie aber auch einfach nur erschöpft. Er dachte jetzt noch häufiger an sie, schmiedete sinnlose Pläne, um ihr zu helfen und sie dadurch an sich zu binden, wie er sich insgeheim eingestehen musste. Er ging an ihrer Hecke entlang und hängte rote Säckchen an die Zweige, obwohl er fürchtete, dass in diesem Fall nicht einmal Joes Zaubermittel etwas ausrichten konnten. Das Gespräch mit Caro hatte er schon wieder vergessen.

So kam es, dass ihn der Zeitungsartikel völlig überraschte. Von selbst hätte er ihn wahrscheinlich überhaupt nicht entdeckt, wenn Popotte ihn nicht in einer Zeitung in Agen gefunden und für ihn ausgeschnitten hätte. Die mollige Briefträgerin war auf rührende Weise von der ganzen Sache begeistert, aber Jay beschlich sofort ein unbehagliches Gefühl. Es war immerhin das erste Anzeichen dafür, dass sein Aufenthaltsort kein Geheimnis mehr war.

An den genauen Wortlaut des Artikels konnte er sich nicht mehr erinnern. Er enthielt eine Menge Unsinn über seine glänzenden frühen Erfolge. Es wurde ausführlich beschrieben, wie er aus London geflüchtet und in Lansquenet wieder zu sich selbst gefunden hatte. Hauptsächlich Plattitüden aus zweiter Hand und vage Vermutungen. Am meisten ärgerte Jay sich über ein Foto, das am vierten Juli im *Café des Marauds* aufgenommen worden war und ihn, Georges, Roux, Briançon und Joséphine am Tresen zeigte, jeder eine Flasche Bier in der Hand. Auf dem Bild trug Jay ein schwarzes T-Shirt und Khaki-Shorts. Georges rauchte eine Gauloise. Die Bildunterschrift lautete: *Jay Mackintosh mit Freunden im Café des Marauds in Lansquenet-sous-Tannes*. Jay konnte sich nicht erinnern, wer dieses Foto gemacht hatte.

»Tja, ewig konntest du's schließlich nicht geheim halten, mein Junge«, bemerkte Joe, als Jay ihm davon erzählte. »Irgendwann musste es rauskommen.«

Jay saß an seiner Schreibmaschine, eine Flasche Wein

neben sich, eine Tasse Kaffee auf der anderen Seite. Joe trug ein T-Shirt mit der Aufschrift *Elvis is alive and well and living in Sheffield*. Jay fiel immer häufiger auf, dass die Umrisse des Alten unschärfer wurden, wie auf einem überbelichteten Foto.

»Wieso denn?«, erwiderte er. »Wenn ich hier leben will, geht das nur mich was an, oder?«

Joe schüttelte den Kopf. »Ja. Vielleicht. Aber so kannst du schließlich nicht ewig weitermachen, stimmt's?«, sagte er. »Du musst deine Papiere in Ordnung bringen. Ausweis, Führerschein. Praktische Dinge erledigen. Das Geld wird dir früher oder später ausgehen.«

Es stimmte, die vier Monate in Lansquenet hatten seine Ersparnisse drastisch schrumpfen lassen. Die Renovierungsarbeiten am Haus, Möbel, Werkzeug, Gartenmaterial, Entwässerungsrohre, die täglichen Ausgaben für Essen und Kleidung – nicht zu vergessen das Haus selbst – hatten ihn weit mehr gekostet, als er sich hatte träumen lassen.

»Es wird bald genug Geld da sein«, erwiderte er. »Ich muss nur den Vertrag für das Buch unterschreiben.« Er nannte Joe die Summe, die man ihm angeboten hatte, in der Erwartung, dass der Alte beeindruckt schweigen würde. Aber Joe zuckte nur die Achseln.

»Na ja. Ich hätte lieber einen Geldschein in der Hand als einen Scheck im Briefkasten«, sagte er trocken. »Bevor ich gehe, wollte ich mich nur vergewissern, dass du alles geregelt bekommst, das ist alles.«

Lansquenet, September 1999

52

Der Regen dauerte erbarmungslos an. Es blieb jedoch heiß, und der Wind war warm und brachte keine Erfrischung. Nachts gab es oft Gewitter, Blitze tanzten auf Stelzen über den Horizont, und der Himmel leuchtete seltsam rot. In Montauban wurde eine Kirche vom Blitz getroffen und brannte aus. Mit düsterer Genugtuung verkündete Briançon, dies sei ein Zeichen Gottes. Seit dem Vorfall mit dem Wespennest hielt Jay sich vom Bach fern. Marise erklärte ihm, es sei gefährlich. Die vom Hochwasser ausgehöhlten Ufer brachen häufig ein. Da könne man leicht von der Strömung mitgerissen werden. Solche Unfälle seien nicht selten.

Am 13. September trat der Tannes über die Ufer und überflutete den Weinberg. Der obere Teil blieb verschont, aber der untere Teil stand einen halben Meter unter Wasser. Auch andere Bauern waren vom Hochwasser betroffen, aber Marise, deren Anbaugebiet größtenteils im Sumpfland lag, erlitt die schlimmsten Schäden. Ihr Haus war von riesigen Pfützen umgeben. Zwei Ziegen ertranken in den Fluten des Tannes, und die beiden anderen wurden in die Scheune gesperrt, um weiteres Unheil zu verhindern. Das Futter war nass, das Dach undicht und die Vorräte verdarben in der Feuchtigkeit.

Sie sprach mit niemandem über ihre Notlage. Das verbot ihr Stolz. Selbst Jay ahnte nichts vom wahren Ausmaß des Schadens. Das Haus lag in der Senke unterhalb des Weinbergs, weit von der Grenze zu seinem Land entfernt. Das Hochwasser war inzwischen weiter angestiegen, so dass es das Haus wie ein See einschloss. Der Küchenboden stand unter Wasser. Mit einem Besen schob Marise das Wasser hinaus, aber es kehrte immer wieder zurück. Der Keller war bereits überflutet, und die Eichenfässer mussten eins nach dem anderen in Sicherheit gebracht werden. Der Stromgenerator, der sich in einem der Nebengebäude befand, war nach einem Kurzschluss ausgefallen. Es regnete unablässig weiter.

Schließlich wandte Marise sich an die Baustoffhandlung in Agen. Sie bestellte für fünfzigtausend Francs Entwässerungsrohre und bat darum, sie so schnell wie möglich zu liefern. Sie hatte sich jetzt doch dazu entschlossen, die bereits bestehenden Entwässerungsgräben zu nutzen, damit das Wasser vom Haus in das Sumpfgebiet und von dort zurück in den Tannes abfließen konnte. Um das Haus herum wollte sie einen Erdwall errichten, der den Hof wie ein Deich schützen sollte. Sie begann allein mit den Arbeiten, hob Gräben aus, während sie auf die Rohre wartete. Es war eine schwere und mühsame Arbeit, als würde sie Schützengräben ausheben. Sie fühlte sich, als befände sie sich tatsächlich im Krieg – sie allein gegen den Regen, das Land, die Leute. Dieser Gedanke weckte ihren Kampfgeist und munterte sie ein wenig auf. Es war eine romantische Vorstellung.

Am 15. September traf Marise eine Entscheidung. Bisher hatte Rosa zusammen mit Clopette in ihrem kleinen Dachzimmer geschlafen. Aber jetzt, wo es keinen Strom und kaum noch trockenes Kaminholz gab, blieb Marise keine andere Wahl. Sie musste eine andere Bleibe für das Kind finden.

Als der Tannes das letzte Mal über die Ufer getreten war, hatte Rosa sich die Mittelohrentzündung zugezogen. Damals war sie noch ein Baby gewesen, und Marise hatte niemand gekannt, zu dem sie Rosa hätte bringen können. Sie hatten den ganzen Winter über zusammen in dem kleinen Dachzimmer geschlafen, während schwarzer Rauch aus dem Kamin stieg und der Regen gegen die Fensterscheiben klatschte. In Rosas Ohren hatten sich Abszesse gebildet, und sie hatte die ganze Nacht lang geschrien. Nichts – nicht einmal Penizillin – hatte helfen können.

Nie wieder, schwor sich Marise. Diesmal musste Rosa fort, bis die Entwässerungsrohre verlegt waren, das Haus nicht mehr so feucht und der Generator wieder in Ordnung war. Oder bis der Regen aufhörte. Es konnte ja nicht ewig dauern. Und wenn sie es schaffte, das Entwässerungssystem anzulegen, würde sie vielleicht einen Teil der Ernte retten können.

Es half alles nichts. Rosa musste für ein paar Tage weg. Aber zu wem konnte sie sie geben? Beim Gedanken an Mireille schnürte sich Marise das Herz zusammen. Aber wer kam sonst noch in Frage? Niemand im Dorf. Es war zwar Mireille, die die Gerüchte verbreitete – aber alle anderen hörten ihr begierig zu.

Na ja, vielleicht nicht alle. Roux nicht. Narcisse auch nicht. Aber es war unmöglich, Rosa zu einem der beiden zu geben. Die Leute würden es erfahren, und dann würde Mireille sich wieder einmischen. Im Dorf konnte man nichts lange geheim halten.

Vielleicht gab es eine Pension in Agen, wo das Kind für ein paar Tage in Sicherheit wäre. Aber Rosa war noch zu klein, um sie tagelang allein zu lassen. Außerdem war Marise der Gedanke, Rosa so weit weg zu wissen, unerträglich. Sie wollte sie in ihrer Nähe haben.

Blieb nur noch der Engländer. Ihm konnte sie vertrauen – jedenfalls weitgehend. Er war ein Fremder, hatte mit dem Dorfklatsch nichts zu tun. Und hatte er nicht mehr als einmal seine Hilfe angeboten? Bei dem Gedanken an Jay schlich sich ein zaghaftes Lächeln in ihr Gesicht, und ihr wurde warm ums Herz. Doch sie zwang sich sofort zur Vernunft. Der Ort wäre ideal; weit genug vom Dorf entfernt, aber nah genug, um Rosa täglich zu sehen. Er konnte Rosa in einem der ehemaligen Schlafräume ein Zimmer einrichten – Marise erinnerte sich an eine blaue Kammer unter dem südlichen Giebel, das einmal Tonys Zimmer gewesen sein musste, mit einem Kinderbett, das wie ein Boot geformt war, und einer blauen Glaskugel, die als Lampe diente. Es wäre ja nur für ein paar Tage, höchstens eine oder zwei Wochen. Sie würde ihn bezahlen. Es wäre eine rein geschäftliche Angelegenheit, sagte sie sich nachdrücklich, mehr nicht. Es war die einzige Lösung.

53

Am nächsten Abend stand sie unangemeldet vor seiner Tür. Jay hatte sie seit mehreren Tagen nicht gesprochen. Er hatte das Haus nicht mehr verlassen, außer, um im Dorf Brot zu holen. Bei dem Regen herrschte eine trübselige Stimmung im Café, die Tische und Stühle waren von der Terrasse ins Haus geräumt worden, und Regen triefte von den vom Wetter ausgebleichten Sonnenschirmen. In *Les Marauds* hatte der Tannes zu stinken begonnen. Warmes, fauliges Sumpfwasser schwappte über die Ufer. Selbst die fahrenden Leute hatten ihre Ankerplätze verlassen und waren mit ihren Hausbooten in ruhigere, sauberere Gewässer gezogen. Arnauld sprach davon, einen Wettermacher kommen zu lassen, um das Regenproblem zu lösen – es gab tatsächlich noch einige in der Gegend –, und die Leute hatten mit weit weniger Verachtung auf seinen Vorschlag reagiert, als sie es noch ein paar Wochen zuvor getan hätten. Narcisse schüttelte grimmig den Kopf und erklärte immer wieder, so etwas hätte er noch nie erlebt – das hätte es seit Menschengedenken nicht gegeben.

Es war kurz vor neun. Marise trug eine gelbe Regenjacke. Rosa stand hinter ihr in ihrem himmelblauen Regenmantel und roten Gummistiefeln. Ihre Gesichter schimmerten silbrig im Regen. Der Himmel war schmutziggelb, und in der Ferne zuckten einzelne Blitze. Der Wind rüttelte an den Bäumen.

»Was ist los?« Jay war über ihr Erscheinen so verblüfft, dass er zunächst vergaß, sie hereinzubitten. »Ist irgendwas passiert?«

Marise schüttelte den Kopf.

»Kommen Sie rein. Sie müssen ja völlig durchnässt sein.« Jay warf einen kurzen Blick hinter sich. Das Zimmer war ordentlich genug. Nur ein paar leere Kaffeetassen standen auf dem Tisch. Er bemerkte, wie Marise neugierig zu dem Bett in der Ecke hinübersah. Obwohl das Dach mittlerweile repariert war, hatte er sich noch nicht die Zeit genommen, sein Bett nach oben zu schaffen.

»Ich mache Ihnen etwas Warmes zu trinken«, sagte er. »Geben Sie mir Ihre Mäntel.« Er hängte die Regensachen zum Abtropfen in die Küche und setzte Wasser zum Kochen auf. »Kaffee? Kakao? Wein?«

»Einen heißen Kakao für Rosa«, sagte Marise. »Bei uns ist der Strom ausgefallen. Im Generator hat es einen Kurzschluss gegeben.«

»O Gott.«

»Das macht nichts.« Ihre Stimme klang ruhig und geschäftsmäßig. »Das lässt sich reparieren. Dieses Problem haben wir nicht zum ersten Mal. Im Sumpfgebiet gibt es öfter Hochwasser.« Sie sah ihn an. »Ich muss Sie um Ihre Hilfe bitten«, sagte sie.

Es kam Jay seltsam vor, wie sie sich ausdrückte. *Ich muss Sie bitten.*

»Selbstverständlich«, sagte er. »Was immer Sie wünschen.«

Marise setzte sich steif an den Tisch. Sie trug Jeans und einen moosfarbenen Pullover, der ihre grünen Augen zur Geltung brachte. Vorsichtig fuhr sie mit den Fingerspitzen über die Schreibmaschinentasten. Ihre kurz geschnittenen Nägel hatten schwarze Ränder.

»Sie müssen nicht Ja sagen. Es ist nur so eine Idee.«

»Schießen Sie los.«

»Schreiben Sie damit?« Sie berührte noch einmal die Tasten. »Ihre Bücher, meine ich?«

Jay nickte. »Computer kann ich nicht ausstehen.«

Sie lächelte. Sie wirkte erschöpft, ihr Lächeln erreichte die müden, geröteten Augen nicht. »Es geht um Rosa«, sagte sie. Ihre Stimme klang knapp und sachlich. »Ich fürchte, sie könnte sich erkälten, wenn sie in unserem feuchten Haus bleibt. Ich dachte, vielleicht könnten Sie sie für ein paar Tage bei sich aufnehmen. Nur für ein paar Tage –« wiederholte sie. »Bis ich bei uns wieder alles in Ordnung gebracht habe. Ich werde Sie natürlich dafür bezahlen.« Sie zog ein Bündel Geldscheine aus der Hosentasche und schob es über den Tisch. »Sie ist ein braves Mädchen. Sie wird Sie nicht bei der Arbeit stören.«

»Ich will kein Geld«, sagte Jay.

»Aber ich –«

»Ich nehme Rosa gerne zu mir. Auch Sie, wenn Sie wollen. Ich habe genug Platz für Sie beide.« Sie sah ihn verblüfft an, als würde sie sich wundern – fast ärgern –, dass er so schnell zugesagt hatte.

»Ich kann mir vorstellen, welche Probleme das Hochwasser Ihnen bereitet«, sagte er. »Sie sind herzlich willkommen, bei mir zu wohnen, so lange Sie wollen. Wenn Sie ein paar Sachen mitbringen wollen –«

»Nein«, erwiderte sie hastig. »Es gibt zu viele Dinge, um die ich mich kümmern muss. Aber Rosa –« Sie schluckte. »Ich wäre Ihnen sehr dankbar, wenn Sie das für mich tun könnten.«

Rosa war dabei, das Zimmer zu erkunden. Jay sah, wie

sie den Stapel Papier betrachtete, den er am Fußende des Bettes in einem Karton aufbewahrte.

»Ist das Englisch?«, erkundigte sie sich neugierig. »Ist das dein englisches Buch?«

Jay nickte. »Schau mal nach, ob du in der Küche ein paar Plätzchen findest«, sagte er. »Der Kakao ist gleich fertig.« Rosa lief durch die Tür.

»Kann ich Clopette mitbringen, wenn ich zu dir komme?«, rief sie aus der Küche.

»Klar, warum nicht?«, antwortete Jay.

Rosa jauchzte. Marise schaute verlegen auf ihre Hände und errötete.

»Danke.« Es war beinahe ein Flüstern. Sie kniff die Lippen zusammen, als befürchte sie noch mehr zu sagen. Ihre graugrünen Augen waren golden gesprenkelt. Ihr Haar war nassschwarz vom Regen.

»Ich hole Ihnen ein Handtuch«, schlug Jay vor.

Marise wollte protestieren und schaute nervös zur Tür. »Ich muss mich auf den Weg machen«, sagte sie. »Der Generator –«

»Das hat doch noch ein bisschen Zeit«, sagte Jay. Er wollte plötzlich unbedingt, dass sie noch blieb, und sei es nur für ein paar Minuten. »Warten Sie wenigstens, bis Rosa sich eingerichtet hat. Ich mache eine Flasche Wein auf.«

Als er die Flasche aus dem Keller holte, war sie in seiner Hand bereits zum Leben erwacht, *Schwarzdorn 76*, mit einer schwarzen Kordel um den Hals, verströmte schon bei der Berührung ihren Duft, sprudelte im Innern. Jay sah Joe im Schatten neben der Küchentür stehen, seine Stirn glänzte im Lampenlicht. Heute trug er ein T-Shirt mit der Aufschrift *Art for Art's Sake* und hielt seine Mütze in der Hand. Sein Gesicht war nur undeutlich zu erkennen, aber Jay wusste, dass er lächelte.

»Ich weiß nicht, ob der Ihnen schmeckt«, sagte Jay, als er den Wein einschenkte. »Das ist eine besondere Sorte. Hausgemachter Wein.« Der dunkelrote Duft war schwer, beinahe abstoßend und erinnerte Jay an die Fruchtlimonade, die Gilly so geliebt hatte. Marise fühlte sich an ein Glas dickflüssiger Marmelade erinnert. Der Geschmack war herb, durchdringend.

»Eigenartig«, sagte sie mit tauben Lippen. »Aber ich glaube, ich mag ihn.« Sie trank noch einen Schluck und spürte, wie die Wärme durch ihre Kehle und in ihren Körper kroch. Ein Duft wie destilliertes Sonnenlicht erfüllte den Raum. Jay kam es plötzlich vollkommen stimmig vor, dass sie den Wein gemeinsam tranken. Er fragte sich, warum er nicht eher auf die Idee gekommen war, ihr Joes Wein anzubieten. Seltsam, dass der ungewohnte Geschmack so angenehm war. Vielleicht hatte er sich ja endlich daran gewöhnt, wie Joe vorhergesagt hatte.

»Ich hab die Plätzchen gefunden«, verkündete Rosa und erschien mit einem Keks in jeder Hand an der Tür. »Darf ich nach oben gehen und mir mein Zimmer ansehen?«

Jay nickte. »Tu das. Ich rufe dich, wenn der Kakao fertig ist.«

Marise sah ihn an. Eigentlich müsste sie vorsichtig sein, ging es ihr durch den Kopf, aber sie fühlte sich mit einem Mal so geborgen, dass alle Anspannung von ihr wich. Sie fühlte sich wieder jung, als hätte der Duft des seltsamen Weins ihr ein Stück ihrer Kindheit zurückgegeben. Sie musste an ein Partykleid denken, das genau dieselbe Farbe gehabt hatte wie dieser Wein, ein Samtkleid, das ihre Mutter ihr aus einem alten Rock ihrer Großmutter genäht hatte. Eine alte Melodie kam ihr in den Sinn, die auf einem Klavier gespielt wurde, dazu ein weiter, von Sternen bedeckter Nachthimmel. Seine Augen hatten genau die gleiche Farbe wie der Himmel, und es kam ihr so vor, als würde sie ihn schon seit Jahren kennen.

»Marise«, sagte Jay leise. »Wenn Sie irgendein Problem haben –«

»Er ist aus Beeren gemacht, nicht wahr? Aus schwarzen Johannisbeeren, stimmt's? Oder aus Holunderbeeren? Nein, warten Sie, es muss Schlehe sein.« Sie sprach hastig, bei dem

Versuch, Jay von dem abzulenken, was er womöglich hatte sagen wollen. »Er schmeckt ein bisschen nach – Pflaumenmus oder wie die Kuchen, die meine Großmutter immer aus ihrem Fallobst gemacht hat. Und es ist noch etwas da drin, Zimt vielleicht, oder –«

»Bitte. Was immer Ihnen auf dem Herzen liegt. Sie können mir vertrauen. Sie können mit mir reden.«

Es war, als hätte sie seit sieben Jahren einen schweren Pflug hinter sich hergezogen und es erst jetzt gemerkt. *Sie können mit mir reden ...* Joes Wein war wie ein Bienenstock voller Geheimnisse, die in die Luft entlassen wurden.

Jay fasste sie sanft am Kinn und zwang sie, ihn anzusehen.

»Marise. Was auch immer es sein mag, das Sie mit sich herumtragen – dieses Geheimnis, von dem Sie mir nicht erzählen wollen – dabei geht es nicht nur darum, Rosa von Mireille fern zu halten. Sie befinden sich im Krieg, stimmt's? Sie sind in einem Belagerungszustand und fürchten sich so sehr davor, dass jemand Ihr Geheimnis entdecken könnte, dass Sie noch nicht einmal bereit sind, meine Hilfe anzunehmen.«

Marise machte eine unwillige Geste. »Das stimmt nicht. Ich vertraue Ihnen Rosa an. Ich habe sie noch nie jemandem anvertraut.«

»Warum nehmen Sie meine Hilfe nicht an, Marise? Sie arbeiten sich halb zu Tode da drüben, warum? Um allen zu beweisen, dass Sie es schaffen?«

»Nein, natürlich nicht.«

»Sie wirken krank, Marise. Sie wirken besorgt.«

Sie schüttelte den Kopf. »Bitte –«

»Wenn es ein finanzielles Problem ist, ich kann Ihnen helfen. Wenn es –«

»Es ist nicht das Geld!«, sagte sie verächtlich. »Sie glauben, das sei mein Problem? Sie denken, ich bin eine arme kleine Witwe, die jedes Mal, wenn die Miete ein bisschen zu spät kommt oder der Regen die Ernte ruiniert, hysterisch wird?« Sie durfte sich Jay nicht anvertrauen, sagte sich Marise. Der Wein war stark und hatte ihr schon mehr entlockt, als sie bereit war preiszugeben. Er schaukelte sie sanft in einer Wiege aus Düften und Erinnerungen. Über kurz oder lang würde sie ihr Geheimnis verraten.

Vertrau mir. Die Stimme aus der Flasche kicherte und gurrte. *Vertrau mir*.

Sie füllte sich ihr Glas erneut und trank es in einem Zug aus. Ihre Augen funkelten. »Hören Sie zu«, begann sie ihre Erzählung.

54

»Ich lernte ihn kennen, als ich einundzwanzig war. Er war mein Nachbar. Damals arbeitete ich als Schwesternschülerin in einem psychiatrischen Krankenhaus in Nantes, und er lehrte an der *Université de Rennes*. Er war geschieden und viel älter als ich. Er sah gut aus, war groß und dunkelhaarig. Sein Name war Patrice.«

Sie wohnten beide in einem Apartmenthaus am Stadtrand. Marise war ein halbes Jahr zuvor aus Paris nach Nantes gezogen und hatte kaum Freunde. Zu ihren Eltern hatte sie den Kontakt abgebrochen.

Marise blickte nicht auf, während sie sprach, sondern starrte auf das Glas in ihren Händen. Ihre Finger bewegten sich am Stiel des Weinglases auf und ab, als spielte sie auf einer Glasflöte.

»Mit einundzwanzig ist man so hungrig nach Liebe, dass man sie im Gesicht jedes Fremden zu entdecken glaubt«, sagte sie leise. »Patrice war ein Fremder. Ich habe ein Mal mit ihm geschlafen, und das war ein Mal zu viel.«

Er hatte sich schlagartig verändert. Marise fühlte sich gefangen, als wäre ein stählerner Käfig über sie gestülpt worden. Er war vollkommen besitzergreifend, aber nicht auf die charmante, leicht unsichere Art, die ihr anfangs an ihm so gefallen hatte, sondern auf eine kalte, misstrauische Weise, die ihr Angst einflößte. Er machte ihr ständig Eifersuchtsszenen, verfolgte sie auf Schritt und Tritt und belästigte sie am Arbeitsplatz. Um sich wegen der Streitereien wieder mit ihr zu versöhnen, überhäufte er sie mit teuren Geschenken, was ihr noch unheimlicher war. Die Schikanen, die er sich ausdachte, wurden immer schlimmer und ausgefallener. Ein Totenkranz, den er an ihre Arbeitsstelle liefern ließ, Kritzeleien an ihrer Wohnungstür. Eine Flut von Dingen, die er in ihrem Namen aus Katalogen bestellt hatte; Fetisch-Artikel, Gartenwerkzeug, orthopädische Geräte, erotische Literatur. Ganz allmählich höhlte er ihre Widerstandskraft aus. Die Polizei war machtlos, denn ohne Beweise für Gewalttätigkeit hatten sie nichts gegen ihn in der Hand.

»Schließlich bin ich ausgezogen«, sagte sie. »Ich gab meine Wohnung auf und fuhr wieder nach Paris, mietete mir ein kleines Apartment in der *Rue de la Jonquière* und nahm eine Stelle in einer Klinik in Marne-la-Vallée an.«

Es dauerte acht Monate, bis er sie aufgespürt hatte.

»Vermutlich hat er sich Zugang zu meiner Personalakte verschafft«, erklärte Marise. »Er muss jemanden im Krankenhaus dazu überredet haben, sie ihm zu zeigen. Er konnte sehr überzeugend sein.«

Seit sie sich zum letzten Mal gesehen hatten, hatte er sich verändert. Sein Schädel war rasiert, und er trug Armeekleidung. Er belagerte ihre Wohnung mit der Präzision einer militärischen Operation; spielte ihr jedoch keine Streiche mehr, schickte weder Pizzas noch Bettelbriefe. Selbst die Drohungen blieben aus. Sie glaubte ihn zwei Mal in einem Auto vor ihrem Fenster sitzen zu sehen, aber als dann zwei Wochen vergingen, ohne dass er wieder auftauchte, nahm sie an, dass es wohl eine Verwechslung gewesen sein musste.

Als sie einige Tage später nach Hause kam, roch sie Gas in ihrer Wohnung. Irgendwie hatte er die Hauptleitung angezapft, und sie schaffte es nicht, das Gas wieder abzustellen. Die Wohnungstür ließ sich nicht mehr öffnen, sie war von außen zugekeilt. Auch die Fenster waren zugenagelt, und ihre Wohnung lag in der dritten Etage. Das Telefon war tot. Im allerletzten Moment gelang es ihr, eine Scheibe einzuschlagen und um Hilfe zu rufen. Wieder war die Polizei hilflos.

Widerstrebend zog sie nach Marseille. Dort lernte sie Tony kennen.

»Er war neunzehn«, erinnerte sie sich. »Ich arbeitete auf der psychiatrischen Station im städtischen Krankenhaus von Marseille, und er war dort in ambulanter Behandlung. Er erzählte mir, dass er seit dem Tod seines Vaters an Depressionen leide.« Sie lächelte gequält. »Ich hätte es besser wissen müssen, als mich mit einem Patienten einzulassen. Aber wir waren beide zu schwach. Er war noch so jung. Ich fühlte mich geschmeichelt, das war alles. Und wir verstanden uns gut. Ich konnte ihn zum Lachen bringen, und das tat uns beiden gut.«

Als ihr klar wurde, welche Gefühle sie bei ihm ausgelöst hatte, war es bereits zu spät. Er war vollkommen in sie vernarrt.

»Ich glaubte, ihn irgendwann lieben zu können«, erklärte sie. »Er war lustig, so nett und umgänglich. Nach dem Chaos mit Patrice dachte ich, das sei alles, was ich brauchte. Er erzählte mir immer wieder von diesem Hof, von diesem Haus. Es klang nach einer heilen Welt; zu schön, um wahr zu sein. Es war das, wovon ich seit dem Tod meiner Großmutter immer geträumt hatte. Und Tony brauchte mich. Schon das allein spielte eine große Rolle.«

Sie ließ sich überreden. Anfangs fühlte sie sich in Lansquenet sehr wohl. Aber sehr bald gab es Konflikte zwischen Marise und Tonys Mutter.

»Sie hat mich von Anfang an gehasst«, sagte Marise. »Ich konnte ihr nichts recht machen, nichts war gut genug für ihren Jungen. Ich hätte ihn nicht verdient, wäre zu alt für ihn, könne nicht nähen und nicht richtig kochen. Sie mochte meine Kleidung nicht, und fand meinen Akzent abscheulich. Und als ich dann noch mit einer Erkältung im Bett lag, erzählte sie allen Leuten, ich sei kränklich.«

Jay goss den letzten Rest des Weins in ihr Glas. Der Bodensatz verströmte einen intensiven Duft, und einen Moment lang glaubte er, alle Obstsorten herauszuriechen, Himbeere, Holunderbeere, Hagebutte, Johannisbeere und Schwarzdorn, Brombeere, und Jackapples.

»Das Schlimmste war, dass sie in gewisser Weise Recht hatte. Ich hatte Tony wirklich nicht verdient. Ich benutzte ihn nur, auch wenn mir das damals nicht bewusst war. Ich brauchte ihn, um an dieses Haus zu kommen, um Rosa zu bekommen, um all das aufzubauen, was ich in meiner eigenen Familie nie gehabt hatte. Ich hatte eine sehr genaue Vorstellung davon, wie alles sein würde, wie ich in einem kleinen Dorf alt werden, eine Familie und Freunde haben, Wein herstellen und Kartoffeln ernten würde. Alles würde ganz einfach sein –«

Marise hatte aufgehört zu erzählen. Ihre Haare verdeckten ihr Gesicht. Jay hatte wieder das Gefühl, als würde er sie seit Jahren kennen. Ihre Anwesenheit hier an seinem Tisch war so selbstverständlich, so vertraut wie die des alten Joe. Er legte seine Hände auf ihre. Marises Küsse würden nach Rosen schmecken. Sie blickte auf, und ihre grünen Augen leuchteten wie Smaragde.

»Mireille behauptet, ich hätte ihn umgebracht, stimmt's? Sie sagt, ich sei schuld an Tonys Tod.«

Jay nickte. »Mireille ist eine alte, verbitterte Frau«, bemerkte er. »Niemand glaubt, was sie sagt.«

»Aber es stimmt«, erwiderte Marise tonlos. »Es *ist* meine Schuld. Tony –«

»*Maman!*« Rosa schreckte sie mit ihrer hohen, fordernden Stimme auf.

»Ich hab oben ein kleines Zimmer gefunden! Es hat ein rundes Fenster und ein Bett, das aussieht wie ein Boot! Es ist ein bisschen staubig, aber ich könnte es doch sauber machen, nicht wahr, *maman*?«

Marise blickte abrupt auf. Sie wirkte verwirrt, als sei sie aus einem tiefen Traum erwacht. Sie schob das halb leere Weinglas von sich.

»Ich muss gehen«, sagte sie hastig. »Es wird spät. Ich bringe Rosas Sachen her. Vielen Dank für –«

»Schon gut.« Jay wollte seine Hand auf ihren Arm legen, aber sie wich ihm aus. »Sie können beide bleiben, wenn Sie wollen. Hier gibt es genug –«

»Nein.« Plötzlich war sie wieder die Alte, die Vertrautheit war verschwunden. »Ich muss Rosas Schlafsachen holen. Es wird Zeit für sie, ins Bett zu gehen.« Sie nahm Rosa kurz, aber herzlich in den Arm. »Sei schön brav«, sagte sie. »Und bitte –«, an Jay gewandt, »erzählen Sie niemandem im Dorf, dass sie hier ist.« Sie nahm ihre gelbe Regenjacke vom Haken hinter der Küchentür und zog sie über. Draußen regnete es immer noch.

»Versprochen?«

»Selbstverständlich.«

Sie nickte, ein kurzes, höfliches Nicken, als hätten sie ein Geschäft abgeschlossen. Dann verschwand sie hinaus in den Regen.

Jay schloss die Tür hinter ihr und wandte sich an Rosa.

»Ist der Kakao jetzt fertig?«, fragte sie.

»Wollen wir mal nachsehen?«

Er goss den Kakao in eine breite Tasse mit Blumenmuster. Rosa hockte sich mit der Tasse in der Hand auf sein Bett und sah ihm neugierig zu, wie er die Gläser und die leere Weinflasche wegräumte.

»Wer war das?«, fragte sie schließlich.

»Wer?« rief Jay aus der Küche, während er heißes Wasser in die Spüle laufen ließ.

»Der alte Mann«, sagte Rosa. »Der alte Mann, der oben war.«

Jay drehte den Wasserhahn ab und kam ins Wohnzimmer. »Du hast ihn gesehen? Hast du mit ihm gesprochen?«

Rosa nickte. »Ein alter Mann mit einer komischen Mütze auf dem Kopf«, sagte sie. »Er hat mir gesagt, ich soll dir was ausrichten.« Sie trank einen großen Schluck Kakao. Mit ihren ernsten Augen und dem braunen Schaumschnurrbart sah sie aus wie ein alter, weiser Mann.

»Was hat er denn gesagt?«, flüsterte Jay beinahe ängstlich.

Rosa runzelte die Stirn. »Er hat gesagt, du sollst die Specials nicht vergessen«, sagte sie. »Du wüsstest schon, was du zu tun hast.«

»Sonst noch etwas?« Jay hatte einen trockenen Mund, in seinem Schädel pochte es.

»Ja.« Rosa nickte eifrig. »Ich soll dir sagen, lebe wohl.«

Pog Hill Lane, Februar 1999

55 Es hatte zwanzig Jahre gedauert, bis Jay noch einmal in die Pog Hill Lane zurückgekehrt war. Teils aus Wut, aber auch aus Angst hatte er es immer vor sich her geschoben. All die Jahre über hatte er nie das Gefühl gehabt, irgendwohin zu gehören. London jedenfalls war nicht sein Zuhause. Die Wohnungen, in denen er gelebt hatte, waren ihm alle irgendwie gleich vorgekommen, mit kleinen Unterschieden in Größe und Einrichtung. Selbst in Kerrys Haus in Kensington hatte er sich nie heimisch gefühlt.

Aber in diesem Jahr war es anders. Vielleicht lag es daran, dass es zum ersten Mal Dinge in seinem Leben gab, die ihm mehr Angst einflößten, als nach Pog Hill zurückzukehren. Fast fünfzehn Jahre waren seit der Veröffentlichung von *Jackapple Joe* vergangen. Seitdem Stille.

Das war mehr als eine gewöhnliche Schreibhemmung. Er hatte das Gefühl, als wäre er in der Zeit stecken geblieben, gezwungen, immer wieder über die Hirngespinste seiner Jugendzeit zu schreiben. *Jackapple Joe* war das erste – und einzige – »erwachsene« Buch, das er je geschrieben hatte. Aber anstatt ihn zu befreien, hatte es ihn an seine Kindheit gekettet. Damals, im Winter 1977, hatte er die Magie verworfen. Der Geist war ihm abhanden gekommen. Als hätte er, indem er Joes Samen auf die Schienen streute, alles weggeworfen, was ihm in den vergangenen drei Jahren wichtig gewesen war: die Glücksbringer, die roten Bänder, Gilly, die Verstecke, die Wespennester, die Trampelpfade entlang der Gleise und die Kämpfe in Nether Edge. Alles vom Wind davongetragen und mit dem Müll und der Asche im Gleisbett vermischt. Aber es musste noch etwas geblieben sein. Neugier vielleicht? Ein Kribbeln in seinem Hinterkopf, das nicht aufhören wollte. Vielleicht hatte er die Zeichen in Kirby Monckton falsch gedeutet? Welche Beweise hatte er denn schon gefunden? Ein paar Kartons voll mit alten Zeitschriften? Eine mit Buntstiften markierte Landkarte? Vielleicht hatte er voreilige Schlüsse gezogen. Vielleicht hatte Joe die

Wahrheit gesagt und war doch nicht endgültig verschwunden.

Das war etwas, was Jay kaum zu denken wagte. Joe wieder in Pog Hill? Unwillkürlich bekam er Herzklopfen. Jay stellte sich das Haus vor, wie es damals gewesen war, vielleicht zugewuchert, aber der Garten immer noch gut gepflegt und getarnt hinter Joes Schutzzauber, die Bäume mit roten Bändern geschmückt, die Küche erfüllt vom warmen Duft nach gärendem Wein ...

Er wartete mehrere Monate ab, bis er sich zu dem Schritt entschloss. Kerry unterstützte ihn bei seinem Vorhaben. Vielleicht hoffte sie, er würde neue Inspiration finden, ein neues Buch schreiben, das ihn wieder zurück ins Rampenlicht katapultierte. Und sie bestand darauf mitzukommen, gab nicht nach, bis er schließlich einwilligte.

Das war ein Fehler gewesen. Er wusste es in dem Augenblick, als sie ankamen. Rußfarbener Regen rieselte aus den Wolken. In Nether Edge war eine moderne Reihenhaussiedlung entstanden; Bulldozer und Baumaschinen krochen über das ehemalige Gleisbett und zwischen identisch aussehenden Bungalows umher. Wo früher Felder gewesen waren, standen jetzt Ausstellungsräume für Autos, Supermärkte, Einkaufszentren. Auch der Zeitungskiosk, wo Jay immer seine Comichefte und Zigaretten gekauft hatte, war verschwunden.

Die letzten Gruben von Kirby waren schon vor Jahren stillgelegt worden. Der Kanal wurde wieder instand gesetzt; es gab Pläne, mit Hilfe von Subventionen zur Jahrtausendwende ein Besucherzentrum einzurichten, wo Touristen in einen speziell umgebauten Minenschacht einfahren oder mit einer Barkasse über den neu gestalteten Kanal schippern konnten. Doch es kam noch schlimmer.

Trotz allem hatte Jay erwartet, dass Pog Hill zumindest überlebt hätte. Die Hauptstraße mit ihren schönen, wenn auch leicht heruntergekommenen Häusern aus der Zeit Edwards VII und den Linden entlang der Straße war mehr oder weniger unverändert. Auch die Brücke war noch so, wie Jay sie in Erinnerung hatte, es gab zwar einen neuen Fußgängerüberweg, aber die Pappeln am Anfang der Pog Hill Lane standen noch, und Jays Herz machte einen kleinen Satz, als er am Bordstein parkte und den Hügel hinaufschaute.

»Ist es das?«, fragte Kerry begierig. »Ich sehe gar kein Schild oder irgendetwas.«

Jay stieg wortlos aus. Kerry folgte ihm.

»Hier hat also alles angefangen«, sagte Kerry träumerisch.

Er beachtete sie nicht und ging ein paar Schritte den Hügel hinauf.

Sie hatten den Straßennamen geändert. Weder die Pog Hill Lane noch Nether Edge oder irgendeiner der Orte, um die sich sein Leben in jenen lange zurückliegenden Sommern gedreht hatte, waren noch auf irgendeiner Karte zu finden. Die Straße hieß jetzt Meadowbank View, die alten Reihenhäuser waren abgerissen und durch zweistöckige Fertighäuser mit kleinen Balkonen und Geranien in Plastikblumenkästen ersetzt worden. Ein Schild wies auf das Seniorenheim hin: *Meadowbank Quality Retirement Flats*. Jay ging zu der Stelle, wo Joes Haus gestanden haben musste. Nichts. Ein kleiner, geteerter Parkplatz – nur für Anwohner. Wo Joes Garten gewesen war, befand sich eine sauber gepflegte Rasenfläche mit einem kleinen Baum in der Mitte. Von Joes Obstwiese, seinem Kräutergarten, den Johannisbeer-, Himbeer- und Stachelbeersträuchern, den Weinstöcken, den Pflaumenbäumen, den Möhren, den Rüben, den Specials – war nichts geblieben.

»Nichts.«

Kerry nahm seine Hand. »Mein armer Liebling«, flüsterte sie ihm ins Ohr. »Bist du jetzt ganz schrecklich traurig?«

Unwillig schüttelte Jay den Kopf. Er wollte allein sein. Kerrys Mitgefühl – auch wenn es gut gemeint war – machte alles nur noch schlimmer. Der Graben zwischen ihnen – zwischen der Zeit in der Pog Hill Lane und ihrem gemeinsamen Leben in London – war einfach zu tief, um ihn mit guten Absichten zu überbrücken. Doch das würde er ihr nie begreiflich machen können.

»Warte im Auto auf mich, okay?«

Kerry wirkte leicht gekränkt. »Wie du willst. Ich dachte, du wärst vielleicht froh, wenn jemand bei dir ist, das ist alles.«

Jay versuchte, ihr ein beruhigendes Lächeln zu schenken. »Zwei Minuten, okay?«

Sie ging gerade im richtigen Augenblick. Jay fühlte sich, als würde er explodieren, wenn er sich noch länger beherrschte. Er lief ans Ende des Rasens und schaute über die Mauer in den Durchstich hinunter. Das ehemalige Gleisbett war eine einzige Müllhalde; alte Kühlschränke, Autoreifen, Obstkisten, Paletten, leere Konservendosen, Bündel alter Zeitschriften. Jay musste beinahe laut lachen. Das hätte Joe gefallen. Sein Traum war wahr geworden. Der ganze Abhang war mit Müll bedeckt, achtlos weggeworfene Gegenstände, die nicht länger gebraucht wurden. Ein Kinderwagen. Ein Einkaufswagen. Ein alter Fahrradrahmen.

Mühsam zog Jay sich hoch, bis er rittlings auf der Mauer saß. Von hier ging es steil bergab ins Gebüsch und in ein Meer von Müll. Auf der anderen Seite der Mauer waren Graffiti-Künstler am Werk gewesen. Glasscherben glitzerten in der Sonne. Neben einem Stück Holz entdeckte er eine unversehrte Flasche, deren staubiger Bauch das Licht reflektierte. Eine schmuddelige Kordel in ausgeblichenem Rot war um ihren Hals geknotet. Er wusste sofort, dass es eine von Joes Flaschen war.

Wie sie den Abriss von Joes Haus überstanden hatte, war ihm ein Rätsel; erst recht, wie sie seitdem ganz geblieben war. Aber es war eine von Joes Flaschen, daran bestand kein Zweifel. Die bunte Kordel war der Beweis, ebenso wie das Etikett, auf dem die verblasste Handschrift des Alten immer noch zu entziffern war: *Specials*. Während er sich in Richtung Brücke vorkämpfte, meinte er, noch mehr von Joes Habseligkeiten in dem Müllberg zu entdecken, sagte sich jedoch, dass das nach all den Jahren nicht sein konnte. Eine kaputte Uhr. Ein Spaten. Ein paar Eimer und Dosen, die einst als Blumentöpfe gedient hatten. Es sah so aus, als hätte jemand oben auf dem Hügel gestanden und Joes Sachen einfach über die Mauer geworfen. Jay arbeitete sich durch den traurigen Abfallhaufen, bemüht, nicht in Glasscherben zu treten. Dort lagen uralte Ausgaben von *National Geographic* in einer Mülltüte, hier die Reste eines Küchenstuhls. Und schließlich, ein bisschen weiter unten, fand er tatsächlich eine Kiste mit fünf von Joes Specials.

Plötzlich wurde Jay von blanker Wut gepackt. Es war ein vielschichtiges Gefühl, das sich sowohl gegen ihn selbst und seine albernen Erwartungen, als auch gegen Joe richtete, weil er all dies zugelassen hatte; Wut auf denjenigen, der oben auf dem Hügel gestanden und das Leben des Alten in dieses Loch geworfen hatte. Schlimmer noch, es war auch Angst dabei, die schreckliche Ahnung, dass er früher hätte herkommen sollen, dass hier etwas auf ihn gewartet hatte und dass er – wie immer – zu spät gekommen war.

Er suchte den Müllberg ab, bis Kerry ihn fast eine Stunde später abholen kam. Er war vollkommen verdreckt. In der Kiste trug er sechs Flaschen, die auf wundersame Weise heil geblieben waren. Specials.

Lansquenet, September 1999

56

Das war's also. Jay wusste sofort, dass Joe ihn für immer verlassen hatte. Der Abschied hatte etwas unübersehbar Endgültiges. Mehrere Tage lang sträubte er sich gegen die Gewissheit, aber im Haus roch es nicht mehr nach Joes Zigarettenqualm. Der Oldie-Sender war verstummt, und auf derselben Frequenz lief jetzt französische Popmusik. Joe tauchte weder neben dem Frühbeet noch hinter dem Schuppen, noch im Obstgarten auf. Niemand außer Rosa sah ihm mehr bei der Arbeit an der Schreibmaschine zu. Wein war nur noch Wein, ohne besondere Wirkung. Doch diesmal empfand er keinen Zorn. Es war eher ein Gefühl der Resignation.

Eine Woche verging. Der Regen wurde allmählich schwächer, aber er hatte große Schäden hinterlassen. Jay und

Rosa blieben meistens im Haus. Die Kleine war leicht zufrieden zu stellen. Die meiste Zeit beschäftigte sie sich mit sich selbst. Sie blieb in ihrem frisch eingerichteten Zimmer und las, spielte Scrabble auf dem Fußboden oder tollte mit Clopette draußen in den Pfützen herum. Manchmal hörte sie Radio oder spielte in der Küche mit Kuchenteig, aus dem sie harte, mehlige Plätzchen backte. Jeden Abend kam Marise und kochte für alle. Sie blieb gerade lange genug, um Rosa zu Bett zu bringen, und ging dann sofort wieder an die Arbeit.

Der Generator war wieder in Ordnung. Das Ausheben der Entwässerungsgräben brauchte noch etwas Zeit, würde aber in wenigen Tagen beendet sein. Sie hatte Roux und ein paar Handwerker aus Agen eingestellt. Trotzdem stand immer noch der halbe Weinberg unter Wasser.

Jay bekam kaum Besuch. Popotte kam zweimal mit der Post und einmal mit einem Kuchen von Joséphine, aber Rosa spielte gerade hinter dem Haus, und die Briefträgerin bemerkte sie nicht. Einmal schaute Clairmont vorbei und hinterließ eine Wagenladung Plunder, hielt sich jedoch nicht länger auf. Jetzt wo der schlimmste Regen vorüber war, hatte jeder genug Arbeit an seinem eigenen Haus.

Nach Joes Abschied war Jay Rosas Anwesenheit mehr als willkommen, denn das Haus wirkte ohne den Alten seltsam leer. Für ein Kind ihres Alters war sie jedoch sehr still, und manchmal hatte Jay fast das Gefühl, dass sie eher zu Joes Welt gehörte als zu seiner. Obwohl er sich gut mit ihr verstand, merkte er, dass die Kleine ihre Mutter vermisste. Bis auf das eine Mal im Winter vor fünf Jahren waren die beiden nie getrennt gewesen, und Rosa warf sich jeden Abend stürmisch und wortlos in Marises Arme. Ihre gemeinsamen Mahlzeiten verliefen bei angeregter, freundlicher Unterhaltung, aber es gelang Jay nicht, Marises Verschlossenheit zu durchbrechen. Sie sprach kaum über sich selbst, erwähnte Tony nie wieder und machte auch keine Anstalten, die Geschichte zu Ende zu erzählen, die sie an jenem Abend begonnen hatte, als sie Rosa brachte. Jay drängte sie nicht.

Das konnte warten. Stattdessen sprachen sie über alltägliche Dinge; das Haus, die Reparaturen, den Regen.

Ein paar Tage später brachte Popotte ein Päckchen von Nick. Es enthielt Verträge, die Jay unterzeichnen sollte, und einige Zeitungsartikel von Juli, August und September. Dazu eine kurze Notiz: *Ich dachte, das könnte dich interessieren.*

Jay nahm sich die Zeitungsartikel vor. Sie hatten alle irgendwie mit ihm zu tun. Drei kleine Artikel aus überregionalen Zeitungen, in denen über sein Verschwinden spekuliert wurde. Ein Bericht aus *Publisher's Weekly* über seine Rückkehr in die Literaturszene. Aus der *Sunday Times* eine Retrospektive mit der Überschrift *Was ist mit Jackapple Joe passiert*? und Fotos von Kirby Monckton. Jay drehte die Seite um – und da war Joe, der ihn aus dem Foto unverschämt angrinste. *War dies der echte Jackapple-Mann?* Lautete die Bildunterschrift. Jay starrte das Bild an. Auf dem Foto war Joe fünfzig, vielleicht fünfundfünfzig. Barhäuptig, eine Zigarette im Mundwinkel, seine kleine, randlose Brille auf der Nasenspitze. In den Händen hielt er einen großen Topf Chrysanthemen, der mit einer Rosette geschmückt war. Die Überschrift lautete: *Ortsansässiger Exzentriker.*

Verschwiegen wie immer, hat Mackintosh die Identität des echten Joe nie preisgegeben, fuhr der Artikel fort, *aber unseren Quellen zufolge könnte dieser Mann das Vorbild des Lieblingsgärtners der Nation sein. Joseph Cox, 1912 in Sheffield geboren, arbeitete zunächst als Gärtner bei einer wohlhabenden Familie und dann dreißig Jahre lang als Bergarbeiter für »Nether Edge Coalworks« in Kirby Monckton, bis er aus gesundheitlichen Gründen gezwungen war, in Rente zu gehen. Der ortsansässige Exzentriker lebte viele Jahre lang in der Pog Hill Lane, war jedoch nicht bereit, uns in seinem neuen Wohnsitz, dem Meadowbank-Seniorenheim, ein Interview zu geben. Miss Julie Moynihan, eine Altenpflegerin, gab unserem Reporter eine Beschreibung von Mr. Cox: »Er ist ein liebenswerter alter Herr, der einen unermesslichen Schatz an Anekdoten zu erzählen hat. Ich bin ganz begeistert bei dem Gedanken, dass er der echte Joe sein könnte.«*

Den Rest des Artikels überflog Jay nur noch kurz. Widerstreitende Gefühle kamen in ihm hoch. Verwunderung darüber, dass er bei seinem letzten Besuch in Pog Hill Joe so nahe gewesen war, ohne es zu wissen und ohne seine Gegenwart zu spüren. Vor allem erfasste ihn ein überwältigendes Gefühl der Erleichterung und der Freude. Er würde sich also doch noch mit seiner Vergangenheit versöhnen können.

Er zwang sich, den Artikel zu Ende zu lesen. Es stand nichts Neues darin. Eine Zusammenfassung von *Jackapple Joe* mit einer Abbildung des Buches. Und am Schluss der Name des Verfassers. Natürlich. Kerry. Das erklärte alles. Sie wusste von der Pog Hill Lane und von Joe. Und sie wusste natürlich eine Menge über Jay. Sie hatte Zugang zu Fotos, Tagebüchern, Unterlagen. Fünf Jahre lang hatte er ihr mit seinen Erinnerungen in den Ohren gelegen. Für einen kurzen Moment geriet er beinahe in Panik. Was genau hatte er ihr erzählt? Was hatte er preisgegeben? So wie er sie hatte sitzen lassen, konnte er von ihrer Seite wahrlich keine Loyalität oder Diskretion erwarten. Er konnte nur hoffen, dass sie professionell bleiben und trotz allem sein Privatleben respektieren würde. Ihm wurde jedoch klar, dass er Kerry eigentlich gut genug kannte, um zu wissen, dass er damit nicht rechnen konnte.

Aber all das war in diesem Augenblick unwichtig. Das Einzige, was zählte, war Joe. Er könnte in wenigen Stunden in einem Flugzeug nach London sitzen, sagte Jay sich ganz aufgekratzt, und dann den Expresszug Richtung Norden nehmen. Bis zum Abend wäre er dort, würde seinen alten Freund wieder sehen und ihn nach Lansquenet mitnehmen, wenn der Alte es wollte. Château Foudouin würde ihm bestimmt gefallen.

Ein Zeitungsausschnitt, kaum so groß wie ein Briefmarkenheftchen, rutschte aus dem Stapel Zeitungsartikel und segelte zu Boden. Jay hob ihn auf und drehte ihn um. Der Ausschnitt war zu klein, als dass es sich um einen Artikel handeln konnte. Er musste ihn zwischen all dem Papier übersehen haben.

Am oberen Rand stand *Kirby Monckton Post.*

Todesanzeigen.

Joseph Edwin COX starb am 15. September 1999 friedlich nach langer Krankheit.

The kiss of the sun for pardon,
The song of the birds for mirth,
One is nearer God's heart in a garden
Than anywhere else on earth.

Der Kuss der Sonne ist Vergebung
Der Vögel Gesang das höchste Glück
Nie kommt man auf Erden Gottes Herz näher
Als in einem Garten

Wie benommen starrte Jay auf die Anzeige. Sie fiel ihm aus der Hand, aber klar und deutlich stand sie vor seinem geistigen Auge.

57

In den folgenden Tagen fühlte er sich wie in einer Art Vakuum. Bei allem, was er tat, war er nur halb bei der Sache. Das Loch, das Joes Tod in seinem Leben hinterlassen hatte, war so monströs, dass es das Licht verdunkelte. Seit Tagen hatte er nichts mehr geschrieben, und sein Roman lag halb fertig in einem Karton unter dem Bett und setzte Staub an. Obwohl es aufgehört hatte zu regnen, brachte Jay es nicht über sich, den Garten in Augenschein zu nehmen. Die vernachlässigten Specials entwickelten lange Triebe, warteten in ihren Töpfen darauf, dass sie umgepflanzt wurden. Das Obst, das den Regen überdauert hatte, fiel überreif zu Boden und verrottete. Das Unkraut begann zu wuchern und drohte die Setzlinge zu ersticken. In einem Monat würde von Jays Arbeit keine Spur mehr zu sehen sein.

Der Kuss der Sonne ist Vergebung

Das Schlimmste daran war, von allem nichts gewusst zu

haben, der Lösung des Rätsels so nah gekommen zu sein und sie durch eigene Dummheit wieder aus den Augen verloren zu haben. Alles erschien ihm so sinnlos. Er stellte sich vor, dass Joe ihn beobachtete und jeden Augenblick hinter einer Ecke hervorspringen würde, als wäre alles nur ein Scherz gewesen, eine sorgfältig geplante Überraschung. Die alten Freunde würden aus ihren Verstecken hinter den Vorhängen kommen, Gilly, Maggie, Joe und all die anderen aus der Pog Hill Lane würden sich die Masken vom Gesicht reißen, und Jay würde in erleichtertes Gelächter ausbrechen nach dem Schreck.

Aber jetzt wo Joe nicht mehr da war, kam es Jay vor, als hätte Pog Hill nie existiert.

Der Kuss der Sonne ist Vergebung

Astralreisen, hatte Joe gesagt. *Was glaubst du, warum ich so verdammt viel schlafe?* Der Alte war schließlich doch noch zu ihm gekommen und hatte versucht, alles wieder gutzumachen. Und dennoch war er allein gestorben.

Jay war froh, dass Rosa noch da war. Auch die Besuche von Marise munterten ihn vorübergehend auf. So war er wenigstens gezwungen, tagsüber nüchtern zu bleiben. Alltägliche Pflichten mussten erfüllt werden, auch wenn sie ihren Sinn verloren hatten.

Marise spürte, dass er sich verändert hatte, doch auch sie war zu sehr mit ihren eigenen Sorgen beschäftigt, um sich darüber Gedanken zu machen. Das Entwässerungssystem war fast fertig, der Weinberg stand nicht mehr unter Wasser, der Tannes ging endlich wieder auf sein normales Niveau zurück. Sie hatte einen Teil ihrer Ersparnisse für Löhne und Material opfern müssen, aber sie war zuversichtlich. Wenn sie nur die Ernte retten konnte, blieb immer noch Hoffnung für das nächste Jahr. Solange sie nur genug Geld auftreiben konnte, um das Land zu kaufen und Mireille ihr keinen Strich durch die Rechnung machte, würde sie es irgendwie schaffen. Andererseits, was hatte die alte Frau davon, wenn Marise und Rosa Lansquenet verließen? Im Gegenteil. Sie brauchten einander, egal, wie sehr Mireille den Gedanken verabscheute, waren sie doch auf Gedeih und Verderb aneinander gekettet durch das Geheimnis um Tonys Tod. Ihr Machtkampf war wie ein Duell auf einem dünnen Seil: Stürzte die eine, würde auch die andere das Gleichgewicht verlieren. Aber die Zeit lief ihnen beiden davon. Für Marise wegen des auslaufenden Pachtvertrags. Für Mireille wegen ihrer Krankheit und ihres Alters. Mireille wollte Marise von ihrem Land vertreiben, weil es sie verwundbar machte, aber Marise fragte sich manchmal, ob die alte Frau ihre Drohung wirklich wahr machen würde. Vielleicht bedeutete ihr das alles auch inzwischen nichts mehr. Die Angst, Rosa zu verlieren, ließ sie beide schweigen. Was hatten sie überhaupt noch zu verlieren?

58

Jay wurde von Vogelgezwitscher geweckt. Er hörte Rosa im ersten Stock rumoren. Strohgelbes Sonnenlicht fiel durch die Fensterläden. Für einen kurzen Moment überkam ihn ein wohliges Gefühl. Dann musste er an Joes Tod denken, und wieder überwältigte ihn eine unendliche Trauer. Jeden Morgen, wenn er aufwachte, hoffte er, alles würde anders sein, aber es war jeden Tag dasselbe.

Er stolperte aus dem Bett, zog sich etwas über und setzte Wasser zum Kochen auf. An der Küchenspüle klatschte er sich kaltes Wasser ins Gesicht. Er machte sich eine Tasse Kaffee und trank sie brühend heiß. Rosa ließ oben gerade Badewasser einlaufen. Sorgfältig richtete er für seinen kleinen Gast den Frühstückstisch. Eine Tasse *Café au lait* mit drei Zuckerwürfeln, eine Scheibe Melone, Cornflakes. Rosa hatte einen gesunden Appetit.

»Rosa! Frühstück!« Seine Stimme klang heiser. Auf einer Untertasse auf dem Tisch lagen mehrere Zigarettenstummel, obwohl er sich nicht erinnern konnte, dass er sich Zigaretten gekauft, geschweige denn geraucht hatte. Einen Augenblick lang durchfuhr ihn eine leise Hoffnung, aber keine der Kippen waren Player's.

Es klopfte an der Tür. Popotte, dachte er vage, wahrscheinlich brachte sie ihm schon wieder eine Rechnung oder einen ungeduldigen Brief von Nick, der wissen wollte, warum Jay die Verträge noch nicht zurückgeschickt hatte. Er trank einen Schluck Kaffee, öffnete die Tür und hätte vor Schreck beinahe die Tasse fallen gelassen. Vor ihm stand Kerry in einer eleganten grauen Hose, einer grauen Kaschmirjacke und mit einem Aktenkoffer von Louis Vuitton. Sie lächelte ihn strahlend an.

»Kerry?«

Er sah sich selbst mit ihren Augen: barfuß, unrasiert, ungepflegt.

»Komme ich ungelegen?«, fragte sie.

Er starrte sie wortlos an.

»Ich weiß, dass du mich nicht erwartet hast, aber ich konnte nicht widerstehen, dich zu überraschen. Was für ein wundervolles Haus!« Sie linste neugierig an ihm vorbei. »Toll. Alles so ursprünglich.«

Jay zog ein paar schmutzige Kleider von einem Stuhl und machte eine einladende Kopfbewegung.

»Komm rein. Tut mir Leid, dass es im Moment so unordentlich ist«, sagte er, bemüht, nicht zu klingen, als wolle er sich rechtfertigen. »Wie hast du mich gefunden? Ich habe nicht gerade Reklame mit meiner neuen Adresse gemacht.«

»Was glaubst du denn? Nick hat's mir gesagt.« Sie lächelte. »Ich musste ihn natürlich überreden. Weißt du eigentlich, dass alle sich Sorgen um dich machen? Einfach spurlos zu verschwinden. So ein Geheimnis um dein neues Buch zu machen. Aber Nick wusste, dass es dir nichts ausmachen würde, wenn er mir deine Adresse verriete.«

»Ich habe deinen Artikel gelesen«, sagte er. »Er ist sehr gut.«

Kerry lächelte. »Ich habe ein paar Beiträge für die Literaturbeilage geschrieben«, sagte sie. »Dein neues Buch wird ganz schön Furore machen. In dem Augenblick, als ich das Manuskript gesehen habe –«

»Du hast es gelesen?«

Kerry war ganz aufgeregt. »Natürlich hab ich's gelesen, und ich bin begeistert. Glaubst du etwa, Nick hätte mir das vorenthalten können? Als du so Knall auf Fall abgehauen bist, war mir klar, dass du an etwas Neuem arbeitest. Du hättest es mir ruhig sagen können, weißt du – aber wahrscheinlich hattest du Angst, ich würde dir deinen Stil verderben –«

Jay setzte sich. Er fühlte sich wie benommen. »Kerry, so war es nicht –«

»Auf jeden Fall ist es wunderbar. Ich hab immer gewusst, dass du es irgendwann schaffen würdest – fünfzehn Jahre sind letztlich gar nicht so lange. Und es ist brillant – es ist tatsächlich noch besser als *Jackapple Joe*. Die Art, wie du diesen Ort beschreibst – so lebendig –, ich musste einfach herkommen und es mir ansehen. Und dann, als mir klar wurde, wie gut alles zusammenpasst – dein Buch und mein Programm –«

Jay schüttelte den Kopf. Ihm dröhnte der Schädel, und er hatte das Gefühl, irgendetwas Wichtiges nicht mitbekommen zu haben. »Welches Programm?«

Kerry warf einen Blick auf die Cornflakes und den Kaffee und die Melone auf dem Tisch. »Können wir uns darüber beim Frühstück unterhalten? Ich bin völlig ausgehungert –« Jay sah zu, wie sie sich eine Tasse *Café au lait* einschenkte. »Du hast dich hier richtig eingelebt, was? Ich meine – *Café au lait* und Gauloises zum Frühstück. Erwartest du Besuch? Oder ist die Frage indiskret?«

»Ich hüte das Kind einer Nachbarin«, erklärte Jay, erneut bemüht, nicht rechtfertigend zu klingen. »Nur für ein paar Tage, bis das Hochwasser vorbei ist. Hör zu, Kerry, was dieses Programm angeht, das du eben erwähntest –«

Kerry nickte. »*Pastures New* auf Channel Five. Es geht um Briten, die im Ausland leben. So eine Art Lifestyle-Sendung. Und als Nick mir von diesem Dorf erzählte – und ich dann dein Manuskript gelesen hatte – da dachte ich mir, was für ein glücklicher Zufall.«

»Moment mal.« Jay stellte seine Tasse ab. »Du hast doch nicht etwa vor, mich da reinzuziehen, oder?«

»Aber natürlich«, erwiderte sie ungehalten. »Dieses Dorf

ist geradezu ideal. Ich habe schon mit ein paar von den Einheimischen gesprochen, sie sind völlig begeistert. Und für dich ist es das Beste, was dir passieren kann. Ich meine, überleg dir mal, was das für eine Publicity bringt. Wenn dein neues Buch rauskommt –«

Jay schüttelte den Kopf. »Ich bin nicht interessiert«, sagte er. »Kerry, ich weiß, dass du versuchst, mich zu unterstützen, aber Presserummel ist das Allerletzte, was ich im Augenblick gebrauchen kann. Ich bin hierher gekommen, um allein zu sein –«

Jay bemerkte, dass sie an ihm vorbei in die Küche schaute. Er drehte sich um. Rosa stand in ihrem roten Schlafanzug in der Tür, mit leuchtenden Augen, die Haare in alle Richtungen abstehend.

»*Salut!*«, sagte Rosa grinsend. »*C'est qui, cette dame? C'est une Anglaise?*«

»Und wer bist du?«

Rosa sah Kerry freundlich und neugierig an, dann setzte sie sich, in jeder Hand ein Croissant, an den Tisch.

»Was für ein süßes kleines Mädchen. Ist das die Tochter deiner Nachbarin? Wie heißt sie denn?«

»Kerry«, begann Jay erneut. Ihm wurde immer unbehaglicher zumute. »Ich habe wirklich kein Interesse an einer Fernsehshow.«

»Du wirst deine Meinung schon noch ändern, wenn du erst mal drüber nachgedacht hast«, erwiderte sie.

»Nein«, sagte Jay.

Kerry hob die Brauen. »Und warum nicht? Es ist perfekt. Die Show könnte der Anfang einer neuen Karriere für dich bedeuten.«

Jay schüttelte den Kopf.

Kerry musterte ihn eindringlich. »Du hast dich verändert«, meinte sie nachdenklich. »Erst dachte ich, es läge an diesem Dorf, an diesem kleinen Nest mit einem einsamen Stoppschild an der lächerlichen Kreuzung und den Holzhäusern am Flussufer. Typisch, dass du dich in so was verliebst, ein zweites Pog Hill draus machst. Aber das ist nicht alles, stimmt's?«

Er schüttelte den Kopf.

Kerry schaute Rosa an und schenkte sich noch eine Tasse Kaffee ein. Ein Verdacht keimte in ihr auf. »Ich wusste, es würde irgendwann passieren«, sagte sie leise. »Jemand würde den Funken in dir zünden. Eine Zeit lang dachte ich sogar, dass ich diejenige sein könnte.«

Jay schwieg.

»Es ist ihre Mutter, stimmt's?« Kerry deutete auf Rosa. »Deine Nachbarin. Marise.« Ihr Lächeln wirkte gequält. »Weiß sie überhaupt etwas über deine Arbeit, Jay? Interessiert sie sich für das, was du tust?«

Jay überlegte einen Moment. »Nein«, antwortete er. »Ich glaube nicht. Ihr liegt das Land am Herzen. Die Reben, ihre Tochter. Einfache Dinge.«

»Das wird dir auf die Dauer nicht reichen«, prophezeite Kerry ohne Bitterkeit. »Ich kenne dich zu gut. Wenn dir einfache Dinge wirklich wichtig wären, würdest du keine Bücher schreiben, sondern Ziegen züchten, Kartoffeln anbauen – oder Wein.«

Sie stand auf und gab ihm einen flüchtigen Kuss auf die Wange. »Denk drüber nach«, beharrte sie. »Nimm dir Zeit für deine Entscheidung. Glaub mir, Jay, *Pastures New* ist das, was du für deine Karriere brauchst.«

Als Kerry weg war, befahl Jay der kleinen Rosa, auf keinen Fall das Haus zu verlassen und fuhr nach Lansquenet, um Nick anzurufen. Er musste seinem Ärger unbedingt Luft machen.

Nick war weniger verständnisvoll, als er gehofft hatte. »Ich dachte, es wäre eine gute Werbung für dich«, sagte er trocken. »Als Schriftsteller bekommt man so eine Gelegenheit nicht oft, Jay. Ich hätte gedacht, dass du ein bisschen mehr erpicht darauf wärst, das Beste aus deinem Buch zu machen.«

»Hm.« Das war nicht gerade das, was er hören wollte. Verunsichert überlegte er, was genau Kerry gesagt hatte.

»Außerdem – ich will ja nicht drängeln –, aber ich warte immer noch auf die unterzeichneten Verträge und den letzten Teil des Manuskripts. Der Verlag wird langsam ungeduldig, sie wüssten gern, wann du endlich fertig wirst. Wenn ich ihnen wenigstens die Rohfassung –«

»Nein«, unterbrach ihn Jay mit vor Anspannung bebender Stimme. »Ich lasse mich nicht unter Druck setzen, Nick. Ich hab dir von Anfang an gesagt –«

»Klar, hast du«, erwiderte Nick beinahe gereizt. »Aber du hast mir auch gesagt, dass es dir diesmal ernst ist.«

»Das stimmt auch!«

»Dann solltest du dich entsprechend verhalten.« Nick klang plötzlich erschreckend gleichgültig. »Denk dran, dich kennt heute keiner mehr, Jay. Du bist eine Art Legende, klar. Das ist schon nicht schlecht, aber dir eilt auch ein gewisser Ruf voraus.«

»Was für ein Ruf?«

»Ich glaube nicht, dass es besonders konstruktiv wäre, darauf jetzt –«

»Was für ein Ruf, verdammt noch mal?« Jay konnte förmlich hören, wie Nick ratlos die Achseln zuckte.

»Okay. Du bist ein Risiko, Jay. Du hast den Kopf voller guter Ideen, aber du hast seit Jahren nichts Erwähnenswertes mehr produziert. Du bist launisch, hältst keine Fristen ein, kommst immer zu spät zu Verabredungen. Du bist eine verdammte Primadonna, die sich auf fünfzehn Jahre alten Lorbeeren ausruht und nicht kapiert, dass man es sich in diesem Geschäft nicht leisten kann, auf Publicity zu verzichten.«

Jay bemühte sich, einen ruhigen Ton zu bewahren. »Was willst du mir eigentlich sagen, Nick?«

Nick seufzte. »Ich rate dir nur, sei ein bisschen kooperativer«, antwortete er. »Das Verlagswesen hat sich verändert, seit du *Jackapple Joe* geschrieben hast. Damals machte es nichts, wenn ein Autor exzentrisch war. Man erwartete nichts anderes von ihm, fand es sogar charmant. Aber heutzutage kannst du es dir nicht leisten, jemanden hängen zu lassen. Am allerwenigsten mich.«

»Und?«

»Und deswegen sage ich dir, wenn du mit *Pastures New* nichts zu tun haben willst, dann ist das deine Sache. Aber wenn du nicht bald den Vertrag unterschreibst und dein Manuskript fertig stellst, dann zieht World Wide sein Angebot zurück, und ich habe meine Glaubwürdigkeit für nichts und wieder nichts verspielt. Ich betreue noch andere Autoren, Jay. An die muss ich auch denken.«

»Verstehe.«

»Hör zu, Jay. Ich bin auf deiner Seite.«

»Ich weiß.« Plötzlich wollte er nur noch weg. »Ich hab eine anstrengende Woche hinter mir, Nick. Es ist zu viel passiert. Und als Kerry auf einmal bei mir vor der Tür stand –«

»Sie will dir helfen, Jay. Sie macht sich Sorgen um dich, wie wir alle.«

»Sicher. Ich weiß.«

Als Jay auflegte, hatte er das Gefühl, eine Niederlage erlitten zu haben. Etwas hatte sich verändert. Als wäre er ohne Joes schützende Gegenwart wieder verwundbar. Er ballte die Fäuste.

»Monsieur Jay? Alles in Ordnung?« Es war Joséphine. Sie sah ihn besorgt an.

Er nickte.

»Möchten Sie einen Kaffee? Ein Stück Kuchen?«

Er hätte eigentlich nach Hause gehen und nach Rosa sehen müssen, aber die Versuchung, noch ein bisschen zu bleiben, war zu groß. Nicks Worte hatten einen bitteren Nachgeschmack hinterlassen, nicht zuletzt, weil er wußte, daß es die Wahrheit war.

Joséphine hatte jede Menge Neuigkeiten. »Georges und Caro Clairmont haben mit einer Engländerin gesprochen, einer Frau vom Fernsehen. Sie sagt, sie will hier einen Film drehen, es geht um Reisen. Lucien Merle ist schon Feuer und Flamme. Er glaubt, das könnte der Durchbruch für Lansquenet sein.«

Jay nickte erschöpft. »Ich weiß.«

»Sie kennen sie?«

Er nickte wieder. Der Kuchen war gut, Apfel-Mandel-Torte mit Glasur. Er konzentrierte sich aufs Essen. Joséphine erzählte ihm, dass Kerry schon seit dem vergangenen Nachmittag mit ihrem kleinen Kassettenrecorder im Dorf herumlief, die Leute interviewte und Schnappschüsse machte. In ihrer Begleitung sei auch ein Fotograf, ein Engländer, *trés comme il faut*.

»Sie sind meinetwegen hier.« Er erklärte ihr die Situation, berichtete von seinem überstürzten Aufbruch aus London und warum Kerry nach Lansquenet gekommen war. Joséphine hörte schweigend zu. Dann fragte sie: »Was glauben Sie, wie lange sie bleiben werden?«

Jay zuckte gleichgültig die Achseln. »So lange, wie sie brauchen.«

»Georges Clairmont redet schon davon, dass er die halb verfallenen Häuser in *Les Marauds* aufkaufen will. Er glaubt, dass die Grundstückspreise hochgehen, wenn es sich herumspricht.«

»Wenn er sich da mal nicht täuscht.«

Sie warf ihm einen seltsamen Blick zu. »Jetzt ist ein guter Zeitpunkt zu kaufen, nach dem nassen Sommer«, fuhr sie fort. »Die Leute brauchen Geld. Die Ernte war miserabel. Die meisten können es sich nicht leisten, Land zu behalten, das nichts einbringt. Lucien Merle hat die Neuigkeiten schon in Agen verbreitet.«

Jay konnte sich des Gefühls nicht erwehren, dass Joséphine ihn missbilligend ansah.

»Aber Ihrem Geschäft kann das doch nicht schaden, oder?«, warf er scherzhaft ein. »All die durstigen Leute, die sich hier herumtreiben.«

Sie hob die Schultern. »Die werden nicht lange bleiben«, erwiderte sie. »Nicht hier.«

Jay wusste, was sie meinte. In Le Pinot gab es zwanzig Cafés und Restaurants, ein McDonald's und ein Freizeitzentrum. Das örtliche Kleingewerbe war von finanzkräftigeren Ketten aus den Städten verdrängt worden. Viele Einheimische waren fortgezogen, weil sie mit dem schnellen Fortschritt nicht hatten mithalten können. Bauernhöfe waren unrentabel geworden, und die Mieten hatten sich verdoppelt und verdreifacht. Er fragte sich, ob Joséphine der Konkurrenz würde standhalten können. Es war eher unwahrscheinlich.

Mit einem unguten Gefühl machte er sich auf den Heimweg. Unterwegs begegnete er Narcisse und winkte ihm zu, aber er beachtete ihn nicht.

Als Jay wieder zu Hause ankam, war fast eine Stunde vergangen. Er parkte in der Einfahrt und machte sich auf die Suche nach Rosa, die bestimmt längst hungrig auf ihn wartete. Das Haus war leer. Clopette lief im Gemüsegarten herum. Rosas Regenmantel und ihre Mütze hingen an dem Haken hinter der Küchentür. Er rief nach ihr. Keine Antwort. Besorgt sah er hinter dem Haus nach, dann an Rosas Lieblingsstelle am Bach. Doch von Rosa keine Spur. Was, wenn sie in den Fluss gefallen war? Der Tannes führte immer noch gefährlich viel Wasser, seine Ufer waren unterspült und drohten jederzeit einzustürzen. Nicht auszudenken, was war, wenn sie in eine der alten Fuchsfallen geraten oder die Kellertreppe hinuntergestürzt war!

Er suchte noch einmal das ganze Haus nach ihr ab, dann den Garten, die Obstwiese, den Weinberg, den Schuppen und die alte Scheune. Nichts. Noch nicht einmal Fußspuren. Schließlich ging er zu Marise hinüber, in der Hoffnung, Rosa wäre zu ihrer Mutter gelaufen. Aber Marise war gerade dabei, ihre inzwischen wieder trockene Küche zu streichen, die Haare mit einem Tuch zusammengebunden, die Knie ihrer Jeans mit Farbe beschmiert.

»Jay!« Sie schien sich zu freuen, ihn zu sehen. »Ist alles in Ordnung? Wie geht es Rosa?« Er brachte es nicht fertig, es ihr zu sagen.

»Rosa geht es gut. Ich wollte nur fragen – ob Sie irgendwas aus dem Dorf brauchen.« Marise schüttelte den Kopf. Sie schien sein Unbehagen nicht zu bemerken.

»Nein, ich brauche nichts«, erwiderte sie heiter. »Ich bin hier fast fertig. Morgen kann Rosa wieder nach Hause kommen.«

Jay nickte. »Wunderbar. Ich meine –«

Sie schenkte ihm ihr seltenes, warmes Lächeln.

»Ich weiß«, unterbrach sie ihn. »Sie sind sehr liebenswürdig und geduldig. Aber ich denke, Sie werden froh sein, wenn Sie das Haus wieder für sich allein haben.«

Jay verzog das Gesicht. Er bekam wieder Kopfschmerzen. Er schluckte. »Hören Sie, ich muss zurück«, murmelte er verlegen. »Rosa –«

Sie nickte.

»Sie sind so lieb zu ihr. Sie können sich gar nicht vorstellen –«

Jay konnte ihre Dankbarkeit nicht länger ertragen. Er verabschiedete sich kurz und rannte den ganzen Weg zurück nach Hause.

Eine Stunde lang suchte er noch einmal das ganze Haus ab. Er hätte sie nie allein lassen dürfen. Rosa war ein Schlingel, sie hatte lauter Unsinn im Kopf. Vielleicht wollte sie ihm einfach nur einen Streich spielen und beobachtete ihn aus einem Versteck, so wie anfangs, als er gerade in sein Haus eingezogen war. Aber als es immer später wurde und Rosa nirgends zu finden war, begann Jay, andere Möglichkeiten in Betracht zu ziehen. Es war gut möglich, dass sie am Ufer des Tannes gespielt hatte, abgerutscht und ins Wasser gefallen und ein paar Kilometer weit flussabwärts, womöglich bis nach *Les Marauds* mitgerissen worden war. Oder sie war die Straße nach Lansquenet entlangspaziert und womöglich von einem Fremden in einem Auto mitgenommen worden. Aber das wäre im Dorf bemerkt worden. Jeder kannte jeden. Die Leute schlossen nicht einmal ihre Türen ab. Es sei denn – Plötzlich fiel ihm Patrice ein, der Mann, der Marise in Paris nachgestellt hatte. Kaum vorstellbar, nach sieben Jahren – Aber das würde vieles erklären. Marises Widerwille, ins Dorf zu gehen, ihre Weigerung, den Hof aufzugeben, der zu einem Zufluchtsort für sie geworden war, die entschlossene Art, wie sie Rosa vor allem abschirmte. Konnte es sein, dass Patrice die beiden irgendwie in Lansquenet aufgespürt hatte? Hatte er sie die ganze Zeit über beobachtet und jetzt die günstige Gelegenheit genutzt? Wohnte er womöglich im Dorf und hatte in aller Ruhe auf den richtigen Augenblick gewartet, um wieder zuschlagen zu können?

Lächerlich. Groschenheft-Romantik, wie Jay sie selbst mit vierzehn an einem faulen Sommernachmittag am Kanalufer hätte schreiben können. Dennoch wurde ihm mulmig bei dem Gedanken. Er stellte sich Patrice so ähnlich wie Zeth vor. Zeth mit Mitte vierzig, größer und brutaler als damals, die narbigen Wangen schmaler, die Augen böse und schlau. Zeth, der ihn am Tor mit diesem boshaft abschätzenden Blick erwartete, in der Hand eine Knarre, diesmal eine echte. Es war lächerlich, aber in diesem Augenblick schien es ihm durchaus plausibel, wie ein krönender Abschluss der Ereignisse dieses Sommers. Nachdem ihn die Erinnerung an die unangenehmen Seiten seiner Sommerferien in Kirby Monckton so unerwartet überrollt hatten, erschien ihm dieser Gedanke nicht lächerlicher als alles andere.

Er überlegte kurz, ob er mit dem Auto fahren sollte, verwarf den Gedanken jedoch wieder. Rosa könnte sich in den Büschen am Straßenrand versteckt haben, er würde sie zu leicht übersehen, selbst wenn er langsam fuhr. Stattdessen ging er zu Fuß nach Lansquenet. Hin und wieder blieb er stehen und rief leise ihren Namen. Er schaute in Gräben und hinter Bäumen nach, umrundete einen Ententeich, der ein neugieriges Kind angezogen haben könnte, dann durchsuchte er eine verlassene Scheune. Doch Rosa blieb verschwunden. Als er schließlich im Dorf ankam, fasste er sich ein Herz und ging zu Mireille.

Das Erste, was er bemerkte, war das Auto, das vor dem Haus parkte. Ein grauer Mercedes mit verdunkelten Scheiben und dem Logo einer Mietwagenfirma. Ein Gangsterauto, schoss es ihm durch den Kopf, oder die Limousine eines Prominenten. Die plötzliche Erkenntnis verschlug ihm fast den Atem. Ohne zu klopfen öffnete er die Haustür und rief heiser: »Rosa?«

In Jeans und ihrem orangefarbenen Pullover saß sie auf dem Treppenabsatz und blätterte in einem Fotoalbum. Ihre Gummistiefel standen neben der Tür. Als sie Jay bemerkte, blickte sie auf und grinste. Vor Erleichterung bekam er weiche Knie. »Was hast du dir eigentlich dabei gedacht? Ich habe dich überall gesucht. Wie bist du überhaupt hierher gekommen?«

Rosa sah ihn unbeirrt an. »Deine Freundin hat mich abgeholt. Die Engländerin.«

»Wo ist sie?« Die Erleichterung wich blanker Wut.

»Jay?« Kerry stand in der Küchentür, ein Glas Wein in der Hand. »Was ist los?« Hinter ihr stand Mireille, eine beeindruckende Erscheinung in ihrem schwarzen Hauskleid.

»Ich wollte noch mal mit dir reden, aber du warst nicht da«, erklärte Kerry. »Rosa hat die Tür aufgemacht. Sie hat ganz nett mit ihrer *grand-maman* geplaudert, stimmt's, Rosa?« Den letzten Satz sagte sie auf Französisch, wahrscheinlich, um Mireille mit einzubeziehen, die schweigend hinter ihr stand. »Ich habe mit Leuten aus dem Dorf gesprochen, Jay, und ich muss sagen, ich finde, die arme Madame Faizande hat ein Recht darauf, ihre Enkelin zu sehen –«

Jay schaute zu Mireille hinüber, die mit vor ihrem enormen Busen verschränkten Armen zuhörte.

»Kerry«, begann er. »Ich weiß zwar nicht, was man dir erzählt hat, aber das geht entschieden zu weit.«

»Ich weiß natürlich nicht so viel wie du, aber ich sehe, dass Madame Faizande eine alte Dame ist, die außer diesem kleinen Mädchen niemanden mehr hat, und warum auch immer deine Freundin Marise sich mit ihr überworfen hat, Rosa hat nichts damit zu tun.« Kerry sah ihn trotzig an. »Ich habe Madame Faizande erzählt, dass Rosa bei dir wohnt. Sie konnte wirklich nicht wissen, dass du nicht da sein würdest, als wir zu dir kamen. Jay, du hättest ihr Gesicht sehen sollen, als sie Rosas Stimme gehört hat –«

Mireille fixierte Jay mit wütendem Blick. »Sie hätten mir erzählen müssen, dass sie bei Ihnen ist«, sagte sie eisig. »Ich habe ein Recht darauf, die Tochter meines Sohnes zu sehen.« Sie schaute Rosa an, und Jay hatte den Eindruck, dass ihr Gesichtsausdruck etwas von seiner Härte verlor.

»Sie ist ihm so ähnlich«, fuhr sie etwas freundlicher fort.

»So ein helles Köpfchen. So lebendig.« Plötzlich änderte sich ihr Ton, und Rosa blickte verblüfft von ihrem Album auf. »Sie wusste noch nicht einmal, wie ihr Vater ausgesehen hat! Das hat ihre Mutter mir angetan! Sie hat unsere Familie aus ihrem Leben getilgt!« Ihre Arme verkrampften sich vor ihrer Brust.

Jay schaute zu Rosa hinüber. »Komm, Rosa«, sagte er ruhig. »Zeit, nach Hause zu gehen.«

Rosa sah Mireille neugierig an. »Bist du wirklich meine Oma?« fragte sie.

Mireille stieß einen erstickten Schrei aus und verschwand abrupt in der Küche. Kerry reichte Jay Rosas Gummistiefel. »Siehst du? Alles ganz harmlos«, erklärte sie. »Wie ich höre, hast du hier eine ganze Menge Freunde gefunden«, fuhr sie fort. »Du wirst der Held des Dorfes sein, wenn *Pastures New* anläuft. Das Dorf kann ein bisschen Reklame gut gebrauchen.«

Jay ignorierte sie. Er hatte schon genug Probleme, ohne dass er mit Kerry über das Thema Publicity diskutierte.

»Kommen wir ins Fernsehen?«, fragte Rosa kokett, als sie in ihre Gummistiefel stieg. »*Maman* und du und alle anderen aus dem Dorf? Wir haben zu Hause einen Fernseher. Ich mag *Cocoricoboy* und *Nos Amis Les Animaux*. Aber *Cinéma de Minuit* lässt *Maman* mich nicht gucken.« Sie zog eine Schnute. »Da wird zu viel geküsst.«

Jay nahm sie bei der Hand. »Keiner kommt ins Fernsehen«, sagte er.

»Och.«

»Es macht überhaupt nichts, wenn du nicht vor der Kamera erscheinen willst«, bemerkte Kerry. »Ich habe alles für ein hervorragendes Programm zusammen, mit dir oder ohne dich. Der Künstler und seine Vorbilder, du kennst das ja. Peter Mayle kannst du vergessen. Eh du weißt, wie dir geschieht, werden die Leute in Scharen nach Lansquenet kommen.«

»Kerry, bitte –«

»Herrgott noch mal, Jay! Man sollte meinen, ich würde dich zwingen, dein eigenes Todesurteil zu unterschreiben.

Jeder andere würde seine eigene Großmutter verkaufen für diese Art von Publicity!«

»Ich nicht. Ich will nicht, dass die Touristen hier einfallen wie die Heuschrecken«, sagte er. »Du weißt genau, was so ein Medienspektakel für ein kleines Dorf wie dieses bedeutet.«

Kerry zuckte die Achseln. »Niemand lehnt ein gutes Geschäft ab.«

Natürlich hatte sie recht. Das war das Schlimmste. Der Sog würde alle mitreißen und das verträumte Lansquenet würde bald – wie Pog Hill – der Vergangenheit angehören.

59

Marise kam wie jeden Abend gegen sieben, eine Flasche Wein und einen verschlossenen Korb unter dem Arm. Sie trug einen langen roten Rock und einen schwarzen Pullover. Sie sah ganz anders aus, wie eine Zigeunerin, und sie hatte Lippenstift aufgelegt. Ihre Augen leuchteten. »Heute wird gefeiert«, verkündete sie ausgelassen, als sie die Flasche auf den Tisch stellte. »Ich habe Käse und Brot mitgebracht. Dann gibt es noch Kuchen und Mandelplätzchen. Und Kerzen.« Sie nahm zwei Messingkerzenleuchter aus dem Korb und stellte sie auf den Tisch. Dann steckte sie die Kerzen hinein. »Sieht das nicht hübsch aus?« sagte sie. »Ich kann mich gar nicht erinnern, wann wir das letzte Mal bei Kerzenlicht gegessen haben.«

»Letztes Jahr«, sagte Rosa kess. »Als der Generator kaputt war.«

Marise lachte. »Das zählt nicht.«

So gelöst wie an diesem Abend hatte Jay Marise noch nie erlebt. Zusammen mit Rosa deckte sie den Tisch mit bunt gemusterten Tellern und Kristallgläsern. In die Mitte kam ein Blumenstrauß, den Rosa im Garten gepflückt hatte. Sie aßen *foie gras* auf Nussbrot und tranken dazu Marises Wein, der nach Honig und Pfirsichen und gerösteten Mandeln schmeckte, dann gab es Salat und warmen Ziegenkäse, anschließend

Kaffee, Kuchen und *petits fours*. Während des Essens versuchte Jay, seine Gedanken zu ordnen. Rosa, die strikte Anweisung hatte, ihren Besuch in Lansquenet nicht zu erwähnen, war quietschvergnügt, verlangte ihren *canard*, ein Stück in Wein getränkten Würfelzucker, und fütterte heimlich Clopette unter dem Tisch, und später, nachdem die Ziege in den Garten verbannt worden war, reichte sie ihr die Leckerbissen durch das offene Fenster. Marise war heiter und redselig und wunderschön im goldenen Kerzenlicht. Es hätte perfekt sein können.

Aber Jay war nervös. Er wartete auf eine passende Gelegenheit, Marise von Rosas nachmittäglichem Ausflug zu berichten. Natürlich wusste er, dass es gar keine passende Gelegenheit gab, es war reine Verzögerungstaktik. Aber er musste es ihr sagen, bevor sie es selbst herausfand. Vor allem, bevor Rosa sich verplapperte.

Je später der Abend wurde, umso schwerer fiel es ihm. Er wurde wortkarg, bekam Kopfschmerzen. Marise schien nichts davon zu bemerken. Sie erzählte ihm ausführlich von ihren Plänen, das Entwässerungssystem zu verbessern und den Keller auszubauen. Sie war erleichtert, dass sich bei der Weinernte der Verlust in Grenzen hielt, und sprühte vor Optimismus. Mit ihren Ersparnissen und den fünfzig Fässern *cuvée spéciale* im Keller, die nur auf den richtigen Käufer warteten, würde sie es schon schaffen, das Land zu kaufen, wenn der Pachtvertrag auslief. Land war billig in Lansquenet, vor allem schlecht entwässertes Land wie das ihre. Nach dem schlechten Sommer würden die Preise womöglich noch weiter fallen, und Pierre-Emile, der den Hof geerbt hatte, war kein Geschäftsmann. Er würde für das Haus und den Weinberg nehmen, was er bekommen konnte, und die Bank würde ihr einen langfristigen Kredit gewähren.

Je mehr sie erzählte, umso elender fühlte sich Jay. Der Gedanke an das, was Joséphine ihm über die Grundstückspreise gesagt hatte, schnürte ihm das Herz zusammen. Zögernd fragte er, was geschehen würde, wenn – vielleicht –

Ihr Gesichtsausdruck verhärtete sich ein wenig. Sie hob die

Schultern. »Dann würde ich wegziehen müssen«, sagte sie knapp. »Alles aufgeben, zurück nach Paris oder nach Marseille gehen. Soll Mireille doch –« Sie verschluckte den Rest des Satzes und setzte beherzt eine heitere Miene auf. »Aber das wird nicht geschehen«, sagte sie bestimmt. »All das wird nicht passieren. Ich habe immer von einem Ort wie diesem geträumt«, sagte sie schwärmerisch. »Ein Hof, eigenes Land, Bäume, vielleicht ein kleiner Bach. Wo ich mich wohl fühle. Sicher. Wenn das Land erst einmal mir gehört und kein Pachtvertrag mehr meine Existenz bedroht, wird vielleicht alles anders werden«, sagte sie unvermittelt. »Dann kann ich vielleicht in Lansquenet noch einmal von vorne anfangen. Ein paar Freunde für Rosa finden, es noch einmal mit den Leuten versuchen.« Sie schenkte sich von dem süßen, goldenen Wein nach. »Mir selbst eine neue Chance geben.«

Jay schluckte mühsam. »Aber was ist mit Mireille? Würde sie Ihnen keine Probleme machen?«

Marise schüttelte den Kopf. Ihre Augen waren halb geschlossen, sie wirkte schläfrig, wie eine Katze.

»Mit Mireille werde ich schon fertig«, sagte sie schließlich. »Hauptsache, ich kann den Hof behalten.«

Eine Zeit lang redeten sie über andere Dinge. Sie tranken Kaffee und Armagnac, und Rosa fütterte der Ziege *petits fours* durch die halb geschlossenen Läden. Als Marise Rosa schließlich ins Bett schickte, protestierte die Kleine nur zum Schein – es war fast Mitternacht, und sie war länger aufgeblieben als gewöhnlich. Jay konnte kaum glauben, dass sie sich während des ganzen Abends nicht verplappert hatte. Gleichzeitig bedauerte er es in gewisser Weise.

Als Rosa nach oben verschwand – in jeder Hand ein Plätzchen und mit dem Versprechen, dass es zum Frühstück Pfannkuchen geben würde –, schaltete Jay das Radio an und schenkte Armagnac nach.

»Mmm. Danke.«

»Marise.«

Sie sah ihn schläfrig an.

»Warum muss es Lansquenet sein?«, fragte er. »Hätten Sie

nicht nach Tonys Tod woanders hinziehen, sich das alles ersparen können – diesen erbitterten Streit mit Mireille?«

Sie nahm noch ein *petit four.* »Es muss Lansquenet sein«, sagte sie dann. »Es geht einfach nicht anders.«

»Aber warum? Warum nicht Montauban oder Nérac oder eins von den anderen Dörfern hier in der Gegend? Was gibt es in Lansquenet, das Sie woanders nicht finden? Ist es, weil Rosa hier aufgewachsen ist? Oder – wegen Tony?«

Darüber musste sie lachen. Nicht unfreundlich, aber auf eine seltsam verbitterte Art, die er nicht einordnen konnte. »Wenn Sie so wollen. Wegen Tony, ja.«

Plötzlich spürte Jay, wie sein Herz sich zusammenzog. »Sie sprechen kaum über ihn.«

»Ja, das stimmt.«

Sie schaute schweigend in ihr Glas.

»Tut mir Leid. Es geht mich nichts an. Vergessen Sie, was ich gesagt habe.«

Marise sah ihn nachdenklich an, dann schaute sie wieder in ihr Glas. Ihre langen Finger bewegten sich nervös. »Ist schon in Ordnung. Sie haben mir geholfen. Sie sind immer nett zu uns. Aber es ist zu kompliziert, wissen Sie? Ich würde es Ihnen gern erzählen. Ich wünsche mir schon so lange, es irgendjemandem zu erzählen.«

Am liebsten hätte Jay ihr gesagt, dass er es gar nicht wissen wollte, dass es vielmehr etwas gab, was er *ihr* zu sagen hatte. Aber er brachte kein Wort heraus.

»Ich habe lange Zeit überhaupt niemandem vertraut«, erklärte sie. »Nach Patrice. Nach Tony. Ich sagte mir, dass ich niemanden brauchte. Dass wir besser allein zurechtkämen, Rosa und ich. Mir hätte sowieso niemand geglaubt, wenn ich die Wahrheit sagte.« Sie hielt inne und malte mit einem Finger ein kompliziertes Muster auf die Tischplatte. »So ist das mit der Wahrheit«, fuhr sie fort. »Je mehr man sich wünscht, sie auszusprechen, umso schwerer wird es. Umso unmöglicher scheint es.«

Jay nickte. Er wusste genau, was sie meinte.

»Aber bei Ihnen –« Sie lächelte. »Vielleicht liegt es daran, dass Sie ein Fremder sind. Dennoch kommt es mir so vor, als würde ich Sie schon lange kennen. Ich vertraue Ihnen. Warum sonst hätte ich Rosa bei Ihnen wohnen lassen?«

»Marise –« Er musste wieder schlucken. »Es gibt etwas, das ich –«

»Schsch.« Ihre Wangen waren vom Wein gerötet. »Ich möchte es Ihnen erzählen, damit Sie verstehen. Ich habe es schon einmal versucht, aber –« Sie schüttelte den Kopf. »Ich dachte, es wäre so kompliziert«, sagte sie leise. »Aber eigentlich ist es ganz einfach. Wie alle Tragödien. Einfach und dumm.« Sie holte tief Luft. »Ich war in die ganze Geschichte verwickelt, bevor ich wusste, wie mir geschah. Und als ich es merkte, war es zu spät. Geben Sie mir doch noch einen Schluck Armagnac.«

Er füllte ihr Glas.

»Ich mochte Tony, aber ich habe ihn nie geliebt. Liebe reicht sowieso nicht aus, um etwas lange zu tragen. Sicherheit ja. Der Hof, das Land. Das war es, was ich brauchte, sagte ich mir. Weg von Patrice, weg von der Großstadt und der Einsamkeit. Ich redete mir ein, dass das reichte, dass ich nichts anderes brauchte. Schlimmer noch, ich machte mir vor, dass Tony nicht merken würde, dass ich ihn benutzte, dass es für ihn keine Rolle spielte.«

Eine Zeit lang war es gut gegangen. Marise fühlte sich wohl in Lansquenet, und Tony war auf rührende Weise glücklich darüber. Mireille blieb reserviert, aber Tony wischte Marises Bedenken vom Tisch. Alle Schwiegermütter waren anfangs schwierig.

Aber Mireille wurde immer fordernder und Tony immer unberechenbarer. Wenn Mireille zu Besuch kam, war er wortkarg und verschlossen, ließ sich von ihr sein Essen bringen und die Hemden bügeln und sich verwöhnen wie ein Zwölfjähriger. Sobald Marise das Zimmer verließ, redete er leise und wütend auf seine Mutter ein und verfiel in plötzliches Schweigen, wenn sie wieder hereinkam. Er litt unter starken Stimmungsschwankungen, und Marise fürchtete einen Rückfall in die Depressionen, in die er nach dem Tod seines Vaters versunken war. Vergeblich versuchte sie, mit Mireille darüber zu sprechen, aber die alte Frau wollte davon nichts wissen und behauptete, mit Tony sei alles in Ordnung.

»Er ist ein starker, gesunder Junge«, sagte sie stur. »Hör auf, ihn in Watte zu packen. Am Ende wird er noch genauso neurotisch wie du.«

Von da an machte sie Marise für jede Merkwürdigkeit in Tonys Verhalten verantwortlich. Sein unvermitteltes Schweigen, die plötzlichen Wutanfälle. Wenn Tony sich wie ein verwöhntes Kind aufführte, ging sie darauf ein, ja, sie ermunterte ihn geradezu – solange sein Ärger sich gegen Marise richtete.

Als er erfuhr, dass Marise schwanger war, änderte sich sein Verhalten. Alles, was mit der Schwangerschaft zu tun hatte, beglückte ihn. Er umsorgte sie von morgens bis abends, schalt sie schon, wenn sie sich auch nur ohne seine Hilfe von ihrem Stuhl erhob. Mireille sah darin den Beweis seiner Liebe, während Marise gleichzeitig gerührt und irritiert war von seinem jungenhaften Übereifer. Dann kamen die Briefe.

»Ich wusste sofort, dass sie von Patrice stammten«, sagte Marise. »Es war genau sein Stil. Die üblichen Beschimpfungen. Aber irgendwie jagten sie mir diesmal keine Angst ein. Wir hatten Wachhunde, Schusswaffen. Ich dachte, Patrice wüsste das. Irgendwie musste er von meiner Schwangerschaft erfahren haben. In den Briefen ging es nur darum. Treib ab, dann werde ich dir verzeihen, und solche Sachen. Ich ignorierte sie einfach.«

Dann fand Tony das mit den Briefen heraus.

»Ich habe ihm alles erzählt«, sagte sie tonlos. »Ich glaubte, ihm das schuldig zu sein. Außerdem wollte ich ihm klarmachen, dass wir nichts zu befürchten hatten, dass das alles der Vergangenheit angehörte. Die Briefe kamen auch immer seltener.« Sie seufzte. »Ich hätte es besser wissen müssen. Tony betrachtete die Briefe als persönlichen Angriff. Er wollte mir unbedingt beweisen, dass er mit dem Problem fertig werden konnte. Wir legten uns große Vorräte an, damit wir nur einmal im Monat einkaufen mussten. Tony ließ eine teure Alarmanlage einbauen und stellte jeden Abend sein geladenes Gewehr neben die Tür. Er benahm sich wie ein Junge, der Räuber und Gendarm spielt. Ich versuchte ihn davon zu überzeugen, dass das alles nicht nötig sei, aber ich glaube, das hat ihn noch mehr angestachelt. Und Mireille gab natürlich mir die Schuld.«

Rosa kam zu Hause auf die Welt. Mireille half bei der Geburt. Sie war enttäuscht, dass Rosa kein Junge war, aber es konnten ja noch Söhne kommen. Sie wunderte sich darüber, dass Rosa so klein und zart war, und sie gab Marise Ratschläge, wie sie sie füttern, wickeln und mit ihr umgehen sollte. Oft grenzten die Ratschläge an Tyrannei.

»Natürlich hatte er ihr alles erzählt«, fuhr Marise fort. »Ich hätte damit rechnen müssen. Er konnte nichts vor seiner Mutter geheim halten. Für sie war ich natürlich die Übeltäterin, eine Frau, die die Männer aufreizt und dann von ihrem Mann erwartet, dass er sie vor den Konsequenzen bewahrt.«

Zwischen den beiden Frauen entwickelte sich eine eisige Kälte. Mireille war fortan ständig im Haus, sprach jedoch kaum mit Marise. Es kam vor, dass Tony und seine Mutter ganze Abende lang über Ereignisse und Leute plauderten, von denen Marise keine Ahnung hatte. Tony, eingehüllt in mütterliche Fürsorge, schien nie zu bemerken, dass seine Frau ausgeschlossen wurde. Mireille bemutterte das Baby mit besitzergreifendem Eifer und wies mit grimmiger Genugtuung auf jedes Anzeichen von Wundsein oder Schnupfen hin.

Und dann, aus heiterem Himmel, tauchte Patrice auf.

»Es war im Spätsommer«, sagte Marise. »Gegen acht Uhr abends. Ich war oben und hatte Rosa gerade gefüttert. Ein Auto fuhr vor. Tony öffnete die Tür. Es war Patrice.«

Er verlangte nicht, Marise zu sehen. Stattdessen gab er sich reumütig, fast bescheiden. Er erklärte Tony, wie Leid ihm alles tat, was er Marise angetan hatte. Er sei krank gewesen. Doch nun wolle er alles wieder gutmachen. Marise hörte von oben aus zu. Er habe Geld mitgebracht, sagte er, zwanzigtausend Franc. Nicht genug, um für das zu bezahlen, was er angerichtet habe, aber vielleicht reiche es als Grundstock für ein Sparbuch für das Baby.

Tony und er gingen zusammen hinter das Haus. Sie blieben lange fort. Als Tony zurückkam, war es schon dunkel, und er war allein. Er sagte mir, es sei vorbei, Patrice würde uns nie mehr belästigen. An jenem Abend war er so liebevoll wie lange nicht mehr. Ich glaubte, alles sei in Ordnung.«

Ein paar Wochen lang waren sie glücklich miteinander. Marise kümmerte sich um Rosa. Mireille blieb auf Distanz. Tony hielt nicht länger die ganze Nacht lang Wache. Dann, eines Tages, als Marise in den Garten ging, um Kräuter zu pflücken, bemerkte sie, dass das Scheunentor halb offen stand. Als sie es schließen wollte, entdeckte sie Patrice' Wagen hinter ein paar Strohballen.

»Anfangs hat er es abgestritten«, sagte sie. »Wie ein kleiner Junge. Behauptete, ich hätte kein Auto gesehen. Dann bekam er Tobsuchtsanfälle, nannte mich eine Hure und behauptete, ich hätte mich hinter seinem Rücken mit Patrice getroffen. Schließlich gab er den Mord zu. Er hatte Patrice damals mit in die Scheune genommen und ihn mit einem Spaten erschlagen.«

Tony zeigte keine Reue. Angeblich hätte er keine andere Wahl gehabt. Wenn jemand schuld sei, dann Marise. Wie ein Schuljunge erzählte er ihr mit einem schuldbewussten Grinsen, wie er das Auto in die Scheune geschafft und dort versteckt, und Patrice irgendwo verscharrt hatte.

»Wo?«, wollte Marise wissen.

Tony schüttelte den Kopf. »Du weißt genau, dass ich dir das nicht sagen kann«, erklärte er.

Wahrscheinlich steckte Mireille dahinter, dass Tony nicht reden wollte. Seine Mutter hatte ihn schon halb davon überzeugt, dass Marise ihn betrogen hatte, dass sie ihn nie geliebt und ihn nur geheiratet hatte, um an seine Erbschaft zu kommen.

»Ich habe versucht, aus ihm herauszubekommen, wo er die Leiche vergraben hatte«, fuhr Marise fort. »Ich sagte ihm, er müsse zur Polizei gehen. Ich besaß immer noch die Briefe von Patrice. Im Notfall konnten wir beweisen, dass er mich bedroht hatte. Aber Tony wollte nicht auf mich hören und hat die Briefe sogar verbrannt. Er benahm sich wie ein Kind, tat einfach so, als wäre nichts geschehen.«

Tonys Zustand verschlimmerte sich zusehends. Er verbrachte Stunden allein mit seiner Mutter, dann schloss er sich in seinem Zimmer ein, den Fernseher auf volle Lautstärke aufgedreht. Selbst Rosa würdigte er keines Blickes mehr.

»Irgendwann hatte ich genug. Ich packte meine Sachen und erklärte ihm, wenn er sich nicht der Polizei stellte, würde ich ihn verlassen. Mireille beschuldigte mich an allem schuld zu sein, ich hätte ihn so weit getrieben, und ich solle doch endlich abhauen, aber Rosa müsse ich hier lassen. Dann fing Tony an, Mireille zu beschimpfen, brüllte, er wolle nicht, dass ich fortgehe. Mireille redete auf ihn ein, er würde es ohne mich viel besser haben, sie würde sich schon um Rosa kümmern, alles würde wieder so werden wie früher –«

Marise hielt Jay ihr leeres Glas hin, und er schenkte nach. Ihre Stimme klang unsicher. »Schließlich versprach er mir, zur Polizei zu gehen. Mireille verließ wutschnaubend das Haus, warf ihm vor, er würde mich ihr vorziehen. Ich war so erleichtert – ich glaubte wirklich, dass dieser Albtraum endlich vorbei sei.«

Um acht Uhr am nächsten Morgen hatte sie ihn in der Scheune gefunden.

»Ich wollte nur noch weg«, sagte sie tonlos. »In Lansquenet gab es für mich nichts als schlechte Erinnerungen. Zum zweiten Mal packte ich meine Sachen. Ich kaufte mir sogar eine Zugfahrkarte nach Paris. Aber Mireille hat mich erpresst. Sie behauptete, Tony hätte ihr vor seinem Tod alles erzählt. Nur sie wisse, wo Tony Patrice verscharrt habe. ›Jetzt musst du hier bleiben‹, sagte sie triumphierend. ›Ich lasse es nicht zu, dass du mir Rosa wegnimmst. Wenn du es dennoch wagen solltest, gehe ich zur Polizei und erzähle denen, du hättest den Mann aus Marseille getötet, dass mein Sohn mir vor seinem Tod alles gebeichtet hat und dass er sich umgebracht hat, weil er die Last nicht länger ertragen konnte.‹ Sie war sehr überzeugend«, schloss Marise mit einem Anflug von Bitterkeit. »Sie gab mir zu verstehen, dass sie um Rosas willen schweigen würde.«

Danach machte Mireille es sich zur Aufgabe, Marise im Dorf zu isolieren. Das war nicht schwer; während des vorangegangenen Jahres hatte Marise mit kaum jemandem im Dorf gesprochen, hatte zurückgezogen in ihrem Haus gelebt. Mireille ließ ihrem Groll freien Lauf. Sie verbreitete Gerüchte im Dorf, machte Anspielungen auf dunkle Geheimnisse. Tony war in Lansquenet sehr beliebt gewesen. Marise war nur eine Außenseiterin, die aus der Stadt hierhergezogen war. Schon bald setzten die Vergeltungsmaßnahmen ein.

»Es war eigentlich nichts Ernstes«, sagte Marise. »Feuerwerkskörper unter meinem Fenster, anonyme Briefe. Allgemeine Schikanen. Das waren Kindereien verglichen mit dem, was Patrice mir angetan hat.«

Aber bald zeigte es sich, dass Mireille sich nicht damit zufrieden gab, Marise im Dorf schlecht zu machen.

»Sie wollte Rosa«, erklärte Marise. »Sie glaubte, wenn sie es schaffte, mich aus Lansquenet zu vertreiben, könne sie Rosa behalten. Ich hätte nichts dagegen unternehmen können, sehen Sie. Weil sie zu viel wusste.«

Ein Schauder lief ihr über den Rücken.

Also hatte Marise sich auf ihrem Hof verschanzt, sich von allen in Lansquenet fern gehalten. Hatte die vorübergehende Taubheit ihrer Tochter ausgenutzt, um Mireille zu täuschen. Patrice' Auto versenkte sie im Sumpf. Natürlich war ihr klar, dass es als Beweismittel gegen sie verwendet werden könnte, falls es je entdeckt würde. Aber sie wollte es in ihrer Nähe wissen, um sicher zu sein, wo es sich befand. Blieb immer noch das Problem mit der Leiche.

»Anfangs habe ich danach gesucht«, sagte sie. »Ich habe die Nebengebäude auf den Kopf gestellt, in jeden Winkel geschaut. Sogar unter dem Fußboden habe ich nachgesehen. Aber es hatte keinen Zweck. Das ganze Land bis hinunter zum Sumpf gehörte zum Grundstück. Ich hätte jeden Quadratmeter umgraben müssen.«

Außerdem war da noch der alte Emile. Es war durchaus möglich, dass Tony die Leiche auf seinem Land vergraben hatte. Tatsächlich waren Mireilles Andeutungen in diese Richtung gegangen. Auf ihre verbitterte, schadenfrohe Art, hatte sie dabei genüsslich ihre Macht ausgekostet.

Jay versuchte sich vorzustellen, was in Marise vorgegangen sein musste, als sie ihn im Haus gesehen hatte und tatenlos zusehen musste, wie er die Blumenbeete umgrub und zwischen den Obstbäumen herumspazierte. Wie sie sich jeden Tag gesagt haben musste, eines Tages ...

Spontan nahm er ihre Hand. Sie war eiskalt. Er spürte ein leichtes Zittern in ihren Fingerspitzen. Ihr Mut erfüllte ihn mit Bewunderung. »Deswegen also wollten Sie nicht, dass jemand auf Ihrem Land arbeitet«, sagte er. »Das ist also der Grund, warum Sie gezwungen sind, hier zu bleiben –«

Sie nickte. »Ich konnte nicht zulassen, dass jemand die Leiche findet«, erklärte sie. »Nach so langer Zeit würde mir niemand mehr glauben, dass ich mit dem Mord nichts zu tun hatte. Und ich wusste, dass Mireille gegen mich aussagen würde. Um nichts in der Welt würde sie zugeben, dass ihr geliebter Tony –« Sie holte tief Luft. »Jetzt wissen Sie es«, brachte sie mühsam hervor. »Endlich weiß es jemand.«

Sie duftete nach Thymian und Regen. Ihr Haar war wie ein Vorhang aus Blumen. Jay stellte sich vor, wie er ihr erzählte, was heute geschehen war, sah das Leuchten in ihren grünen Augen verlöschen, sah ihr Gesicht versteinern.

»Ich habe mich so davor gefürchtet, mit jemandem darüber zu sprechen«, flüsterte sie. »Sehen Sie, es ist ja alles meinetwegen geschehen. Weil ich dieses Haus haben wollte, das Land. Mireille hat Recht; ich hätte Tony nie heiraten dürfen. Was immer sie falsch gemacht haben mag, was immer sie sich vorwerfen mag, ich bin diejenige, die Patrice hierher gebracht hat. Darum kann ich Rosa nicht zu ihr lassen. Ich weiß nicht, was sie ihr erzählen würde.«

Jemand anders hätte ihr in diesem Augenblick alles gestanden. Jemand, der genauso mutig war wie sie, genauso hellsichtig. Aber Jay zog Marise stattdessen an sich, spürte ihr

Haar an seinem Gesicht, ihre Lippen auf seinen, ihren weichen Körper in seinen Armen und ihren Atem an seinem Hals. Ihr Kuss schmeckte genauso, wie er es sich vorgestellt hatte; nach Himbeeren und rauchigen Rosen. Sie liebten sich dort, auf Jays ungemachtem Bett, während die Ziege neugierig durch die halb geöffneten Läden zusah und das sanfte, goldene Licht magische Schatten auf die Wände warf.

60

Bald. Bald. Die Specials hatten jetzt ihre ganze Wirkung entfaltet. Sie waren überall. In der Luft, im Boden, in den Liebenden. Jay lag auf dem Bett und starrte an die Decke. Marise schlief neben ihm, das Gesicht wie ein Kind ins Kissen gedrückt, ihr Haar ein leuchtender Wimpel auf dem Bettzeug. Deutlicher denn je konnte er Joes Wein hören, seine drängenden, lockenden Stimmen – *bald*, schien er zu flüstern. Es muss bald sein. Es muss *jetzt* sein.

Jay betrachtete die schlafende Marise. Sie wirkte vertrauensvoll. In Sicherheit. Sie lächelte im Schlaf und murmelte leise vor sich hin. Jay zog behutsam die Decke über ihre nackten Schultern, und sie vergrub seufzend ihr Gesicht in ihr Kissen.

Während Jay sie betrachtete, dachte er über die Ereignisse des vergangenen Vormittags nach. Es musste etwas geben, was er tun konnte. Er konnte nicht zulassen, dass Marise den Hof verlor. Lansquenet durfte nicht in die Hände von Spekulanten geraten. Die Film-Crew würde am nächsten Tag eintreffen. Es blieben ihm also – wie viele Stunden? Sechs? Sieben? Um was zu tun? Was konnte er in sieben Stunden bewerkstelligen? Oder auch in siebzig? Was konnte *irgendjemand* tun?

Joe hätte jetzt bestimmt einen Rat gewusst.

Du weißt, was du tun könntest.

Klar. Er hatte beinahe laut gesprochen. Aber Joe war tot. Trauer überkam ihn, wie immer, wenn er an den Freund dachte. Joe war tot. Keine Magie mehr.

Du hast noch nie viel Verstand bewiesen, Junge.

Diesmal schien es wirklich Joes Stimme zu sein. Jays Herz machte einen Satz, aber dann begriff er, dass diese Stimme aus ihm selbst kam, aus seiner Erinnerung. Joe – der echte, lebendige Joe – war für immer verschwunden. Das war nur ein Ersatz. Ein Spiel. Wie Pfeifen im Dunkeln.

Denk an die Specials, hab ich dir gesagt. Weißt du nicht mehr?

»Natürlich weiß ich das noch«, flüsterte Jay hilflos. »Aber ich –«

Warum zum Teufel hörst du nicht auf mich? Joes Stimme schien jetzt überall zu sein, in der Luft, im Licht der fast erloschenen Glut im Kamin, im Glanz von Marises Haaren auf dem Kissen.

Hast du geschlafen, als ich dir in Pog Hill all die Dinge beigebracht habe? Hast du denn überhaupt nichts gelernt?

»Doch.« Jay schüttelte verwirrt den Kopf. »Aber ohne dich, alter Freund, hat das alles keine Bedeutung mehr. Genau wie damals, als ich zum letzten Mal in Pog Hill war –«

Gelächter von den Wänden, das im ganzen Zimmer widerhallte. Es war Jay, als würde der vertraute Duft nach Rauch und Äpfeln aus den Kohlen aufsteigen. Die Nachtluft prickelte.

Wenn man seine Hand oft genug in ein Wespennest steckt, sagte Joes Stimme, *wird man irgendwann gestochen. Da hilft auch keine Magie. Auch sie ist gegen die Natur machtlos. Manchmal muss man ihr ein bisschen nachhelfen, mein Junge. Sie ein bisschen ködern. Ihr Gelegenheit geben, ihre Wirkung zu entfalten. Damit sie wirken kann, muss man die richtigen Bedingungen schaffen.*

»Aber ich hatte den Glücksbringer. Ich glaubte –«

Du brauchtest keinen Glücksbringer, erwiderte die Stimme. *Du hättest dir selbst helfen können. Du hättest dich doch wehren können, oder?*

Darüber dachte Jay einen Moment lang nach. Dann hatte er eine Idee.

Niemand sah, wie er das Haus verließ. Keine Menschenseele war auf der Straße, als er durch das Dorf ging. Und selbst wenn ihn jemand gesehen hätte, wäre ihm an Jay nichts Besonderes aufgefallen. Der große Korb mit den breitblättrigen Setzlingen konnte ebenso gut ein Geschenk sein. Ein Geschenk für einen Steingarten. Auch, dass er leise etwas vor sich hin murmelte, das wie Latein klang, hätte niemanden gewundert. Schließlich war er Engländer, und Engländer waren sowieso ein bisschen verrückt. *Un peu fada, Monsieur Jay.*

Er stellte fest, dass er sich noch ziemlich gut an Joes Schutzritual erinnerte. Zwar blieb ihm keine Zeit, um Räucherstäbchen oder Kräutersäckchen herzustellen, aber das war jetzt nicht so wichtig. Er spürte die Gegenwart der Specials, hörte ihr Flüstern, ihr ausgelassenes Lachen. Vorsichtig hatte er so viele Pflanzen aus dem Frühbeet geholt, wie er tragen konnte. Jetzt pflanzte er sie in Abständen am Straßenrand entlang. Einige setzte er an der Kreuzung, wo es nach Toulouse ging, zwei unter dem Stoppschild, zwei weitere an der Straße nach *Les Marauds*. Der ganz besondere Nebel von Lansquenet, der aus dem Sumpf in die Weinberge steigt, erhob sich vor ihm in der frühen Morgensonne wie ein leuchtendes Segel. Jay Mackintosh machte eilig seinen Rundgang, bewegte sich beinahe im Laufschritt, um rechtzeitig fertig zu werden, pflanzte Joes *Tuberosa rosifea* an jeder Kreuzung, an jedem Tor, an jedem Straßenschild. Gleichzeitig drehte er Wegweiser um oder bedeckte sie mit Grünzeug, wenn es ihm nicht gelang, sie aus dem Boden zu reißen. Das Begrüßungsschild, das Georges und Lucien aufgestellt hatten, versteckte er im Straßengraben.

Am Ende war kein einziges Straßenschild mehr zu sehen, das auf Lansquenet-sous-Tannes hinwies. Er brauchte fast sechs Stunden für die zwanzig Kilometer um das Dorf herum bis zur Straße nach Toulouse und zurück durch *Les Marauds*. Er war völlig erschöpft. Sein Schädel dröhnte, und seine Beine fühlten sich so wackelig an wie Stelzen. Aber er hatte es geschafft.

So wie Joe seinen Garten getarnt hatte, dachte Jay triumphierend, hatte er Lansquenet-sous-Tannes zumindest für kurze Zeit unsichtbar gemacht.

Als er nach Hause kam, waren Marise und Rosa schon weg. Es war taghell. Der Nebel war verflogen.

61

Es war elf Uhr, als Kerry eintraf. Frisch und energisch in weißer Bluse und grauem Rock, ihre Aktentasche in der Hand. Jay erwartete sie bereits.

»Guten Morgen, Jay.«

»Da bist du ja.«

Sie spähte über seine Schulter hinweg ins Zimmer, sah die Weingläser und die leere Weinflasche.

»Wir wollten eigentlich früher anfangen«, sagte sie, »aber ob du es glaubst, oder nicht, wir haben uns im Nebel verfahren. Dichte, weiße Nebelschwaden wie Trockeneis bei einem Heavy-Metal-Konzert.« Sie lachte. »Kannst du dir das vorstellen? Ein halber Tag vergeudet. Und das bei unserem Budget – Ich warte immer noch auf das Kamerateam. Anscheinend sind sie an der falschen Stelle abgebogen und kurz vor Agen angekommen. Diese Straßen. Gut, dass ich den Weg schon kannte.«

Jay sah sie an. Es hatte nicht funktioniert, dachte er frustriert. Trotz allem, obwohl er fest daran geglaubt hatte.

»Du hast also immer noch vor, das alles durchzuziehen?«

»Ja, natürlich«, erwiderte sie aufbrausend. »Die Gelegenheit lasse ich mir doch nicht durch die Lappen gehen.« Sie strahlte ihn an. »Du bist eine Berühmtheit. Wenn das Buch rauskommt, wird die ganze Welt begierig sein zu erfahren, wo du deine Inspiration gefunden hast – Es ist so ein wundervolles Buch«, fügte sie hinzu. »Es wird ein großer Erfolg werden. Bestimmt noch erfolgreicher als *Jackapple Joe*.«

Jay nickte. Sie hatte natürlich Recht. Pog Hill und Lansquenet; zwei Seiten derselben angelaufenen Münze. Beide auf ihre Weise für die Schriftstellerkarriere von Jay Mackintosh geopfert. Wenn sein Buch erst einmal erschienen war, würde das Dorf nicht mehr dasselbe sein. Und er würde fortziehen, das war abzusehen. Narcisse, Joséphine, Briançon, Guillaume, Arnauld, Roux, Poitou – selbst Marise –, sie alle wären nur noch Worte auf einer Buchseite, fiktive Charaktere, die man streift und wieder vergisst, während die Spekulanten ins Dorf Einzug hielten, planten und zerstörten, neu gestalteten und modernisierten ...

»Ich weiß nicht, warum du so ein Gesicht machst«, sagte Kerry. »Schließlich hast du einen erstklassigen Vertrag mit World Wide. Das ist ein großzügiges Angebot, das sie dir machen – mehr als großzügig.«

»Stimmt.« Eine seltsame Ruhe, fast ein Gefühl wie Trunkenheit überkam ihn. Sein Kopf fühlte sich an, als wäre er mit Schaumbläschen gefüllt. Die unruhige Luft zischte und brodelte.

»Sie müssen sehr an dir interessiert sein«, bemerkte Kerry.

»Ja«, sagte Jay langsam. »Ich glaube, das sind sie.«

Das war die Lösung, dachte er wie benommen. So einfach. So – einfach. Er lachte. Plötzlich war sein Kopf ganz klar. Der Geruch von Rauch und brackigem Wasser und der süße, betörende Duft von reifen Brombeeren stieg ihm in die Nase. Die Luft war wie erfüllt von Holunderbeerwein. Er spürte, dass Joe bei ihm war, dass er ihn nie verlassen hatte. Nicht einmal damals, im Winter 1977. Der Alte war nie fortgegangen. Er konnte ihn beinahe vor sich sehen, wie er mit seiner alten Mütze und den Stiefeln an der Tür stand und auf diese typische Weise grinste, wie immer, wenn er über irgendetwas besonders erfreut war. Jay wusste, dass er sich das alles nur einbildete, aber er wusste auch, dass es ein Stück Wirklichkeit war, denn manchmal sind Phantasie und Wirklichkeit tatsächlich dasselbe, wie Joe zu sagen pflegte.

Entschlossen zog er den Karton mit seinem Manuskript und den Verträgen unter dem Bett hervor. Kerry sah ihm neugierig zu. »Was machst du da?«

Jay nahm das Manuskript und begann zu lachen. »Weißt

du, was das ist?«, fragte er. »Es ist das einzige Exemplar meines Manuskripts. Und das –« er hielt ihr den unterschriebenen Vertrag hin – »ist der Vertrag. Sieh's dir an. Alles unterzeichnet. Fertig zum Abschicken.«

»Jay, was hast du vor?«, fragte sie scharf.

Er grinste und machte einen Schritt auf den Kamin zu. »Du hast mir gesagt, wenn ich *das* nicht hätte –« er deutete auf den dicken Stapel Papier unter seinem Arm –, »dann würde ich Ziegen züchten oder Kartoffeln und Wein anbauen.«

»Jay?«

»Nun, ich brauche das nicht.« Er grinste immer noch. »Ich habe es schon. Es ist überall um mich herum.«

»Du kannst doch nicht –«, begann Kerry.

Jay sah sie an. »Komm mir nicht mit so einem Blödsinn«, unterbrach er sie unwirsch.

Er nahm die Verträge, zerknüllte sie und schob sie nach ganz hinten auf den Feuerrost. Dann begann er, dasselbe mit den Manuskriptseiten zu machen. Das Papier fing augenblicklich Feuer, knisterte, dann verfärbte es sich, und schließlich loderten helle Flammen auf. Schwarze Schmetterlinge flatterten durch die Luft. Trotz Kerrys lautem Aufschrei meinte er das leise Lachen eines alten Mannes zu hören.

Er grinste sie an.

»Du bist verrückt«, sagte Kerry mit zitternder Stimme. »Du machst mir nicht weis, dass du keine Kopie von dem Manuskript hast. Und die Verträge können jederzeit neu aufgesetzt werden –«

»Kein Problem. Aber das werden sie nicht. Nichts von all dem wird neu geschrieben. Und wen interessiert ein Schriftsteller, der nichts schreibt? Wie lange kannst du das öffentliche Interesse daran aufrechterhalten? Was bin ich wert ohne das Manuskript?«

Kerry starrte ihn an. Der Mann, der sie vor einem halben Jahr verlassen hatte, war nicht wieder zu erkennen. Der alte Jay war geistesabwesend, mürrisch, ziellos gewesen. Jetzt wirkte er wie besessen, glühte vor Lebensenergie. Seine Augen strahlten. Obwohl er gerade dabei war, sein Manuskript zu verbrennen – was in ihren Augen dumm, verrückt, ja kriminell war –, wirkte er glücklich.

»Du bist ja vollkommen übergeschnappt«, presste sie mit erstickter Stimme hervor. »Alles wegzuwerfen – und wofür? Um ein Zeichen zu setzen? Das bist nicht du, Jay. Ich kenne dich. Eines Tages wird es dir Leid tun.«

Jay lächelte nachsichtig.

»Ich kann mir nicht vorstellen, dass du es hier länger als ein Jahr aushältst.« Trotz ihres verächtlichen und gequälten Tons zitterte ihre Stimme. »Was hast du vor? Willst du vielleicht Bauer werden? Du hast kaum noch Geld. All deine Ersparnisse hast du für dieses Haus aus dem Fenster geworfen. Was wirst du tun, wenn dir das Geld ausgeht?«

»Das weiß ich noch nicht.« Sein Ton war heiter, gleichgültig. »Interessiert es dich?«

»Jay, es ist so eine Verschwendung!«

Er zuckte die Achseln. »Am besten, du rufst dein Kamerateam an und sagst ihnen, sie sollen irgendwo anders auf dich warten«, sagte er ruhig. »Hier gibt es keine Geschichte mehr für dich. Versuch's doch mal in Le Pinot, das ist ganz hier in der Nähe. Dort findest du bestimmt irgendwas schön malerisch Heruntergekommenes.«

Sie starrte ihn verblüfft an. Einen Augenblick lang meinte sie etwas zu riechen, einen seltsamen, intensiven Duft nach Zucker, Äpfeln, Brombeergelee und Rauch. Es war ein Duft aus der Vergangenheit, und einen Moment lang konnte sie fast verstehen, warum Jay diesen Ort so sehr liebte, dieses Land mit den kleinen Weinbergen, den Apfelbäumen und den Ziegen, die in den Sumpfwiesen umherliefen. Für einen kurzen Moment war sie wieder ein kleines Mädchen, ihre Mutter war in der Küche und backte Kuchen, und der Wind von der Küste ließ die Telefonleitungen singen. Irgendwie schien dieser Duft zu Jay zu gehören, wie etwas, das ihn wie eine Aura umgab. Sie sah ihn an, und er wirkte irgendwie vergoldet, ein Kranz aus Lichtstrahlen ging von seinen Haaren aus, von seinen Kleidern. Dann war der Duft verschwunden, das Licht verloschen, und es gab nur noch den schalen Geruch des ungelüfteten Zimmers und den Bodensatz des Weins in der Flasche vor ihnen. Kerry schüttelte fassungslos den Kopf. Ihre Hände zitterten.

»Vielleicht fahre ich tatsächlich mal nach Le Pinot raus«, sagte sie schließlich. »Georges Clairmont sagt, dass vor kurzem *Clochemerle* dort gedreht wurde. Das ergibt vielleicht Stoff für eine Sendung.«

Jay lächelte. »Viel Glück, Kerry.«

Als sie weg war, spülte er das Geschirr und zog ein frisches T-Shirt und saubere Jeans an. Dann überlegte er, was er als Nächstes tun sollte. Im Haus war es jetzt vollkommen still. Das Summen der Energie, das vor kurzem noch die Wände durchdrungen hatte, war verstummt. Kein Duft nach Zucker und Rauch mehr. Selbst im Keller herrschte Stille, die neuen Weinflaschen, Sauternes und Saint-Emilion und ein Dutzend Flaschen junger Anjou – verhielten sich still und ruhig. Alles schien vor Erwartung innezuhalten.

62

Gegen Mittag brachte Popotte ein großes Paket und Neuigkeiten aus dem Dorf. Das Filmteam war nie im Dorf angekommen, berichtete sie aufgeregt. Die Engländerin hatte niemanden interviewt. Georges und Lucien waren wütend. *En tout cas*, sie zuckte die Achseln, war es wahrscheinlich besser so. Jeder wusste, dass bei den Plänen der beiden sowieso nie irgendetwas Vernünftiges herauskam. Georges redete bereits von einem neuen Projekt, irgendein Bauvorhaben in Montauban.

Das Paket war in Kirby Monckton abgestempelt. Jay löste sorgfältig die Verschnürung und wickelte vorsichtig das steife, braune Papier auf. Als er das Packpapier entfernt hatte, fiel ein Umschlag heraus. Er erkannte Joes Handschrift. In dem Umschlag befand sich ein einzelnes Blatt vergilbten Briefpapiers.

Pog Hill Lane, 15. September

Lieber Jay,
entschuldige die Eile. Ich war noch nie gut im Abschiednehmen. Eigentlich wollte ich noch ein bisschen länger bleiben, aber du weißt ja, wie es so geht. Die verdammten Ärzte sagen einem nichts bis zur allerletzten Minute. Sie glauben, weil man alt ist, hat man keine Ahnung. Ich schicke dir meine Sammlung – ich nehme an, du weißt etwas damit anzufangen. Denn mittlerweile müsstest du einiges gelernt haben. Sieh zu, dass der Boden hergerichtet ist.

In Freundschaft,
Joseph Cox.

Jay las den Brief noch einmal. Er fuhr mit den Fingern über die Worte, die mit schwarzer Tinte in dieser sorgfältigen, unsicheren Schrift geschrieben waren, hob das Blatt an sein Gesicht, um festzustellen, ob irgendetwas von Joe daran haftete – ein Hauch von Zigarettenrauch vielleicht, oder der schwache Duft von reifen Brombeeren. Nichts. Wenn Magie im Spiel war, dann an anderer Stelle. Er untersuchte den Inhalt des Pakets.

Es war alles da. Der gesamte Inhalt der Samenkiste, Hunderte von winzigen Umschlägen und aus Zeitungspapier gefalteten Briefchen, getrocknete Blumenzwiebeln, Körner aller Art, Samenflocken, durchsichtiger als eine Staubflocke, alles beschriftet und nummeriert; erfüllt vom Duft ferner Orte, *Tuberosa rubra maritima, Tuberosa diabolica, Tuberosa panax odorata*, Tausende von Kartoffeln, Kürbissen, Paprika, Möhren – Joes komplette Sammlung. Und natürlich die Specials. *Tuberosa rosifea* in ihrer ganzen Pracht, der echte *Jackapple*, das wieder entdeckte Original.

Er betrachtete seine Schätze lange und ausgiebig. Später einmal würde er alles eingehend studieren, die Briefchen und Päckchen in den entsprechenden Schubladen der alten Samenkiste unterbringen. Es würde noch Zeit genug sein, alles zu sortieren, zu beschriften und zu katalogisieren. Zunächst hatte er jedoch noch etwas Wichtiges zu erledigen.

Er stieg die Kellertreppe hinunter. Mit einem Lappen wischte er den vertrauten Staub von der Flasche und hoffte insgeheim, dass die Zeit den Inhalt nicht verdorben hatte. Eine Flasche für eine ganz besondere Gelegenheit, sagte er sich, die letzte der Specials, *Brombeerwein 1975*, dieses gute Jahr, das erste von vielen künftigen guten Jahren. Er wickelte die Flasche in Seidenpapier und steckte sie in seine Jackentasche. Ein Friedensangebot.

Als er ankam, saß sie in der Küche und palte Erbsen. Sie trug ein weißes T-Shirt und Jeans. Das Sonnenlicht glänzte rot auf ihrem herbstlich dunklen Haar. Draußen hörte er Rosa nach Clopette rufen.

»Ich habe dir etwas mitgebracht«, sagte er. »Etwas, was ich für eine besondere Gelegenheit aufbewahrt habe. Ich dachte, wir beide könnten ihn vielleicht gemeinsam trinken.«

Sie sah ihn lange an, ihr Gesichtsausdruck verriet nichts. Ihre Augen waren kühl, ihr Blick prüfend. Schließlich nahm sie die Flasche entgegen und betrachtete das Etikett.

»Brombeerwein 1975?« sagte sie und lächelte. »Meine Lieblingssorte.«

Nachtrag

Aus dem *Lansquenet-gratuit*:

Todesanzeigen
Unerwartet und nach kurzer Krankheit starb gestern Mireille Annabelle Faizande (geb. Foudouin). Sie hinterlässt einen Neffen, Pierre-Emile, eine Schwiegertochter, Marise, und eine Enkelin, Rosa.

Immobilienverkäufe
An Mme. Marise d'Api vier Hektar kultiviertes und unkultiviertes Agrarland zwischen der Rue des Marauds, dem Boulevard St-Espoir und dem Tannes, einschließlich eines Gehöfts mit Nebengebäuden, von Pierre-Emile Foudouin, Rue Geneviève, Toulouse.

Aus dem *Courier d'Agen*:
Alte Pflanzen – neu entdeckt
Ein ortsansässiger Landbesitzer ist in der Region der erste Bauer seit dem siebzehnten Jahrhundert, der Tuberosa rosifea *anbaut, eine Kartoffel, auch bekannt unter dem Namen Demiselle des Landes. Diese uralte Sorte, wahrscheinlich 1643 aus Südamerika importiert, ist eine große, längliche, süß duftende Art, die auf unserem sumpfigen, kalkreichen Boden gut gedeiht. M. Jay Mackintosh, ein ehemaliger Schriftsteller, der vor eineinhalb Jahren aus England hierher zog, beabsichtigt, diese und andere seltene Gemüsesorten auf Château Cox in Lansquenet-sous-Tannes zu züchten.*
»Es ist ein reiner Glücksfall, dass diese Arten nicht für immer verloren gegangen sind«, erklärte er kürzlich unserem Reporter. Auf Fragen nach der Herkunft der kostbaren Pflanzen antwortete er nur ausweichend. »Ich bin einfach ein Sammler«, erklärte er bescheiden. »Auf meinen Reisen um die Welt habe ich eine Menge unterschiedlicher Pflanzen gesammelt.«

M. Mackintoshs unkonventionelle Methoden haben sich bereits über die Grenzen seines kleinen Hofs ausgebreitet. Mehrere Bauern der Gegend haben Teile ihres Landes für den Anbau dieser alten Sorten zur Verfügung gestellt. M. André Narcisse, M. Philippe Briançon und Mme. Marise d'Api werden diese Kartoffelsorte ebenfalls ausprobieren. Und bei einem Kilopreis von hundert Franc für die Tuberosa rosifea *sieht die Zukunft für die Bauern von Lansquenet endlich wieder rosig aus.*

Danksagung

Mein Dank geht an Kevin und Anouchka, die mich ertragen haben. Ich danke G. J. Paul und dem Priority Old Boys' Club sowie Francesca Liveridge für ihr anregendes Lektorat. Bedanken möchte ich mich auch bei Jennifer Luithlen, meiner Agentin und Serafina Clarke, die mir immer nur gerade soviel vom Strick gezeigt hat, dass ich mich damit nicht aufhängen konnte. Außerdem möchte ich mich bei Christopher Fowler, unserem Mann in London bedanken. Von meinen Kollegen und Schülern an der Leeds Grammar School verabschiede ich mich und wünsche ihnen für die Zukunft alles Gute. Ich werde euch alle vermissen.

Die Originalausgabe erschien im Jahr 2000 unter dem Titel Blackberry Wine *im Verlag Doubleday, London.*

Der Roman wurde von der Autorin für die deutsche Ausgabe überarbeitet.

Das Werk erscheint im List Verlag.
Der List Verlag ist ein Unternehmen der Verlagsgruppe Econ Ullstein List Verlag GmbH & Co. KG

ISBN 3-471-79417-4

Satz: Franzis print & media GmbH, München
Druck und Bindung: GGP Media GmbH, Pößneck